W0023774

Autorin

Angelika Schwarzhuber lebt mit ihrer Familie in einer kleinen Stadt an der Donau. Sie arbeitet auch erfolgreich als Drehbuchautorin für Kino und TV, zum Beispiel für das mehrfach mit renommierten Preisen, unter anderem dem Grimme-Preis, ausgezeichnete Drama »Eine unerhörte Frau«. Ihr Roman »Hochzeitsstrudel und Zwetschgenglück« wurde für die ARD verfilmt. Zum Schreiben lebt sie gern auf dem Land, träumt aber davon, irgendwann einmal die ganze Welt zu bereisen.

Von Angelika Schwarzhuber ebenfalls bei Blanvalet erschienen:

Liebesschmarrn und Erdbeerblues
Hochzeitsstrudel und Zwetschgenglück
Servus heißt vergiss mich nicht
Der Weihnachtswald
Barfuß im Sommerregen
Das Weihnachtswunder
Das Weihnachtslied
Ziemlich hitzige Zeiten
Ziemlich turbulente Zeiten

Angelika Schwarzhuber

Das Weihnachtsherz

Roman

blanvalet

Dieser Roman ist im Oktober 2020 als Premiere bei Weltbild erschienen.

Penguin Random House Verlagsgruppe FSC® N001967

1. Auflage

Dieses Werk wurde vermittelt durch die Literarische Agentur
Thomas Schlück GmbH, 30161 Hannover
Redaktion: Alexandra Baisch
Umschlaggestaltung: © Johannes Wiebel | punchdesign,
unter Verwendung von Motiven von Shutterstock.com (Happy Moments;
Aleksandar Grozdanovski; 8cobalt88; Subbotina Anna; Romolo Tavani;
Guschenkova) und Simon Robben/Pexels.com
LH · Herstellung: sam
Satz: Uhl + Massopust, Aalen
Druck und Bindung: GGP Media GmbH, Pößneck
Printed in Germany
ISBN: 978-3-7341-0821-1

www.blanvalet.de

Für Gretl
Es ist ein Geschenk, eine beste Freundin
wie dich zu haben!

Kapitel 1

Herbst 1944 in Niederbayern

Es war Ende Oktober, und eine wärmende Sonne tauchte die niederbayerische Landschaft in ein herrlich goldenes Licht. Fast hätte man vergessen können, wie schrecklich die Zeiten waren. Doch nur fast.

Marianne fuhr auf dem klapprigen Fahrrad ihres Vaters den holperigen Feldweg entlang. Das siebzehnjährige Mädchen kam vom Bauernhof ihrer Tante zurück in ihren kleinen Heimatort Osterhofen. Berta hatte sie mit Lebensmitteln versorgt. Ein paar Kartoffeln, Wasserrüben, Birnen, ein Stück Speck und Butter, die Berta nachts heimlich mit dem Butterfass zubereitete, das Mariannes Vater Martin ihr unter der Hand hatte zukommen lassen.

Marianne hatte das kostbare Bündel unter ihrem Mantel verborgen. Durch die Wärme und von der Anstrengung der Fahrt schwitzte sie inzwischen ordentlich, und sie hatte Sorge, dass die Butter, die zwar vorsorglich in ein nasses Tuch und dann in Pergament eingeschlagen war, schmelzen könnte. Als sie an einem kleinen Bach unter schattigen

Bäumen vorbeikam, legte sie eine kurze Rast ein. Sie lehnte das Rad gegen eine Weide und stieg eine kleine Böschung hinab. Dort nahm sie ihren Mantel und den schweren Stoffbeutel ab und verwahrte zur Sicherheit alles hinter einem Busch.

Danach zog sie auch das Kopftuch herunter, unter dem sie ihr langes blondes Haar zu einem dicken Zopf geflochten trug. Das klare Wasser war eiskalt, und es war eine Wohltat, ihre Unterarme und den Nacken zu kühlen.

Als sie aufsah, entdeckte Marianne wilden Baldrian, der neben dem Bach wuchs. Und so nutzte sie die Gelegenheit, um Wurzeln der Heilpflanze auszugraben, die sie dem Apotheker bringen würde. Dafür bekäme sie wiederum Medizin gegen die Rückenschmerzen, die ihren Vater so sehr plagten.

Sie schüttelte soeben die Erde von einer Handvoll Wurzeln ab, als sie schräg hinter sich ein Geräusch hörte. Als sie sich umdrehte, stand nur wenige Schritte entfernt ein junger Mann in einfachen Arbeitskleidern. Erschrocken ließ sie die Wurzeln fallen, stand auf und wollte davonlaufen.

»Ich wollte dich nicht erschrecken! Hab keine Angst!«, sagte er mit französischem Akzent und hob beschwichtigend die Hände. »Ich tu dir nichts! Wirklich.«

Sie blieb stehen.

»Und wie soll ich wissen, dass du nicht lügst?«, fragte Marianne misstrauisch und wunderte sich selbst, woher sie den Mut nahm. Nur allzu oft hörte man grausame Geschichten von Frauen und jungen Mädchen, denen Gewalt angetan wurde.

Der Fremde legte den Kopf etwas zur Seite, und ein leises Lächeln huschte über sein Gesicht, das seine dunkelblauen

Augen funkeln ließ. Mit einem Mal sah er sehr viel jünger aus, kaum älter als sie selbst.

»Das kannst du natürlich nicht wissen«, sagte er. »Aber vielleicht kann ich es dir beweisen.«

»Ach ja? Und wie?«, fragte sie.

»Nun. Zunächst, indem ich mich ganz hochoffiziell vorstelle.«

Während er sprach, zog er seine Mütze ab, unter der dichte dunkle Locken zum Vorschein kamen, und deutete eine leichte Verbeugung an.

»Mein Name ist Bernard Beaulieu.«

»Aha, Bernard Beaulieu heißt du also.«

»Genau.«

Er wirkte so offen und freundlich, dass Marianne sich tatsächlich etwas entspannte.

»Jetzt musst du mir aber auch deinen Namen verraten«, forderte er sie auf.

»Muss ich das?«

»Unbedingt.«

Marianne tat so, als müsse sie kurz nachdenken, dann nickte sie.

»Na gut. Also, mein Name ist Marianne.«

Ihr Vorname musste reichen. Auch wenn er tatsächlich harmlos wirkte, wollte sie nicht allzu leichtsinnig sein.

»Freut mich sehr, Marianne«, sagte er und streckte ihr die Hand entgegen. Sie wollte schon danach greifen, um sie zu schütteln, zog ihre Hand dann jedoch wieder zurück.

»Ich habe Wurzeln ausgegraben …«, erklärte sie ein wenig verlegen und schaute auf ihre dreckigen Finger.

»Wie schade aber auch, dass es hier nirgends eine Gelegenheit gibt, sich die Hände zu waschen«, zog er sie auf und zwinkerte ihr zu.

Marianne lachte.

»Ja. Wirklich sehr schade«, stieg sie auf seinen Scherz ein, während sie zum Bach ging und ihre Hände ins Wasser tauchte. Als sie sauber waren, trocknete Marianne sie am Stoff ihres hellgrauen Rockes ab.

»Neuer Versuch«, sagte er, und diesmal schüttelten sie sich die Hände.

»Bist du ein Kriegsgefangener?«, fragte sie freimütig. Wie überall im ganzen Land wurden auch hier in der Gegend Gefangene als Hilfskräfte zur Arbeit auf den umliegenden Bauernhöfen oder in den Betrieben und Werkstätten eingesetzt, weil die eigenen Männer fehlten.

»Ja!«, bestätigte er, ohne dass sein Lächeln sich veränderte. »Stört dich das, Marianne?«, wollte er wissen. Auch er war sehr direkt, was Marianne gefiel.

»Nein«, antwortete sie und schüttelte den Kopf.

Es gab natürlich Leute, die es als schändlich ansahen, wenn man in irgendeiner Weise Umgang mit den ausländischen Kriegsgefangenen pflegte, die sie für ihre ärgsten Feinde hielten. Doch andere, darunter auch Marianne, sahen das anders.

Ihr einziger Bruder Joseph war in Russland in Gefangenschaft geraten. Anfangs hatte er noch Briefe geschrieben. Doch schon seit mehreren Monaten hatten sie nichts mehr von ihm gehört. In Russland war er ein Kriegsgefangener, so wie dieser junge Franzose, der vor ihr stand, hier einer war, und sicher sorgte seine Familie sich genauso sehr um ihn, so wie sie sich um Joseph sorgte. Marianne hoffte inständig, dass die Menschen dort ihren Bruder freundlich behandelten und er bald wieder gesund nach Hause kam.

»Es macht dir doch was aus«, sagte Bernard. Offenbar hatte er ihren Blick bemerkt, der sich bei dem Gedanken an Joseph verändert hatte.

»Nein. Wirklich nicht«, bekräftigte sie und bemühte sich um ein Lächeln. »Warum auch? Kein Mensch kann sich aussuchen, wo er geboren wird und für welches Land er deswegen als Soldat kämpfen muss«, sagte sie.

Überrascht sah Bernard sie an.

»So habe ich das noch nie betrachtet«, gab er zu.

»Woher kommst du denn?«, fragte sie.

»Aus dem Elsass.«

»Ah, deswegen sprichst du so gut deutsch?«

»Oui.«

»Bernard!«

Erschrocken drehten sich beide zur Böschung, über die ein Mann mit einer grimmigen Miene herunterkam. Er ließ einen französischen Wortschwall über Bernard ergehen. Dem Tonfall nach zu schließen machte er ihm offensichtlich Vorwürfe.

Bernard antwortete ihm beschwichtigend in seiner Muttersprache. Dann wandte er sich Marianne zu.

»Darf ich dir vorstellen? Mein Bruder Louis … und das … das ist Marianne.«

»Guten Tag, Louis«, grüßte sie höflich.

Louis nickte ihr nur knapp zu. Er schien einige Jahre älter zu sein als sein Bruder und überragte Bernard um einen halben Kopf. Er war ebenfalls attraktiv, schien jedoch eine etwas grobschlächtigere Ausgabe seines Bruders zu sein.

Mit ebenso dunklen Locken und tiefliegenden, fast schwarzen Augen.

»Du hast gesagt, du willst machen nur kurze Pause! Zurück jetzt auf der Feld«, fuhr er Bernard nun ungeduldig auf Deutsch an. Sein Akzent war viel stärker als der seines Bruders und die Grammatik ziemlich fehlerhaft. So, als ob er eigentlich keine Lust hatte, sich auf Deutsch zu unterhalten. Vielleicht war er auch einfach nur deutlich weniger sprachbegabt als sein Bruder.

»Schon gut, Louis«, beschwichtigte Bernard ihn. »Ich komme ja schon.«

»Ich grabe noch ein paar Baldrianwurzeln aus, dann muss ich auch nach Hause«, erklärte Marianne ungefragt, um die unangenehme Situation zu überspielen.

Sie ließ sich absichtlich Zeit, ehe sie aufbrach. Wäre nur Bernard hier gewesen, hätte sie ihre Lebensmittel einfach hinter dem Busch hervorgeholt, aber sein Bruder war ihr nicht geheuer. Die Blicke, die er ihr zuwarf, schienen ihr alles andere als wohlwollend. Seitdem er aufgetaucht war, schien Ärger in der Luft zu liegen.

Bernard richtete noch ein paar Worte auf Französisch an seinen Bruder.

»In Ordnung. Aber wenn du kommst nicht gleich, dann ich dir verpasse Tracht Prügel«, drohte Louis auf Deutsch, vermutlich, damit auch Marianne ihn verstand. Dann ging er die kleine Böschung hinauf und verschwand.

»Normalerweise ist er nicht so unhöflich«, entschuldigte Bernard sich für seinen Bruder. »Es ist nur so, dass er ...« Bernard sprach nicht weiter.

Marianne ahnte, was das Unausgesprochene bedeutete.

»Verstehe«, sagte sie nur. Er musste nicht erst sagen, dass Louis offenbar kein sonderlicher Anhänger der Deutschen war, die ihn gefangen hielten, das war ihr auch so klar.

»Danke … Ich muss jetzt wirklich los. Auf Wiedersehen, Marianne«, sagte Bernard und reichte ihr wieder die Hand. Dabei hielt er sie ein klein wenig länger fest, als der Anstand es normalerweise gestattet hätte. Sie spürte, wie ihr unvermittelt ganz heiß wurde und ihr Puls sich beschleunigte.

»Pass gut auf dich auf!«, mahnte er sie.

»Danke. Das mache ich.«

»Es war schön, dich kennenzulernen, ich hoffe, wir begegnen uns bald wieder.«

Seine Worte bescherten ihr ein eigenartiges Kribbeln im Bauch. Auch sie hoffte, dass dies nicht ihre einzige Begegnung bleiben würde, doch das wollte sie nicht laut aussprechen.

»Wiedersehen, Bernard«, sagte sie deswegen nur.

Mit ein paar Schritten war er oben auf der Böschung und winkte ihr noch einmal zu.

Kaum war er aus ihrem Blickfeld verschwunden, bedauerte sie es, dass er sie nicht hartnäckiger nach ihrem Familiennamen gefragt hatte. Und noch mehr ärgerte sie sich darüber, dass sie ihm diesen nicht selbst verraten hatte. Doch jetzt war es zu spät. Nun konnte nur der Zufall dafür sorgen, dass sie sich irgendwann einmal wiederbegegnen würden.

»Bernard Beaulieu«, flüsterte sie, und es fühlte sich an, als ob sie etwas Verbotenes tun würde, seinen Namen auszusprechen.

»Bernard Beaulieu«, wiederholte sie und lächelte. »Ich hoffe sehr, dass wir uns bald wiedersehen!«

Kapitel 2

Salvador de Bahia, Brasilien in der Gegenwart

Katja war spät dran. Sie eilte über das steil ansteigende Kopfsteinpflaster an den bunten Häusern der historischen Altstadt Pelourinho entlang in Richtung des kleinen Cafés, in dem sie verabredet war. Vermutlich wartete ihr Kunde bereits auf sie. Dabei war es nicht ihre Schuld, dass sie sich verspätete. Der Aufzug im Gebäude, in dem sie arbeitete, hatte zwischen dem vierten und fünften Stockwerk den Geist aufgegeben. Schon das zweite Mal in diesem Monat. Gut, dass sie nicht an Klaustrophobie litt, trotzdem war ihr mulmig zumute gewesen. Fast eine halbe Stunde lang hatte sie warten müssen, bis der Hausmeister den klapprigen Fahrstuhl wieder zum Laufen gebracht und sie befreit hatte.

Glücklicherweise war sie früh dran gewesen, weil sie sich vor dem Treffen eigentlich noch zu Hause hatte duschen und umziehen wollen. Doch auch wenn das hellblau bemalte Stadthaus, in dem sie sich zusammen mit ihrem Freund Luca eine kleine Wohnung teilte, in der Nähe des

Cafés lag, würde sie es auf keinen Fall mehr schaffen, noch schnell in das hübsche Kleid zu schlüpfen, das sie schon am Morgen bereitgelegt hatte. Egal. Es ging ja schließlich nicht um sie.

Zwei Jugendliche kamen ihr mit auffällig bemalten Trommeln entgegen. Sicher waren sie unterwegs zu einer der zahlreichen Musikschulen Salvadors, die ihre Schüler nicht nur für die Auftritte im weltbekannten Karneval unterrichteten, sondern sich auch für soziale Gerechtigkeit und gegen Rassismus einsetzten. In den Armen dieser kulturellen Einrichtungen wurden auch die zahlreichen Straßenkinder der Stadt aufgefangen. Große Aufmerksamkeit erhielten beispielsweise Olodum und seine Trommler durch Michael Jacksons Video *They don't care about us,* das teilweise in den Straßen und Gassen am Pelourinho in Salvador de Bahia gedreht worden war.

Die Teenager warfen Katja bewundernde Blicke zu, und einer pfiff ihr sogar frech hinterher, was sie nicht weiter beachtete. Mit ihren hüftlangen sandblonden Haaren, die sie – außer bei der Arbeit – meist offen trug, und den strahlenden türkisblauen Augen war die 28-Jährige es gewohnt, Aufmerksamkeit auf sich zu ziehen. In den drei Jahren, die sie nun schon in Brasilien lebte, war es bisher jedoch höchstens bei anzüglichen Blicken oder billigen Anmachsprüchen geblieben. Womöglich lag das an ihrer unerschrockenen Haltung, die auch ohne Worte klar und deutlich zu verstehen gab, dass man sich besser nicht mit ihr anlegte. Und das war auch gut so, denn der Inhalt ihrer Tasche war fast zehntausend Euro wert.

Im Geiste dankte sie ihrem Vater, der sie schon als Achtjährige zum Jiu-Jitsu-Unterricht geschickt und ihr eingetrichtert hatte, wie wichtig die Kunst der Selbstverteidigung vor allem für Frauen war.

»Wenn du dich gut zu wehren weißt, sieht man dir das an. Und das wird dich schützen«, hatte er gesagt und bisher damit auch recht behalten.

Vor dem Café blieb sie stehen und fuhr sich rasch durch die Haare. In der Hosentasche ihrer Jeans spürte sie das Vibrieren des Handys. Sicher Luca. Jetzt hatte sie allerdings keine Zeit mehr, um mit ihm zu sprechen.

Als sie eintrat, entdeckte sie Alfredo Barbosa sofort, der an einem Tisch links hinten in der Ecke saß und ihr zuwinkte. Wie meistens war am frühen Nachmittag nicht viel los in dem Café. Deswegen hatte er den Treffpunkt auch vorgeschlagen.

»Tut mir leid, dass ich mich verspätete habe, Senhor Barbosa«, entschuldigte Katja sich, während sie sich die Hände schüttelten. »Aber ich bin im Aufzug festgesteckt.«

Ihr Portugiesisch war inzwischen passabel genug, um eine normale Konversation zu führen.

»Oh, das klingt nicht gut, Katja«, sagte der Anwalt mit den grau melierten dichten Haaren mitfühlend. Katja schätzte ihn auf Ende fünfzig.

»Ach, das kommt leider öfter mal vor. Einmal musste ich zwei Stunden warten, bevor man mich rausholte«, meinte sie und nahm am Tisch Platz.

»Nie im Leben würde ich ein zweites Mal in diesen Aufzug steigen«, sagte er kopfschüttelnd.

»Zukünftig nehme ich nur noch die Treppe. Das ist auch besser für die Figur.«

»Nicht, dass Sie es nötig hätten«, meinte er charmant, doch es lag nichts Anzügliches in seinen Worten.

Alfredo Barbosa bestellte Kaffee und Wasser für Katja und für sich selbst ein weiteres Glas Rotwein. Nachdem die Bedienung die Getränke serviert hatte, wandten die beiden sich dem Geschäftlichen zu.

»Jetzt bin ich aber sehr gespannt«, meinte der Anwalt neugierig.

Katja holte eine längliche Samtschachtel aus ihrer Handtasche und reichte sie ihm.

Während er sie öffnete, beobachtete sie ihn gespannt. Das breite Lächeln, das sich auf seinem Gesicht abzeichnete, machte die Frage unnötig, ob ihm gefiel, was er sah.

»Ganz zauberhaft. Einfach wunderschön«, murmelte er und holte das filigrane Goldarmband mit den fünf blütenförmig angeordneten Smaragden vorsichtig heraus. »Sie sind wirklich sehr talentiert, Katja«, sagte er und nickte ihr anerkennend zu.

Katja spürte, wie sie leicht errötete. Und das nicht nur wegen des Lobes für das handgefertigte Schmuckstück, das sie selbst designt hatte. Alfredo Barbosa war auch in seinem Alter noch ein ungewöhnlich attraktiver Mann, der es verstand, Frauen den Kopf zu verdrehen.

»Vielen Dank, Senhor Barbosa. Ich freue mich sehr, dass es Ihnen gefällt.«

»Die Steine sind perfekt geschliffen!«

»Sie sind auch von sehr guter Qualität«, erklärte Katja.

Alfredo Barbosa nickte zustimmend.

Katjas Chef, Carlos Pehira, hatte die Smaragde über einen Händler in Kolumbien gekauft und Katja damit überrascht, dass er sie die Steine zum ersten Mal für einen so wichtigen Kunden selbst hatte schleifen lassen.

Genau deswegen war die junge Goldschmiedin vor drei Jahren hierher nach Brasilien gekommen. Um die Kunst des Edelsteinschleifens von den Besten zu lernen. Und Carlos Pehira war einer der Besten. Unter seinem gestrengen Blick hatte sie die Edelsteine in eine facettenreiche Tropfenform gebracht, die perfekt zum Design des Armbands passte.

»Liana wird begeistert sein. Der zarte Schmuck wird wunderbar an ihr aussehen«, schwärmte Alfredo Barbosa.

Liana war nicht seine Frau, sondern seine langjährige Geliebte, wie Katja in der Zwischenzeit erfahren hatte. Der Anwalt erwartete absolute Diskretion. Das war für sie selbstverständlich. Was ihre Kunden privat für ein Leben führten, ging sie schließlich nichts an, egal, wie sie darüber dachte.

Wieder spürte sie das Vibrieren ihres Handys. Wie sie Luca kannte, würde er es von jetzt an in immer kürzeren Abständen so lange versuchen, bis sie seinen Anruf endlich annahm. Und mit jedem erfolglosen Versuch würde seine Laune sich verschlechtern. Katja seufzte innerlich. Hätte sie das Handy vorhin doch nur ganz ausgeschaltet! Lucas Eifersucht machte ihr in der letzten Zeit mehr und mehr zu schaffen. Seit sie vor einem Dreivierteljahr zu dem attraktiven Medizinstudenten in die Wohnung gezogen war, hatte er sich leider zu seinem Nachteil verändert. Und inzwischen gestand sie sich ein, dass es womöglich ein Fehler gewesen war und sie besser weiter zusammen mit ihrer Freundin Lotte in der WG geblieben wäre.

»... als Weihnachtsgeschenk den passenden Ring dazu«, riss Alfredo Barbosa sie aus ihren Gedanken.

»Ebenfalls mit Smaragden?«, fragte sie aufs Geratewohl, da sie den Anfang des Satzes nicht mitbekommen hatte.

»Der Ring soll nur einen einzigen Stein haben, der außergewöhnlich sein muss. So außergewöhnlich, wie Liana für mich ist. Es soll das schönste Weihnachtsgeschenk werden, das sie je bekommen hat«, erklärte er, und Katja entdeckte in seinen Augen etwas, das über eine Schwärmerei für seine heimliche Geliebte weit hinausging. Offenbar war Liana die Frau, der sein Herz gehörte.

»Ich habe Senhor Pehira bereits Bescheid gesagt, damit er sich bei den Händlern umhört, was momentan angeboten wird«, fuhr er fort, und Katja nickte.

Sie verspürte prickelnde Vorfreude auf den neuen Auftrag. Hoffentlich würde sie auch dieses Schmuckstück allein entwerfen und anfertigen dürfen. Bei ihrem Chef wusste man allerdings nie so genau, woran man war.

»Gibt es ein Preislimit?«, wollte sie wissen.

Er schüttelte den Kopf.

»Kein Limit«, sagte der Anwalt, der aus einer alteingesessenen Familie Salvadors stammte. Geld spielte für ihn keine Rolle.

»Meine Frau zeigt kein sonderliches Interesse an Schmuck, geschweige denn an mir oder dem, was mich ausmacht«, erklärte er plötzlich ungefragt mit gesenkter Stimme.

»Sie können sich meiner Diskretion sicher sein und müssen mir nicht erklären ...«, begann Katja, doch er sprach unbeirrt weiter.

»Sie sollen nur verstehen, Katja. Ich wünsche mir nichts

sehnlicher, als öffentlich zu Liana und zu unserer Liebe zu stehen, doch das ist aus verschiedenen Gründen nicht möglich. Noch nicht. Bis es so weit ist, muss unsere Beziehung geheim bleiben.«

Er holte ein Kuvert aus der Anzugtasche und schob es diskret über den Tisch. Fragend sah sie ihn an.

»Ich möchte mir Ihr Schweigen nicht erkaufen, Katja, denn ich vertraue Ihnen.« Er lächelte. »Aber ich weiß, dass Carlos Pehira sehr knauserig ist. Bestimmt ist er das auch bei den Löhnen seiner Angestellten«, sagte er. »Sehen Sie das also einfach nur als einen kleinen vorzeitigen Weihnachts-Bonus. Davon muss der alte Geizkragen auch gar nichts wissen.«

»Aber ... das ist wirklich nicht nötig«, murmelte sie verlegen.

»Vieles auf dieser Welt ist nicht nötig, Katja. Na und? Von einer Sekunde auf die andere kann alles zu Ende sein.« Er verdeutlichte es mit einem Fingerschnippen. »Gönnen Sie sich etwas Schönes und genießen Sie auch mal das Unnötige«, riet er zwinkernd und bedeutete der Bedienung, dass er zahlen wolle.

»Das werde ich machen. Vielen Dank, Senhor Barbosa«, sagte sie und steckte das Kuvert in ihre Handtasche.

Zwanzig Minuten später betrat sie ihre Wohnung. Es war dunkel, und die Luft war stickig. Die Fensterläden waren geschlossen, um die Hitze des Tages auszusperren. Katja legte ihre Tasche ab und öffnete eines der Fenster eine Handbreit, in dem Versuch, etwas frische Luft hereinzulassen.

Bevor sie wieder zurück in die Goldschmiedewerkstatt

ging, wollte sie kurz duschen und sich umziehen. Sie holte ihr Handy aus der Jeans. Sechsmal hatte Luca versucht, sie zu erreichen. Normalerweise hätte sie ihn sofort nach dem Verlassen des Cafés zurückgerufen oder ihm zumindest eine Nachricht geschickt. Doch heute verspürte sie eine Art von Trotz. Er hatte gewusst, dass sie ein Treffen mit einem Kunden hatte und seine Anrufe nicht annehmen konnte. Doch das war ihm offensichtlich egal gewesen. Je mehr sie sich auf seinen Kontrollwahn einließ, desto mehr vereinnahmte er sie. Und das tat ihrer Beziehung nicht gut. Spontan griff sie nach dem Handy und drückte auf eine Kurzwahlnummer.

»Hey, du störst mich beim Relaxen am Strand!«, meldete sich eine fröhliche Stimme am anderen Ende der Leitung, die von sanftem Meeresrauschen untermalt wurde.

»Du bist echt der faulste Mensch, den ich kenne, Lotte«, feixte Katja schmunzelnd. Dabei war ihre beste Freundin alles andere als faul.

Kurz nach ihrer gemeinsamen Ankunft in Brasilien hatte Lotte ihre ganzen Ersparnisse und jede Menge Herzblut in eine Strandbar am Santo Antonio Beach gesteckt, die inzwischen vor allem bei Urlaubern ziemlich beliebt war. Doch auch Einheimische gehörten zu Lottes Stammgästen, die sich selbst als rothaarige Wuchtbrumme bezeichnete und die Menschen mit ihrer unbeschwerten Energie und dem schelmischen Blick aus strahlend hellgrünen Augen bezauberte.

Nicht weit entfernt von der Bar lag die Wohnung, in der Katja und Lotte anfangs gewohnt hatten. Inzwischen vermisste sie diese unbeschwerte Zeit sehr.

»Neidisch?«, fragte Lotte.

»Und wie!« Katja seufzte.

»Was ist denn los?« Lotte erkannte sofort, dass etwas mit ihr nicht stimmte.

»Eigentlich wäre es ein Tag, um zu feiern. Mein Kunde ist total zufrieden mit dem Schmuckstück. Aber, da ist ...«, sie schluckte. »Ach, weißt du, mir wäre nach einem Caipirinha und dem Ratschlag meiner besten Freundin.«

»Hört sich mal wieder nach Luca-Stress an.« Das war keine Frage, sondern eine Feststellung.

»Hm«, bestätigte Katja knapp.

»Komm heute Abend vorbei. Ich kann hier sowieso ein wenig Hilfe brauchen, und danach reden wir. Okay?«

»Ja. Gern. Danke, Lotte ... bis später!«

»Bis dann ... Ach, Blondie?«

»Du sollst mich doch nicht Blondie nennen«, beschwerte Katja sich halbherzig. Den Spitznamen hatte Lotte ihr bei ihrer ersten Begegnung verpasst und neckte sie immer wieder gern damit.

»Das wirst du mir nie austreiben können.« Lotte lachte auf. »Sag mal, kannst du mir bitte ein großes Stück Bolo Souza Leão mitbringen?«, fragte sie dann.

Katja lächelte. Bolo Souza Leão, auch König der Kuchen genannt, war eine in Brasilien äußerst beliebte Süßspeise, die von der Konsistenz her eher einem Pudding ähnelte. Lotte liebte diesen Kuchen. Überhaupt war sie der brasilianischen Küche verfallen, die hier in Salvador de Bahia stark von afrikanischen Einflüssen geprägt war.

»Klar. Bringe ich mit«, versprach Katja.

Als sie auflegte, fühlte sie sich viel besser. Die Aussicht auf einen Abend in der Strandbar und ein ausführliches Gespräch mit Lotte munterte sie auf.

Kapitel 3

Katja genoss eine lauwarme Dusche, die Staub und Schweiß wegspülte, und wickelte sich danach in ein flauschiges Handtuch. Als sie aus dem Badezimmer kam, stand Luca vor ihr.

»Luca?«, rief sie erschrocken. Was machte er denn um diese Uhrzeit hier? Er müsste doch in der Klinik sein.

»Warum hast du mich nicht zurückgerufen? Ich habe mir Sorgen um dich gemacht!«, sagte er vorwurfsvoll.

Katja fühlte sich unbehaglich unter seinem Blick. Doch sie ging gleich in die Offensive.

»Ich habe dir doch gesagt, dass ich mit einem Kunden verabredet bin. Da kann ich eben keine Privatgespräche führen!«

»Mit einem Kunden? Ach ja?«

Aufgebracht hielt er ihr den Umschlag von Barbosa unter die Nase.

»Was für ein Kunde ist das denn, der dir ein Kuvert mit tausend Real in die Tasche steckt?«, fragte er.

Umgerechnet waren das etwa zweihundertzwanzig Euro.

»Wie kommst du dazu, in meiner Tasche zu wühlen?«, fuhr sie ihn an.

»Wolltest du mir das etwa verheimlichen?«, konterte er scharf mit einer Gegenfrage.

Seine dunklen Augen blitzten. Die Züge in dem attraktiven Gesicht, in das sie sich vor fast zwei Jahren verliebt hatte, wirkten hart.

»Verheimlichen?« Sie lachte kurz auf. »Ich hatte noch nicht einmal Gelegenheit, selbst ins Kuvert zu sehen, geschweige denn, dir davon zu erzählen … Wenn du es genau wissen willst, es war ein Bonus des Kunden, der mit meiner Arbeit sehr zufrieden war.«

»Und wieso musstest du dich mit dem in einem Café treffen? Warum kommt der nicht in das Schmuckgeschäft oder in die Goldschmiedewerkstatt? So wie jeder andere Kunde auch? Kannst du mir das mal erklären?«

»Das hatte eben seine Gründe«, antwortete sie ausweichend. Die erwartete Diskretion würde sie wegen Luca sicher nicht brechen.

»Gründe?« Er lachte bitter. »Diese Gründe würde ich aber echt gern kennen!«

»Sag mal, willst du mir etwa unterstellen …«, sie machte eine bedeutungsschwangere Pause, »… dass ich mich prostituiert habe für das Geld?« Sie sprach ganz direkt an, was er sich vermutlich in seinem Kopf zusammenspann. »Wenn du wirklich so was von mir denkst, dann …«

Offenbar erkannte er in diesem Moment, dass er zu weit gegangen war. Sein Blick veränderte sich schlagartig, und er wirkte betroffen.

»Nein … Katja, so habe ich das nicht gemeint. Echt nicht! Ich glaube, du missverstehst das, weil du meine Sprache noch immer nicht so gut sprichst.«

»Ich versteh dich gut genug«, warf sie ein.

Er griff nach ihrer Hand, wollte sie an sich ziehen. Doch sie zog sie zurück.

»Katja, du musst mich bitte verstehen, ich … du hast dich nicht gemeldet, und ich wusste nicht …«

»Was wusstest du nicht?«

»Na ja, ob du dich vielleicht mit einem anderen Mann triffst«, gab er zu.

Es war ihm also nicht darum gegangen, ob ihr womöglich etwas passiert sein könnte. Hier ging es nur um fehlendes Vertrauen und vor allem um seine Eifersucht!

»Ich habe mich mit einem anderen Mann getroffen. Aber rein beruflich, Luca!«

»Wäre es anders, würde ich das nicht ertragen«, sagte er.

Das war der Moment, in dem Katja schmerzlich klarwurde, dass ihre Beziehung auf der Kippe stand. Sie war ihm immer treu gewesen, aber sie wollte ihm das nicht tagtäglich beweisen müssen.

»Nicht ertragen?«, wiederholte sie. »Weißt du überhaupt noch, was du sagst?«

»Wir gehören doch zusammen, Katja!«, betonte er und strich sich eine dunkle Haarsträhne aus der Stirn.

»Dass wir ein Paar sind, bedeutet nicht, dass du mich in eine Glaskugel einsperren und jeden meiner Schritte kontrollieren kannst, Luca«, stellte sie klar.

Sein Blick verdüsterte sich.

»Warum machst du es mir nur so schwer?«, fragte er inständig. »Ich liebe dich doch. Ich tue alles für dich. Aber du kannst dich nicht so verhalten, Katja. Du musst mich schon auch …«

»Ich muss gar nichts, Luca!«, unterbrach sie ihn.

In diesem Moment klingelte ihr Handy. Und sie war froh darüber.

»Ja, hallo?«

»Hallo Katja«, hörte sie eine vertraute Stimme.

»Papa!«, rief sie überrascht.

Es war schon eine Weile her, seit sie das letzte Mal telefoniert hatten. Genauer gesagt, an seinem Geburtstag Anfang September.

»Wie geht es dir denn, mein Mädchen?«, wollte ihr Vater wissen.

»Gut. Und dir?«

Sie bemerkte, wie sehr Luca sich darüber ärgerte, dass sie ans Telefon gegangen war und damit ihr Gespräch unterbrochen hatte. Er stand mit verschränkten Armen neben ihr und machte keinerlei Anstalten, sie allein zu lassen. Natürlich nicht. Er wollte ja über jeden Aspekt ihres Lebens Bescheid wissen.

»Ach, wie sollte es mir schon gehen?«, fragte ihr Vater Karl leichthin und lachte ein wenig zu laut. »Deine kleine Schwester hält mich ständig auf Trab.«

»Halbschwester!«, korrigierte Katja ihn sofort. Sie hatten noch nicht einmal eine Minute miteinander gesprochen, und schon musste er Ella erwähnen.

»Katja, bitte hör zu. Ich will, dass du wieder zurückkommst«, drängte ihr Vater.

Sie spürte, wie sich ihr Magen zusammenzog. Noch immer war sie aufgewühlt wegen der Auseinandersetzung mit Luca, und jetzt begann schon die nächste Diskussion.

»Vielleicht klappt es ja mit einem Besuch bei euch gleich

nach Weihnachten«, sagte Katja bemüht ruhig, obwohl sie genau wusste, dass ihr Vater das nicht gemeint hatte.

»Nicht nur zu Besuch!«, sagte ihr Vater prompt. »Ich möchte dich wieder ganz hier haben.«

»Ich werde irgendwann wieder zurückkommen. Aber sicherlich noch nicht jetzt«, stellte sie unmissverständlich klar. »Ich habe mir hier ein Leben aufgebaut und ...«

»Katja, bitte. Du musst ...«

»Ich muss gar nichts!«, sagte sie innerhalb einer Minute zum zweiten Mal. Sie hatte genug für heute, sie wollte sich nicht vorschreiben lassen, was sie zu tun und zu lassen hatte. Weder von Luca noch von ihrem Vater.

»Bitte. Liebes. Ich brauche dich hier im Geschäft.« Ihr Vater blieb hartnäckig.

»Wozu? Du hast Julia und Ella. Da brauchst du ganz bestimmt nicht auch noch mich. Tut mir leid, Vater«, sie benutzte bewusst die Anrede, die er überhaupt nicht mochte, »aber ich muss jetzt wieder zur Arbeit. Mach's gut und bis bald.«

Sie legte auf, ohne dass er sich von ihr verabschieden konnte.

»Was wollte dein Vater?«, fragte Luca sofort.

»Nichts«, antwortete sie genervt. In diesem Moment schoss ihr für eine Sekunde der Gedanke durch den Kopf, ob sie nicht tatsächlich wieder nach Bayern zurückgehen sollte, nur um einen Vorwand zu haben, Luca auf einfachem Weg loszuwerden. Gleich darauf schalt sie sich dafür. Sie war kein Mensch, der sich klammheimlich aus dem Staub machte, wenn es schwierig wurde.

»Will er, dass du wieder zurückgehst?«, hakte er nach,

offenbar ohne zu bemerken, wie sehr er ihr inzwischen auf die Nerven ging. Unter seinem fragenden Blicken zuckte sie lapidar mit den Schultern und verschwand im Schlafzimmer.

Er folgte ihr.

»Katja?«

»Ich hab jetzt keine Zeit mehr, Luca. Bin schon viel zu spät dran.« Sie löste das Handtuch, hängte es über einen Stuhl und schlüpfte rasch in frische Kleidung.

»Na gut. Lass uns später reden, ja? Wir machen uns einen schönen Abend.«

»Okay«, sagte sie schnell, auch wenn sie sich bereits mit Lotte verabredet hatte. Nach der Arbeit würde sie ihm eine Nachricht schicken und ihm sagen, dass sie ihren gemeinsamen Abend verschieben müssten, weil sie bei Lotte war. Sicher wäre er darüber nicht sonderlich begeistert, aber für heute hatte sie genug davon, über jeden ihrer Schritte Rechenschaft abzulegen und seine Erlaubnis einzuholen. Sie brauchte erst wieder einen klaren Kopf, um über alles nachzudenken.

Als sie angezogen war, griff Luca nach ihrer Hand, und diesmal entzog sie sich ihm nicht, obwohl es ihr schwerfiel.

»Es tut mir wirklich leid, mein zauberhafter Engel. Ich liebe dich so sehr, dass ich manchmal viel zu impulsiv bin. Aber ich meine das doch nicht böse. Ich will nur mit dir glücklich sein, Katja. Du bist die wundervollste Frau, die ich je kennengelernt habe, und du weißt, wie viel du mir bedeutest.«

In der Vergangenheit hatte er sie mit solchen und ähnlichen Beteuerungen immer wieder um den Finger gewickelt. Heute ließen sie Katja kalt. Doch nicht nur das. Seine Worte stießen sie regelrecht ab. Was war das auch für eine Liebe, die dem anderen die Luft zum Atmen nahm? Es hatte keinen Sinn mehr. Luca würde sich nicht ändern. Und sie würde sich nicht für Luca ändern. Eine Trennung war wohl unvermeidlich, wie sie sich nun endlich eingestand. Allerdings würde sie nicht jetzt sofort mit ihm Schluss machen, so zwischen Tür und Angel, auch wenn alles in ihr danach drängte, es schnellstmöglich hinter sich zu bringen. Sie musste einen ruhigen Moment dafür finden, ihm klarmachen, dass es vorbei war, und am besten schon alles vorbereitet haben, um danach aus der Wohnung auszuziehen, in der Luca vorher schon gewohnt hatte. Gut, dass sie nicht sonderlich viele Sachen hatte. Alles, was ihr wichtig war, würde vermutlich in zwei große Koffer passen.

»Katja!«, riss er sie aus den Gedanken.

»Ich muss jetzt wirklich los zur Arbeit, Luca«, sagte sie entschieden.

»Und ich zurück in die Klinik. Sicher werde ich Ärger bekommen.« Der Vorwurf, dass er diesen Ärger hauptsächlich ihretwegen bekäme, lag unausgesprochen in der Luft. Doch sie ging gar nicht darauf ein.

»Adeus, Luca.«

»Adeus meu amor! Bis später!«

Einem Abschiedskuss ausweichend, schnappte sie ihre Handtasche und verließ die Wohnung.

Carlos Pehira nickte nur, als Katja ihm eine Stunde später erzählte, wie zufrieden Alfredo Barbosa mit dem Armband gewesen war.

»Davon bin ich ausgegangen, sonst hätte ich dich nicht damit zu ihm geschickt. Und jetzt mach dich an die Arbeit. Es gibt viel zu tun«, forderte er sie auf.

»Natürlich, Chef.«

Auf dem Weg zu ihrer Werkbank drehte sie sich noch mal zu ihm um.

»Senhor Pehira?«

»Ja?«, kam es ungeduldig.

»Darf ich auch diesen Smaragd-Ring allein anfertigen? Ich habe schon Ideen, wie ich ihn in eine ...«

»Nein!«, unterbrach er sie.

Nein?

»Aber, Senhor Pehira ... wieso denn nicht? Bei den Smaragden am Armband habe ich doch schon bewiesen, dass ich es kann.«

»Diese Steine waren klein. Und damit auch das Risiko, sollte etwas schiefgehen. Ich gebe zu, du hast es ganz ordentlich gemacht. Aber ein Smaragd, wie Alfredo Barbosa ihn jetzt als Solitär im Ring möchte, ist zu kostbar, um ihn von einer Anfängerin schleifen zu lassen. Man muss beherzt vorgehen, darf keine Sekunde unsicher sein, damit man das besondere Strahlen aus dem Rohsmaragd herausholt und kein Gewicht unnötig verliert. Diese Routine hast du noch nicht, Mädchen.«

»Aber ...«

»Kein Aber. Für das bevorstehende Weihnachtsgeschäft brauchen wir eine größere Auswahl an günstigen Ringen und Armkettchen – das ist neben den Reparaturen genug Arbeit, du wirst in der nächsten Zeit sehr beschäftigt sein.«

Damit drehte er sich um und verließ die Werkstatt.

Enttäuscht sah Katja ihm hinterher. Natürlich konnte sie seine Bedenken ein wenig nachvollziehen. Es ging um sehr viel Geld. Trotzdem. Sie hatte in der Zeit, die sie hier war, schon so viel von ihm gelernt und traute es sich zu. Sie musste ihn einfach überzeugen. Bis er einen passenden Rohsmaragd gefunden hatte, würde sie sich weiter beweisen, auch wenn seine deutlichen Worte ihr keine allzu große Hoffnung auf einen Sinneswandel machten.

Katja seufzte. Der Tag hatte so gut begonnen, doch inzwischen würde sie ihn am liebsten sofort abhaken. Die angespannte Situation mit Luca, die für sie inzwischen nur noch in einer Trennung münden konnte, lag ihr schwer im Magen. Dazu das Telefonat mit ihrem Vater, der nicht akzeptieren wollte, dass sie nicht in ihre alte bayerische Heimat zurückkehren würde. Zumindest nicht in den nächsten Jahren.

Sie konnte es kaum mehr erwarten, zu Lotte zu kommen. Doch zuerst musste sie noch eine Reihe gerissener Goldkettchen reparieren und Ohrringe reinigen. Arbeiten, die sie in der Werkstatt ihres Vaters schon als Teenager hatte machen dürfen. Als sie an diese Zeit zurückdachte, spürte sie plötzlich ein trauriges Sehnen. Damals waren sie und ihr Vater ein perfektes Team gewesen. Nach dem frühen Tod ihrer Mutter, die ausgerechnet beim Yoga an einem geplatzten Aneurysma gestorben war, als Katja noch keine zehn Jahre alt gewesen war, war er, zusammen mit ihrer Großmutter Maria, die ebenfalls Goldschmiedin war, zu ihrem Lebensmittelpunkt geworden.

Nie wäre Katja etwas anderes in den Sinn gekommen, als das Handwerk von ihrem Vater und der Großmutter zu erlernen und das traditionelle Familiengeschäft später weiter auszubauen und irgendwann zu übernehmen. Doch kaum hatte sie ihre Ausbildung abgeschlossen, zwang ein komplizierter Oberschenkelbruch nach einem Fahrradunfall ihre Großmutter zu einer längeren Auszeit. Maria hatte sich in den letzten Jahren hauptsächlich um den Verkauf und die Verwaltungsarbeit gekümmert und ihrem Sohn und der Enkelin die Werkstatt überlassen. Da sie inzwischen ohnehin im Rentenalter war, beschloss sie, sich durch diese erzwungene Auszeit ganz aus dem Geschäft zurückzuziehen und den nächsten Generationen den Laden zu überlassen. Eine ihrer letzten Amtshandlungen war es gewesen, eine Mitarbeiterin einzustellen, die ihre Aufgaben übernehmen sollte. Und so war Julia in ihrer aller Leben getreten.

Innerhalb weniger Wochen hatte Karl sich hoffnungslos in die zehn Jahre jüngere Frau verliebt, die so völlig anders war als Katjas Mutter Barbara. Obwohl es ihr damals nicht ganz leichtgefallen war, hatte Katja zunächst versucht, Julia als Freundin ihres Vaters zu akzeptieren. Doch in der Konstellation zu dritt im Geschäft kam es immer öfter zu Spannungen zwischen Katja und Julia, die – jede auf ihre Art – um Karls Aufmerksamkeit buhlten.

Sie waren noch kein halbes Jahr zusammen, da eröffneten sie Katja ausgerechnet an ihrem 19. Geburtstag, dass Julia schwanger sei und sie bald heiraten würden. Die Wohnung über dem Laden war nicht groß genug für alle, weshalb Julia Katja nahegelegt hatte, sich rechtzeitig eine eigene Bleibe zu suchen.

Karl hatte versucht, alles als coolen Start für Katja in die Eigenständigkeit zu verkaufen. Was es eigentlich auch gewesen wäre, doch da Katja von den Ereignissen gewissermaßen überrollt worden war, fühlte es sich für sie an wie ein Rauswurf. Als wollte ihr Vater seine alte Familie mit einer neuen ersetzen. Selbst Maria war begeistert gewesen, dass ihr einziger Sohn noch einmal eine Ehe eingehen wollte und erneut Vater wurde. Somit hatte es auch von ihrer Oma keine Rückendeckung gegeben.

An jenem Tag war Katja zum Grab ihrer Mutter gefahren und hatte lange Zwiesprache mit ihr gehalten. Sie fühlte sich zerrissen. Einerseits gönnte sie ihrem Vater das neue Glück, gleichzeitig kam sie sich so einsam vor wie nie zuvor. Schließlich hatte sie eine Entscheidung getroffen.

»Ich werde nach München gehen und mir dort einen Job suchen«, hatte sie später am Abend zu ihm gesagt und insgeheim gehofft, ihr Vater würde ihr das Vorhaben ausreden wollen, sie bitten zu bleiben. Doch er hatte lächelnd genickt und sogar erleichtert gewirkt.

»Das ist ein guter Plan, Katja. Deine Oma und ich haben dir ja schon alles beigebracht. Jetzt wird es Zeit, dass du dich handwerklich bei anderen Goldschmieden weiterentwickelst und inspirieren lässt, bevor du irgendwann unser Geschäft übernimmst. Ich kann dir Kontakte zu Kollegen vermitteln«, schlug er vor.

Doch Katja hatte das abgelehnt. Sie wollte sich allein darum kummern. Schon zwei Monate später trat sie ihre neue Stelle an. Allerdings nicht in München, da sie dort nichts Passendes gefunden hatte, sondern in der Werkstatt eines bekannten Hamburger Goldschmiedes am anderen Ende der Republik.

Katja war so in ihre Erinnerungen versunken, dass sie fast ihren Feierabend übersehen hätte, wenn ihr Chef sie nicht angesprochen und nach Hause geschickt hätte. Sie beendete noch die Reparatur einer Schließe goldener Creolen, bevor sie ihren Arbeitsplatz aufräumte, ihre Tasche nahm und die Werkstatt verließ. Um womöglich nicht erneut im Fahrstuhl stecken zu bleiben, nahm sie dieses Mal die Treppe nach unten.

Kapitel 4

»Dein früheres Zimmer bewohnt jetzt meine neue Bedienung«, sagte Lotte bedauernd. »Aber bis du was anderes gefunden hast, kannst du auf jeden Fall bei mir schlafen. Mein Bett ist ja groß genug.«

»Danke, Lotte.«

»Hey, das ist doch überhaupt keine Frage.«

Sie prosteten sich mit ihren Gläsern zu, und Katja nahm einen ordentlichen Schluck Caipirinha, den Lotte mit einem Extraschuss Cachaça gemixt hatte. Vor zehn Minuten hatten sie die Strandbar geschlossen, und jetzt saßen sie nebeneinander auf einer Decke im kühlen Sand am Meer. Das Licht des Dreiviertelmondes spiegelte sich sanft glitzernd in den leise rauschenden dunklen Wellen. Lotte hatte zwei Einweckgläser mit Kerzen aufgestellt, die normalerweise die Tische auf der Terrasse der Bar zierten.

»Und danke, dass du es nicht sagst«, sagte Katja nach einer Weile.

»Du meinst: Ich hab dir von Anfang an gesagt, dass Luca nicht der Richtige für dich ist?«

Katja musste lachen.

»Genau das meinte ich.«

»Tja. In diesem Fall hätte ich lieber nicht recht gehabt, Blondie. Ehrlich!«

Katja ignorierte den ungeliebten Spitznamen und lehnte sich an die Schulter ihrer Freundin.

»Ich hätte nie gedacht, dass er sich so verändern würde«, gestand sie traurig. »Luca schien so offen und lebensfroh, als wir uns kennenlernten. Genau das, was ich damals brauchte. Ich verstehe nicht, warum er jetzt so anders ist. Sag, Lotte, denkst du, es liegt vielleicht irgendwie an mir, dass er …«

»Oh nein! Komm mir bloß nicht damit, dir das Büßerhemd anzuziehen, Katja«, unterbrach Lotte sie streng und rückte ein Stück von ihr ab, um ihr in die Augen zu sehen. »Es liegt nicht an dir. Verstanden? Luca mag auch seine guten Seiten haben, aber er vereinnahmt dich immer mehr, und sein Kontrollwahn ist wirklich nicht mehr normal. Letztlich vertraut er dir einfach nicht.«

»Vielleicht weil seine letzte Freundin ihn betrogen hat?«, warf Katja ein.

»Trotzdem. Das ist doch keine Basis für eine Beziehung. Und dieses Telefonat vorhin mit ihm …«

Lotte sprach nicht weiter, aber das musste sie auch nicht. Als Luca die Nachricht gelesen hatte, dass Katja den Abend bei Lotte verbringen und auch dort übernachten würde, war er stinksauer gewesen. Er hatte von ihr verlangt, sofort nach Hause zu kommen, und ihr am Handy eine solche Szene gemacht, dass sie einfach aufgelegt hatte. Als er gleich darauf wieder angerufen hatte, hatte Lotte ihr das Handy aus der Hand genommen und sich gemeldet.

»Hallo?«

»Bist du das, Lotte? Ich will mit Katja reden! Sofort!«

Er hatte so laut gesprochen, dass Katja das Gespräch auch ohne Lautsprecher mithören konnte.

»Hallo Luca«, hatte Lotte sehr ruhig gesagt, ohne sich von ihm provozieren zu lassen. »Katja hilft mir ein wenig in der Bar aus. Das ist doch kein Problem für dich?«

»Sie sollte bei mir sein! Wir wollten den Abend heute gemeinsam verbringen.«

»Pläne können sich auch mal kurzfristig ändern, Luca. Und damit sie nicht allein so spät unterwegs sein muss, schläft sie auch gleich bei mir.«

»Das braucht sie nicht. Ich komme und hole sie ab«, hatte er bestimmend gesagt.

»Nein. Das ist nicht nötig. Denn Katja möchte hier schlafen. Und darüber brauchen wir jetzt nicht weiter zu diskutieren. Katja weiß selbst am besten, was sie will und was nicht. Und du hast das zu akzeptieren.«

»Misch du dich da bloß nicht ein, Lotte!«, hatte er sie grob angefahren. »Wenn ich meine Freundin abholen möchte, dann tu ich das!«

Katja hatte Lotte angesehen, dass diese langsam die Geduld verlor.

»Jetzt hör mir mal gut zu, Luca. Du kannst natürlich herkommen und Katja eine Szene machen. Ob das einer Beziehung guttut, wage ich zu bezweifeln. Aber versuche es nur und blamiere dich vor allen Leuten hier und vor deiner Freundin, wenn du meinst. Ich würde mir das an deiner Stelle allerdings zweimal überlegen!«

Luca hatte ein derbes Schimpfwort gezischt und dann das Gespräch abgebrochen.

»Du hast ja recht, Lotte«, sagte Katja und nippte wieder an ihrem Drink. »Er benimmt sich einfach unmöglich, und es wird immer schlimmer. Ich muss morgen mit ihm reden. Es hat keinen Sinn mehr, es länger hinauszuschieben.« Auch wenn das Ende einer Beziehung immer traurig war, so fühlte Katja sich doch hauptsächlich erleichtert, endlich eine Entscheidung getroffen zu haben. Ein gewaltiger Druck löste sich von ihrer Brust, und sie hatte das Gefühl, nach längerer Zeit zum ersten Mal wieder richtig durchatmen zu können.

»Ich komme mit zu dir, wenn du deine Sachen holst. Und wenn du möchtest, dann bleib ich auch mit dabei, wenn du ihm sagst, dass Schluss ist«, bot Lotte an.

»Danke!« Katja griff nach der Hand ihrer Freundin und drückte sie kurz. »Aber das Gespräch führe ich besser allein mit ihm. Das bin ich ihm schuldig.«

Lotte zuckte mit den Schultern.

»Wie du meinst, aber ich werde in der Nähe bleiben. Man weiß ja nie …«

»Ach, wenn ich dich nicht hätte …«, murmelte Katja.

Lotte und sie hatten sich durch einen verrückten Zufall vor neun Jahren in Hamburg kennengelernt. Katja war zu einem Bewerbungsgespräch in einer der angesagtesten Goldschmieden, die auf hochpreisige Einzelanfertigungen spezialisiert war, unterwegs gewesen. Während sie auf dem Handy die Wegbeschreibung las, hatte sie einen frischen Hundehaufen übersehen, in den sie mit ihren schicken hellen Pumps hineingetreten war. Sie hatte versucht, den gröbsten Dreck an der Kante des Bürgersteiges abzukratzen.

»Verdammte Scheiße!«, hatte sie geschimpft und in ihrer Handtasche vergeblich nach Papiertaschentüchern gesucht.

»Das trifft es im wahrsten Sinne des Wortes, Blondie«, hatte sie jemanden amüsiert sagen hören. Verärgert hatte sie sich umgedreht und in die funkelnden grünen Augen einer jungen üppig gebauten Frau geschaut, deren rote Lockenmähne über die Schultern fiel.

»Entschuldige, war nicht böse gemeint … Hier!« Sie hatte Katja ein Päckchen Taschentücher gereicht. »Um den Gestank loszukriegen, musst du den Schuh am besten sofort abwaschen.«

»Das schaffe ich nicht mehr. Ich muss in genau neun Minuten bei einem Vorstellungsgespräch sein und brauche noch mindestens fünf Minuten, bis ich da bin … Aber mit stinkenden Schuhen kann ich mir das vermutlich gleich abschminken. Verdammter Mist.«

»Du kommst aus Bayern, oder?«, hatte die Rothaarige mit einem amüsierten Lächeln gefragt.

»Ist wohl nicht zu überhören«, hatte Katja erwidert.

»Nein. Aber ich mag den Dialekt … Was hast du denn für eine Schuhgröße?«

»39, warum?«

Statt einer Antwort war die freundliche junge Frau schon aus einem ihrer schwarzen Ballerinas geschlüpft.

»Ich hab 40, aber die müssten gehen, und die Farbe passt auch einigermaßen zu deiner Bluse«, hatte sie gesagt, und Katja hatte sie nur baff angeschaut. »Jetzt mach schon, dann schaffst du es noch rechtzeitig zu deinem Bewerbungsgespräch.«

»Aber … aber wie soll ich sie dir denn zurückgeben?«

»Ich arbeite in der Kneipe gleich dort drüben«, hatte sie erklärt und zur anderen Straßenseite gedeutet. »Komm einfach vorbei, wenn du fertig bist, und frag nach Lotte. Na, mach schon!«

»Danke, Lotte. Ich bin Katja.«

»Viel Glück, Katja.«

Eilig hatten sie die Schuhe getauscht, und während Lotte barfuß mit den dreckigen Pumps zur Kneipe marschierte, um sie dort zu waschen, schaffte Katja es gerade noch, pünktlich zum Vorstellungsgespräch zu kommen.

Später an diesem Tag hatten sie und Lotte die Schuhe zurückgetauscht und auf die Zusage für die Stelle in der Goldschmiede angestoßen.

»Wo ich hier günstig eine Wohnung kriege, weißt du nicht zufällig?«, hatte Katja gefragt, als Lotte ihre Schicht beendet und sie gemeinsam die Kneipe verlassen hatten.

»Günstig?« Sie lachte auf. »Kannst du vergessen. Ich bin selbst schon länger auf der Suche. Ich möchte endlich bei meinen Eltern ausziehen, finde aber nichts, das ich mir leisten kann.«

Die jungen Frauen hatten sich angesehen und plötzlich denselben Gedanken gehabt.

»Wie wäre es denn mit einer WG?«, hatte Katja ihn ausgesprochen. »Dann könnten wir uns die Kosten teilen.«

Lotte hatte grinsend genickt.

»Keine Ahnung warum, aber mit dir könnte ich mir eine WG vorstellen, auch wenn ich dich erst seit heute kenne«, hatte sie gesagt.

»Dito.«

Das war der Beginn einer wundervollen Freundschaft gewesen.

»Möchtest du noch Nachschub?«, riss Lotte sie aus ihren Gedanken. Erstaunt stellte Katja fest, dass sie den Caipirinha schon ausgetrunken hatte. Sie überlegte kurz und schüttelte dann den Kopf.

»Vielleicht ist es besser, wenn ich morgen einen klaren Kopf habe«, sagte sie.

»Kann nicht schaden«, stimmte Lotte ihr zu.

»Was tut sich eigentlich momentan bei dir in Sachen Männer?«, fragte Katja, um ein wenig von ihren eigenen Problemen abzulenken.

»Gute Frage«, meinte Lotte und lachte kurz auf. »Irgendwie hat es schon länger keiner mehr geschafft, die Schmetterlinge in meinem Bauch fliegen zu lassen«, gab sie zu.

»Am Angebot mangelt es aber nicht«, sagte Katja, die am Abend in der Bar wieder einmal festgestellt hatte, dass zahlreiche Männer nur zu gern nähere Bekanntschaft mit Lotte gemacht hätten.

»Auf mehr als ein wenig flirten hab ich momentan keinen Bock.«

»Was ist denn mit dir los? Alles okay?«, fragte Katja, die Lotte so gar nicht kannte.

»Ach, ich weiß auch nicht ... Meine Bar macht mir schon Spaß, aber auf Dauer immer nur Strand, Sonne und betrunkene Gäste, die irgendwann schreckliche Lieder grölen – vielleicht wird es langsam Zeit für mich, etwas Neues zu wagen.«

Katja sah sie erschrocken an.

»Du willst doch nicht etwa weg von hier?«

»Zumindest denke ich immer öfter darüber nach«, gab Lotte zu.

»Aber du kannst mich doch hier nicht einfach allein lassen, Lotte.«

Die Vorstellung, dass ihre beste Freundin nicht mehr in der Nähe sein könnte, bedrückte sie. Gerade jetzt, wo sie unmittelbar vor einer Trennung mit Luca stand.

Lotte gab ihr einen liebevollen Schubser in die Seite und lächelte.

»Hey, keine Sorge. Ich habe nicht vor, Brasilien Hals über Kopf zu verlassen.«

»Dann bin ich ja etwas beruhigt!«, sagte Katja, die Lotte inzwischen aber gut genug kannte, um nicht allzu erleichtert zu sein. Wenn diese sich etwas in den Kopf gesetzt hatte, dauerte es meist nicht lange, bis sie ihre Idee umsetzte.

»Aber weißt du«, fuhr Lotte fort und bestätigte damit Katjas Befürchtung, »ewig bleib ich sicher nicht hier.«

In diesem Moment klingelte Katjas Handy.

Lotte verdrehte die Augen.

»Ach je. Luca gibt aber auch gar nicht auf«, sagte sie genervt.

»Ich hab keine Lust, jetzt mit ihm zu reden«, meinte Katja seufzend.

»Gib mir das Handy. Ich mache ihm das jetzt ein für alle Mal klar, und wenn er es danach immer noch nicht kapiert hat, schaltest du das Ding einfach aus.«

Bevor Katja etwas entgegnen konnte, hatte Lotte sich ihr Handy bereits geschnappt.

»Das ist nicht Luca. Es ist eine Nummer aus Deutschland«, stellte Lotte fest.

»Aus Deutschland?« Katja nahm ihr das Handy wieder aus der Hand. Die Nummer war ihr unbekannt. »Wer ruft denn um diese Zeit noch an?« In ihrer ehemaligen Heimat war es durch die Zeitverschiebung fast vier Uhr früh. Plötzlich kam ihr ein unerfreulicher Gedanke. Womöglich war etwas mit ihrer Oma, die seit zwei Jahren in einem Seniorenheim lebte.

»Ja hallo?«, meldete sie sich rasch mit einem mulmigen Gefühl im Bauch.

»Katja?«

Sie erkannte die Stimme sofort. Ihre Stiefmutter! Was wollte die denn mitten in der Nacht von ihr?

»Julia!?«

»Du musst nach Hause kommen, Katja. Karl … er … er braucht dich.«

»Ach, versucht er es jetzt über dich? Das ist aber keine gute Idee. Er weiß doch ganz genau …«

»Katja!«, unterbrach Julia sie. »Ich rufe aus dem Krankenhaus an.«

Ihre Stimme hörte sich heiser an, so als wäre sie erkältet – oder als hätte sie geweint?

»Ist was mit Oma?«, fragte Katja alarmiert.

»Nein … es ist Karl, Katja … du musst kommen. So schnell wie möglich.«

»Papa? Aber wieso denn? Wir haben doch heute erst telefoniert.«

»Es geht ihm nicht gut.«

Katja hatte das Gefühl, als würde eine eisige Faust ihren Magen zerquetschen. Kalte Angst kroch ihren Nacken hoch.

»Was ist mit ihm?«, fragte sie fast atemlos.

Lotte sah sie besorgt an und griff nach Katjas Hand.

»Karl … er hatte am Abend einen Schwächeanfall. Jetzt

wird er gerade operiert. Es ist sein Herz. Offenbar ein Herzinfarkt. Mehr weiß ich auch noch nicht … Aber die Ärzte meinen …«

»Was meinen sie?«

Für einige Sekunden herrschte Stille in der Leitung. Dann hörte Katja ein verhaltenes Schluchzen.

»Sein Zustand ist sehr kritisch.«

»Was bedeutet das?« Katja schrie nun fast.

»Das bedeutet, dass du keine Zeit mehr verlieren darfst, Katja. Du musst nach Hause kommen.«

Kapitel 5

Anfang Dezember 1944

Marianne saß neben ihrem Vater an der Werkbank in der Goldschmiedewerkstatt, die nur durch einen kleinen Flur vom Ladengeschäft getrennt war.

Martin sah Marianne dabei zu, wie sie vorsichtig mit einem Stichel die Namen *Erna* und *Gregor* in die Innenseite eines Ringes gravierte. Auch in den schlimmsten Zeiten ließ sich die Liebe nicht aufhalten, und der Glaube an eine bessere, friedliche Zukunft schenkte zwei Menschen den Mut, sich das Eheversprechen zu geben.

Allerdings waren Aufträge wie der Ring für diese Braut inzwischen selten geworden. Es gab nur noch wenige Menschen, die es sich überhaupt leisten konnten, Schmuck oder Uhren zu kaufen. Solche Luxusgüter wurden vielmehr für die notwendigsten Dinge wie Essen, Kleidung oder Medizin eingetauscht. Oder um vor Krieg und Verfolgung in ein anderes Land zu fliehen.

Auch im Laden gab es so gut wie keine Schmuckstücke mehr. Martin Tanner hielt sich mit Reparaturen über Wasser, die sich nicht mehr nur auf sein erlerntes Handwerk beschränkten. Und so brachten die Leute eine gerissene Kette oder die stehen gebliebene Taschenuhr zu ihm, genauso wie ein defektes Radio oder ein zerbrochenes Spinnrad. Bezahlen ließ er sich dafür mit Lebensmitteln, die sich ohnehin nicht mit Geld oder Schmuck aufwiegen ließen. Oder seine Arbeit wurde mit anderen Dienstleistungen abgegolten. Als er zum Beispiel die Nähmaschine der Schneiderin repariert hatte, fertigte sie ihm dafür eine neue Weste an.

Oftmals verlangte er auch gar nichts. In diesen schlimmen Zeiten half man sich gegenseitig, so gut man eben konnte.

Trotzdem war und blieb seine Leidenschaft das Goldschmiedehandwerk, und wann immer es ihm möglich war, lernte er seine Tochter darin an. Sie stellte sich schon sehr geschickt an, und Martin war stolz auf sie.

»Wunderbar hast du das gemacht, mein Mariannchen«, lobte er sie. »Und jetzt noch …«

»Unser Markenzeichen, Papa. Ich weiß schon«, sagte Marianne eifrig.

Jedes Schmuckstück, das in der Goldschmiede der Familie Tanner hergestellt wurde, bekam winzig klein die auf besondere Weise ineinander verschlungenen Initialen *L* und *T* eingraviert, die für Ludwig Tanner standen, Martins Vater, den Gründer der Goldschmiede.

Marianne war gerade fertig geworden und polierte den Ring sorgfältig mit einem Tuch, da klingelte die Ladenglocke.

»Ich gehe schon nachsehen«, sagte Martin und erhob sich langsam. Sein Rücken machte ihm große Probleme, seitdem er vor zwei Jahren von einem durchgehenden Pferd umgerannt worden war. Wie durch ein Wunder war er damals glimpflich davongekommen, aber offenbar hatte er doch einen Schaden an der Wirbelsäule davongetragen, den niemand so recht behandeln konnte.

»Guten Tag«, hörte sie eine Stimme mit französischem Akzent, die Marianne sofort wiedererkannte.

Bernard! Schlagartig beschleunigte sich ihr Puls. Sie hatte den jungen Franzosen seit der Begegnung am Bach nicht wiedergesehen. Doch sie hatte ihn nicht vergessen können. Wieso kam er ausgerechnet hierher?

Marianne spürte, wie ihr mit einem Mal ganz heiß wurde.

Sie legte den Ring ab, stand auf und ging hinaus in den Flur, um unbemerkt einen Blick in den Laden zu werfen. Dort stand tatsächlich Bernard, und er sah noch viel besser aus, als sie ihn in Erinnerung hatte.

»Wie kann ich Ihnen helfen?«, fragte ihr Vater.

»Die Bäuerin vom Lindnerhof hat mich geschickt«, antwortete Bernard und holte eine kleine Tischuhr, die in ein Tuch eingeschlagen war, aus einem Beutel und stellte sie auf den Verkaufstresen.

»Das Uhrwerk lässt sich nicht mehr aufziehen«, erklärte Bernard.

Martin zog die Uhr zu sich heran und nahm sie kurz in Augenschein.

»Das ist sicher keine große Sache«, sagte er dann. »Bald läuft sie wieder.«

Marianne überlegte fieberhaft, was sie machen sollte. Sollte sie in den Laden gehen und ihn begrüßen? Oder sollte sie Bernard einfach wieder gehen lassen, ohne dass sie sich bemerkbar machte, was vermutlich das Vernünftigste wäre. Doch die Vernunft konnte sich nicht gegen den Drang durchsetzen, ihn wissen zu lassen, dass sie hier war. Wie von selbst setzten sich ihre Füße in Bewegung.

»Guten Tag, Bernard«, sagte sie höflich, mit bemüht fester Stimme und glühenden Wangen.

Bernards Augen begannen zu leuchten, als er sie wiedererkannte.

»Marianne!«, rief er erfreut.

Erstaunt sah Martin zwischen seiner Tochter und dem jungen Mann hin und her.

»Ihr kennt euch?«, fragte er erstaunt.

»Wir sind uns begegnet, als ich das letzte Mal von Tante Berta nach Hause fuhr«, erklärte Marianne. Sie wollte keine Geheimnisse vor ihrem Vater haben.

»So ... so ...«, sagte Martin und wandte sich dann wieder an Bernard. »Die Uhr ist nächsten Montag fertig.«

»Ich werde es der Bäuerin ausrichten«, sagte Bernard, machte jedoch keine Anstalten zu gehen. Offenbar suchte er nach einem Grund, noch ein wenig länger im Laden zu bleiben.

Martin bemerkte seine Unschlüssigkeit sehr wohl und räusperte sich.

»Also dann, auf Wiedersehen, junger Mann«, sagte er bestimmt.

»Auf Wiedersehen.« Mit einem bedauernden Blick ging Bernard zur Tür.

»Schönen Tag, Bernard«, wünschte Marianne und biss kurz auf ihre Unterlippe, wie sie es oft tat, wenn sie nachdachte.

Sie hatte sehr gehofft, dass sie ihn wiedersehen würde, und hätte nicht vermutet, dass das im Laden passieren würde, allerdings hätte sie sich gewünscht, dass sie sich etwas länger unterhalten könnten.

Bernard warf ihr noch rasch ein Lächeln zu, dann verließ er den Laden.

Für ein paar Sekunden herrschte Stille.

»Das ist also der Grund, warum deine Augen in letzter Zeit so strahlen«, sagte Martin schließlich mit einem nachdenklichen Stirnrunzeln.

»Aber nein, Vater!«, rief Marianne schnell. Sie war verwundert, dass ihrem Vater so etwas überhaupt aufgefallen war.

»Oh doch, mein Kind. Seit dem Tod deiner Mutter und durch die Sorgen um unseren Joseph bist du viel stiller geworden und in dich gekehrt. Erst in der letzten Zeit kam wieder etwas von meinem fröhlichen Mariannchen zurück. Und jetzt weiß ich endlich warum.«

Marianne wusste nicht, was sie darauf sagen sollte. Sie wollte ihren Vater nicht anlügen. Und gleichzeitig war da ja gar nichts, was sie erzählen könnte. Zugegeben, dieser Bernard gefiel ihr, er gefiel ihr sogar außerordentlich gut, aber was sollte schon daraus werden?

»Bitte, Kind, gib gut auf dich acht!«, sagte Martin eindringlich.

»Natürlich, Vater!«, versprach Marianne.

Martin schien nach den richtigen Worten zu suchen.

»Dieser Mann ist offenbar ein Kriegsgefangener, und du weißt selbst …«

»Ja, aber …«

»Bitte unterbrich mich nicht, Marianne. Du bist noch so jung, und ich will nur, dass du dich nicht in eine verzwickte Situation hineinmanövrierst. Man weiß nicht, wie es weitergehen wird. Und wenn der Krieg irgendwann zu Ende geht, was der liebe Gott hoffentlich bald geschehen lässt, dann werden die meisten Kriegsgefangenen wohl wieder zurück nach Hause geschickt.«

»Vater, hör doch bitte, es ist ja gar nichts. Ich habe Bernard nur zufällig kennengelernt«, versuchte sie ihren Vater zu beschwichtigen. Das Gespräch war ihr äußerst unangenehm.

»Ach Kind, ich war doch auch einmal jung. Glaub nicht, dass ich vergessen habe, wie das ist.« Plötzlich seufzte er. »Wenn doch nur deine Mutter noch da wäre, um solche Dinge mit dir zu besprechen«, murmelte er hilflos.

Das wünschte Marianne sich auch. Der Tod der Mutter im letzten Jahr hatte sie alle völlig überraschend getroffen. Doch sie wollte nicht, dass ihr Vater traurig war und sich Sorgen machte.

»Darf ich dir dabei zusehen, wie du die Uhr reparierst?«, fragte sie deswegen, um das Thema zu wechseln.

»Natürlich darfst du das. Aber das machen wir erst morgen. Ich muss mich jetzt kurz hinlegen und ausruhen.«

Martin wirkte ein wenig blass, und Marianne sah ihm besorgt hinterher, als er schwerfällig nach oben ging. Sie sperrte die Ladentür ab, säuberte die Werkbank und ging ebenfalls in die Wohnung.

In der Küche lag das Aroma von Kamille in der Luft. Magda saß auf einer Bank, im Arm ihre fiebrige Enkelin Elisabeth.

Sie träufelte dem kranken, knapp fünf Monate alten Säugling mit einem Löffel Tee ein.

Magda war nach den schweren Luftangriffen im August mit ihrer Tochter Brigitte und ihrer Enkelin aus Königsberg in Ostpreußen geflohen. Sie wollten sich zu Magdas Verwandtschaft nach Salzburg durchschlagen. Doch am Schlesischen Bahnhof in Berlin hatte es einen nächtlichen Bombenangriff gegeben. Alle waren zu einem nahe gelegenen Bunker geflüchtet. Dabei wurden Magda, die ihre Enkelin auf dem Arm trug, und ihre Tochter auseinandergerissen. Tagelang hatte sie vergeblich nach Brigitte gesucht, dann hatte sie sich mit der kleinen Elisabeth weiter auf den Weg gemacht, in der Hoffnung, dass Brigitte schon vorausgegangen und nicht den Bomben zum Opfer gefallen war. Doch das kranke Kind und Magdas eigene Erschöpfung zwangen sie, ihre Reise in Osterhofen vorübergehend zu unterbrechen. Die Flüchtlingsfrau war mit dem Baby vor zwei Wochen in der Wohnung der Familie Tanner einquartiert worden.

Martin hatte Magda und dem Kind das Wohnzimmer überlassen und dort Mariannes altes Kinderbett aufgestellt.

»Guten Tag Magda, geht es der Kleinen besser?«, fragte Marianne besorgt.

»Etwas«, antwortete Magda, während sie mit dem Kind aufstand. »Ich lege sie jetzt ein wenig hin zum Schlafen.«

»Ich koche Suppe, Magda. Du kannst gern mitessen«, bot Marianne der Frau an.

»Danke.«

Magda nickte müde und ging mit gebeugtem Rücken hinaus. Obwohl sie gerade erst Anfang vierzig war, hatte der schreckliche Krieg mit dem wahrscheinlichen Verlust der geliebten Tochter und der Heimat vorzeitig eine alte Frau aus ihr gemacht.

Marianne machte sich an die Zubereitung des Mittagessens. Während sie Kartoffeln und Karotten für die Suppe schälte, schlich Bernard sich wieder in ihre Gedanken. In einem ihrer lebhaften Tagträume stellte sie sich vor, wie sie gemeinsam bei einem Picknick an dem kleinen Bach saßen, an dem sie sich kennengelernt hatten. Der Krieg wäre längst vorbei, und sie würden Pläne für die Zukunft schmieden. In ihrer Fantasie wagte sie es sogar, sich einen Kuss von ihm vorzustellen.

Sie unterdrückte ein Seufzen, als ihr Vater in die Küche kam und die Wirklichkeit sie einholte. Doch sie nahm sich fest vor, unbedingt am Montag im Laden zu sein, wenn Bernard die reparierte Uhr abholen würde. Sie wünschte sich so sehr, sie könnte ein paar Worte allein mit ihm wechseln.

Ihr Wunsch ging völlig unerwartet schon am nächsten Nachmittag in Erfüllung. Marianne hatte zusammen mit ein paar anderen Frauen aus dem Ort im Pfarrhaus frisch gewaschenen Leintücher und Bettbezüge in unterschiedlich lange Streifen geschnitten und aufgerollt. Das Verbandsmaterial wurde dringend für die Lazarette gebraucht. Als sie fertig waren, blieb Marianne und half Gisela, der Pfarrhaushälterin, noch beim Wischen der Böden. Das tat sie jeden Samstag. Gisela war eine betagte Cousine ihres Vaters. Sehr viel mehr, als für den Pfarrer zu kochen und sich um die Wäsche zu kümmern, schaffte die alte Dame nicht mehr. Marianne half ihr gerne. Obwohl Gisela körperlich nicht mehr sehr fit war, war ihr Verstand immer noch messerscharf. Sie war sehr belesen, und Marianne genoss die Gespräche, die sie mit ihr führte. Hin und wieder fragte Marianne sich sogar, ob die Predigten des Pfarrers tatsächlich nur aus der Feder des Geistlichen stammten oder ob seine Pfarrhaushälterin nicht die eigentliche Inspiration für den ein oder anderen Gedanken war.

»Danke, Marianne«, sagte Gisela zum Abschied. »Du bist wirklich ein sehr fleißiges Mädchen.«

»Das mache ich doch gerne.«

»Möchtest du dir vielleicht noch ein Buch ausleihen?«, fragte Gisela.

»Das wäre schön!«, sagte Marianne erfreut.

»Na dann komm.«

Marianne suchte sich aus der beachtlichen Sammlung einen Gedichtband von Schiller aus.

»Ich bringe das Buch bald wieder zurück.«

»Es eilt nicht Mädchen … Und richte deinem Vater bitte einen lieben Gruß von mir aus, ja?«

»Natürlich. Bis bald, Gisela!«

Marianne trat eben aus der Tür, als jemand auf das Pfarrhaus zugeeilt kam. Sie traute kaum ihren Augen, als sie Bernard erkannte.

»Bernard!«

»Marianne!«

»Was machst du denn hier?«, fragte sie überrascht.

»Man hat mich geschickt, um den Pfarrer zu holen. Es geht zu Ende mit dem alten Bauern.«

»Das tut mir leid«, murmelte Marianne und hatte ein schlechtes Gewissen, weil sie sich trotz dieser schlechten Nachricht so freute, Bernard zu sehen.

Bevor er das Pfarrhaus betrat, fragte er leise: »Morgen, am Sonntagnachmittag gibt uns die Bäuerin immer ein paar Stunden frei. Magst du dich mit mir zu einem Spaziergang treffen, Marianne?«

»Ja«, flüsterte sie ihm zu und war über sich selbst überrascht. Sie kannte ihn doch so gut wie gar nicht.

»Also morgen um vierzehn Uhr bei dem kleinen Bach, wo wir uns zum ersten Mal begegnet sind?«

Sie nickte und machte sich dann mit wild klopfendem Herz auf den Weg nach Hause.

Kapitel 6

Bevor sie in Salvador de Bahia ins Flugzeug gestiegen war, hatte Katja einiges an Überredungskunst gebraucht, damit ihre Stiefmutter einen kurzen Facetime-Moment für sie und ihren Vater arrangierte. Karl hatte die Operation so weit gut überstanden, lag jedoch in einem kritischen Zustand auf der Intensivstation.

»Er ist sehr schwach, Katja«, hatte Julia ihr zu erklären versucht.

»Ich will ihn doch nur sehen, und er muss auch nichts sagen, sondern kann mir nur zuhören. Ich möchte ihm selbst sagen, dass ich zurückkomme. Bitte. Julia! Du musst das für mich tun. In einer Stunde ist Boarding, und dann dauert es fast acht Stunden bis zur Zwischenlandung in Lissabon. Bitte!«

»Na gut … Ich versuche es und melde mich bald wieder bei dir.«

Obwohl das Verhältnis der Frauen nie sonderlich gut gewesen war, hatte Julia alles in Bewegung gesetzt, um letztlich die Erlaubnis der Ärzte zu bekommen. Gerade noch rechtzeitig, kurz vor dem Einsteigen ins Flugzeug.

Als Katja ihren Vater durch das kleine Display des Handys

blass und an zahlreiche Schläuche und Geräte angeschlossen vor sich sah, musste sie sich zusammenreißen, um nicht sofort loszuheulen. Sie räusperte sich und bemühte sich, ein Lächeln aufzusetzen.

»Papa … Ich bin es. Was machst du nur für Sachen?«, fragte sie hilflos, innerlich völlig aufgewühlt.

Mühsam fokussierte er sich auf das iPad, das Julia für ihn festhielt. Katja glaubte, ein schwaches Lächeln in seinem Gesicht zu entdecken, als er sie schließlich erkannte.

»Hör zu Papa. Ich bin schon unterwegs zu dir. Gleich geht mein Flug. Und wenn ich daheim bin, dann reden wir darüber, wie ich wieder ins Geschäft einsteige. Ja? … Genau so, wie du es dir gewünscht hast.«

Vor allen Dingen wollte sie ihren Vater in diesem Moment beruhigen. Er sollte sich keine Sorgen machen. Sie merkte ihm an, wie viel Mühe es ihn kostete, die Augen offen zu halten.

»Ich komme heim«, sagte sie und wiederholte den Satz noch einmal lauter. »Ich komme heim.«

Als er ihr schwach zunickte, wusste sie, dass er sie verstanden hatte, und konnte die Tränen nicht länger zurückhalten.

»Hab dich lieb, Papa.«

Er nickte wieder. Sie sah, dass er seine Lippen bewegte, aber die Leute um sie herum waren viel zu laut, als dass sie ihn verstanden hätte.

»Was hast du gesagt? Papa? Papa?«, rief sie verzweifelt und auch zornig, weil ihr durch den Lärm gerade etwas sehr Kostbares genommen wurde.

Julia war nun wieder am Display zu sehen.

»Wir müssen aufhören, Katja. Die Ärzte kommen«, sagte ihre Stiefmutter.

»Nein!«, rief Katja, doch es war zu spät. Die Verbindung wurde unterbrochen.

Es tat weh, als hätte man sie gewaltsam aus den Armen ihres Vaters gerissen. Sie konnte die Tränen nicht länger zurückhalten, und es war ihr völlig egal, dass einige Leute sie anstarrten.

Nieselregen empfing sie, als Katja fünfzehn Stunden später den Münchener Flughafen verließ. Nur ein Gedanke trieb sie an. Sie musste so schnell wie möglich zu ihrem Vater. Obwohl ihr Kontostand durch den Kauf des teuren Flugtickets bereits deutlich geschrumpft war, ließ sie sich mit dem Taxi zum Bahnhof nach Freising fahren, anstatt den günstigen Pendelbus zu nehmen. Denn nur so schaffte sie es gerade noch rechtzeitig in den nächstmöglichen Zug, der sie in ihre niederbayerische Heimatstadt Osterhofen bringen würde.

Jetzt saß sie im Zugabteil und schaute müde aus dem Fenster. Draußen wurde der Regen immer stärker, und die eigentlich schöne herbstliche Landschaft wirkte düster und fast ein wenig bedrohlich auf sie. Sie konnte es kaum glauben, dass sie tatsächlich wieder zurück in Bayern war. Seit sie vom schlimmen Zustand ihres Vaters erfahren hatte, waren erst drei Tage vergangen, die sich jedoch wie eine kleine Ewigkeit anfühlten. Nach Julias Anruf war sie zusammen mit Lotte sofort in die Wohnung gefahren, um ihre Sachen zu packen.

»Was soll das Katja? Wo willst du hin?«, hatte Luca sie

angefahren, als sie hinter dem Schrank im Schlafzimmer einen großen Koffer hervorholte. Obwohl sie kaum einen Nerv für Erklärungen gehabt hatte, hatte sie ihm in knappen Worten die Lage geschildert.

»Meinem Vater geht es sehr schlecht. Ich muss zurück nach Deutschland, Luca.«

»Was fehlt ihm denn?«

»Irgendwas mit dem Herzen. Mehr weiß ich auch noch nicht. Aber sein Zustand ist wohl sehr ernst. Er wird gerade operiert.«

Während sie sprach, hatte sie Kleidungsstücke in den Koffer gestopft. Sie würde nur das mitnehmen, woran ihr Herz hing und was sie tatsächlich brauchte. Alles andere sollte Lotte verschenken.

»Das tut mir leid«, hatte Luca gesagt und schien ehrlich betroffen zu sein. »Kann ich etwas für dich tun, Katja?« In diesem Moment war in seinen Augen etwas von dem »alten« Luca aufgeblitzt, in den sie sich anfangs verliebt hatte.

Sie hatte den Kopf geschüttelt.

»Danke, Luca.«

»Aber … aber du kommst doch wieder zu mir zurück?«

Katja war versucht gewesen, ihm vorzugaukeln, dass ihre Abwesenheit nur vorübergehend war, um einer Diskussion aus dem Weg zu gehen. Doch das wäre ihm und auch ihr selbst gegenüber nicht fair gewesen. Sie hatte sich zu ihm umgedreht und traurig gelächelt. Es tat ihr leid um das, was hätte sein können.

»Nein Luca.«

Er hatte sie einige Sekunden nur angesehen, ohne dass sie seinen Blick hatte deuten können. Doch offenbar war auch ihm nach den ständigen Streitereien in der letzten Zeit inzwischen klar geworden, dass ihre Differenzen nicht mehr zu kitten waren und es keinen Zweck mehr hatte, um sie kämpfen zu wollen. Wortlos hatte er sich weggedreht, nach dem Schlüsselbund gegriffen und war gegangen. Einfach so. Er hatte ihr den Kraftakt erspart, ihre Beziehung mit gegenseitigen Vorhaltungen und Verletzungen zu beenden. Und dafür war sie ihm unendlich dankbar.

Lotte hatte ihr geholfen, die restlichen Sachen zu packen und den erstbesten Flug zu buchen, der nach München ging. Dann hatte sie Katja gedrängt, sich wenigstens ein paar Stunden hinzulegen. Doch sie hatte kein Auge zugemacht.

Gleich am nächsten Morgen war Katja zu ihrem Chef gefahren und hatte gekündigt.

Carlos Pehira hatte Verständnis für ihre Lage gehabt, es jedoch sehr bedauert, sie als Mitarbeiterin zu verlieren. Auch ihm hatte sie nicht vorgemacht, dass sie zurückkommen würde. Sie konnte zu diesem Zeitpunkt selbst nicht sagen, wie ihr Leben weitergehen würden, aber instinktiv schloss sie eine Rückkehr nach Brasilien aus.

»Du bist die Beste, die ich hier jemals hatte«, hatte er zu ihrer Überraschung zum Abschied gesagt. Dann hatte er ihr einen Rohmorganit geschenkt, ein eher seltener, dem Smaragd und Aquamarin verwandter rosafarbener Beryll, der sich durch Schattierungen von Zartrosa, Aprikose bis hin zu Pink auszeichnet und deswegen auch von manchen als Pink Smaragd bezeichnet wird.

»Ich habe ihn kürzlich bei einem Händler in Kolumbien gekauft.«

»Aber Senhor Pehira …«, hatte sie völlig überwältigt gestottert.

»Aus ihm solltest du eigentlich dein Meisterstück anfertigen. Ich wollte sehen, wie weit du inzwischen bist, Mädchen.«

Katja hatten die Worte gefehlt.

»Überlege dir gut, wie du diesem Stein das schönste Funkeln geben wirst.«

»Vielen, vielen Dank. Für alles. Ich habe so viel von Ihnen gelernt, Senhor Pehira.«

»Behalte mich in guter Erinnerung, Mädchen.«

»Das werde ich ganz bestimmt.« Sie hatte Tränen in den Augen, und das Sprechen fiel ihr schwer.

Doch am schlimmsten war der Abschied von Lotte gewesen.

»Tja, so schnell kann es gehen«, hatte ihre Freundin gesagt und sie fest an ihre üppige Brust gedrückt. »Gestern Nacht hast du mich noch gebeten, dich nicht allein hier in Brasilien zu lassen, und jetzt verschwindest du, und wir können nächste Woche noch nicht mal mehr gemeinsam meinen Geburtstag feiern. Du bist echt eine ganz schön treulose Tomate.«

Lotte hatte versucht, den Abschied nicht allzu rührselig zu machen.

»Ach Lotte …«

»Ich wünsche dir so sehr, dass es deinem Vater bald wieder gutgeht. Und danach überlegen wir beide uns einfach ein neues Land, das wir gemeinsam erobern können! Das wär doch was, Blondie! Oder?«

»Klar!«

Katja hatte gleichzeitig gelacht und geweint und Lotte dann ein hübsch verpacktes Päckchen in die Hand gedrückt.

»Was ist das denn?«

»Mein Geschenk für dich. Aber erst am Geburtstag aufmachen … Ja nicht vorher! Versprochen?«

»Versprochen!«

»Mach's gut, Lotte!«

»Du auch, Katja.«

»Nächste Station Osterhofen. Bitte in Fahrtrichtung rechts aussteigen«, riss die Ansage sie aus ihren Gedanken. Rasch stand Katja auf und wuchtete den Koffer von der Ablage. Dann schlüpfte sie in ihre Jacke, nahm ihre große Umhängetasche und verließ den Zug.

Strömender Regen prasselte auf sie nieder, und sie hatte natürlich keinen Schirm dabei. Sie suchte Schutz im überdachten Eingangsbereich des Cafés, in dem man auch Fahrkarten kaufen konnte, das jetzt allerdings geschlossen war.

Vor dem Bahnhof standen vier Autos in der Kurzparkzone. Julia hatte gesagt, jemand würde sie abholen. Katja wartete, dass jemand auf sie zukommen und sie ansprechen würde. Doch ein paar Minuten später waren alle vier Fahrzeuge weg, und sie stand immer noch da. Mit klammen Fingern fischte sie das Handy aus der Hosentasche, um Julia anzurufen.

»Mist!« Der Akku war leer!

Was sollte sie jetzt machen? Sie konnte noch nicht einmal jemanden darum bitten, ihr das Handy für einen Anruf zu borgen, weil sie Julias Nummer nicht auswendig kannte.

Allerdings könnte sie sich so zumindest ein Taxi rufen. Die knapp halbstündige Fahrt ins Krankenhaus nach Deggendorf würde zwar ein weiteres Loch in ihre Finanzen reißen, aber das Einzige, was jetzt zählte, war, dass sie schnellstmöglich zu ihrem Vater kam.

Gerade als sie die Straße zu einem kleinen Supermarkt in der Nähe überqueren wollte, rauschte ein Wagen heran und hielt vor ihr an. Das Beifahrerfenster ging nach unten.

»Katja?«, fragte eine männliche Stimme.

»Ja!«

»Gott sei Dank, du bist noch da!«

Ein Mann stieg aus dem Wagen, der ihr unter der Kapuze seiner dicken Jacke vage bekannt vorkam, und nahm ihr den Koffer ab.

»Tut mir leid, dass ich mich verspätet habe«, sagte er und öffnete eilig den Kofferraum. »Aber ich hatte noch einen Termin, der sich länger hinzog, als ich dachte. Schnell, steig ein.«

Als beide im Wagen saßen und er die Kapuze vom Kopf schob, erkannte sie ihn.

»Du bist doch Jonas!«

Er drehte den Kopf kurz zu ihr und nickte lächelnd, während er den Wagen startete.

»Schon ein Weilchen her, oder?«

»Allerdings.«

Jonas war Julias Cousin. Er war zwei Jahre älter als Katja, und sie hatten sich auf der Hochzeit von ihrem Vater und Julia kennengelernt. Das zweite Mal waren sie sich auf der Taufe ihrer kleinen Halbschwester Ella begegnet. Damals war er noch ein schlaksiger junger Kerl mit schrecklichem

Haarschnitt gewesen. Inzwischen sah er sehr attraktiv aus. Das dunkle Haar zwar vom Wind etwas zerzaust, aber modisch geschnitten.

»Möchtest du dich erst noch umziehen, bevor wir ins Krankenhaus fahren?«, fragte er und sah sie aus seinen grünen Augen an.

»Nein«, antwortete sie und strich eine nasse Haarsträhne hinters Ohr. »Ich möchte gleich ins Krankenhaus zu meinem Vater«

Sein Blick wurde ernst.

»Klar … Es tut mir so leid, was passiert ist Katja. Ich hab Karl noch vor einer Woche getroffen. Da schien es ihm ganz gut zu gehen …«

Er redete, als ob ihr Vater bereits gestorben wäre, was sie wütend machte. Aber sie sagte nichts, sondern drehte nur den Kopf zum Fenster und lauschte der leisen Musik aus dem Radio. Der Regen hatte aufgehört, doch ein düsteres Grau hüllte die kleine Stadt ein, in der sie die ersten neunzehn Jahre ihres Lebens verbracht hatte. Es war ein verrücktes Gefühl, wieder hier zu sein. Einerseits total vertraut, und doch kam sie sich nach den langen Jahren der Abwesenheit vor wie eine Fremde.

»Ich kenne eine Abkürzung, da schaffen wir die Strecke in zwanzig Minuten, weil wir nicht durch die Stadt müssen«, sagte Jonas.

»Danke!«

»Soll ich die Sitzheizung einschalten?«

»Gern.«

Schon ein paar Sekunden später spürte Katja die wohltuende Wärme. Sie schloss die Augen und wurde von einer großen Müdigkeit erfasst. Die Anstrengung der Reise und vor allem die emotionale Achterbahnfahrt der letzten Tage forderten ihren Tribut. *Nur für ein paar Minuten ausruhen,* dachte sie, da war sie schon eingeschlafen.

»Katja! Wach auf. Wir sind da!«, hörte sie eine Stimme und schrak hoch.

»Hmm?«

Es dauerte einen Moment, bis sie sich orientieren konnte, bis sie wieder wusste, wo sie war. Sie standen ganz oben auf dem Parkdeck des Klinik-Parkplatzes.

»Entschuldige, bin wohl eingeschlafen«, murmelte sie und setzte sich hoch.

»Kein Wunder nach der langen Reise«, sagte Jonas verständnisvoll. »Du hast so tief geschlafen, dass ich dich nicht gleich wecken wollte, als wir hier ankamen. Ich habe dir noch eine Viertelstunde gegeben.«

Katja war sich unschlüssig, ob sie über die Verzögerung sauer oder dankbar sein sollte, denn das kurze Nickerchen hatte ihr tatsächlich gutgetan.

Ebenso unklar war, was sie gleich erwarten würde und wann es eine nächste Gelegenheit zum Schlafen gab.

»Danke fürs Herbringen, Jonas«, sagte Katja und stieg aus dem Wagen.

Jonas stieg ebenfalls aus.

»Du kannst dein Gepäck im Wagen lassen. Ich komme mit rein und warte vor der Intensivstation.«

»Aber das musst du nicht«, sagte sie.

Ein trauriges Lächeln erschien auf seinem Gesicht.

»Doch. Das muss ich. Julia und deine kleine Schwester

brauchen meine Unterstützung. Ich nehme Ella später mit nach Hause und kümmere mich um sie, damit Julia hierbleiben kann.«

»Ach so, ja … klar«, murmelte Katja. Erst jetzt wurde ihr so richtig bewusst, dass sie gleich auch auf ihre kleine Halbschwester treffen würde. Sie hatte das Mädchen zum letzten Mal beim 72. Geburtstag ihrer Oma Maria gesehen, ein paar Monate vor ihrer Abreise nach Brasilien. Da war Ella sechs Jahre alt gewesen. Und natürlich auf den Fotos und Videos, die Karl ihr geschickt hatte. Und ab und zu war sie auch dabei gewesen, wenn Karl und Katja sich per Videochat unterhalten hatten. Doch eine richtige Schwestern-Beziehung gab es nicht.

Während sie über den großen Parkplatz zum Haupteingang des Krankenhauses gingen, nahm Katjas Sorge um ihren Vater weiter zu. Die dunklen Wolken am Himmel hatten sich inzwischen weitgehend verzogen, und an einigen Stellen konnte man das Blau durchblitzen sehen. Hoffentlich war das ein gutes Zeichen.

»Wohnst du noch in Passau?«, fragte sie Jonas, um sich ein wenig abzulenken.

»Nein. Ich habe mir in Osterhofen ein altes Haus gekauft und renoviert. Im Frühjahr bin ich eingezogen. Das passt auch gut mit meiner Arbeit.«

»Was machst du denn?«

»Ich bin Journalist und arbeite freiberuflich für das Stadtblatt. Und nebenbei baue ich ein Büro für Online-Marketing auf.«

Katja war überrascht.

»Hast du damals nicht in Passau Lehramt studiert?«, erinnerte sie sich plötzlich wieder.

»Habe ich, aber nur zwei Semester. Das war doch nichts für mich.«

Inzwischen hatten sie das Foyer der Klinik betreten.

»Wir müssen hier entlang«, sagte Jonas und dirigierte sie zur Intensivstation.

Als sie das Gesicht ihrer Stiefmutter sah, wusste Katja sofort, dass sie zu spät gekommen war. Julia saß auf einem Stuhl im Gang vor der Intensivstation und hatte Ella auf dem Schoß, die sich an ihre Mutter kuschelte.

Katja hatte das Gefühl, keine Luft mehr zu bekommen, und ihre Beine gaben nach. Hätte Jonas ihr nicht in diesem Moment den Arm um die Schultern gelegt und sie festgehalten, wäre sie wohl zusammengesackt.

Ich bin zu spät gekommen!

Der Schmerz, den sie verspürte, war unbeschreiblich, und bittere Übelkeit stieg in ihr auf. Sie musste raus! Raus an die frische Luft. So schnell wie möglich. Sie wand sich aus Jonas' Arm.

»Katja! Warte! Wo willst du denn hin?«

Obwohl ihre Beine sich immer noch wie Gummi anfühlten, hastete sie die Gänge entlang zurück zum Treppenhaus. Kurz darauf stand sie draußen vor dem Haupteingang und japste nach Luft, ohne zu wissen, wie sie hinausgefunden hatte.

»Katja! Du musst wieder mit reinkommen«, drängte Jonas, der ihr gefolgt war. »Du kannst hier nicht allein bleiben – und Julia und Ella brauchen mich auch!«

»Lass mich in Ruhe!«, fuhr sie ihn an. »Wenn du pünktlich gekommen wärst und mich nicht hättest schlafen lassen, dann wäre ich vielleicht gar nicht zu spät gekommen!«

Betroffenheit machte sich auf seinem Gesicht breit, und natürlich wusste sie, dass sie ihm unrecht tat. Doch sie brauchte jemanden, dem sie die Schuld geben und bei dem sie ihre Wut abladen konnte, um den Schmerz nicht zu sehr an sich heranzulassen. Doch den eigentlichen Vorwurf machte sie sich selbst. Sie war zu spät gekommen. Nicht nur wenige Minuten, sondern mehrere Jahre zu spät!

»Katja!«

Ihre kleine Schwester flog auf sie zu, und bevor Katja wusste, wie ihr geschah, drückte sich Ella an sie, die ihr fast bis zu den Schultern reichte. Katja spürte, wie der Körper des Kindes bebte, und ein wenig hilflos legte sie die Hand auf ihren Kopf. Sie war in diesem Moment wohl die Letzte, die einen anderen Menschen trösten konnte. Und mit Kindern hatte sie sowieso kaum Erfahrung.

»Ich bin so froh, dass du da bist!«, hörte sie das Mädchen schluchzend sagen und fühlte sich völlig überfordert. Ella klammerte sich so fest an sie, als wollte sie Katja nie wieder loslassen. Katja versuchte, etwas zu sagen, doch ihre Kehle war wie zugeschnürt, und sie brachte keinen Ton heraus. Deswegen streichelte sie nur über das Haar der Kleinen.

Julia kam ihr hinterher. Das Gesicht gerötet und verquollen vom Weinen. Jonas nahm sie in den Arm.

»Es tut mir so leid«, sagte er. »Du weißt, dass ich für euch da bin, wenn ihr mich braucht.«

»Danke, Jonas.«

Julia löste sich von ihm und wischte sich mit dem Ärmel die Tränen von den Wangen.

»Wann ... wann ist es passiert?«, fragte Jonas leise, doch trotz der schluchzenden Ella konnte Katja ihn hören.

»Vor einer Stunde. Sie haben noch versucht, ihn zurückzuholen, doch es ... es war zu spät.«

Während sie sprach, sah sie nicht Jonas, sondern ihre Stieftochter an.

Vor etwa einer Stunde war Katja aus dem Zug gestiegen. Sie wäre also so oder so zu spät gekommen. Ein kleiner Trost, der doch keiner war.

»Möchtest du ... möchtest du Karl noch sehen?«, fragte Julia heiser.

Katja schüttelte den Kopf. Dem fühlte sie sich jetzt nicht gewachsen. Auch wenn ein Teil von ihr sich danach sehnte, ihn noch ein letztes Mal zu sehen und ihn zu berühren, so spürte sie instinktiv, dass ihr das nicht guttun würde. Wenn sie schon zu spät gekommen war, so wollte sie sich an ihren lebenden Vater erinnern.

Noch immer hatte Ella sie fest umschlungen. Und eigenartigerweise schenkte ihr die Nähe ihrer kleinen Schwester gerade ein klein wenig Trost.

»Ich bringe euch jetzt besser nach Hause«, schlug Jonas vor, doch Julia schüttelte den Kopf.

»Zuerst müssen wir es Maria sagen.«

»Reicht das nicht auch noch morgen?«, hakte Jonas nach.

»Nein!«, sagten Katja und Julia gleichzeitig.

Eine Mutter hatte das Recht, den Tod des einzigen Kindes sofort zu erfahren.

»Na gut, dann fahren wir ins Seniorenheim«, meinte Jonas.

Während der Fahrt zurück nach Osterhofen schwiegen alle. Katja saß wieder vorne auf dem Beifahrersitz, während Ella sich hinten an ihre Mutter schmiegte. Katja kam sich vor, als wäre sie mitten in einem Albtraum gelandet. Ihr Innerstes war wie erstarrt, und sie hatte bisher noch keine Träne vergossen. Alles schien ihr zu unwirklich.

»Wisst ihr was? Ich bringe Ella besser nach Hause, während ihr zu Maria geht«, schlug Jonas vor, als er auf den Parkplatz vor dem Haupteingang des Seniorenheims fuhr.

»Danke, Jonas«, sagte Julia.

»Soll ich dein Gepäck schon nach oben in die Wohnung bringen?«, fragte er Katja.

»Du darfst heute in meinem Zimmer schlafen, Katja«, sagte Ella, bevor Katja Jonas' Frage beantworten konnte.

Darüber, wo sie die nächsten Tage schlafen würde, hatte sie noch gar nicht nachgedacht. In Gedanken hatte sie sich die ganze Zeit am Bett ihres Vaters wachend in der Klinik gesehen.

Die Vorstellung, mit Julia und Ella in der Wohnung zu sein, die sie mit so vielen Erinnerungen an ihre Kindheit mit ihrem Vater verband, war ihr fast zu viel. Umso mehr jetzt, wo er tot war. Außerdem wollte sie später lieber allein sein. Am besten wäre es vermutlich, wenn sie sich einfach ein Zimmer in einer Pension nehmen würde. Als Erstes musste sie jedoch zu ihrer Großmutter. Um alles andere würde sie sich später kümmern.

Als Jonas und Ella weggefahren waren, standen die

Frauen vor dem Eingang. Beide hatten den Tod des Ehemanns und Vaters selbst noch gar nicht richtig verinnerlicht, da mussten sie Karls Mutter die traurige Nachricht überbringen.

»Ich kann es auch allein machen«, sagte Katja, der es ohnehin lieber gewesen wäre, wenn Julia nicht mitkäme.

»Sie ist meine Schwiegermutter, die Oma meiner Tochter und … und mir längst eine liebe Freundin geworden«, sagte Julia da, und zum ersten Mal klang ihr Ton scharf. »Ich werde auf jeden Fall mitgehen.«

Katja schluckte.

»Weiß sie, dass Vater im Krankenhaus war?«, fragte Katja, als sie hineingingen.

»Ja … und sie weiß auch, dass es sehr ernst um ihn stand. Es kann nur sein, dass sie es wieder vergessen hat. Die Phasen, in denen sie ganz die Alte ist, werden leider kürzer.«

Maria saß mit zwei weiteren Frauen im Aufenthaltsraum am Tisch neben einem Fenster mit Blick hinaus zum herrlichen Garten. Schon immer hatte sie sehr jugendlich gewirkt, war schlank und sportlich gewesen. Mit ihrem flotten silbergrauen Kurzhaarschnitt, den legeren Jeans und dem cremefarbenen Pullover sah sie deutlich jünger aus als die vermutlich etwa gleichaltrigen Frauen neben ihr, von denen eine Socken strickte.

Als die alleinstehende Maria die ersten Anzeichen von Demenz nicht mehr leugnen konnte, war sie rational und gefasst mit der Diagnose umgegangen. Zumindest nach außen hin. Sie hatte ihren letzten Lebensabschnitt selbst planen wollen, solange sie geistig noch fit genug dafür war.

»Es gibt Neuigkeiten«, hatte sie Katja eines Tages per Videogespräch mitgeteilt.

»Was denn, Omi?«

»Ich bin umgezogen, in ein hübsches kleines Apartment im Seniorenheim«, hatte sie Katja erzählt. »Mit herrlichem Blick auf die Allee und den schönen Bach, an dem ich mit dir früher immer spazieren war. Weißt du noch?«

In ihrer Stimme hatte eine Begeisterung gelegen, als ob es sich um eine Penthouse-Wohnung in Paris handelte.

»Natürlich weiß ich das noch. Dort haben wir immer die Enten gefüttert.«

»Stimmt. Was man inzwischen allerdings nicht mehr machen sollte … Und ich habe mir einen Smart-Fernseher zugelegt oder wie diese neumodernen Dinger heißen. Weißt du, wenn ich irgendwann immer vergesslicher werde, dann kann ich meine Lieblingsserie *Sturm der Liebe* wieder von Neuem anschauen, ohne mich auch nur im Geringsten zu langweilen.«

Ihre Oma war schon immer für ihre makabren Scherze bekannt gewesen.

Doch dann war sie ernst geworden.

»Ich hoffe, du kommst mich mal besuchen, bevor ich alles vergessen habe, mein Mädchen«, hatte sie in fragendem Tonfall gesagt.

»Natürlich Omi«, hatte Katja versprochen. Doch seither war sie noch nicht wieder zurück gewesen. Allerdings hatten sie mehrmals im Monat telefoniert oder sich per Video-Chat unterhalten. Vielleicht war es Katja auch deswegen nicht so dringlich erschienen, weil sie immer nur die guten Phasen mitbekommen hatte. Sie hatte vorgehabt, ihre

Familie irgendwann nach Weihnachten mit Luca zu besuchen. Tja. Pläne, über die das Schicksal wohl gerade lachte.

Julia wandte sich an eine Krankenpflegerin. Sie erklärte ihr mit wenigen Worten die Lage und bat sie, Maria unter einem Vorwand auf ihr Zimmer zu begleiten, damit sie ihr dort ungestört die traurige Nachricht überbringen konnten. Katja sah, wie die Pflegerin sich mit ihrer Oma unterhielt, während sie mit ihr aus dem Aufenthaltsraum ging. Von der Krankheit war ihr nichts anzumerken.

Katja versuchte mit aller Gewalt, ihre Fassung weiter zu bewahren. Sie musste das hier noch durchstehen. Und danach wollte sie nur noch allein sein.

Julia und Katja betraten kurz darauf Marias hübsches kleines Apartment. Dort saß Maria auf dem kleinen Sofa und blätterte in einer Zeitschrift.

»Maria?«

Als Maria ihre Schwiegertochter und ihre Enkelin entdeckte, wurde sie mit einem Schlag blass, und die Zeitschrift rutschte ihr aus der Hand. Offenbar hatte sie sofort erfasst, was passiert sein musste.

»Er ist … Karl ist …?«, begann sie mit leiser Stimme, konnte es aber nicht aussprechen.

Julia nickte. Tränen liefen ihr über die Wangen.

»Ja, Maria. Karl … er ist heute gestorben.«

Katja ging vor ihrer Großmutter in die Hocke und drückte sie fest an sich.

»Oma«, kam es rau aus ihrer Kehle.

Maria hob ihre Hand und strich mit zitternden Fingern durch Katjas Haar.

Der vertraute Duft des Eau de Cologne, das Maria trug, seitdem Katja denken konnte, überflutete sie unvermutet mit Erinnerungen an ihre Kindheit und Jugend. Und auch an den Tag, an dem ihre Mutter gestorben war und Maria sie und ihren Vater keine Sekunde allein gelassen hatte. Sie war immer für ihre Enkelin und ihren Sohn da gewesen. Und nun war sie der einzige Mensch aus ihrem früheren Leben, den Katja noch hatte.

Sie löste sich langsam von ihr und sah in das immer noch schöne Gesicht der alten Frau, in dem nun ein fragendes Lächeln lag.

»Kennen wir uns?«

Kapitel 7

Der unerwartete Tod eines geliebten Menschen reißt die Zurückgebliebenen völlig aus der Bahn. Umso mehr, wenn sie keine Zeit gehabt hatten, einander wichtige Dinge noch zu sagen. Katja fühlte sich, als wäre sie von einer Seifenblase umhüllt, die träge durch einen dichten Nebel waberte. Sie hatte Angst, sich zu sehr zu bewegen, wollte nicht, dass diese Blase platzte und sie ins Bodenlose stürzte. Und so war sie in eine Art Starre verfallen, die sie zu schützen schien.

Julia hatte darauf bestanden, dass Katja bei ihnen wohnte. Und nach dem deprimierenden Besuch bei ihrer Oma hatte Katja tatsächlich auch keine Energie mehr gehabt, sich ein Zimmer in einer Pension zu suchen.

Da Julia und Karl die Wohnung in den letzten Jahren völlig umgestaltet hatten, war es Katja nicht ganz so schwergefallen, in ihr Elternhaus zurückzukommen, wie sie zunächst befürchtet hatte. Sie hatte eine Kleinigkeit gegessen und war danach erschöpft ins Bett gefallen und sofort eingeschlafen. Nur einmal war sie in der Nacht kurz aufgewacht, um wie eine Schlafwandlerin zur Toilette zu gehen. Dann hatte sie bis zum Mittag des nächsten Tages durchgeschlafen. Sie wurde erst wach, als Ella neben ihr am Bett stand und sie leicht anstupste.

»Katja. Aufwachen. Das Mittagessen ist fertig.«

Katja öffnete die Augen und musste sich erst orientieren und überlegen, wo sie überhaupt war. Dann fiel ihr wieder ein, was passiert war, und ihr Magen zog sich krampfhaft zusammen. Ihr Vater war tot!

»Komm, steh doch auf, du hast schon so lange geschlafen«, drängte Ella freundlich.

Sie stand dicht vor ihr, und Katja sah in das zarte Gesicht ihrer kleinen Halbschwester, das von einem dunkelblonden Wuschelkopf umrahmt war. Sie war blass, und den blauen Augen fehlte das Leuchten. Ein Kind in diesem Alter sollte keinen Elternteil verlieren müssen. Katja war fast genau so alt gewesen, als ihre Mutter starb, sie wusste, wie sich das anfühlte. Vor diesem Ereignis hatte sie die Familie immer als sicheren Hafen erachtet, den nichts erschüttern konnte. Danach war ihre ganze Welt ins Wanken geraten, und sie hatte schmerzlich lernen müssen, wie unerwartet schnell alles vorbei sein konnte. Nichts in diesem Leben war sicher. Nichts war von Dauer.

»Katja …«

»Ich komme ja schon«, sagte Katja und stand auf.

»Gefällt dir mein Zimmer?«

»Klar«, sagte sie, sah sich aber erst jetzt zum ersten Mal so richtig darin um.

Der Raum war eher eingerichtet wie ein Jugendzimmer und nicht mehr wie das Kinderzimmer, das sie von ihrem letzten Besuch kannte. Die Wände in einem dezenten Gelbton gestrichen, der mit den Kieferholzmöbeln harmonierte. Auffallend war, dass es hier bis auf einen lilafarbenen Plüsch-Biber keine typischen Kinderspielsachen gab. An den Wänden hingen Poster mit Planeten und Galaxien, und ein großes Regal neben dem Schreibtisch war mit einer Unmenge Bücher und Zeitschriften vollgestopft.

»Die hast du aber nicht alle gelesen?«, fragte Katja und deutete auf das Regal.

»Nein«, antwortete Ella ernsthaft. »Ein paar davon noch nicht.«

Offenbar waren Bücher die große Leidenschaft ihrer Schwester. Katja war beeindruckt.

»Ich gehe schnell duschen, dann komme ich runter«, sagte Katja, doch Ella machte keine Anstalten zu gehen.

»Du hast auch viel gelesen, hat Papa mir erzählt.«

Katja schluckte. Sie wollte auf keinen Fall über ihren Vater reden.

»Ja, aber nicht so viel wie du.«

Sie ging zu ihrem Koffer, der noch unausgepackt neben dem Bett stand, und suchte nach frischer Wäsche und Kleidung.

»Ich bin so froh, dass du da bist«, wiederholte Ella die Worte, die sie schon im Krankenhaus zu Katja gesagt hatte, dann verschwand sie aus dem Zimmer.

Katja sah ihr hinterher, überwältigt von Gefühlen, die sie nicht einordnen konnte.

Im Nachhinein wusste sie nicht mehr, wie sie die Tage bis zur Beerdigung überstanden hatte.

»Sag mir, wenn ich dir was helfen soll«, bot sie Julia an. Doch ihre Stiefmutter winkte ab.

»Lass mich das bitte alles machen. Ich komme schon klar«, sagte sie. »Ich muss mich jetzt um all das allein kümmern, sonst drehe ich durch.«

»Wenn du meinst, aber wenn du mich doch …«

»Dann sag ich dir Bescheid«, unterbrach Julia sie.

Und so verbrachte Katja die meiste Zeit in ihrem Zimmer und schlief viel. Noch nie in ihrem Leben hatte sie sich so müde gefühlt wie in diesen Tagen.

An Lottes 30. Geburtstag meldete sich Katja per Skype bei ihr, um zu gratulieren. Als ihre Freundin versuchte, mit ihr über den Tod ihres Vaters zu sprechen, blockte Katja jedoch ab.

»Sag mir lieber, wie dir dein Geschenk gefällt.« Katja hatte ihr goldene Ohrstecker mit jeweils einer grün schimmernden Tahiti-Perle angefertigt.

»Na gut. Dann zum dritten Mal: Du hast mir damit eine große Freude gemacht hast. Ich liebe sie total! … Katja hör zu, wenn du mich brauchst, ich bin immer für dich da, das weißt du doch?«

»Ja klar weiß ich das.«

Sie schwieg für ein paar Sekunden.

»Ich hätte hier sein müssen«, sagte sie schließlich, und ihre Stimme zitterte. »Er wollte, dass ich komme, und ich …« Sie konnte nicht weitersprechen, ihre Kehle war wieder wie zugeschnürt.

»Katja. Süße. Du konntest doch nicht wissen, was passieren würde. Ein Herzinfarkt – das kann einfach von heute auf morgen kommen, ohne dass man was tun kann. Und du bist ohnehin so schnell, wie du konntest, nach Hause gereist.«

»Aber nicht schnell genug.«

»Trotzdem hast du zumindest noch mit ihm reden können. Er wusste, dass du unterwegs warst … Bitte, du darfst dir keine Schuld geben, Süße.«

Dennoch wurde Katja das Gefühl nicht los, dass sie einen Fehler gemacht hatte, den sie nicht wiedergutmachen konnte.

»Wirst du jetzt in Osterhofen bleiben und das Geschäft übernehmen?«, fragte Lotte.

»Ich … ich weiß es nicht«, antwortete Katja. Für sie war es von klein auf immer selbstverständlich gewesen, dass sie irgendwann das Traditionsgeschäft ihrer Familie fortführen würde. Aber natürlich erst sehr viel später, wenn ihr Vater in Rente gegangen war. Niemals hatte sie damit gerechnet, dass er mit gerade mal 51 Jahren starb!

»Ich muss jetzt leider aufhören, Katja«, sagte Lotte schließlich. »Hier kommen jede Menge Leute, aber wir reden die nächsten Tage wieder, okay?«

»Klar. Feier schön und bis bald!«

Bevor ihre Freundin noch etwas erwidern konnte, hatte Katja aufgelegt. Lottes Frage hatte sie aufgewühlt. War sie wirklich bereit, den Laden jetzt schon zu übernehmen? Einerseits konnte sie sich nicht vorstellen, für immer in dem kleinen Ort in Niederbayern zu bleiben. Andererseits war sie inzwischen auch nicht mehr in Brasilien zu Hause, und mit Luca war es vorbei. Durch die Ereignisse um den Tod ihres Vaters war das Ende ihrer Beziehung in den Hintergrund geraten. Doch auch das hatte seine Spuren hinterlassen, genau wie die fortschreitende Demenzkrankheit ihrer Großmutter, die sie sehr belastete. Sie kam sich vor, als würde sie auf einem Drahtseil stehen – ohne Netz und ohne zu wissen, in welche Richtung sie weitergehen sollte.

Schließlich war der Tag der Beerdigung gekommen. Karl war ein weit über die Gemeinde hinaus bekannter Geschäftsmann und Mitglied in mehreren Vereinen gewesen. Die Kirche war so voll, dass viele Leute stehen mussten. Katja entdeckte auch einige ihrer ehemaligen Mitschüler und ihre besten Freundinnen aus der Grundschule, Hanni und Annemarie, die ihr mitfühlend zunickten. Schon auf dem kurzen Weg zur Kirche hatten sie zahlreiche Leute angesprochen und sich trotz des traurigen Anlasses gefreut, sie wiederzusehen.

Katja saß neben ihrer Großmutter. Dass sie ihre Enkeltochter nicht erkannt hatte, hatte an dem Schock über die Nachricht des Todes ihres Sohnes gelegen, hatte der Arzt gesagt, der für die Bewohner des Seniorenheims zuständig war. Ihr Verstand, der durch die Krankheit ohnehin angeschlagen war, hatte sich kurz aus der Realität ausgeklinkt. Inzwischen hatte sie diese wieder weitgehend eingeholt, wenn auch unterbrochen durch Phasen, in denen sie für eine Weile zu vergessen schien, was passiert war.

Katja beneidete ihre Oma fast ein wenig um diese Momente, sich nicht erinnern zu können.

Sie hatten lange überlegt, ob sie Maria in ihrem Zustand die Beerdigung überhaupt zumuten konnten, und sich schließlich darauf geeinigt, sie nur zum Gottesdienst mitzunehmen. Danach würde Jonas sie zurück ins Seniorenheim bringen. Jonas war den Frauen der Familie Tanner in den letzten Tagen sehr zur Seite gestanden und hatte sich auch um Ella gekümmert, um sie ein wenig abzulenken.

Nach der Kirche zog die Trauergemeinde die wenigen hundert Meter hinaus auf den Friedhof. Der Novembertag war ungewöhnlich warm, und Katja schwitzte in ihrem schwarzen Mantel. Die Sonne schien von einem dunkelblauen wolkenlosen Himmel herab und ließ die letzten bunten Blätter an den Bäumen strahlen.

Die Tanners besaßen eine der großen Familiengrabstätten an der Mauer im alten Teil des Friedhofs, in der als Erster Katjas Ururgroßvater Georg Tanner im Jahr 1919 seine letzte Ruhe gefunden hatte.

Die Grabreden schienen sich ewig hinzuziehen. Katja konzentrierte sich auf ein Eichhörnchen, das auf den Ästen einer alten Eiche herumturnte.

»Katja? Alles gut?«, fragte Jonas leise, der Maria inzwischen ins Seniorenheim gebracht hatte und nun neben Katja stand.

Gut? Nichts ist gut!, hätte sie ihn am liebsten angefahren.

»Du bist kreidebleich«, murmelte er.

»Es geht schon«, flüsterte sie zurück. Sie würde das hier überstehen. Das war sie ihrem Vater schuldig.

Schließlich hatte der Pfarrer die letzten Worte gesprochen, und all die Menschen, die Karl geliebt, geschätzt oder auch nur gekannt hatten, zogen zu einem letzten Gruß am Grab vorbei, spritzten Weihwasser oder legten Blumen ab. Dann nickten sie den Angehörigen zu und verließen den Friedhof.

»Ich muss aufs Klo, Mama«, hörte Katja ihre kleine

Schwester flüstern. Das Mädchen hatte tapfer durchgehalten, aber seit ein paar Minuten trat Ella nervös von einem Bein aufs andere.

»Es dauert nur noch kurz, mein Mäuschen«, sagte ihre Mutter leise.

»Aber ich muss … ganz dringend«, drängte Ella.

»Ich hab den Wagen draußen stehen. Ich fahre mit Ella schon mal vor zum Wirtshaus«, bot Jonas an, und Julia warf ihm einen dankbaren Blick zu.

Nun standen von der engsten Familie nur noch Julia und Katja am Grab, während die Schlange der vorbeiziehenden Trauergäste immer kürzer wurde. Als Letzte kam Doktor Manuela Lichtinger auf die beiden zu. Sie war schon die Hausärztin der Tanners gewesen, als Katja noch ein kleines Kind gewesen war.

»Mein aufrichtiges Beileid«, sagte die Ärztin mit den kurz geschnittenen grauen Haaren und schüttelte zuerst Julia, dann Katja die Hand.

»Danke, Frau Doktor Lichtinger«, sagte Julia heiser, Katja nickte nur.

»Es tut mir so leid, dass man Ihrem Mann im Krankenhaus nicht mehr helfen konnte«, sagte sie, und Katja spürte, dass das Mitgefühl ehrlich gemeint war.

»Hätte er sich doch nur früher operieren lassen«, fuhr die Ärztin mit traurigem Kopfschütteln fort. »Ich habe ihm eindringlich erklärt, was für ein Risiko es darstellt, noch länger mit dem Setzen eines Stents zu warten. Aber er wollte einfach nicht auf mich hören.«

Katja erstarrte, als sie diese Worte hörte.

»Er … er wollte nicht auf Sie hören?«, fragte sie verwirrt.

Die Ärztin nickte bedrückt.

»Erst wenn das Weihnachtsgeschäft vorüber ist, hat er gesagt. Gleich im neuen Jahr. Und leider hat er sich nicht davon abbringen lassen.«

In Katjas Ohren rauschte es plötzlich, und sie hörte nicht, was Julia der Frau antwortete, bevor sie sich umdrehte und auf dem Kiesweg zum Ausgang ging.

Katja war bisher davon ausgegangen, dass ihr Vater an den Folgen eines plötzlichen Herzinfarktes gestorben war. Aber soeben hatte sie erfahren, dass er offenbar schon länger Probleme mit dem Herzen gehabt hatte. Vermutlich hatte er deswegen so darauf gedrängt, dass Katja zurückkommen sollte! Er hätte ihre Hilfe gebraucht. Wenn sie das gewusst hätte, wäre sie längst gekommen!

»Du hättest mir sagen müssen, dass er krank ist!«, fuhr sie plötzlich ihre Stiefmutter an. »Warum hast du mir das nicht gesagt?«

»Katja … ich wusste doch selbst nicht, dass es so ernst war«, stotterte Julia.

»Das glaube ich dir nicht! Wenn man tagtäglich mit einem Menschen zusammenlebt, dann merkt man doch, wenn es dem anderen nicht gut geht!«

Katja redete sich in Rage. Endlich hatte sie ein Ventil für ihre Trauer, die sie kaum mehr ertragen konnte.

»Karl hat …«, begann Julia, doch Katja ließ sie nicht aussprechen.

»Du wolltest mich doch schon damals loswerden«, sprach sie endlich aus, was sie all die Jahre hinuntergeschluckt hatte. »Und es ist dir auch gelungen. Selbst jetzt noch wolltest du mich von meinem Vater fernhalten! Du hast genau gewusst, dass ich sofort gekommen wäre, wenn ich nur geahnt hätte, wie es um ihn steht.«

Julia schluckte. »Willst du wirklich hier an seinem offenen Grab darüber mit mir streiten?«, fragte sie dann heiser.

Katja wurde schlagartig schlecht. Sie benahm sich tatsächlich unmöglich. Gleichzeitig wuchs ihre Wut auf Julia, die sie mit einem Blick ansah, den sie nicht deuten konnte.

»Wir müssen jetzt zur Kremess«, sagte Julia schließlich mit eisiger Stimme.

Doch Katja wollte nach diesem Intermezzo ganz sicher nicht mit zum Leichenschmaus ins Wirtshaus gehen.

»Du willst mich doch sowieso nicht dabeihaben«, zischte sie. Mit diesen Worten drehte sie sich um und verließ eilig den Friedhof. Sie hatte nur noch den einen Wunsch: ihre Sachen zu packen und aus der Wohnung zu verschwinden.

In ihrem ehemaligen Zimmer stopfte sie ihre Kleidungsstücke in den Koffer. Noch immer war sie voller Wut. Und gleichzeitig voller Schuldgefühle. Vielleicht hätte ihr Vater nicht sterben müssen, wenn sie hier gewesen wäre und die Operation rechtzeitig stattgefunden hätte. Warum nur hatte Julia ihr nichts davon gesagt? Die viel bedeutendere Frage, die sich immer mehr in ihre Gedanken schlicht, war jedoch: Warum hatte ihr Vater es ihr nicht gesagt?

Ihre Hände zitterten, als sie den Reißverschluss ihres Koffers zuzog. Mit einem Mal war ihre Wut völlig verraucht, und sie fühlte sich einfach nur kraftlos. Sie ließ den Koffer stehen und ging aus dem Zimmer. Im Flur hing der Schlüssel für die

Goldschmiedewerkstatt, die sie noch nicht betreten hatte, seitdem sie zurück war. Langsam ging sie die Treppe nach unten und stand für einige Sekunden vor der Tür zur Werkstatt. Dann steckte sie den Schlüssel ins Schloss und sperrte auf. Es hatte sich nichts verändert. Bis auf einen aktuellen Bildkalender mit Motiven aus dem Bayerischen Wald, der an der Wand über dem Schreibtisch hing, sah es hier genau so aus wie an dem Tag, als sie das letzte Mal hier gewesen war. Sofort zog ihr der vertraute Duft der Werkstatt, der ihre Kindheit und Jugend geprägt hatte, in die Nase und überflutete sie mit Erinnerungen. Nach dem Tod ihrer Mutter war dieser große Raum, in dem sogar noch einige Möbel und Werkzeuge aus den Anfangszeiten der Goldschmiede standen, zu ihrer kleinen Welt geworden. Sie hatte ihrem Vater und ihrer Oma dabei zugesehen, wie sie aus geschmolzenem flüssigem Gold oder Silber in vielen Arbeitsschritten am Ende Ringe, Broschen, Ketten, Ohrringe oder Anhänger hergestellt hatten, die oft noch mit Brillanten, Edelsteinen oder Perlen veredelt worden waren. Schon früh hatte sie selbst mitarbeiten dürfen und mit elf Jahren ihren ersten Silberring geschmiedet, den sie immer noch trug, inzwischen allerdings an einer Kette um den Hals.

Katja setzte sich auf den Stuhl ihres Vaters und griff nach der Ringfeile. Und in diesem Moment brachen alle Dämme. Bisher war sie innerlich so erstarrt gewesen, dass sie nicht hatte weinen können. Noch nicht einmal an seinem Grab. Doch jetzt liefen dicke Tränen über ihre Wangen, und sie schluchzte laut auf.

»Papa!«, brach es aus ihr hervor, und sie hatte das Gefühl, nie wieder mit Weinen aufhören zu können.

Der unerwartete Ausbruch löste aber auch etwas in ihr, und in diesem Moment des tiefsten Schmerzes empfand sie eine Art von Erleichterung. Sie schob die Feile zur Seite und legte erschöpft den Kopf auf die Arme. Langsam versiegten die Tränen, und ihr Atem wurde gleichmäßiger. Wenig später fielen ihre Augen zu, und sie dämmerte in den seltsamen Zustand zwischen Wachen und Schlafen, der einem mitunter vorgaukelte, aus der Realität geflohen zu sein.

Sie wusste nicht, wie lange sie so dagelegen hatte, als sie hinter sich Schritte hörte. Sie setzte sich auf, fuhr sich rasch durch die zerzausten Haare und räusperte sich, ohne sich umzudrehen.

»Denkst du wirklich, ich hätte dich nicht sofort verständigt, wenn ich gewusst hätte, wie schlecht es um deinen Vater steht?«, hörte sie die müde klingende Stimme ihrer Stiefmutter.

Katja drehte sich langsam um. Julia stand in der Tür und wirkte in ihrem schwarzen Hosenanzug so blass wie ein Gespenst.

»Ich hätte alles getan, damit er bei uns bleibt«, fuhr sie fort.

»Sogar meine Anwesenheit in Kauf genommen?«

Gleich nachdem ihr das herausgerutscht war, bereute Katja ihre Worte.

»Julia ... das tut mir leid«, sagte sie, doch Julia hatte sich bereits umgedreht und verschwand aus der Werkstatt.

Katja wäre ihr am liebsten hinterhergerannt, um sich noch mal zu entschuldigen. Doch sie ahnte, dass sie jetzt womöglich besser gehen sollte. Sie wartete ein paar Minuten, dann ging sie nach oben. Sie hörte Julia und Ella im

Wohnzimmer reden. Leise schlüpfte sie in Schuhe und Mantel, holte den Koffer und ihre Tasche aus dem Zimmer und ging.

Kapitel 8

Katja hatte sich in einer kleinen Pension im Ort einquartiert. Die Zimmerpreise waren auch für ihren mageren Geldbeutel noch einigermaßen zu verkraften. Trotzdem würde sie nicht allzu lange hier wohnen können. Vor allem musste sie bald eine Entscheidung treffen, wie und wo es für sie weitergehen sollte. Sie hoffte, sie würde hier ein wenig zur Ruhe kommen, um über ihre Zukunft nachzudenken.

Seit sie tags zuvor die Wohnung verlassen hatte, hatte sie nichts mehr von Julia gehört. Katja hatte ihr eine Nachricht geschickt, um sich für ihre Worte zu entschuldigen, was Julia zwar gelesen hatte, allerdings ohne darauf zu reagieren. Vielleicht war es besser so. Freundinnen würden aus ihnen in diesem Leben sicher keine mehr werden.

Um den Kopf freizubekommen, machte Katja schon am Morgen einen langen Spaziergang durch die herbstliche Allee rund um das Schulzentrum und schlenderte durch den Stadtpark. Das Wetter war noch immer sonnig, auch wenn inzwischen ein kalter Wind pfiff, der die letzten bunten Blätter von den Bäumen wehte. Sie schob die Kapuze ihrer Jacke über den Kopf und steckte die Hände in die Taschen. Unterwegs begegneten ihr weitere Spaziergänger, einige von ihnen kannte sie von früher. Manche sprachen Katja das Beileid aus.

Eine Weile lang sah sie den Enten und Blesshühnern zu, die sich am Weiher tummelten. Sie dachte dabei an die vielen Spaziergänge, die sie früher hier mit ihrer Oma gemacht hatte.

Spontan beschloss sie, Maria zu besuchen. Vielleicht hatte sie Lust, eine kleine Runde gemeinsam um den Weiher zu drehen. Sie war der einzige Mensch, der ihr noch geblieben war. Und sicher würde es Maria guttun, ein wenig an der frischen Luft zu sein.

Als sie zehn Minuten später Marias Zimmer im Seniorenheim betrat, saß ihre Großmutter auf dem Sofa und schaute aus dem Fenster. Katja wusste mit einem Mal nicht mehr, wie sie sich ihr gegenüber verhalten sollte. Hatte ihre Oma sie erneut vergessen? Sollte sie so tun, als wäre sie ihre Pflegerin? Vielleicht war es eine blöde Idee gewesen herzukommen.

Maria hatte sie gehört und drehte den Kopf zur Tür. Als sie Katja erblickte, lächelte sie traurig.

»Katja … mein Mädchen«, sagte sie leise. »Komm her zu mir.«

Ihre Großmutter hatte sie nicht wieder vergessen! Tränen brannten in Katjas Augen. Es war das erste Mal seit ihrer Rückkehr, dass sie mit Maria allein war.

»Oma!«, sagte Katja und setzte sich neben sie. Maria griff nach ihrer Hand und drückte sie fest.

»Wie gut, dass du nach Hause gekommen bist, mein Liebes«, sagte sie mit belegter Stimme. »Dein Vater wäre jetzt überglücklich.«

Katja spürte, wie Tränen über ihre Wangen kullerten, wie das inzwischen ständig der Fall war, seit sich die Schleusen gestern endlich geöffnet hatten.

Eine Weile lang saßen Großmutter und Enkelin nur nebeneinander und sagten kein Wort. Das war nicht nötig. Jede wusste instinktiv, wie die andere sich fühlte und was sie mit Karl verloren hatten.

»Möchtest du ein wenig spazieren gehen?«, fragte Katja schließlich.

Maria nickte. »Ja … Am liebsten zum Friedhof. Ich möchte gern das Grab besuchen«, sagte sie leise. »Begleitest du mich dorthin?«

»Natürlich, Oma.«

Sie standen am Grab, das mit so vielen Blumenkränzen und Gestecken geschmückt war, dass sie sogar auf den benachbarten Gräbern lagen.

Maria hatte sich bei ihrer Enkelin untergehakt.

»Es wäre besser, ich würde jetzt da drin liegen und dein Vater hier an meiner statt stehen«, sagte Maria leise. »Was soll ich alte Schachtel denn auch noch länger hier mit meiner Birne, die immer mehr zu Matsch wird?«

Maria hatte noch nie ein Blatt vor den Mund genommen und die Wahrheit immer unverblümt und direkt ausgesprochen.

Katja schluckte und streichelte sanft ihre Hand.

»Ich bin froh, dass du hier bei mir bist«, sagte sie leise, weil sie keine Ahnung hatte, was sie sonst sagen sollte. »Sehr froh, Oma!«

»Ach Katja …«

»Omi!«, hörten sie plötzlich ein lautes Rufen, und sie drehten sich um. Ella kam auf sie zugerannt, gefolgt von Julia.

»Ella, mein kleiner Sonnenschein«, begrüßte Maria ihre jüngere Enkeltochter und versuchte, ein Lächeln aufzusetzen.

Katja und Julia wechselten wortlos einen Blick, während Julia auf Maria zuging und sie umarmte.

»Es ist so schrecklich, dass er nicht mehr da ist«, hörte Katja ihre Großmutter an Julias Schulter murmeln. Julia löste sich von ihr und nickte ihr mit traurigem Blick zu.

»Unsere Familie ist verhext«, fuhr Maria fort und streichelte Ella über den Kopf. »Immer stirbt ein Elternteil, bevor die Kinder volljährig sind. Oft sind sie noch so klein, wie du damals, als deine Mutter starb, Katja. Oder Ella jetzt.«

Katja bekam eine Gänsehaut. Und doch hatte Maria recht. In ihrer Familiengeschichte hatte es bislang noch kein Paar gegeben, das zusammen alt geworden war. Schon immer waren die Kinder der Familie früh zu Halbwaisen geworden.

»Wir sind verhext? Stimmt das wirklich, Mama?«, fragte Ella ungläubig.

»Natürlich nicht«, winkte Julia ab. »Du weißt doch, dass es so was nicht gibt.«

»Manchmal könnte man da aber so seine Zweifel haben«, ließ Maria nicht locker. »Nicht wahr, Katja?«

Katja hätte ihr am liebsten zugestimmt, doch nüchtern betrachtet war das natürlich Unsinn.

»Ach Oma«, sagte sie stattdessen. »Niemand weiß, warum das alles passiert.«

Danach schwiegen sie eine Weile, hingen ihren Gedanken nach.

»Wieso wohnst du denn nicht mehr bei uns?«, fragte Ella plötzlich ihre große Schwester. »Du warst gestern einfach weg.«

»Ich wollte dir dein Zimmer nicht länger wegnehmen«, erklärte Katja ausweichend.

»Das macht mir gar nichts aus«, erwiderte Ella jedoch. »Kommst du wieder zurück?«

»Wolltest du nicht eine Kerze anzünden?«, unterbrach Julia das Gespräch und reichte Ella eine große Grabkerze und Zündhölzer.

»Ja«, antwortete Ella und entzündete das Licht, das Julia neben das Holzkreuz stellte.

»Wie wär's, wenn ich euch alle zu mir nach Hause auf Kaffee und Kuchen einlade?«, schlug Maria plötzlich mit einem Lächeln vor. »Ich habe extra Schmand-Apfelkuchen mit Walnüssen gebacken. Wer weiß, wie oft wir dafür noch Gelegenheit haben werden.«

Ihr Blick hatte sich verändert. Offensichtlich wähnte sie sich jetzt in einer anderen Zeit, in der sie noch in der Wohnung über dem Schmuckgeschäft gelebt hatte.

»Das ist eine gute Idee«, stimmte Julia ihr zu. »Geh doch schon mal mit Ella vor, Maria. Wir kommen gleich nach.«

Maria griff nach der Hand des Mädchens, das sie in Richtung Ausgang begleitete.

»Hör mal Julia, das was ich gestern gesagt habe …«

»Schon gut. Ich möchte darüber nicht mehr reden«, unterbrach Julia sie. »Tun wir Maria den Gefallen. Ich hole Kuchen vom Konditor.«

Obwohl es noch nicht einmal Mittag war, saßen sie wenig später zusammen bei Kaffee, Kakao und verschiedenen Tortenstücken, die Julia besorgt hatte.

»Ich weiß natürlich, dass ich inzwischen nicht mehr hier zu Hause bin«, sagte Maria und bemühte sich zu lächeln. »Vorhin hatte ich es nur vergessen. Und ich habe natürlich auch keinen Kuchen gebacken. Keine Ahnung, wie ich darauf kam.«

»Ist doch nicht so schlimm, Oma«, spielte Katja das Ganze herunter.

Um Maria nicht zusätzlich zu belasten, redeten sie nicht mehr über Karls Tod. Es herrschte eine eigenartige Stimmung in der Wohnküche. Ruhig und fast ein wenig heiter. Maria war immer schon gut darin gewesen, Menschen mit ihren Geschichten zu unterhalten.

»Habe ich euch eigentlich schon mal verraten, wie ich Daniel Linde kennengelernt habe?«, fragte sie, und ohne auf eine Antwort zu warten, erzählte sie die Geschichte, wie sie Ende der 60er-Jahre Karls Vater kennengelernt hatte.

»Daniel war so gut aussehend. Und er war ein absoluter Herzensbrecher«, schwärmte sie in Gedanken versunken, bevor sie mahnend den Finger hob. »Aber, meine Lieben. Man sollte sich nie auf so jemanden einlassen. Das geht in den seltensten Fällen gut.«

Katja und Julia kannten die Geschichte natürlich schon längst. Doch in blumigen Worten und mit ihrem ganz besonderen Humor schilderte Maria einmal mehr, wie sie sich Hals über Kopf in den charmanten Daniel aus einem Nachbarort verliebt hatte, der als Kunde in den Laden gekommen war, um eine Armbanduhr zu kaufen.

Erst nachdem sie sich ein paar Wochen später auf ihn eingelassen hatte, hatte Maria erfahren, dass Daniel bereits verheiratet war. Doch da war sie schon schwanger gewesen. Die Nachricht über seine Vaterschaft hatte Daniel geschockt, und er hatte sie inständig angefleht, niemandem etwas von ihrer Affäre zu verraten.

»Du wirst in Zukunft weder mit mir noch mit dem Kind etwas zu tun haben!«, hatte sie ihm versichert und sich nicht anmerken lassen, wie verletzt sie war. Daniel schien jedoch nicht darauf zu vertrauen, dass Maria ihr Wort hielt, weswegen er schon bald eine Stelle in München angenommen hatte und mit seiner Frau in die Landeshauptstadt gezogen war. Ein paar Jahre später kam er bei einem tragischen Unfall ums Leben, als ein Omnibus an einem unbeschrankten Bahnübergang von einem Zug erfasst worden war. Tatsächlich hatte er seinen Sohn nie kennengelernt. Maria hatte das Kind allein großgezogen und niemals geheiratet. Ein paar Jahre lang hatte sie eine Beziehung mit einem Zahnarzt aus Deggendorf gehabt, die jedoch irgendwann im Sand verlaufen war.

»Ganz egal, was für ein Hallodri Daniel war. Er hat mir das schönste Geschenk gemacht, das ich mir vorstellen kann. Er hat mir meinen wunderbaren Sohn Karl geschenkt!«

In diesem Moment erinnerte sie sich wieder daran, was passiert war. Ihr Lächeln verschwand, und sie schob den Teller mit dem halb aufgegessenen Kuchen von sich weg.

Katja griff nach ihrer Hand und drückte sie tröstend.

Bevor Julia sich später am Nachmittag auf den Weg machte, ihre Schwiegermutter zurück ins Seniorenheim zu bringen, bat sie Katja, noch zu bleiben.

»Es gibt einiges zu besprechen«, sagte sie.

»Na gut. Ich warte, bis du zurück bist«, versprach Katja.

»Ella, komm, zieh dich an.«

»Ich möchte lieber hier bei Katja bleiben«, sagte das Mädchen. Julia sah Katja fragend an.

»Wir beide kommen hier schon klar«, versicherte Katja. »Geh nur. Du bist ja nicht lange weg.«

Als Julia und Maria sich auf den Weg gemacht hatten, stellte Ella sich vor Katja auf und verschränkte die Arme.

»Willst du etwas spielen?«, fragte Katja unsicher, weil sie nicht wusste, was sie mit ihrer kleinen Schwester anfangen sollte.

»Sag mal, magst du mich eigentlich?« Ella überrumpelte sie mit dieser Frage.

»Aber klar«, sagte Katja schnell.

»Warum bist du dann so lange nicht gekommen? Und warum hast du mir nie einen Brief geschickt oder mich mal angerufen? Immerhin bist du meine Schwester.«

»Halbschwester«, korrigierte Katja, allerdings mit einem Zwinkern, um etwas Zeit zu gewinnen. Dieses neunjährige Mädchen stellte ihr Fragen, die sie ganz schön ins Schwitzen brachten.

»Schwester ist Schwester«, stellte Ella klar. »Egal ob halb oder ganz.«

»Ja … das stimmt. Aber als du zur Welt kamst, da habe ich schon in Hamburg gelebt. Ich war ab und zu mal hier zu Besuch, aber da warst du noch klein und kannst dich sicher nicht mehr so gut erinnern. Dann ging ich nach Brasilien, und das ist ziemlich weit weg. Da kann man nicht einfach mal schnell hin und her fliegen«, versuchte sie, ihr Fernbleiben zu erklären.

»Brasilien ist in Südamerika«, sagte Ella, die sich offenbar in Geografie auskannte.

»Genau.«

»Papa hat mir das auf dem Globus gezeigt ... komm mal mit.«

Ella griff einfach nach Katjas Hand und zog sie in ihr Zimmer. Aus dem Regal holte sie einen Atlas und legte ihn auf den Boden. Sie schlug den dicken Wälzer auf und blätterte zu einer Seite, auf der Südamerika abgebildet war.

»Hier hast du gewohnt, oder?«

Sie deutete mit dem Finger auf Salvador de Bahia und las den Namen der Stadt flüssig vor.

»Stimmt«, sagte Katja und war überrascht, was das Mädchen alles wusste.

»Papa hat mir ganz viel von dir erzählt und mir die Fotos gezeigt, die du ihm manchmal geschickt hast«, erklärte die Kleine.

Plötzlich hatte Katja einen dicken Knoten im Hals. Sie selbst hatte sich all die Jahre tatsächlich kaum für Ella interessiert. Mehr noch, sie war immer ein wenig eifersüchtig gewesen, wenn ihr Vater von seiner jüngeren Tochter erzählt hatte, weil sie immer das Gefühl gehabt hatte, Karl hätte sie mit der neuen Familie ersetzen wollen. Deswegen hatte sie sich auch nie für Ella interessiert und sich trotz Halbschwester als Einzelkind gefühlt.

In diesem Moment schämte sie sich dafür. Sie begann zu

ahnen, was sie dadurch alles verpasst hatte. Hilflos suchte sie nach den richtigen Worten. Doch sie wusste nicht, was sie sagen sollte.

»Vermisst du Papa auch so sehr wie ich?«, fragte Ella unvermittelt, und ihr Blick war traurig geworden.

»Oh ja! Ich vermisse ihn ganz schrecklich«, murmelte Katja, und in einer spontanen Regung legte sie den Arm um Ella. Die Kleine drückte sich fest an sie. Wobei Katja eher das Gefühl hatte, dass sie sich an Ella festhielt.

»Magst du was spielen?«, murmelte Ella nach einer Weile und löste sich von Katja.

»Klar … Und ich habe auch schon eine Idee.«

Als Julia eine Stunde später zurückkam, knieten Katja und Ella auf dem Boden im Kinderzimmer und bauten eine lange Strecke mit bunten Dominosteinen auf.

»Schau mal, Mama«, rief Ella begeistert. »Gleich haben wir alle Dominosteine aufgestellt, und dann lassen wir sie umfallen.«

»Toll. Aber wo habt ihr die denn her?«, fragte Julia verwundert.

»Vom Speicher«, antwortete Ella und stellte vorsichtig einen weiteren Stein auf.

In der Kiste auf dem Speicher lagerten noch all die Spielsachen aus Katjas Kindheit, an die wohl bisher keiner gedacht hatte.

»Schaust du zu, Mama?«

»Klar.«

»Auf die Plätze, fertig – los!«

Ella stupste den ersten Dominostein an. Mit einem ratternden Geräusch kippten die Steine um, die sie in einer großen Spirale aufgestellt hatten. Nur wenige Sekunden später war alles schon wieder vorbei.

»Wow – das ging aber schnell«, rief Ella begeistert.

Auch Katja und Julia lächelten.

»Bauen wir noch mal eine andere Strecke auf, Katja?«, bat Ella ihre Schwester.

»Wenn du magst.«

Doch Julia schüttelte den Kopf.

»Jetzt nicht. Vielleicht später. Katja und ich müssen erst einige Dinge besprechen, Schätzchen«, sagte sie.

»Ach menno! Es ist doch grad so schön. Könnt ihr das nicht später tun?«

»Nein, Ella. Das ist wirklich wichtig.«

Katja sah der Kleinen die Enttäuschung an, und sie selbst wäre am liebsten ebenfalls hier bei ihr geblieben, anstatt mit Julia zu sprechen. Doch das Gespräch wäre damit nur aufgeschoben.

»Du kannst doch inzwischen eine neue Strecke aufbauen«, sagte sie deswegen. »Und später schau ich dir zu, wenn du sie wieder umfallen lässt. Okay?«

»Versprochen?«

»Versprochen!«

Das war zwar nicht ganz das, was Ella hatte hören wollen, aber sie war trotzdem einverstanden. »Na gut.«

Kurz darauf saßen Katja und Julia im Wohnzimmer. Julia öffnete ein wattiertes braunes Kuvert, auf dem mit einem dicken Filzstift das Wort TESTAMENT geschrieben war. Sie zog einen Datenstick heraus.

»Ich glaube, er hat uns eine Videobotschaft aufgenommen«, murmelte Julia überrascht.

Katja sah Julia an, dass ihr genauso elend zumute war wie ihr selbst.

»Meinst du, es ist nicht vielleicht doch besser, wir machen das erst heute Abend, wenn Ella schon schläft?«, schlug Katja vor.

»Aber …«, begann Julia, doch Katja unterbrach sie.

»Hör mal, wir wissen nicht, was auf dem Video zu sehen ist und wie es uns danach geht.«

»Na gut«, lenkte Julia ein. »Du hast ja recht. Öffnen wir es später.«

Katja hatte bis zum Abend mit Ella gespielt und in Gesellschaft ihrer kleinen Schwester kurzzeitig sogar vergessen können, was für ein trauriger Anlass sie zusammengebracht hatte.

Julia hatte inzwischen Spaghetti gekocht. Doch nur Ella schien wirklich Appetit zu haben. Die beiden Frauen stocherten eher lustlos in ihren Tellern herum.

»Muss ich morgen wirklich wieder in die Schule?«, fragte Ella plötzlich. Seit dem Tod ihres Vaters war sie vom Unterricht befreit.

»Du willst doch nicht noch mehr verpassen, Ella«, sagte Julia.

Das Mädchen zuckte unschlüssig mit den Schultern.

Katja konnte sich nur allzu gut erinnern, wie es damals war, als ihre Mutter gestorben war. Am liebsten wäre sie da auch noch viel länger daheim geblieben. Doch die Schule hatte sie abgelenkt, und das hatte ihr geholfen, langsam wieder in eine Art von Normalität zu finden.

»Ich glaube, deine Freunde freuen sich ganz bestimmt sehr, wenn du endlich wieder da bist«, sagte Katja deswegen und fuhr fort: »Vielleicht werden einige anfangs nicht so recht wissen, was sie zu dir sagen sollen, aber das geht ganz schnell vorbei. Und bald ist es in der Schule dann wieder so, wie es vorher war«, sagte sie.

»Na gut«, murmelte Ella. »Kannst du mich vielleicht morgen von der Schule abholen?«

»Mache ich«, versprach Katja.

Ella stand auf. »Dann packe ich jetzt meine Schulsachen«, sagte sie und ging aus dem Zimmer.

»Danke, Katja«, sagte Julia leise. »Ich glaube, es tut ihr richtig gut, dass du gerade hier bist. Das scheint ihr zu helfen.«

Katja wusste nicht, ob sie wirklich helfen konnte. Dafür kannte sie Ella nicht gut genug. Allerdings konnte sie sich aus ihrer eigenen Erfahrung in Ellas Gefühlsleben sicher besser hineinversetzen, als Julia das vermutlich möglich war.

Julia schenkte Rotwein in zwei bauchige Gläser. Ella war vor Kurzem eingeschlafen, und nun saßen die beiden Frauen vor Karls Laptop. Julia nahm einen großen Schluck Wein. Sie schien sehr aufgewühlt zu sein. Auch Katja hatte einen Knoten im Magen, deswegen nippte sie nur ein wenig an ihrem Glas.

»Soll ich?«, fragte Julia schließlich, und Katja nickte.

Julia steckte den Datenstick in den Laptop und startete das Video.

Karl saß an seinem Schreibtisch in der Werkstatt und lächelte in die Kamera.

Katja schluckte und spürte, wie sich Tränen in ihren Augen sammelten, die sie sofort wegzublinzeln versuchte. Sie wollte jetzt nicht weinen.

Karl räusperte sich.

»So. Das ist jetzt Versuch Nummer vier. Die anderen habe ich wieder gelöscht, weil das ein ziemlich emotionales Gesülze war. Aber irgendwie ist das schon schräg, etwas aufzunehmen, wenn man weiß, dass die anderen es erst sehen werden, wenn man gar nicht mehr da ist. Tja, und das ist wohl genau das Stichwort.«

Obwohl er weiterhin lächelte, merkte man ihm die Ernsthaftigkeit an, mit der er das Video aufgenommen hatte.

»Meine Lieben, ihr werdet vermutlich jetzt ziemlich traurig sein und … und ich kann leider nichts tun, um euch das zu nehmen.«

Katja hörte ein leises Schluchzen. Doch da sie selbst um Fassung rang, vermied sie es, zu Julia zu sehen.

»Katja, mein Schatz, mit dir möchte ich beginnen«, sprach Karl weiter. »Durch den frühen Tod deiner Mutter verbindet uns beide ein ganz besonders enges Band, wo immer du auch in den letzten Jahren warst. Dass du trotzdem immer in meinem Herzen warst, das weißt du. Du wirst deinen Weg gehen, weil du eine unglaublich tolle und starke Frau bist. Ich bin so unendlich stolz auf dich und hab dich lieb, mein großes Mädchen!«

Nun liefen auch Katja Tränen über die Wangen.

»Julia. Nach dem Tod meiner ersten Frau hatte ich nicht mehr damit gerechnet, eine neue Liebe zu finden, die mich so glücklich macht. Doch dann kamst du, und ich wurde eines Besseren belehrt. Ich liebe dich sehr und danke dir für die wunderbaren Jahre. Und ich danke dir für unsere kleine Ella. Ihr beide seid ein unfassbar großes Geschenk gewesen … Wenn du es für angebracht hältst, kannst du Ella dieses Video zeigen, sobald du denkst, dass es für sie passt.«

Er räusperte sich wieder.

»Ella, mein kleiner süßer Schatz, ich hab dich ganz fest lieb. Egal, wo ich jetzt auch bin. Pass immer gut auf dich auf, ja? Manchmal gibt es sehr schlimme Stunden im Leben, aber es gibt trotzdem auch die schönen Stunden. Und davon wird es ganz bestimmt noch ganz viele für dich geben. Ich wünsche dir eine großartige Zukunft, mein Schätzchen!

Und nun möchte ich euch um zwei Dinge bitten. Nein. Eigentlich um drei. Kümmert euch bitte weiter um meine Mutter, wenn ich nicht mehr da bin. Ihr könnt ihr natürlich auch dieses Video zeigen, wenn ihr denkt, dass sie das verkraften kann. Falls du das Video siehst: Mama, danke für alles, was du für mich und meine Familie getan hast. Eine bessere Mutter als dich hätte ich mir nicht wünschen können. Ich habe dich lieb!«

Karl spitzte die Lippen und blies langsam die Luft aus, dann blinzelte er mehrmals, um sich zu fassen, damit er weitersprechen konnte.

»Puh, jetzt bin ich schon wieder so emotional geworden. Ich glaube, ich krieg das einfach nicht besser hin … Das Zweite, worum ich euch bitten möchte, liegt mir ganz besonders am Herzen: Haltet zusammen. Katja, ich weiß, dass du mit Julia bisher so deine Probleme hattest, aber ich hoffe, dass ihr beide euch zusammenraufen werdet. Das ist auch wichtig, denn jetzt komme ich zu meiner dritten Bitte, die gleichzeitig auch mein Vermächtnis ist. Ich vererbe dir, liebe Julia, und euch, Katja und Ella, zu gleichen Teilen das Haus mit dem Schmuckgeschäft und der Goldschmiede, und ich hoffe sehr, dass ihr, Julia und Katja, das Geschäft zusammen weiterführen werdet, auch wenn die Zeiten momentan nicht einfach sind. Tja … und das war's dann auch schon. Ich gehe ja immer noch davon aus, dass ich als alter Tattergreis ein neues Video für euch aufnehmen werde, aber falls dem nicht so sein sollte, hoffe ich inständig, dass ihr euch gegenseitig unterstützt und euch Halt gebt. Ich liebe euch! Sehr! … Und jetzt noch ganz speziell was für euch beide, Katja und Ella …« Plötzlich zwinkerte er fast ein wenig schelmisch in die Kamera, und gleich darauf war das Lied »Hakuna Matata« aus dem Film *Der König der Löwen* zu hören.

Katja schluckte. Sie hatten den Film in ihrer Kindheit gemeinsam so oft angeschaut, dass sie ihn auswendig mitsprechen und alle Lieder mitsingen konnte. Offenbar hatte ihr Vater ihn auch mit Ella öfter als einmal geschaut.

Karl warf noch einen letzten Kuss in die Kamera, dann stand er auf und ging weg, während der rhythmische Gesang der Disneyfiguren laut durch das Zimmer klang.

Kapitel 9

Nachdem sie das Video einmal ganz angesehen hatten, waren weder Katja noch Julia in der Lage, darüber zu reden. Sie brauchten jetzt beide Zeit für sich, um Karls emotionale Nachricht zu verdauen. Sie waren sich nur einig darüber, dass sie noch eine Weile warten wollten, bis sie Ella und Maria die Videobotschaft zeigen würden. Zumindest so lange, bis der erste Schmerz ein wenig nachgelassen hatte.

Katja verabschiedete sich und ging zu Fuß in die nicht allzu weit entfernte Pension.

Nach einer kurzen heißen Dusche vergrub sie sich unter der Bettdecke. Doch obwohl sie erschöpft war, konnte sie nicht einschlafen. Ihr Vater hatte lauter richtige und berührende Dinge gesagt, und Katja war auch darauf vorbereitet gewesen, dass sie, ihre Stiefmutter und Ella gemeinsam erben würden. Und doch hatte etwas gefehlt. Das Datum auf der Datei hatte angezeigt, dass er die Nachricht erst vor wenigen Wochen aufgenommen hatte. Da hatte er laut Auskunft der Ärztin schon von seiner Krankheit gewusst. Aber warum hatte er darüber nichts in der Nachricht gesagt? Warum hatte er nicht erklärt, warum er Katja nicht schon früher darüber informiert hatte, wie kritisch es um ihn stand? Plötzlich hatte sie einen furchtbaren Gedanken, und ihre Kehle wurde mit einem Schlag eng. Vielleicht hatte er ihr deswegen nichts von der dringenden Notwendigkeit einer Operation erzählt, weil er Angst gehabt hatte, sie könnte trotz allem ablehnen zurückzukommen? Diese unerträgliche Vorstellung trieb sie wieder aus dem Bett. Sie knipste das Licht an und ging ruhelos auf und ab.

Oder hatte er vorgehabt, es ihr bei seinem letzten Anruf zu sagen, und sie hatte das Gespräch einfach zu früh beendet? Katja machte sich wieder große Vorwürfe, dass sie seiner Bitte nicht nachgekommen war. Sie ließ auch nicht gelten, dass sie ausgerechnet da in der schlimmsten Beziehungskrise mit Luca gesteckt hatte und sie deswegen so angespannt und ungeduldig gewesen war. Hätte sie es doch nur früher gewusst!

Ihre Gedanken drehten sich unablässig im Kreis, bis ihr fast schwindelig wurde und ihre nackten Füße eiskalt waren. Sie legte sich wieder ins Bett und wickelte sich fest in die Bettdecke. Sie schloss die Augen und dachte an ihren Vater. An sein herzliches Lächeln und seine liebevollen Worte. Obwohl sie sich so heftige Vorwürfe machte, hatte er sie eine starke Frau genannt. Das wollte sie auch sein! Sie würde seinen letzten Wünschen nachkommen, und vielleicht würde damit irgendwann auch das Gefühl ihrer Schuld verblassen. Dann auf einmal hörte sie wieder das Lied »Hakuna Matata«. Diesmal nicht von den Zeichentrickfiguren gesungen, sondern von sich und ihrem Vater. Dabei gab es kaum einen Menschen, der so falsch gesungen hatte wie Karl. Falsch, aber mit unglaublich viel Freude und Leidenschaft, wie er stets betont hatte. Sie spürte überraschend ein Lächeln in ihrem Gesicht. Eine wohlige Müdigkeit übermannte sie plötzlich und zog sie rasch in einen tiefen Schlaf.

Als sie am nächsten Tag aufwachte, war es schon fast halb zehn Uhr, und sie fühlte sich ausgeschlafen und frischer als in den letzten Tagen. Auf dem Handy war eine Nachricht von Julia mit der Erinnerung, Ella, wie versprochen, am frühen Nachmittag von der Schule abzuholen. Außerdem gebe es bezüglich des Geschäftes vieles zu klären.

Katja schrieb zurück, dass sie in einer halben Stunde bei Julia sein würde. Sie duschte rasch, machte sich auf den Weg und kaufte unterwegs eine Tüte mit frischen Brezen.

Julia sah aus, als hätte sie die letzte Nacht nicht viel geschlafen, und erwartete Katja bereits mit einer großen Kanne Kaffee.

Auf dem Tisch lagen schon mehrere Ordner bereit.

»Ich weiß, dass wir in der Vergangenheit unsere Probleme hatten«, begann Katja das Gespräch. »Und ich hätte nicht gedacht, dass ich die Goldschmiede hier so früh übernehmen würde. Und ehrlich gesagt weiß ich auch nicht, wie das laufen wird, wenn wir zusammenarbeiten, aber es ist Vaters letzter Wunsch, und wir können das schon irgendwie hinkriegen, oder?«

»So einfach wird das nicht werden«, sagte Julia mit düsterem Blick, und Katja begann, sich zu ärgern. Sie versuchte, einen Schritt auf sie zuzumachen, da war Julias Reaktion nicht gerade sonderlich hilfreich.

»Keine Angst, ich suche mir eine Wohnung und arbeite sowieso die meiste Zeit in der Werkstatt und du im Laden –

da können wir uns ja einigermaßen aus dem Weg gehen«, sagte Katja in etwas schärferem Ton.

Leicht irritiert schüttelte Julia den Kopf.

»Was? … nein, Katja, du verstehst das falsch. Es geht nicht um uns beide, sondern um das Geschäft.«

»Das Geschäft?«

»Tja, genau darüber müssen wir reden«, antwortete Julia mit bedrückter Miene und öffnete einen der Ordner.

Eine halbe Stunde später war Katja über die finanzielle Lage informiert. Oder besser gesagt, über die finanzielle Schieflage. Da die Laufkundschaft im Ort nicht allzu groß war, bestand das Geschäft unter dem Jahr hauptsächlich aus Reparatur- und Änderungsarbeiten, Anfertigungen von Trauringen und kleineren Verkäufen. Das Hauptgeschäft fand vor Ostern, vor Valentins- und Muttertag und in der Vorweihnachtszeit statt. Das alles reichte normalerweise aus, um das Jahr gut zu überbrücken und Rücklagen zu bilden. Allerdings waren in den letzten Jahren aufwendige Renovierungsarbeiten im Haus angefallen, die am Ende sehr viel mehr gekostet hatten, als dafür veranschlagt gewesen war. Karl hatte deswegen eine Lebensversicherung aufgelöst. Damals hatte er noch nichts von seiner Krankheit gewusst, sonst hätte er das womöglich vermieden. Zudem hatte Karl auch noch einen Teil der Kosten des Seniorenheimes für Maria übernommen. Und so waren sie ganz plötzlich immer mehr in die roten Zahlen gerutscht. Doch Karl war zuversichtlich gewesen, da bald wieder herauszukommen. Deswegen war es ihm auch so wichtig gewesen, das bevorstehende Vorweihnachtsgeschäft auf jeden Fall mitzunehmen. Wichtig genug, um niemandem in der Familie von seiner Krankheit zu erzählen, die es sicherlich nicht zugelassen hätte, dass er weiterhin arbeitete.

Der Laden war seit Karls Zusammenbruch seit fast zwei Wochen geschlossen, was natürlich für einen weiteren Ausfall der Einnahmen gesorgt hatte.

»Ich weiß nicht, wie wir das schaffen sollen«, sagte Julia bedrückt. »Die Witwenrente, die ich bekommen werde, wird nicht sonderlich hoch sein. Wenn wir nicht deutlich mehr Umsatz machen, überstehen wir nur noch ein paar Monate.«

Katja schluckte. Damit hatte sie nicht gerechnet.

»Das müssen wir aber wieder hinkriegen!«, sagte sie, hauptsächlich, um sich selbst zu motivieren. »Das Geschäft ist seit fast hundert Jahren ein Familienbetrieb und hat viele Höhen und Tiefen durchgemacht und gemeistert!«

Julia zuckte hilflos mit den Schultern.

»Ich weiß auch nicht, Katja. Vor hundert Jahren hat es auch noch kein Internet gegeben. Im Laden können wir doch nur einen kleinen Teil als Auswahl anbieten, den die Kunden online zur Verfügung haben.«

Natürlich hatte Julia recht. Trotzdem würde sie das Geschäft ganz bestimmt nicht aufgeben.

»Vielleicht … vielleicht wäre es besser, wir würden alles verkaufen.«

»Was? Spinnst du?«, fuhr Katja ihre Stiefmutter an. »Das werden wir ganz sicher nicht machen.«

Ach, hätte sie doch nur genügend Geld, dann hätte sie Julia und ihre Schwester ausbezahlt und alles ganz allein übernommen.

»Ich kann dir ja noch nicht mal was für deine Arbeit in der Goldschmiede bezahlen, weil kaum mehr was auf dem Konto ist! Wovon willst du denn künftig die Miete für eine Wohnung bestreiten?«, legte Julia weitere bittere Fakten auf den Tisch.

»Dann muss ich eben hier im Haus wohnen«, sagte Katja spontan, obwohl sie selbst darüber am wenigsten begeistert war. »Zumindest so lange, bis wir den Laden wieder aufgepäppelt haben!«

»Und wie willst du das schaffen? Willst du die Leute in den Laden zerren, damit sie bei uns einkaufen?«

Plötzlich hatte Katja eine Idee.

»Ja! Ganz genau das möchte ich. Aber nicht so, wie du dir das vorstellst. Du hast gesagt, durch Online-Shopping verlieren wir viele Kunden. Aber wir könnten das Internet doch auch für uns nutzen.«

Überrascht sah Julia sie an.

»Und wie?«

In diesem Moment klingelte es an der Haustür. Jonas kam zu Besuch, um nachzufragen, wie es ihnen ging.

»Wir sind dabei zu überlegen, wie wir den Laden wieder auf Vordermann bringen können. Katja wollte mir gerade erzählen, was für eine Idee sie hat, das Geschäft zu retten.«

»Dann lass mal hören«, sagte Jonas neugierig. Es schien ihn nicht zu überraschen, wie es um das Schmuckgeschäft stand. Vermutlich hatte Julia ihn bereits darüber informiert.

»Also«, begann Katja. »Klar, die meisten wollen möglichst billig und bequem im Internet einkaufen. Aber es gibt auch Leute, die sich gerade bei Schmuck etwas Exklusives wünschen, das trotzdem bezahlbar ist. Und genau das könnten wir zusätzlich zum bisherigen Service bieten: das Anfertigen von individuellem Schmuck. Und das sogar weltweit! Um uns bekannt zu machen und zu finden, nutzen wir das Internet mit all seinen Möglichkeiten.«

»Du meinst, auch mit Instagram, Twitter und Facebook?«, hakte Jonas nach.

»Ja. Das wird zwar ein wenig Zeit fressen, aber zumindest kostet es uns sonst nichts.«

Jonas nickte.

»Gute Idee.«

»Ich habe in den letzten Jahren einige Schmuckstücke für mich selbst und für Freunde gemacht. Fotos davon könnte man als Beispiel nehmen. Die kann ich organisieren.«

»Hmm …«, sagte Julia nur, aber es hörte sich interessiert an.

»Unser Geschäft hat doch eine Homepage«, sagte Katja.

»Schon«, meinte Julia. »Aber die ist nicht gerade der Hit. Es ist eigentlich nur eine Infoseite mit Kontaktdaten.«

»Da könnte ich doch eine neue für euch erstellen«, schlug Jonas vor.

»Du?«

Katja sah ihn an.

»Ja. Ich hab dir doch gesagt, dass ich mir gerade ein zweites Standbein aufbaue. Ich kenne mich ziemlich gut mit so was aus.«

»Ach, das wäre ja super!«, sagte Julia, die sich inzwischen immer hoffnungsvoller anhörte. »Wenn du das echt für uns machen könntest, Jonas?«

»Aber klar doch!«

»Wie viel verlangst du denn dafür?«, wollte Katja wissen. »Wir müssen die Ausgaben so klein wie möglich halten.«

»Ich mache das natürlich umsonst für euch!«

»Aber das geht doch nicht. Etwas müssen wir dir dafür bezahlen. Das ist ja eine Menge Arbeit!«

»Da finden wir sicher eine Lösung. Ich bräuchte zum Beispiel eine neue Armbanduhr. Falls ihr im Laden eine übrig habt, würde mir das als Zahlung reichen«, schlug er vor.

Julia lächelte.

»Ich denke, das ist machbar!«, sagte sie.

»Und wenn ihr später ganz groß ins Geschäft eingestiegen seid, dann könnt ihr mir für die Betreuung der Website ja mal was bezahlen.« Er lächelte. »Wäre das ein akzeptabler Vorschlag?«

»Ja. Danke, Jonas!«, sagte Katja. »Ich hab keine Ahnung, ob meine Idee überhaupt was bringt. Aber ich kann den Laden nicht einfach so aufgeben.«

Julia nickte.

»Wir versuchen es. Bis Anfang nächsten Jahres. Aber wenn es nicht funktioniert, müssen wir auch einen Verkauf in Betracht ziehen, bevor wir am Ende noch alles verlieren. Okay?«

»Okay.« Katja stimmte zu. Allerdings wollte sie das Geschäft auch dann nicht aufgeben, wenn es nicht sofort klappen sollte. Dann würde sie sich eben eine andere Lösung überlegen müssen. Doch das sagte sie ihrer Stiefmutter nicht.

»Zuerst müssen wir den Laden dringend wieder aufsperren«, sagte Katja.

»Ich stelle ein Schild ins Schaufenster, dass ab morgen wieder geöffnet ist«, erklärte Julia.

»Gut. Dann müssen wir eine gründliche Bestandsaufnahme machen. Außerdem werde ich ein Konzept aufstellen, wie ich mir das mit den Spezialanfertigungen vorstelle.«

»Sagt mir bitte bald Bescheid, was genau ihr braucht«, meinte Jonas. »Dann kann ich mit der Homepage anfangen.«

»Okay.«

»Und du kannst inzwischen wieder in Ellas Zimmer ziehen. Sie kann bis auf Weiteres bei mir schlafen«, bot Julia an.

»Ella!«, rief Katja erschrocken und warf einen Blick auf die Uhr. Es war kurz nach halb eins. In einer Viertelstunde war die Schule aus.

»Mist. Ich habe auch völlig die Zeit vergessen«, sagte Julia. »Aber wenn du nicht dort bist, weiß sie, dass sie mit dem Bus nach Hause fahren muss.«

»Ich hab's aber versprochen!«, sagte Katja. »Kann ich den Wagen haben?«

»Den hab ich heute früh in die Werkstatt gebracht. Zum Aufziehen der Winterreifen.«

»Ich fahr dich!«, bot Jonas an. »Komm!«

Zu Fuß hätte sie eine knappe halbe Stunde bis zur Schule gebraucht. Mit dem Auto waren sie in nicht einmal fünf Minuten da.

»Und du wirst tatsächlich hierbleiben, in Osterhofen?«, fragte Jonas, während sie auf dem Parkplatz darauf warteten, dass die Schule aus war.

»Ja.«

»Und was ist mit deinem Freund in Brasilien?«

Katja sah ihn überrascht an.

»Na ja«, sagte er. »Dass er dort nicht so schnell alles stehen und liegen lassen konnte, um dich nach Hause zu begleiten, war uns schon klar. Aber er wird doch jetzt sicher nachkommen und sein Studium hier abschließen? Oder wie habt ihr euch das vorgestellt?«

Erst jetzt wurde Katja so richtig bewusst, dass er und vermutlich auch Julia davon ausgingen, dass sie noch mit Luca zusammen war. Nur hatte ihn bisher niemand auch nur mit einem Wort erwähnt. Für sie selbst war Luca innerhalb der wenigen Tage so weit weg, als ob sie schon viel länger getrennt wären.

»Mit Luca ist es vorbei«, sagte sie. »Darum muss ich mich nicht kümmern.«

Nun war es Jonas, der sie überrascht ansah.

»Ach? Schon länger?«

Sie schüttelte den Kopf.

»Papas Anruf kam genau zu dem Zeitpunkt, als unsere Beziehung bereits ein Scherbenhaufen war. Deswegen ...«, sie schluckte. Ihr wunder Punkt! Nein. Das konnte sie nicht mit Jonas besprechen.

»Ich sehe mal nach, wo Ella bleibt, okay?«, sagte sie rasch und stieg aus.

Die ersten Kinder kamen aus der großen Eingangstür, und diejenigen, die den Heimweg nicht zu Fuß oder mit dem Fahrrad antraten, gingen entweder zu den wartenden Bussen oder zum Parkplatz, wo sie abgeholt wurden.

Und da kam auch schon Ella. Mit einem dunkelhaarigen

Mädchen plaudernd, schlenderte sie aus dem Gebäude und sah sich um. Als sie Katja entdeckte, lächelte sie. Sie tupfte ihre Freundin an, sagte etwas und rannte dann auf Katja zu.

»Du bist echt da?!«, rief sie.

»Ja klar. Versprochen ist versprochen ... Komm, Jonas wartet im Auto.«

»Können wir vielleicht noch schnell meine Sachen in der Pension abholen und in die Wohnung bringen?«, fragte Katja, als sie eingestiegen waren.

»Können wir.«

»Danke Jonas!«

»Du kommst wieder zu uns?«, fragte Ella.

»Für eine Weile. Wenn es dir nichts ausmacht, dass ich so lange in deinem Zimmer schlafe, bis wir eine andere Lösung gefunden haben?«

»Mir macht das gar nichts aus«, sagte Ella.

»Wie war's denn in der Schule?«, wollte Jonas wissen.

Ella zuckte mit den Schultern.

»Zuerst ein wenig doof, weil manche mich so komisch angeschaut haben, als meine Lehrerin das von Papa erzählt hat. Aber dann war es schon okay.«

Katja konnte genau mitfühlen, wie es ihrer Schwester ging. Und aus eigener Erfahrung wusste sie, dass noch viele Tage mit traurigen Momenten kommen würden, in denen sie den fehlenden Elternteil ganz besonders vermissen würde.

Kapitel 10

Anfang Dezember 1944

Am Sonntagnachmittag wartete Marianne mehr als eine Stunde am vereinbarten Platz, doch Bernard tauchte nicht auf. Enttäuscht und nach einer Erklärung suchend, warum er sie versetzt haben konnte, radelte sie schließlich nach Hause. Hatte die Bäuerin ihm doch nicht freigegeben? Immerhin hatte es auf dem Hof einen Todesfall gegeben, weswegen er den Pfarrer zur letzten Ölung geholt hatte. Oder war er krank geworden? Was auch immer es war, sicher gab es einen triftigen Grund, weshalb er nicht gekommen war.

Vielleicht hat er das Treffen auch einfach vergessen, meldete sich eine leise Stimme, während sie sich in der Nacht schlaflos im Bett hin und her wälzte. Doch instinktiv glaubte sie das nicht. Auf sie hatte er einen ganz anderen Eindruck gemacht, als wäre auch ihm dieses Treffen wirklich wichtig, als würde er sich darauf freuen.

Sie hatte jedenfalls vor, den ganzen Montag in der Nähe des Ladens zu bleiben, um ihn nicht zu verpassen, wenn er die reparierte Tischuhr abholte.

Ihre Enttäuschung war groß, als am Vormittag nicht Bernard, sondern sein Bruder Louis auftauchte und sie keines Blickes würdigte. Wortkarg ließ er sich von Mariannes Vater die Uhr im Austausch gegen ein Glas Marmelade aushändigen, das die Bäuerin ihm mitgegeben hatte.

Marianne hätte ihn so gern gefragt, wie es Bernard ging, doch sie traute sich nicht, ihn anzusprechen. Dieser Mann war ihr nicht geheuer.

Besorgt fragte sie sich, ob Bernard womöglich etwas zugestoßen war.

In den nächsten Stunden kam sie nicht mehr dazu, sich weiter über den jungen Franzosen Gedanken zu machen.

Magda kam in die Werkstatt.

»Bitte hilf mir«, bat sie angstvoll. »Meiner kleinen Elisabeth geht es wieder schlechter.«

Marianne eilte nach oben. Das Mädchen lag mit rotfleckigem Gesicht im Bett, und als es hustete, rasselte sein Atem beängstigend.

»Sie darf nicht sterben«, murmelte Magda mit erstickter Stimme. »Ich hab doch nur noch sie.«

»Das wird sie nicht, Magda. Ganz bestimmt nicht!«, sagte Marianne fest, doch insgeheim bangte auch sie um das Leben des Kindes.

»Ich hole den Doktor«, erklärte Martin.

Während sie auf die Ankunft des Arztes warteten, versuchten die beiden Frauen, das Fieber mit Wadenwickeln zu senken, und tröpfelten dem Baby Lindenblütentee zwischen die trockenen Lippen. Und tatsächlich schien das Kind nach einer Weile etwas ruhiger zu werden, und seine Stirn fühlte sich nicht mehr ganz so heiß an.

Als Martin zurückkam, schüttelte er bedauernd den Kopf.

»Doktor Konrad macht gerade Hausbesuche und wird so schnell nicht zurück sein«, erklärt er.

»Oh mein Gott!«, jammerte Magda und fuhr sich ängstlich durch die grauen Haare.

Marianne warf ihr einen besorgten Blick zu. Sie hatte die letzten Nächte kaum geschlafen und wirkte völlig erschöpft. Lange würde sie nicht mehr durchhalten, das sah Marianne ihr an.

»Leg dich doch bitte ein wenig hin, Magda, und ruh dich aus«, schlug sie vor. »Ich kümmere mich inzwischen um Elisabeth.«

»Aber ich muss doch bei ihr bleiben«, protestierte Magda schwach.

»Schau, das Fieber ist schon ein wenig zurückgegangen. Und ich wecke dich, wenn sich etwas ändern sollte«, versprach Marianne. »Aber du brauchst selbst ein wenig Schlaf.«

»Na gut … Vielleicht eine Stunde.«

»Geh am besten hinüber in meine Kammer, da hast du deine Ruhe.«

Magda war kaum ein paar Minuten aus dem Zimmer, da begann das Baby unruhig zu strampeln und zu weinen.

»Ssst … ist ja schon gut«, murmelte Marianne und strich dem Mädchen sanft über das Köpfchen mit dem zarten rötlichen Flaum. Doch es ließ sich nicht beruhigen, und so nahm Marianne die Kleine aus dem Bett und trug sie im Zimmer herum, während sie leise eine Melodie summte, die ihre Mutter ihr und ihrem Bruder Joseph früher vorgesungen hatte, wenn sie nicht schlafen konnten. Die sanft schaukelnde Bewegung und ihre Stimme beruhigten Elisabeth, und schließlich schlief sie ein. Vorsichtig setzte Marianne sich mit ihr auf die Bank und betrachtete das blasse Gesicht.

»Armes Mäuschen«, flüsterte sie traurig und voller Mitgefühl. Elisabeth war noch so klein und hatte bereits ihre Eltern verloren. Nun gab es nur noch ihre Großmutter, die sich in der Fremde allein um das Mädchen kümmern und irgendwie für eine noch völlig ungewisse, aber sichere Zukunft sorgen musste.

»Aber du wirst sehen, irgendwann wird alles gut«, versprach sie dem schlafenden Kind und machte sich damit auch selbst Mut, diese schwierigen Zeiten zu überstehen.

Am späten Nachmittag kam endlich der Arzt, horchte das Mädchen ab und untersuchte es gründlich.

»Eine Lungenentzündung ist es wohl nicht«, gab er schließlich Entwarnung. »Aber sie hat eine schwere Bronchitis.«

»Und das Fieber?«, fragte Magda besorgt.

»Bei Kindern kann es oft schnell ansteigen, aber auch ebenso rasch wieder zurückgehen. Geben Sie der Kleinen weiterhin genügend zu trinken und machen Sie Wadenwickel, wenn es wieder schlimmer werden sollte ... Und dann schreibe ich Ihnen noch was auf.«

Er gab ihnen genaue Anweisungen, wie sie dem Kind die Medizin verabreichen sollten.

»Danke, Herr Doktor!«

»Ich hole gleich das Mittel, bevor die Apotheke schließt«, bot Marianne an.

»Aber ... aber ich habe doch kein Geld mehr«, murmelte Magda beschämt.

»Mach dir deswegen keine Sorgen«, beruhigte Martin sie und zog Marianne zur Seite.

»Nimm die Marmelade der Bäuerin mit in die Apotheke, und wenn es nicht reicht, dann ...«

»Das muss reichen«, unterbrach Marianne ihn und machte sich auf den Weg, um das Rezept einzulösen.

Zwei Tage später ging es Elisabeth deutlich besser. Magda und Marianne hatten das Kind abwechselnd versorgt, und Magda fühlte sich durch Mariannes Unterstützung so weit ausgeruht, dass sie sich wieder allein um ihre Enkeltochter kümmern konnte.

Draußen war es trüb und grau, und Mariannes Stimmung entsprach ganz dem Himmel. Sie nahm drei der Strümpfe ab, die zum Trocknen an der Leine über dem Ofen hingen, und setzte sich damit an den Küchentisch, wo schon alles zum Stopfen der Löcher bereit lag. Plötzlich hörte sie von unten ihren Vater rufen.

»Mariannchen! ... Marianne!?«

Erschrocken legte sie das Stopfei mit dem übergezogenen Strumpf und die Nadel zur Seite und wollte gerade aufstehen, als Martin mit einem ziemlich zerknitterten und fleckigen Brief in der Hand hereinkam.

»Ich habe gute Neuigkeiten!«, rief er.

»Was denn, Vater?«

»Unser Joseph hat geschrieben«, verkündete er und konnte seine Erleichterung und Freude nicht verbergen. Er strahlte übers ganze Gesicht.

»Wirklich?« Ihr Herz klopfte plötzlich schneller vor Aufregung. Endlich! »Schnell, mach den Brief auf, Papa!«

Marianne sah Martin ungeduldig zu, wie er versuchte, den Umschlag mit zitternden Fingern zu öffnen.

»Lass mich das machen«, sagte sie und nahm ihm den Brief aus der Hand. Sie griff nach einem Messer und schlitzte das Kuvert auf. Dann holte sie das Blatt heraus und begann zu lesen.

»Lieber Vater, liebe Schwester, ich hoffe inständig, dass mein Brief euch erreichen wird. Ich habe nur wenige Minuten, um euch von unterwegs zu einem Lager in Sibirien eine kurze Notiz zu schreiben und sie einem Kameraden mitzugeben, der versuchen wird, euch meinen Brief zukommen zu lassen. Ich denke jeden Tag an euch und hoffe, dass ihr wohlauf seid. Bitte vergesst mich nicht und schließt mich in eure Gebete ein, auf dass ich die Zeit hier überstehen werde und wir uns wiedersehen. Alles Liebe, euer Joseph.«

Marianne spürte, wie heiße Tränen über ihre Wangen kullerten, und auch Martin rang um Fassung.

»Er lebt!«, sagte er und räusperte sich. »Das ist das Wichtigste.«

Marianne wischte Tränen aus dem Gesicht und nickte.

»Ja. Er lebt. Und er wird wieder gesund zu uns nach Hause kommen!«

Plötzlich fiel ihr Blick auf das Datum unter dem Brief.

»Er hat die Nachricht schon im April geschrieben«, murmelte sie, und mit einem Mal schlug ihre Freude wieder in Besorgnis um.

Das Lächeln im Gesicht ihres Vaters verblasste. Er schien einen Moment zu brauchen, um sich zu fassen.

»Und doch ist es ein Lebenszeichen«, sagte er dann so

fest, als ob allein dadurch keinerlei Zweifel daran bestünden, dass es Joseph auch jetzt in dieser Minute gut ging.

»Ja«, sagte Marianne. »Es ist ein Lebenszeichen.«

»Es braucht eben seine Zeit, bis ein Brief von so weit her im Osten zu uns kommt.«

Marianne nickte. Sie wollte, dass ihr Vater weiterhin die Hoffnung behielt. Denn es war das Einzige, was ihnen geblieben war. Hoffnung. Und auch Marianne wollte fest daran glauben, dass sie ihren Bruder wiedersehen würde.

»Vielleicht kommt ja schon bald ein weiterer Brief«, sagte sie deswegen und griff nach der Hand ihres Vaters. Martin drückte sie fest.

»Ganz bestimmt«, sagte er. »Unser Joseph wird zu uns zurückkommen!«

»Das wird er.«

Doch Marianne ließ die Angst um ihren Bruder nicht los. Was sie beunruhigte, war vor allem das, was er nicht geschrieben hatte. Auch wenn er nicht viel Zeit für den Brief gehabt hatte, so war es doch verwunderlich, dass er überhaupt nichts darüber schrieb, wie es ihm ging und wie die Lage war. Das sah Joseph, der ansonsten stundenlang erzählen konnte und sich schon als Jugendlicher Gedanken über Gott und die Welt gemacht hatte, überhaupt nicht ähnlich. Wenn ihr Bruder so wenig schrieb, dann deswegen, weil er nicht lügen konnte und weil das, was er zu sagen hätte, sie vermutlich zu sehr belasten würde.

Als Marianne einige Tage später wieder mit Lebensmitteln im Beutel auf dem Rückweg von ihrer Tante war, machte sie eine kurze Rast am Bach, an dem sie Bernard getroffen hatte. Ihr war klar, dass er heute sicher nicht noch einmal auftauchen würde, doch irgendwie fühlte sie sich ihm hier nah. Dabei konnte sie selbst nicht verstehen, weshalb dieser junge Franzose ihre Gedanken seit ihrer ersten Begegnung so sehr in Beschlag genommen hatte. Er ging ihr buchstäblich nicht mehr aus dem Kopf.

Im Gegensatz zum letzten Mal war es heute empfindlich kalt am Bachufer, und ein schneidender Wind fegte ihr ins Gesicht. Der typische Duft nach Schnee lag in der Luft, den sie eigentlich mochte, aber in diesen schweren Zeiten auch fürchtete. Je strenger der Winter war, desto schwerer würden die Menschen es haben, vor allem die Männer an der Front und in den östlichen Gefangenenlagern.

Als sie sich auf ihr Fahrrad setzen wollte, um nach Hause zu fahren, ließ das unheimliche Jaulen der Sirenen sie erschrocken zusammenzucken. Fliegeralarm!

Marianne sah sich um, überlegte, ob sie es wagen sollte, die restlichen Kilometer so schnell wie möglich nach Hause zu fahren. Allerdings würde sie sich dabei einer viel zu großen Gefahr aussetzen, deswegen entschied sie sich, besser hierzubleiben.

Sie zog das Fahrrad über die Böschung nach unten und versteckte es zusammen mit dem Bündel rasch im Gebüsch. Sie selbst kauerte sich an den Stamm der Weide und verbarg sich, so gut sie nur konnte, unter ihrem grauen Mantel. Marianne zitterte vor Angst und auch vor Kälte, die ihr inzwischen bis auf die Knochen vordrang. Wäre sie doch nur nicht stehen geblieben, dann wäre sie inzwischen schon fast zu Hause und könnte sich im Bierkeller des benachbarten Gasthauses zusammen mit anderen Schutzsuchenden in

Sicherheit bringen. Inbrünstig murmelte sie ein Gebet und bat darum, dass sie und ihre Lieben – ja alle Menschen in ihrem Heimatort Osterhofen – verschont blieben.

Von Weitem ertönte das unheilvolle Brummen von Flugzeugmotoren, doch sie konnte nicht sagen, ob sie in ihre oder in eine andere Richtung flogen. Schließlich wurden sie immer leiser, und Marianne entspannte sich ein wenig. Dann endlich war der erlösende lange Heulton zur Entwarnung zu hören. Sie wartete noch ein paar Minuten, dann stand sie auf. Als sie das Fahrrad und ihr Bündel aus dem Gebüsch zog, zitterte sie noch immer am ganzen Körper. Mühsam schob sie das Fahrrad die Böschung hinauf und machte sich dann schnellstens auf den Heimweg.

Sie war gerade dabei, das Fahrrad vom Hof durch den Hintereingang in den Flur ihres Hauses zu schieben, da flüsterte jemand: »Marianne?«

Schon bevor sie sich umdrehte, wusste sie, wer hinter ihr stand.

»Bernard!«

»Ich habe nicht viel Zeit, aber ich musste unbedingt zu dir, um dir zu erklären, warum ich nicht zu unserem Treffen gekommen bin.«

Seine Augen funkelten und schienen um eine Chance zu bitten, sich ihr erklären zu dürfen. Marianne wollte hören, was er zu sagen hatte. Außerdem freute sie sich viel zu sehr, ihn zu sehen, als dass sie ihn hätte wegschicken können.

»Komm rein«, sagte sie schnell, um zu vermeiden, dass irgendein Nachbar ihn entdeckte und womöglich falsche Schlüsse zog. Auch wenn die Kriegsgefangenen von den meisten Leuten im Ort inzwischen akzeptiert wurden, gab es doch einige, die ihnen überhaupt nicht wohlgesonnen waren.

Bernard trat in den Flur und schloss die Tür hinter sich.

Sie stellte das Fahrrad ab und spürte, wie ihr Herz schneller schlug, als sie sich zu ihm umwandte.

»Du musst schrecklich enttäuscht von mir sein«, flüsterte er in seinem verführerisch klingenden Akzent.

»Ich war enttäuscht, dass du nicht da warst«, gab sie zu, »aber ich habe mir vor allem Sorgen gemacht, dass dir etwas passiert sein könnte.«

Die Erleichterung ließ seine Augen noch mehr strahlen. Marianne konnte den Blick kaum von seinen schön geformten Lippen und dem kleinen Grübchen lösen, das das Lächeln in sein Gesicht gezaubert hatte.

»Danke, dass ich es dir erklären darf, Marianne«, sagte er. »Ich wollte mich am Sonntag gerade auf den Weg machen, als Verwandte vom verstorbenen Vater der Bäuerin zur Beerdigung angereist kamen. Und als ich dann endlich wegkonnte, war ich viel zu spät beim Treffpunkt, und du warst leider nicht mehr da.«

»Ich hätte also doch ein wenig mehr Geduld haben müssen und auf dich warten sollen«, sagte Marianne, mehr zu sich selbst, denn sie bedauerte, zu schnell aufgegeben zu haben.

»Ich hatte es gehofft, aber nicht erwartet«, sagte er. »Und am nächsten Tag schickte die Bäuerin gleich am Morgen meinen Bruder in die Stadt, um die Uhr abzuholen, ohne dass ich es überhaupt mitbekam. Es tut mir sehr leid, Marianne.«

»Aber Bernard, das macht doch nichts«, sagte sie und

war insgeheim froh, dass es für alles eine nachvollziehbare Erklärung gab.

»Gibst du mir noch eine weitere Chance?«, fragte er, und seine Stimme war nun nur noch ein Flüstern, das ihr ein Flattern im Magen bescherte. Sie nickte.

»Natürlich.«

Er griff nach ihrer Hand und zog sie an seinen Mund, so nah, dass sie seinen warmen Atem spürte.

»Ich muss leider wieder los«, flüsterte er und hauchte dann einen Kuss auf ihren Handrücken, der sie wohlig erschauern ließ. Hitze schoss ihr ins Gesicht.

»Schön, dass du da warst!«

»Marianne? Bist du zurück?«, rief ihr Vater von oben, und sie schraken auseinander.

»Du musst gehen«, drängte sie.

Er nickte.

»Sonntag um dieselbe Zeit am selben Ort?«, fragte er noch schnell.

»Ja …«

»*Au revoir ma jolie*«, sagte er und deutete eine charmante Verbeugung an. Dann verschwand er rasch mit einem Grinsen im Gesicht.

Mariannes Wangen brannten. Sie blieb noch eine Weile im Flur stehen, um sich zu sammeln, bevor sie nach oben in die Wohnung ging.

Bernard wollte sie wiedersehen! Schon in ein paar Tagen. Und sie wusste instinktiv, dass es diesmal klappen würde.

Kapitel 11

In der nächsten Zeit arbeiteten Katja und Julia täglich bis tief in die Nacht hinein. Der Laden war wieder geöffnet, und Julia kümmerte sich darum, mit Schmucklieferanten zu sprechen, um einen Zahlungsaufschub zu bekommen oder günstigere Konditionen für die Kommission von Schmuckstücken und Uhren zu erhalten, damit sie die Auswahl im Laden nicht verkleinern mussten.

In den ersten Tagen nach der Wiedereröffnung kamen besonders viele Kunden. Einige wohl aus Neugierde, andere aus Mitgefühl. Julia hatte im Laden jedenfalls so viel zu tun, dass Katja immer wieder in der Beratung und im Verkauf einspringen musste. Dabei wäre sie viel lieber in der Werkstatt geblieben. Neben dem Tagesgeschäft mit Änderungs- und Reparaturarbeiten versuchte sie, einige ausgefallene Schmuckstücke anzufertigen, um sie als Aushängeschild für den neuen Online-Bereich auf die Homepage zu setzen, sobald Jonas damit so weit war.

Außerdem bat sie Lotte, ihr Fotos von den Ohrringen zu schicken, die sie ihr zum Geburtstag geschenkt hatte. Und auch noch von anderen Schmuckstücken, die Katja im Laufe der Jahre für sie gemacht hatte.

»Dann ist es jetzt beschlossene Sache, dass du in Bayern bleibst?«, fragte Lotte bei einem Videochat.

»Ja, auch wenn ich nie gedacht hätte, dass das so bald der Fall sein würde«, sagte Katja.

»Also werden wir beide leider kein anderes Land mehr erobern?«, wollte Lotte wissen, und sie klang ein wenig traurig.

»Für dich Hamburger Deern dürfte Bayern auch ein fremdes Land sein, das du entdecken könntest«, meinte Katja schmunzelnd. »Hier steht eine Kneipe leer, die könntest du doch übernehmen?«, schlug sie feixend vor.

»Ich? Im tiefsten Niederbayern? Das glaubst du doch selbst nicht!«, rief Lotte und lachte auf.

»Hast du schon eine Idee, wo du sonst hinmöchtest?«, fragte Katja.

Ihre Freundin zuckte mit den Schultern.

»Leider nicht ... Aber es muss ein Land sein, in dem es etwas Neues zu entdecken gibt. Und von zu viel Sonne und ständigem Meeresrauschen hab ich momentan auch genug.«

»Sag mir Bescheid, wenn du dich entschieden hast«, bat Katja. »Wenn es nicht zu weit entfernt ist, komme ich dich besuchen.« *Falls ich mir das jemals wieder leisten kann,* fügte sie in Gedanken hinzu.

»Das will ich dir auch geraten haben ... Ach übrigens. Luca war gestern hier in der Bar.«

»Echt?«

Katja war überrascht. Ihr Exfreund war nie ein sonderlicher Fan von Lotte und ihrer Strandbar gewesen.

»Ja, stell dir vor. Er hat mich gefragt, ob ich weiß, wie es dir geht. Und deinem Vater.«

»Okay … Und wie war er sonst drauf?«

»Hm … Ich glaube, sein Ego muss erst mal verkraften, dass ihr nicht mehr zusammen seid, weil du mit ihm Schluss gemacht hast. Er würde dir gern schreiben, weiß aber nicht, ob du das möchtest.«

Katja überlegte kurz. Luca konnte durchaus charmant sein und hatte seine tollen Seiten, das war auch mit ein Grund gewesen, weshalb sie sich damals in ihn verliebt hatte. Aber so wie es sich in den letzten Monaten entwickelt hatte, wollte sie lieber Abstand halten. Es hatte ja ohnehin keinen Sinn mehr.

»Es ist wohl besser, wenn wir keinen Kontakt mehr haben«, sagte sie deswegen.

»Denke ich auch«, bestätigte Lotte. »Ich sag ihm das.«

»Danke … Und hör mal, Lotte. Falls du was mitkriegst, dass jemand besonderen Schmuck sucht, dann kannst du meine Adresse weitergeben und demnächst mal die Homepage und meine Postings teilen. Wir liefern in die ganze Welt.«

»Aber klar doch!«, versprach Lotte. »Du kannst ja auch einen Flyer entwerfen und mir mailen. Ich drucke ihn aus und lege ihn hier in der Bar aus.«

»Das wäre toll, du bist die Beste, Lotte!«

»Na klar doch, Blondie«, sagte die Freundin grinsend, und dann verabschiedeten sie sich.

Es war mitten in der Nacht, und Katja saß noch immer in der Werkstatt. Im Hintergrund lief leise Musik aus dem Radio. Vor ihr lag der Rohmorganit, den Carlos Pehira ihr zum Abschied geschenkt hatte. Schon seit Stunden nahm sie ihn immer wieder in die Hand und betrachtete ihn mit und ohne Lupe unter einer Lampe von allen Seiten. Diesem Stein wollte sie einen besonderen Schliff geben, so wie sie es Senhor Pehira versprochen hatte. Und sie würde daraus ein Schmuckstück machen, das sie ebenfalls auf die neue Homepage setzen wollte.

Jonas hatte die Homepage inzwischen fertiggestellt, und Katja war überrascht, wie modern und gleichzeitig zeitlos edel er die Seite hinbekommen hatte. Einige Fotos hatte sie bereits eingepflegt.

Julia hatte damit angefangen, einen Text über das Familienunternehmen zu schreiben, der zusammen mit alten Fotos aus den vergangenen Jahrzehnten die Geschichte des Schmuckgeschäftes und der Goldschmiede erzählen sollte.

»Ihr müsst auch Bilder von euch beiden auf die Seite stellen«, hatte Jonas vorgeschlagen. Doch sowohl Katja als auch Julia hatten zunächst abgewunken.

»Ich dachte, ihr wollt das Internet so richtig für euch nutzen? Da dürft ihr euch nicht so zieren«, meinte er. »Zeigt den Leuten, wer die Menschen hinter dem Geschäft sind, die Gesichter hinter der Ladentheke und in der Werkstatt.«

»Ich dachte, es würde reichen, wenn wir die Schmuckstücke auf der Homepage und auf den Social-Media-Kanälen posten«, sagte Katja.

»Ach, das allein ist doch langweilig. Du musst die Seiten mit Leben füllen. Bilder oder besser noch kleine Videos und Stories, in denen du einen Stein schleifst oder eine Kette lötest. Oder was sonst noch interessant ist. Ich kann gerne immer wieder mal Fotos und Videos machen, wenn ihr das möchtet.«

»Hm. Ich fürchte, Jonas hat recht. Wenn wir wirklich was anschieben wollen, müssen wir mehr machen als das, was auch alle anderen machen. Wir müssen uns abheben«, gab Julia zu bedenken.

»Das stimmt wohl. Dann versuchen wir das mal«, stimmte Katja zu. »Vielen Dank für deine Hilfe, Jonas.«

»Aber gerne doch.«

Das war vor ein paar Tagen gewesen. Jonas hatte inzwischen Fotos von Julia und Katja gemacht, die ebenfalls schon auf der Homepage zu finden waren. In dieser kurzen Zeit hatten sie bereits einige gute Voraussetzungen geschaffen, um das Geschäft anzukurbeln. Jetzt musste das alles nur noch tatsächlich funktionieren.

Für den nächsten Tag hatte sie mit Jonas vereinbart, dass er sie ein paar Minuten beim Schleifen des Morganits filmen sollte. Doch noch immer hatte sie keinen Plan, wie genau sie es angehen wollte. Normalerweise wusste sie immer recht schnell, wie sie ein Schmuckstück umsetzen wollte, doch dieses Mal war ihr noch nicht einmal klar, ob sie den Stein in einen Ring, ein Collier oder ein Armband fassen wollte.

»Warum erzählst du mir nicht mehr von dir?«, murmelte sie und gab es schließlich auf. Heute wurde das nichts mehr, und am besten schrieb sie Jonas gleich noch, dass er morgen gar nicht erst zu kommen brauchte.

Kaum hatte sie die Nachricht abgeschickt, schrieb er zurück.

Du bist immer noch wach?

Offensichtlich, schrieb sie und setzte dann nach einem kurzen Zögern ein zwinkerndes Smiley dahinter.

Sorry, blöde Frage, kam es von ihm zurück mit einem verlegenen Smiley.

Um diese Zeit darf man auch blöde Fragen stellen, tippte sie.

Finde ich auch. Grinsendes Smiley.

Gute Nacht Jonas!

Nacht Katja! Und melde dich, wenn du mich fürs Video brauchst.

Mache ich. Danke!

Sie legte das Handy weg, doch es kam noch eine weitere Nachricht.

Katja?

Ja?

Ich kann mir vorstellen, wie schwer das alles für dich ist mit Karls Tod. Und darüber hinaus hast du spontan auch noch dein ganzes Leben auf den Kopf gestellt. Falls du jemanden zum Reden brauchst, dann bin ich für dich da.

Katja schaute eine Weile auf das Display und schluckte. Jonas gehörte zu Julias Familie. Doch auch wenn er in der letzten Zeit viel geholfen hatte und sein Angebot sicher nett gemeint war, konnte Katja ihn doch noch nicht richtig einschätzen. Sie hatte jedenfalls keine Lust, mit ihm über die Trauer wegen des Verlusts ihres Vaters oder über ihre verflossene Beziehung zu sprechen, weil gerade andere Dinge im Vordergrund standen. Sicher, sie mochte es, wenn er da war, sah ihn aber nicht als engen Freund oder gar als Ersatz für Lotte.

Ich komme klar. Danke, Jonas! Gute Nacht.

Am nächsten Morgen war sie schon lange vor dem Wecker wach. Es war Samstag, und Ella und Julia schliefen noch.

Katja war froh, etwas Zeit für sich zu haben. Sie setzte sich mit einem großen Milchkaffee an den Küchentisch. Nachdenklich rührte sie in der Tasse. Ihr Blick fiel auf Ellas Zeichenblock, der auf einem der Stühle lag. Katja nahm ihn und begann, darauf herumzukritzeln. Sie versuchte einen Anhänger zu skizzieren, in den sie den Morganit fassen konnte. Doch es kam absolut nichts Brauchbares dabei heraus. Schließlich legte sie den Block genervt zur Seite.

»Guten Morgen.« Julia stand in der Tür.

»Morgen.«

»Wir müssen heute unbedingt im Laden für den Advent umdekorieren.«

Katja nickte. Das schoben sie schon seit Tagen auf, weil sie einfach so viel zu tun hatten.

»Das machen wir heute Mittag gleich nach Ladenschluss«, versprach sie.

Es war der letzte Samstag vor den vier Adventswochenenden, an denen fürs Weihnachtsgeschäft bis zum Abend geöffnet sein würde, anstatt wie sonst nur bis Mittag.

Während sie sich unterhielten, bereitete Julia sich eine Tasse Pfefferminztee zu. Sie warf einen Blick auf den Zeichenblock.

»Was wird das denn?«, fragte sie interessiert.

»Leider noch nichts«, gestand Katja. »Ich will ein ganz besonderes Schmuckstück mit einem Morganit machen, aber ich habe einfach keine Ideen.«

»Tut mir leid, da kann ich dir wohl nicht weiterhelfen«, sagte Julia.

»Du bist ja auch keine Goldschmiedin«, rutschte es Katja heraus, die es gleich darauf bereute. Sie hatte das überhaupt nicht böse gemeint, aber natürlich fasste Julia es so auf.

»Schon klar. Ich bin für dich halt *nur* …«, Julia setzt das letzte Wort mit Fingern in Anführungszeichen, »… die Verkäuferin, nicht wahr?«

»So hab ich das doch nicht gemeint!«

»Die Verkäuferin, die sich damals deinen Vater geschnappt hat«, setzte ihre Stiefmutter noch dazu und verließ verärgert die Küche.

Katja seufzte. Julia und Katja versuchten, miteinander auszukommen, weil sie wegen des Geschäftes an einem Strang ziehen mussten. Aber unterschwellig gab es nach wie vor diese große Distanz zwischen den beiden. Zudem fühlte Katja sich in der Wohnung wie ein Fremdkörper. Sie hatte keinen Bereich, den sie sich zu eigen machen konnte. Bis auf die Werkstatt, in der sie sich ohnehin am liebsten aufhielt. Außerdem war sie vor lauter Arbeit auch noch nicht dazu gekommen, sich bei alten Freunden zu melden, die noch hier lebten, weshalb sie sich so einsam fühlte wie nie zuvor in ihrem Leben. Doch um das Erbe ihrer Familie zu retten, musste sie sich jetzt einfach durchbeißen. Sobald sie das überstanden hatte, konnte sie sich eine kleine Wohnung nehmen. Dann würde alles ein wenig einfacher werden. Hoffte sie zumindest.

Katja nahm einen letzten Schluck aus der Tasse. Der Milchkaffee war inzwischen kalt geworden, und sie verzog das Gesicht.

»Kalter Kaffee macht nicht schön, sondern Falten, weil ich sauer bin, dass ich schon wieder keine Zeit hatte, um ihn heiß zu genießen«, hörte sie in Gedanken ihren Vater sagen und musste lächeln. Ihr Oma hatte stets darauf geantwortet: »Dann musst du Tee trinken, der schmeckt auch kalt sehr lecker.«

Beim Gedanken an Maria spürte sie plötzlich eine große Sehnsucht, sie zu sehen. Inzwischen konnte sie es kaum mehr nachvollziehen, wie sie so lange Zeit im Ausland leben konnte, ohne sie zu besuchen.

Katja warf einen Blick auf die Uhr. Halb acht. Noch eineinhalb Stunden, bis der Laden geöffnet wurde. Da sie Julia ohnehin lieber aus dem Weg gehen wollte, beschloss sie spontan, ihrer Oma einen kurzen Besuch abzustatten.

Maria ging es heute überraschend gut, und sie freute sich über den Besuch ihrer Enkelin.

»Die Nachricht vom Tod ihres Sohnes hat sie sehr schockiert und für ein paar Tage völlig aus der Bahn geworfen«, hatte eine der Krankenschwestern erklärt. »So, als ob sie es einfach nicht wahrhaben wollte. Aber inzwischen sind die guten Phasen wieder deutlich mehr geworden.«

»Schön, dass du da bist, mein Liebes«, sagte Maria, und Katja nahm neben ihr auf dem Sofa Platz.

Julia und Katja hatten vereinbart, Maria nichts von der angespannten finanziellen Lage zu erzählen, damit sie sich keine unnötigen Sorgen machte, die ihren Zustand womöglich verschlimmern würden. Maria sollte denken, dass alles gut lief.

»Sag mal Oma, hast du eine Idee, was ich aus dem Stein hier machen könnte?«

»Oh! Ein Morganit!«, sagte sie. »Was für ein schönes Exemplar!«

Katja reichte ihr den Stein zusammen mit einer Lupe, die sie mitgebracht hatte.

Maria betrachtete den Edelstein von allen Seiten.

»Hmm … wirklich sehr schön«, murmelte sie begeistert. »Woher hast du ihn denn?«

»Mein ehemaliger Chef in Brasilien hat ihn mir zum Abschied geschenkt.«

»Was für ein großzügiger Chef!«

»Ich war auch sehr überrascht«, gab Katja zu.

»Wunderbar … Wie wäre es als Solitär in einem Ring? Mit einem Spirit-Sun-Schliff würde man ihn in einer Krappenfassung vielleicht besonders gut zur Geltung bringen.«

Katja war erleichtert. Endlich hatte sie jemanden, mit dem sie sich fachlich auf Augenhöhe austauschen konnte. Wie sehr hatte ihr das gefehlt!

»Weißgold oder Gelbgold?«, fragte sie.

»Hm … Ich fände hier Roségold auch sehr schön«, schlug Maria vor. »Würde wunderbar zur Farbe des Steins passen.«

»Du hast recht …«, sagte Katja.

Sie versuchte, sich in Gedanken schon ein Bild vom Schliff zu machen.

»Oder … Warte mal … Früher hätte ich den Morganit vielleicht als Mitte einer Blüte, umgeben von kleinen Brillanten, in eine Brosche gearbeitet«, fuhr Maria fort. »Aber wer trägt heutzutage noch eine Brosche?«

»Kaum noch jemand«, stimmte Katja ihr zu.

»Schade irgendwie«, sagte Maria. »Meine Mutter, also deine Uroma Marianne, liebte Broschen … ich hab doch noch … wo hab ich denn …?«

Maria stand auf und sah sich um, und Katja befürchtete schon, dass Maria wieder in ihre Vergesslichkeit abgetaucht war. Doch plötzlich überzog ein Lächeln das trotz der Falten immer noch schöne Gesicht ihrer Großmutter, und sie holte ein altes Fotoalbum mit einem braunen Ledereinband aus einer Schublade. »Da ist es ja.«

Katja warf einen kurzen Blick auf die Uhr. Es war schon zwanzig vor neun. Eigentlich müsste sie sich bald auf den Weg machen. Aber sie entschloss sich, noch ein wenig hier zu bleiben. Julia würde allein im Laden klarkommen.

»Lass es uns anschauen!«, sagte sie.

Ihre Oma blätterte durch die ersten Seiten des Albums, die mit Fotos aus der frühen Kinderzeit Marias Ende der 40er-Jahre begannen. Als Katja noch klein war, hatte sie sich liebend gern mit Maria die alten Bilder angesehen, von denen viele noch in Schwarz-Weiß waren.

»Schau … hier!« Maria deutete auf ein Foto ihrer Mutter, auf dem sie hinter der Ladentheke stand und stolz in die Kamera blickte. »Nach dem Krieg hat es eine Weile gedauert, bis mein Großvater und Mutter das Geschäft wieder zum Laufen gebracht hatten …« Maria sah zu ihrer Enkelin. »Es ist unglaublich, wie ähnlich du meiner Mutter siehst«, sagte sie und streichelte ihr kurz über die Wange.

Und auch Katja war verblüfft. Als sie noch jünger gewesen war und die Fotos zum letzten Mal gesehen hatte, war die frappante Ähnlichkeit noch nicht zu erkennen gewesen. Doch jetzt hätte die Frau auf dem Foto auch Katja mit Frisur und Kleidern aus den 50er-Jahren sein können.

»Schau, hier trägt sie die Brosche, die sie damals selbst entworfen hat«, sagte Maria.

Katja beugte sich näher über das Album.

»Das ist ja eine Schneeflocke!«, sagte sie erstaunt und betrachtete die filigran gearbeitete und mit funkelnden kleinen Steinen besetzte Brosche.

»Ja … Mutter liebte den Winter sehr«, sagte Maria.

»Wunderschön«, sagte Katja, die seltsam berührt war, und Maria nickte.

»Was ist denn aus der Brosche geworden?«

Katja konnte sich nicht daran erinnern, dieses Stück je gesehen zu haben.

»Mutter hat sie mir zum achtzehnten Geburtstag geschenkt … Aber leider«, plötzlich wurde Marias Blick traurig. »Ich habe die Brosche später verloren …«

»Verloren?«

Maria nickte.

»Es war bei einem Abendessen mit Daniel in einem kleinen Lokal in Passau …«, murmelte sie und fügte dann hinzu: »… deinem Großvater.«

»Ach, wie schade«, sagte Katja.

»Ja … ich war untröstlich … Vor allem, nachdem ich nur wenige Tage später herausfand, dass Daniel mich die ganze Zeit nur angelogen hatte. Ich hätte viel früher bemerken müssen, dass er nicht ehrlich zu mir war. Nie wollte er mit mir hier im Ort irgendwas unternehmen. Wenn er mit mir ausging, dann sind wir stets woanders hingefahren.«

Katja griff nach ihrer Hand und drückte sie.

»Trotzdem denkt man doch nicht gleich daran, dass der andere einem etwas vormacht.«

»Zumindest ich habe es nicht getan … Vielleicht war ich damals einfach zu naiv.«

Maria lächelte plötzlich.

»Aber ich kann noch nicht mal bereuen, dass ich mich auf ihn eingelassen habe. Immerhin hat er mir das schönste Geschenk gemacht, das ich mir vorstellen kann: Meinen Karl«, sagte sie wie auch schon beim letzten Mal, als sie die Geschichte von Daniel erzählt hatte. »... und dadurch auch dich und Ella!«, fügte sie hinzu. »Vielleicht war diese Brosche einfach der Preis dafür.«

Katja spürte, wie plötzlich Tränen in ihren Augen brannten. Gleichzeitig bemerkte sie, dass sich der Blick ihrer Oma veränderte. Vielleicht wäre es besser, langsam ins Geschäft zu gehen.

»Danke, dass du mir die Bilder gezeigt hast, Oma«, sagte sie und klappte das Album zu. »Aber ich muss jetzt wirklich los.«

»Kannst du nicht noch ein wenig bleiben?«, fragte Maria leise, und ihr bittender Blick ließ Katjas Kehle eng werden.

»Leider nicht ... Aber weißt du was?« Plötzlich hatte sie eine Idee und lächelte. »Wir könnten im Laden deine Hilfe gebrauchen. Hast du Lust mitzukommen, Oma?«

»Natürlich! Sehr gern! Dann habe ich endlich mal wieder das Gefühl, für etwas nützlich zu sein.«

Katja besprach ihr Vorhaben kurz mit der zuständigen Schwester, damit diese Bescheid wusste, dass ihre Oma heute den Tag über außer Haus sein würde, und spazierte dann mit Maria zum Geschäft.

Julia war zunächst nicht sonderlich begeistert, als Katja mit ihrer Großmutter auftauchte.

»Denkst du, das ist eine gute Idee?«, fragte sie Katja leise. »Wir haben heute wirklich sehr viel zu tun!«

»Ja! Ist es!«, erklärte Katja und nahm Maria mit in die Werkstatt.

Und tatsächlich war Julias Befürchtung, dass Maria womöglich den Betrieb aufhalten könnte, völlig grundlos.

Maria tat sich zwar ab und zu ein wenig schwer, sich an bestimmte Gegebenheiten oder Begriffe zu erinnern, aber auf ihr handwerkliches Geschick war nach wie vor Verlass. Und so hatte sie absolut keine Probleme damit, gerissene Ketten zu reparieren, Schmuck zu reinigen oder Batterien in Uhren auszutauschen, während Katja ein Paar Eheringe anfertigte.

»Hey, Oma!«, rief Ella erfreut, als sie am Vormittag aus der Wohnung nach unten kam. Obwohl Maria ihren Namen erst nach kurzem Überlegen parat hatte, war ihr natürlich klar, dass das Mädchen ihre Enkelin war.

»Darf ich ein wenig hier bei euch bleiben?«

»Klar«, sagten Maria und Katja gleichzeitig, und alle lächelten.

Ella holte sich einen Hocker und setzte sich zu ihrer Oma und ihrer Schwester an die Werkbank.

Während sie interessiert dabei zuschaute, wie Maria den Verschluss eines Ohrringes reparierte, verpasste Katja den inzwischen fertigen Eheringen nur noch die Gravuren mit den Namen und dem Hochzeitsdatum.

»Na, was sagt ihr?«, fragte sie und zeigte die Ringe den beiden.

»Wunderschön, Katja«, sagte Maria.

»Coole Ringe«, meinte Ella.

Nachdem Katja die Ringe auch noch mit dem Tanner-Logo versehen hatte, packte sie sie in ein Schächtelchen.

»Ich will später auch mal Goldschmiedin werden«, erklärte Ella. »Könnt ihr mir das auch alles beibringen?«

»Klar«, sagte Katja und streichelte ihr durch den Wuschelkopf.

»Schau nur weiter fleißig zu«, sagte Maria. »Dabei kannst du schon einiges lernen.«

Während Maria die bereits fertigen Reparaturen zusammen mit Ella in den Laden brachte, griff Katja nach Block und Bleistift. Sie versuchte einen Ring zu skizzieren, in den sie den Morganit setzen konnte. Doch noch immer kam ihr nicht die geeignete Idee.

Nach Geschäftsschluss hatte Julia Pizza aus dem italienischen Restaurant nur ein paar Häuser weiter geholt und rasch einen Salat dazu gezaubert. Wenn Katja eines zugeben musste, dann, dass Julia wirklich toll kochen konnte.

»Soll ich dich nach dem Essen wieder zurückbringen?«, fragte Katja ihre Großmutter, während sie sich die Pizza schmecken ließen.

»Zurück? Wohin?« Maria sah sie irritiert an. »Ich dachte, wir wollen am Nachmittag den Laden dekorieren.«

Katja und Julia warfen sich kurze Blicke zu.

»Aber natürlich!«, sagte Julia dann. »Wir haben ziemlich viel vor!«

Julia hatte die Kartons mit der Dekoration bereits am Vorabend in den hinteren Teil des Ladens gestellt, somit konnten sie gleich nach dem Essen loslegen. Auch Ella wollte mithelfen.

»Aber da fehlt noch was!«, sagte Maria, kaum dass sie angefangen hatten.

»Was denn?« Katja sah sie fragend an.

»Musik. Damit wir richtig in Weihnachtsstimmung kommen. Ella, hol doch mal den Kassettenrekorder«, bat Maria ihre Enkelin, und Katja musste sich ein Grinsen verkneifen, als sie in das fragende Gesicht ihrer kleinen Schwester blickte.

»Ich kümmere mich schon um die Musik«, sagte Katja und suchte nach der passenden Musik auf ihrem Handy.

Während sie zum fröhlichen Klang von Weihnachtsliedern die Vitrinen und Schaufenster schmückten, herrschte eine heitere und friedliche Stimmung im Geschäft. Auch Julia schien den Ärger von heute Morgen vergessen zu haben. Und Katja war froh darüber.

»Es ist cool, wenn Oma da ist und mithilft«, sagte Ella, während sie einen silbern glitzernden Weihnachtsstern an einem Haken an der Ladentür befestigte.

»Finde ich auch«, sagte Katja, und auch Julia nickte. Vielleicht sollten sie Maria öfter zu sich holen. Ihre Hilfe konnten sie tatsächlich gebrauchen, und für Maria wäre es eine Abwechslung.

»Karl wird später sicher begeistert sein, wie schön wir das Geschäft dekoriert haben«, meinte Maria lächelnd.

Katja nickte nur und versuchte weiterhin, einen fröhlichen Eindruck zu machen. Aber in diesem Moment wurde ihr wieder einmal besonders bewusst, wie sehr ihr Vater fehlte. Sie schluckte und warf einen besorgten Blick zu Ella. Ihre kleine Schwester schien nach Worten zu suchen.

»Ja«, sagte Julia plötzlich heiser und legte einen Arm um

die Schulter ihrer kleinen Tochter. »Karl wird es sehr gefallen.«

Katja ahnte, wie schwer es ihrer Stiefmutter fallen musste, Maria nicht zu korrigieren, und nickte ihr dankbar zu.

Marias Lächeln verschwand.

»Tut mir leid«, sagte sie dann leise. »Ich weiß, dass er nicht mehr da ist … auch wenn ich froh wäre, wenn ich das für immer vergessen könnte.«

»Wie wär's mit heißem Kakao und Kuchen?«, schlug Julia vor, um die Stimmung zu heben.

»Gute Idee«, antwortete Katja. »Ella komm, wir beide gehen Kuchen besorgen.«

Kapitel 12

Obwohl die Geschäfte schon in der ersten Adventswoche einigermaßen gut anliefen, lagen die Einnahmen immer noch deutlich unter dem, wie sie sein müssten. Vor allem im Hinblick auf den Bescheid für eine Steuernachzahlung, der ihnen an diesem Morgen vom Finanzamt ins Haus geflattert war.

Bisher hatte es über die neue Homepage nur einen einzigen Auftrag für die Sonderanfertigung eines Ringes gegeben. Um den Laden auch im nächsten Jahr halten zu können und es Maria zu ermöglichen, weiter im Seniorenheim zu bleiben, war das jedoch nur ein Tropfen auf dem heißen Stein.

Allerdings wusste Katja nun endlich, welches besondere Schmuckstück sie mit dem Morganit anfertigen würde.

Vor zwei Nächten hatte sie von ihrer Großmutter geträumt. Maria war auf der Suche nach ihrer verlorenen Brosche durch knöcheltiefen Schnee gestapft. Katja war ihr hinterhergerannt, um zu helfen. Sie kam nur langsam voran und konnte weder Maria einholen noch die Brosche finden. Bis sie in der Ferne ein besonderes Funkeln sah, auf das sie immer schneller zurannte. Doch es war nicht die Brosche, sondern der Edelstein aus Brasilien, der unter einem Baum im Schnee lag und mit einem Leuchten im Rhythmus ihres Herzschlages pulsierte. Sie hob ihn auf und drehte sich suchend nach Maria um. Schließlich entdeckte sie Maria, die ihr von Weitem lächelnd zuwinkte, während sie sich langsam immer weiter entfernte.

Mit wildem Herzklopfen war sie aufgewacht und hatte erleichtert festgestellt, dass es nur ein seltsamer Traum gewesen war. Doch in diesem Moment hatte sie gewusst, was sie mit dem Stein machen würde.

Die verlorene Brosche hatte ihrer Oma offenbar viel bedeutet. Natürlich konnte sie ihr diese nicht zurückbringen, aber vielleicht würde sie sich über ein ähnlich gestaltetes Schmuckstück freuen, in das sie ihren besonderen Stein setzen würde. Verkauft hätte sie den Morganit, den Carlos Pehira ihr geschenkt hatte, ohnehin nicht, und bei ihrer Oma wäre er in den besten Händen. Außerdem würden sie das Schmuckstück auf der Homepage als Referenz zeigen.

Nachdem sie vergeblich versucht hatte, wieder einzuschlafen, war sie aufgestanden, hatte sich eine große Tasse Tee gemacht und verschiedene Ideen skizziert, bis sie schließlich zufrieden war. Das Bild der Brosche, das Maria ihr gezeigt hatte, war ihr dabei so klar vor den Augen, dass der Stift nur so über das Papier flog. Zusätzlich wollte sie die Brosche auch noch mit einer Öse versehen, damit man sie wahlweise auch als Anhänger an einer Kette tragen konnte.

Jonas hatte vorgeschlagen, sie beim Schleifen des Steines zu filmen. Zunächst hatte sie ablehnen wollen, denn sie hatte sich für einen besonderen Schliff entschieden, der ihr Können auf die Probe stellte und ihr all ihre Konzentration abverlangte.

»Versuchen wir es doch einfach«, hatte er sie jedoch ermuntert. »Und wenn du merkst, dass es nicht geht, dann höre ich auf und lasse dich in Ruhe allein weiterarbeiten. Und weißt du …«

»Was?«

»Wenn das, wie du sagst, so eine besondere Arbeit ist, dann wird es auch ganz besonders gut ankommen, wenn wir einen Film online stellen.«

»Okay«, hatte sie zugestimmt, »aber nur ein paar Minuten. Insgesamt dauert das ja alles viele Stunden.«

»Klar. Wir zeigen dich kurz während der Arbeit und später dann, wenn der Stein fertig ist.«

»Aber über das Schmuckstück, in das ich den Stein später setzen werde, will ich jetzt noch nichts verraten.«

»Wenn du unbedingt ein Geheimnis daraus machen möchtest, kein Problem.«

»Es ist kein Geheimnis, aber es soll eine Überraschung werden«, hatte sie ausweichend erklärt. Sie wollte ihrer Oma die Brosche zu Weihnachten schenken.

»Schon gut. Es geht mich ja nichts an. Aber es wäre schon hilfreich, wenn du die Arbeit ein wenig erklären würdest. Das ist ja auch viel interessanter für die Leute, die sich das später ansehen werden.«

Und schließlich hatte sie zugestimmt.

Jonas hatte vorab schon einige Bilder des Rohmorganits gemacht und auch, nachdem sie ihn zugeschnitten hatte, sowie Fotos der Skizzen, die er später in den Film schneiden würde.

Nun war es so weit, sie beim Schleifen zu filmen, und er setzte die Kamera auf das Stativ neben dem Werktisch.

»Soll ich schon loslegen?«, fragte Katja.

»Warte bitte noch kurz.« Er warf einen Blick auf das Display der Kamera, schob sie dann etwas näher heran.

»Ich mache noch Fotos vom Stein in der jetzigen Form. Dann können die Leute die verschiedenen Schritte sehen vom Rohberyll bis zum fertig geschliffenen Edelstein.«

»Du nimmst das wirklich sehr ernst«, sagte sie, ein wenig amüsiert.

»Natürlich! … Du siehst übrigens heute besonders hübsch aus«, sagte er mit einem Lächeln.

»Danke«, antwortete sie knapp. Tatsächlich hatte sie sich für die Aufnahmen ein wenig geschminkt, und unter ihrem Arbeitskittel trug sie eine hellrote Bluse.

»Ich bin so weit, du kannst jetzt loslegen!«

Katja räusperte sich und hielt dann die Pinzette mit dem Morganit in die Kamera.

»Ich habe hier einen ganz besonders schönen Morganit aus Brasilien, den ich vorab zugeschnitten und den Außenrand in die gewünschte Form gebracht habe. Ein Teil der Facetten ist bereits geschliffen«, sagte sie. »Wie man vielleicht schon erkennen kann, habe ich mich für einen herzförmigen Brillantschliff entschieden, um dem Stein am Ende in 56 Facetten das schönste Funkeln zu entlocken.«

Katja setzte den Stein auf einen Holzstab mit erwärmtem Siegellack und erklärte zunächst Schritt für Schritt, was sie an der Schleifscheibe machte. Dabei versank sie so konzentriert in ihre Arbeit, dass sie sowohl Jonas vergaß als auch das weitere Kommentieren für die Kamera.

»Katja?«

Sie hob den Kopf.

»Entschuldige, ich habe völlig vergessen, noch weiter zu erklären.«

»Alles gut. Das hat genau gepasst.« Jonas lächelte. »Aber das reicht jetzt vorerst. Was denkst du, wie lange wirst du noch brauchen?«

Sie zuckte mit den Schultern.

»Schwer zu sagen. Vielleicht noch drei bis vier Stunden, bis ich ganz fertig bin.«

Jonas sah auf seine Armbanduhr.

»Dann fahr ich jetzt nach Hause und stelle einen Artikel für die Zeitung fertig. Ich bin gegen 16 Uhr wieder zurück, damit ich filmen kann, wie du den Schliff beendest. Passt das für dich?«

»Klar. Falls ich merke, dass es länger dauert, kann ich dir ja noch Bescheid geben. Und wenn ich früher fertig bin, als gedacht, dann warte ich einfach, bis du zurück bist«

»Super! Bis dann!«

»Bis dann.«

Kaum war er weg, machte sie sich wieder an die Arbeit. Mit jeder neuen Facette in dem durchsichtigen hellrosa Stein wuchs ihre Freude. Schon jetzt war zu erkennen, dass sie sich für den richtigen Schliff entschieden hatte.

Ohne Pause arbeitete sie weiter, bis Jonas zurückkam. Genau zur rechten Zeit, damit er die letzten Arbeitsschritte des Polierens noch festhalten konnte.

Schließlich blickte sie in die Kamera und hielt den funkelnden Stein mit einer Pinzette ins Licht der Arbeitslampe.

»Und hier ist das fertig facettierte Morganit-Herz«, sagte sie. »Ich werde es später in ein ganz besonderes Schmuckstück setzen.« Sie lächelte noch einen Moment in die Kamera, dann sah sie fragend zu Jonas.

»Reicht das?«

»Warte ... Ich mache nur noch ein paar Fotos«, sagte er und kam mit der Kamera noch näher heran. »Und noch mal lächeln bitte!«

»Du sollst das Herz fotografieren und nicht mich!«

Doch er ließ sich nicht abbringen, und so bemühte sie sich, so natürlich wie möglich in die Kamera zu lächeln.

Er unterbrach kurz und sah sie an.

»Man weiß nicht, wer schöner ist, du oder das Herz«, feixte er vergnügt.

»Du Quatschkopf!«, lachte sie. »Sind wir fertig?«

»Noch nicht. Kannst du ihn noch auf das schwarze Samtkissen legen?«

»Klar ...«

»Ich bin schon neugierig, in welches Schmuckstück du diesen Stein einarbeiten wirst«, sagte er.

»Ich verspreche dir, dass du es zu sehen und auch zu fotografieren bekommen wirst.«

»Das möchte ich auch ganz schwer hoffen ... So, das war's auch schon«, sagte er schließlich, nachdem er noch eine Reihe Nahaufnahmen gemacht hatte.

»Der Stein ist wirklich wunderschön geschliffen. Das hast du super gemacht, Katja.«

»Na ja«, sagte sie schulterzuckend. »Gelernt ist eben gelernt. Kann ich schon was sehen?«

»Klar. Komm her.«

Sie stand auf, stellte sich neben ihn und schaute auf das Display der Kamera.

»Wow! Du hast das Schleifen echt in total schönen Bildern eingefangen«, rief sie erstaunt.

»Na ja. Gelernt ist eben gelernt«, wiederholte er ihre Worte und grinste.

»Wir beide haben es einfach drauf«, witzelte Katja und schlug spontan mit ihm ein.

»Allerdings … Ich werde das Material gleich morgen schneiden. Einmal in eine sehr kurze Version von fünfzehn Sekunden, die wir auf den Social-Media-Kanälen teilen, und dann noch eine etwas längere Variante, die wir mit einem Link auf die Homepage setzen. Möchtest du, dass ich alles mit ein wenig Musik unterlege?«, fragte er.

»Hm. Weiß nicht. Was meinst du denn?«

»Ich kann es ja mal versuchen. Wichtig ist, dass man deine Stimme gut hört, wenn du was erklärst.«

»Mach es einfach so, wie du es für am geeignetsten hältst«, sagte sie.

»Na gut. Und wenn du noch weitere Schmuckstücke hast, die auf die Seite sollen, lass es mich wissen. Je ungewöhnlicher die Unikate sind, desto interessanter wird die Seite natürlich für die Kunden.«

»Klar. Ich hab auch schon weitere Ideen. Dauert nur noch ein wenig, ehe ich dazu komme, weil momentan im Geschäft so viel los ist.«

»Was ja gut ist«, sagte er.

»Sehr gut sogar«, bestätigte sie.

Vom nahen Stadtplatz her war durch das gekippte Fenster plötzlich Weihnachtsmusik zu hören.

»Oh«, sagte Jonas. »Die fangen ja schon an zu spielen. Ich muss jetzt leider gleich los. Der Weihnachtsmarkt beginnt offiziell in einer halben Stunde, und ich soll für die Zeitung einen Bericht über die Eröffnung schreiben und Fotos machen.«

»Klar … und danke noch mal, dass du uns so hilfst, Jonas«, sagte Katja, der durchaus bewusst war, wie viel Zeit er ihnen schenkte. »Irgendwann mache ich das alles gut«, versprach sie.

»Hey. Du brauchst nichts gutzumachen. Ich hab gesagt, ich mache das gern.«

»Schon, aber …«

»Nichts aber«, unterbrach er sie. »Man darf einfach auch mal was annehmen und sich darüber freuen. Außerdem«, er hielt ihr das Handgelenk mit der Lederarmbanduhr entgegen, die sie ihm für seine Hilfe geschenkt hatten, »habe ich ja schon eine Belohnung bekommen.«

»Na gut. Wenn das für dich wirklich okay ist«, meinte sie, doch irgendwann würde sie sich trotzdem noch angemessen revanchieren. Sie stand nicht gern in der Schuld eines anderen, auch wenn dieser, wie Jonas, noch so sehr beteuerte, dass es gern geschah.

»Hast du später vielleicht Lust auf einen Becher Glühwein und eine Würstelsemmel oder leckeren Flammkuchen?«, fragte Jonas.

Wie aufs Stichwort knurrte Katjas Magen. Sie hatte seit dem Frühstück noch nichts gegessen.

»Oh ja, gern«, sagte sie. »Aber dann lass mich dich wenigstens einladen, als Dankeschön.«

»Hey, das musst du doch nicht.«

»Aber wenn ich mich dann besser fühle?«

Er schüttelte schmunzelnd den Kopf.

»Okay … damit du dich besser fühlst, lasse ich mich von dir einladen«, lenkte er ein. Dann packte er seine Sachen zusammen.

»Wir sehen uns, Katja.«

»Bis dann …«

Kapitel 13

Als Jonas gegangen war, nahm Katja den geschliffenen Morganit zwischen Daumen und Zeigefinger und hielt ihn ins Licht. Sie hatte es tatsächlich geschafft, dem Beryll ein ganz besonders strahlendes Funkeln zu geben. Und sie fragte sich, warum sie die Form nicht schon viel eher in dem ursprünglichen Stein erkannt hatte. Das helle Rosa hatte einen leicht apricotfarbenen Schimmer, der dem Herz zusätzliche Wärme schenkte. Ihr ehemaliger Chef wäre sicherlich stolz auf sie.

Etwas wehmütig dachte sie an die Zeit, in der sie für Carlos Pehira gearbeitet hatte. Auch wenn es nicht immer einfach mit ihm gewesen war, so hatte sie doch sehr viel von ihm gelernt.

Sie konnte es selbst kaum glauben, dass sie noch vor wenigen Wochen in seiner Werkstatt in Salvador de Bahia gesessen hatte und eine Rückkehr nach Deutschland für sie überhaupt kein Thema gewesen war.

Katja nahm den herzförmigen Morganit und packte ihn in einen Beutel aus Samt. Doch bevor sie ihn in den Tresor sperrte, hielt sie inne. Auch wenn Pehira nicht mehr ihr Chef war, so freute er sich sicherlich, wenn sie ihm ein Foto des Steines schickte, damit er sehen konnte, was sie aus seinem Geschenk gemacht hatte.

Sie fotografierte den Beryll mit ihrem Handy, war damit jedoch nicht zufrieden. Die Bilder wirkten farblos, und das besondere Feuer des Herzens kam überhaupt nicht zur Geltung. Ganz anders als bei den Aufnahmen, die Jonas gemacht hatte. Sie würde ihn später um ein Foto bitten, das sie Pehira dann eben morgen erst schicken würde.

»Katja?«, riss Julia sie aus ihren Gedanken.

»Ja?«

»Ich hab hier noch zwei Uhren, die du kürzen musst, und eine gerissene Perlenkette.«

»Okay.«

Julia legte ihr drei kleine Papiertüten auf den Schreibtisch, auf denen die Namen der Kunden und Angaben zur gewünschten Verarbeitung vermerkt waren.

»Schaffst du das bis morgen?«

»Klar. Die Uhren mache ich gleich noch. Die Kette ist morgen Vormittag fertig … Wie läuft das Geschäft heute?«

»Es ist viel los. Aber leider auch viel Beratung ohne Kauf … Allerdings ging das Collier mit den sieben Rubinen raus.«

»Ah, gut! Wer hat es denn gekauft?«

»Ich kannte den Mann nicht. Er war nicht von hier. Er hat bar bezahlt.«

»Okay, egal … Hauptsache, er hat es gekauft.«

»Ja … die Kasse sieht damit gleich ein wenig freundlicher aus.«

»Super!«

Durch die offene Tür war durch den schmalen Flur zum Geschäft die Ladenglocke zu hören, und Julia verließ eilig die Werkstatt.

Pünktlich um sechs Uhr sperrte Julia den Laden zu. Katja trug bereits eine dicke Jacke und schlang einen gestrickten Schal um den Hals.

»Gehst du mit Ella auch auf den Weihnachtsmarkt?«, fragte Katja.

Julia schüttelte den Kopf.

»Mir ist heute überhaupt nicht nach so vielen Menschen. Und Ella …«, ihre Stiefmutter sprach nicht weiter.

»Was ist denn mit ihr?«

»Sie muss für eine Mathematikprobe lernen und …«, sie hielt für einen Moment inne, bevor sie weitersprach, »… und das hat sie sonst immer mit Karl gemacht«, vollendete sie den Satz.

Katja schluckte. Ihr Vater hatte sich damals auch für sie immer besonders viel Zeit genommen, damit sie für die Klassenarbeiten in der Schule so gut wie möglich vorbereitet gewesen war.

»Soll ich hierbleiben und mit ihr üben?«, bot Katja an, die plötzlich ein schlechtes Gewissen hatte, dass sie allein auf den Weihnachtsmarkt gehen wollte.

»Nein, das brauchst du wirklich nicht. Ich bin ja hier. Geh nur.«

»Okay … dann bis später«, sagte Katja schließlich und verließ das Haus durch die Hintertür zum Hof.

Nachdenklich machte sie sich auf den Weg. Sie lebte mit ihrer Stiefmutter so nah zusammen, und doch gingen sie meistens sehr distanziert miteinander um. Irgendwie fanden sie keinen richtigen Draht zueinander. Jede hatte viel um die Ohren und versuchte, auf ihre eigene Weise mit der Trauer um Karl und der damit einhergehenden besonderen Situation umzugehen.

Entgegen den Voraussagen des Wetterberichts ließ der Schnee auf sich warten, doch die Temperaturen waren seit zwei Tagen deutlich gefallen.

Der kleine Weihnachtsmarkt fand im Zentrum des Stadtplatzes, keine hundert Meter vom Laden entfernt statt und war schon jetzt gut besucht.

Katja blieb kurz stehen und warf einen Blick auf die gegenüberliegende Straßenseite. Dort stand der riesige Christbaum mit seinen funkelnden Lichtern und einem leuchtenden Stern auf der Spitze vor dem Rathaus. Er war wunderschön!

Seitdem Katja aus Osterhofen weggezogen war, hatte Karl ihr jedes Jahr ein Foto geschickt, sobald der Baum aufgestellt worden war. Im letzten Jahr hatte sie ihm daraufhin das Foto einer Palme am Strand geschickt, und sie hatten bei einem Skype-Gespräch scherzhaft darüber diskutiert, welcher Baum denn nun schöner war. Wieder beschlichen sie diese nagenden Schuldgefühle, nicht früher zurückgekommen zu sein, obwohl er sie darum gebeten hatte.

Die Leute drängten an ihr vorbei zu den kleinen Buden, in denen Würstchen, Glühwein und Punsch, gebrannte Mandeln oder andere Leckereien angeboten wurden. Um mehrere Feuerschalen standen Besucher und wärmten sich auf. Andere lauschten vor der kleinen Bühne dem Chor der örtlichen Musikschule, der gerade das Lied »Schneeflöckchen, Weißröckchen« zum Besten gab.

Erinnerungen an ihre Kindheit kamen hoch. Als Katja selbst auf der Bühne gestanden und nach ihren Eltern und der Großmutter Ausschau gehalten hatte, die ihr stolz zugewinkt hatten. Jeden Tag nach Geschäftsschluss und am Wochenende waren sie hierhergekommen, auch nach dem Tod ihrer Mutter, um die besonders schöne Atmosphäre des viertägigen Weihnachtsmarktes zu genießen.

Katja verspürte ein Brennen in den Augen und war froh, dass es schon finster war und es im allgemeinen Trubel nicht auffiel. Einerseits wollte sie am liebsten wieder zurück in die Wohnung, doch gleichzeitig zog dieser Markt sie fast magisch an. Außerdem hatte sie Jonas versprochen, sich mit ihm zu treffen. Sie sah sich nach ihm um und entdeckte ihn schließlich neben einer der Feuerschalen in eine Unterhaltung mit einem Stadtrat vertieft. Sie wollte die beiden nicht stören, doch als er sie sah, winkte er ihr zu, sagte kurz etwas zu seinem Gesprächspartner und kam auf sie zu.

»Da bist du ja«, sagte er. »Ich dachte schon, du hast mich vergessen.«

»Wie könnte ich?«

Sie bemühte sich um ein fröhliches Lächeln, um sich ihre sentimentale Stimmung nicht anmerken zu lassen.

»Ganz schon was los heute«, sagte sie.

»Ja … alle wollen die Perchten sehen«, sagte Jonas.

»Die kommen heute? Hierher auf den Platz?«, fragte Katja überrascht. »War das nicht sonst immer erst zur Wintersonnwende im Stadtpark? Mit einem riesigen Lagerfeuer?«

»Seit ein paar Jahren hat man das mit dem Weihnachtsmarkt zusammengelegt.«

»Schade.« Katja hatte es immer besonders gefallen, wenn die dunklen Gesellen und Hexen mit lautem Trommelschlagen und Glockenbimmeln im Fackellicht in den wie verwunschen wirkenden winterlichen Stadtpark gezogen waren. In ihren schaurig schönen Masken und zotteligen Gewändern waren sie wild um das riesige Lagerfeuer herumgetanzt.

»Glaub mir, es ist auch hier ziemlich beeindruckend«, versprach Jonas.

»Dann bin ich ja mal gespannt.«

»Komm, holen wir uns was zu essen, bevor es losgeht und ich wieder fotografieren muss.«

Sie entschieden sich beide für Würstelsemmeln und Bier dazu. Während Katja sich beim Essen anstellte, ergatterte Jonas mit den Getränken freie Plätze an einem Stehtisch.

Katja biss genussvoll in die Semmel.

»Schmeckt's?«, fragte Jonas.

»Oh ja.«

»So was gab es in Brasilien sicher nicht, oder?«

Katja schüttelte den Kopf.

»Nein … Aber die Küche dort hat auch sehr Leckeres zu bieten.«

»Vermisst du es, dort zu sein?«, wollte er wissen, bevor er sich genüsslich seinen letzten Bissen in den Mund schob.

Katja suchte nach einer passenden Antwort.

»Am meisten vermisse ich meine beste Freundin. Lotte ist noch immer in Brasilien. Und …«, sie zögerte.

»Und was?«

»Na ja, ich weiß nicht, wie ich es ausdrücken soll ... Aber ... aber ich habe nicht das Gefühl, hier zu Hause zu sein. Nicht mehr.«

Sie nahm einen Schluck Bier.

Jonas sah sie mit einem Blick an, den sie nicht deuten konnte.

»In deinem Leben gab es innerhalb kürzester Zeit viele einschneidende Veränderungen. Vielleicht brauchst du noch ein wenig, damit das Gefühl zurückkommt, hier wieder zu Hause zu sein.«

Katja zuckte mit den Schultern.

»Vielleicht. Kann sein. Keine Ahnung.«

»Ganz bestimmt.«

Er nickte ihr aufmunternd zu.

»Und wenn du Gesellschaft brauchst oder mal was unternehmen möchtest, dann sag einfach Bescheid, okay?«

»Danke, Jonas!«, sagte sie. »Das mache ich.« Und zu ihrer eigenen Überraschung wurde ihr zum ersten Mal klar, dass sie tatsächlich gern in seiner Gegenwart war.

Nachdem sie gegessen hatten, schlenderten sie über den Platz, bestaunten Holzschnitzereien und gebastelten Weihnachtsschmuck, der zugunsten einer wohltätigen örtlichen Organisation verkauft wurde.

»Oh schau mal, hier gibt es Schokofruchtspieße. Magst du auch einen?«, fragte er.

»Lieber gebrannte Mandeln«, sagte Katja. »Aber ich übernehme das.«

»Keine Chance«, sagte er grinsend und wandte sich an

die Verkäuferin am Süßigkeitenstand. »Du hast die Würstchen und das Bier bezahlt, jetzt bin ich dran.«

»Na gut. Aber nur eine kleine Tüte Mandeln bitte.«

Er nickte.

»Sag mal, könntest du mir ein Foto schicken, auf dem das Morganit-Herz schön zu sehen ist?«, bat sie ihn, als er ihr ein paar Minuten später die Tüte mit den gebrannten Mandeln reichte.

»Willst du es denn heute schon online stellen?«, fragte Jonas.

Sie schüttelte den Kopf.

»Nein. Ich möchte es gern meinem ehemaligen Chef in Brasilien schicken, damit er sieht, was aus dem Stein geworden ist.«

»Verstehe. Ich schicke dir später ein paar Fotos, dann kannst du selbst aussuchen, welches du ihm schicken möchtest.«

»Super … Danke«, sagte sie und fischte sich eine gebrannte Mandel aus der Tüte.

Inzwischen hatte der Chor seinen Auftritt beendet, und aus den Lautsprechern der Musikanlage lief rockige Weihnachtsmusik. Immer mehr Leute drängten sich auf dem Platz.

Jonas biss in die letzte Schokofrucht und zog sie mit den Zähnen vom Spieß.

»Hmm … ich liebe dieses Zeugs total«, schwärmte er mit vollem Mund. »Vielleicht hole ich mir gleich noch einen davon.«

Sie bemerkte ein Stück Schokolade an seinem Kinn.

»Du hast da was?«

»Wo?«

Sie deutete auf ihr eigenes Kinn, um ihm die Stelle zu zeigen.

Er wischte sich übers Kinn und leckte die Schokolade vom Finger.

»Noch nicht ganz weg«, sagte sie.

»Wo denn noch?«

»Du hast es nach hinten auf die Wange verschmiert. Warte …« Sie holte ein Papiertaschentuch aus ihrer Umhängetasche und reichte es ihm. Er versuchte es erneut.

»Jetzt?«

»Immer noch nicht ganz.« Sie lachte.

»Kannst du mir nicht helfen?«, bat er, und seine Augen funkelten vergnügt.

Sie nahm ihm das Taschentuch ab und wischte den letzten Rest Schokolade von seiner Wange. Dabei verlor sich ihr Blick für einen Moment in seinem, was ein intensives Kribbeln in ihrem Bauch auslöste. Diese Empfindung überraschte und schockierte sie gleichzeitig. Ihre Trennung von Luca lag gerade mal ein paar Wochen zurück. Außerdem trauerte sie um ihren Vater. Und überhaupt – sie musste sich gerade völlig auf die Rettung des Ladens konzentrieren, und eine emotionale Komplikation mit dem Cousin ihrer nicht gerade sonderlich geliebten Stiefmutter konnte sie überhaupt nicht gebrauchen.

»Danke!«, sagte er.

»Wenn du so gern Schokofrüchte isst, solltest du vielleicht mal lernen, wie man das macht, ohne sich zu verschmieren wie ein kleines Kind«, sagte sie in dem hilflosen Versuch, sich nichts von ihrem unerwarteten Gefühlschaos anmerken zu lassen. Es hörte sich viel patziger an, als sie das eigentlich gewollt hatte.

Jonas sah sie für einen Moment perplex an, doch bevor er darauf etwas antworten konnte, kündigten Trommeln und Glocken die Ankunft der Perchten an.

»Ich muss jetzt fotografieren«, sagte Jonas. »Bist du später noch da?«

Katja zuckte mit den Schultern.

»Weiß noch nicht«, antwortete sie knapp.

»Okay … ich melde mich morgen mal wegen der Videos … Ciao Katja.«

»Ciao.«

Die Verabschiedung fiel denkbar knapp aus.

Sie sah zu, wie er in der Menge verschwand. Und plötzlich fühlte sie sich inmitten der vielen Menschen einsam. Auch die Perchten konnten sie heute nicht begeistern, obwohl ihre Aufführung um das in allen Farben funkelnde Feuer beeindruckend war.

Ein Weihnachtsmarkt ist am schönsten, wenn man ihn mit der Familie oder mit Freunden besucht – mit Menschen jedenfalls, die einem am Herzen liegen, dachte sie traurig und ging nach Hause.

Als sie ein paar Minuten später im Flur der Wohnung aus der Jacke schlüpfte, hörte sie, dass der Fernseher lief. Offenbar waren Julia und Ella schon fertig mit dem Üben für die Mathe-Schulaufgabe.

Sie öffnete die Wohnzimmertür, ohne dass Julia und Ella sie bemerkten. Die beiden saßen zusammengekuschelt auf dem Sofa und schauten völlig versunken den Film *Der Polar-*

express an. Auf dem Tisch stand eine Schüssel mit Plätzchen neben einer offenen Tüte Gummibären.

Katja schluckte. Das Gefühl der Einsamkeit, das sie auf dem Weihnachtsmarkt wahrgenommen hatte, verstärkte sich bei diesem Anblick. Einmal mehr wurde ihr bewusst, dass sie außer ihrer immer vergesslicher werdenden Oma und einer besten Freundin, die fast 10.000 Kilometer von ihr entfernt lebte, niemanden mehr hatte, dem sie etwas bedeutete.

Leise schloss sie die Tür wieder und ging in ihr Zimmer. Obwohl es noch nicht einmal acht Uhr war, schlüpfte sie in ihren Schlafanzug, legte sich ins Bett und starrte an die Decke.

Sie gehörte nicht hierher. Nicht mehr. Vielleicht hätte sie gleich auf Julia hören und ihre Einwilligung geben sollen, das Geschäft zu verkaufen. Mit ihrem Anteil könnte sie noch ein paar Jahre lang Marias Heimplatz mitfinanzieren und sich irgendwo auf dieser Welt ein neues Zuhause aufbauen. Am besten wieder zusammen mit Lotte.

Julia könnte dann ebenfalls einen Neuanfang machen, und sie müssten sich nicht ständig wegen allem Möglichen in die Haare geraten und eine Verbindung aufrechterhalten, die beide sich nicht gewünscht hatten.

Warum nur hielt sie trotzdem so sehr an dem Geschäft fest? Wem wollte sie etwas beweisen? Ja, sicher, es war der Wunsch ihres Vaters. Aber ohne ihn und mit einer Großmutter, die in wenigen Jahren vermutlich komplett vergessen haben würde, wer sie überhaupt war, hatte das hier doch ohnehin keinen Sinn mehr.

Und doch zwang sie irgendetwas tief in ihr, noch nicht aufzugeben. Das Gefühl, ihre Familie und vor allem den letzten Wunsch ihres Vaters zu verraten, wenn sie nicht alles versuchte, um das Geschäft zu retten, ließ sie weitermachen.

Sie knipste das Licht aus. Müde schloss sie die Augen und dämmerte schon nach kurzer Zeit langsam in einen unruhigen Schlaf, als das Handy eine neue Nachricht meldete. Mist! Sie hatte vergessen, es auszuschalten. Genervt setzte sie sich auf.

Jonas hatte geschrieben und ihr die versprochenen Fotos geschickt, womit sie nach dem etwas unterkühlten Abschied nicht mehr gerechnet hatte.

Danke, tippte sie und setzte nach kurzem Zögern noch ein Smiley dahinter.

Sie wollte das Handy schon ausschalten und weglegen, sah aber, dass Jonas noch etwas schrieb, und wartete.

Gern. Es wäre super, wenn du mir beibringen könntest, wie man einen Schoko-Fruchtspieß isst, ohne sich zu beschmieren.

Wider Willen musste Katja lächeln. Offenbar hatte er Humor und war nicht nachtragend! Eigenschaften, die sie sehr schätzte.

Ich glaube nicht, dass ich das kann, tippte sie dennoch zurück.

Lassen wir es doch auf einen Versuch ankommen?! Am Sonntagabend um 18 Uhr zum Ausklang des Weihnachtsmarktes?

Katja zögerte. Sicher war das keine gute Idee. Andererseits hatten sie ständig miteinander zu tun, und sie würden sich in der nächsten Zeit ohnehin häufiger begegnen. Was war schon dabei? Vielleicht war dieser Moment heute auch nur ein Ausrutscher gewesen? Hervorgerufen durch die vielen sentimentalen Erinnerungen an Besuche auf dem Weihnachtsmarkt während ihrer Kindheit? Erinnerungen, die sie tatsächlich ein wenig aus der Bahn geworfen und ihr eine Empfindung vorgegaukelt hatten, die gar nicht ihm gegolten hatte?

Nur ein einziger Spieß!?, tippte er mit lustigen Smileys dahinter. So schnell gab er offenbar nicht auf.

Na gut! Gab sie nach. *Ein Spieß!*

Super! Bis Sonntag!

Bis Sonntag.

Plötzlich fühlte sie sich deutlich besser und war überhaupt nicht mehr müde. Sie knipste das Licht an und schrieb eine Nachricht an Senhor Pehira mit einem Foto des Steines, auf dem er ganz groß zu sehen war, und einem Foto, auf dem sie mit dem Stein in die Kamera lächelte.

Ich danke Ihnen noch mal sehr für dieses kostbare Geschenk, Senhor Pehira, und für alles, was ich in den letzten Jahren bei Ihnen lernen durfte.

In Salvador de Bahia war es gerade mal Nachmittag, so war es nicht verwunderlich, dass ihr ehemaliger Chef schon kurz darauf zurückschrieb.

Ich wusste, dass du sehen würdest, was sich in diesem Stein verbirgt! Du hast alles richtig gemacht, Mädchen. Das Herz ist wunderschön geworden! Ich bin sehr stolz auf dich und hoffe, dass dieses Schmuckstück dir immer Glück bringen wird.

Katja spürte, wie warme Freude sie erfüllte.

Und plötzlich hielt sie es nicht mehr im Bett aus. Sich zurückziehen und sich selbst leid zu tun war eigentlich nie ihre Art gewesen. Sie stand auf, nahm die restlichen Mandeln, die sie vorhin nicht gegessen hatte, aus ihrer Umhängetasche und ging aus dem Zimmer.

»Habt ihr vielleicht Lust auf gebrannte Mandeln?«, fragte sie.

Ella und Julia drehten sich zu ihr um.

»Oh ja, Katja!«, rief Ella erfreut, als sie ihre Schwester sah. »Und schaust du mit uns noch den Schluss von Polarexpress an?«

»Wenn ich euch nicht störe?« Sie warf einen fragenden Blick zu Julia.

»Wer gebrannte Mandeln dabeihat, der stört niemals«, sagte ihre Stiefmutter trocken.

Katja legte die Papiertüte auf den Tisch und nahm im Sessel Platz.

»Wir haben saure Gummibärchen«, sagte Ella. »Und die sind echt sauer.«

»Echt?«

Ella und Julia nickten gleichzeitig.

Katja griff in die Tüte, nahm ein paar Gummibärchen und schob sie in den Mund. Dann verzog sie – ein klein wenig übertrieben – das Gesicht.

»Whaa – die sind ja wirklich total sauer«, sagte sie, und Ella lachte fröhlich auf.

Julia nickte Katja mit einem kleinen Lächeln zu.

Kapitel 14

Dezember 1944

In der letzten Nacht hatte Marianne vor Aufregung kaum ein Auge zugetan. Heute würde sie Bernard wiedersehen. Und sie zweifelte keine Sekunde daran, dass es dieses Mal tatsächlich klappen würde.

Zusammen mit ihrem Vater besuchte sie am Morgen den Gottesdienst. Während der Pfarrer die Messe zelebrierte, verlor sich Mariannes Blick in den drei brennenden Kerzen auf dem Adventskranz neben dem Altar. Sie betete dafür, dass ihr Bruder wieder gesund nach Hause kam, und vor allem für ein baldiges Ende des Krieges.

Immer wieder tauchte Bernard in Mariannes Gedanken auf, und sie konnte es kaum erwarten, dass der Gottesdienst endlich zu Ende ging, auch wenn sie deswegen ein schlechtes Gewissen hatte.

Zu Mittag hatte sie Kartoffelmaultaschen mit Apfelfüllung gekocht, ein Gericht, das ihr Vater besonders gern mochte. Und auch Magda schien es zu schmecken, die das bisher noch nie gegessen hatte. Glücklicherweise ging es dem Baby inzwischen besser. Sobald es im neuen Jahr ganz gesund war und Magda wieder genug Kraft gesammelt hatte, würde die Großmutter mit ihrer Enkelin die Reise nach Österreich fortsetzen.

Marianne hatte lange überlegt, ob sie ihrem Vater sagen sollte, dass sie sich am Nachmittag mit Bernard traf. Doch da sie ahnte, dass er nicht sonderlich begeistert darüber wäre, hatte sie nur gesagt, sie würde einen längeren Spaziergang machen, was nicht gänzlich gelogen war.

Er wirkte ohnehin sehr erschöpft, und sein Rücken plagte ihn mehr als sonst.

»Ich werde mir einen kleinen Mittagsschlaf gönnen«, sagte er, und Marianne versprach, nicht allzu spät zurück zu sein.

Als sie mit dem Fahrrad zum vereinbarten Treffpunkt fuhr, kamen ihr neuerdings Zweifel, ob Bernard dieses Mal wirklich kommen würde, obwohl sie sich zunächst so sicher gewesen war. Vielleicht war ja auch heute wieder etwas dazwischengekommen? Umso größer war ihre Freude, als sie ihn schon von Weitem entdeckte und er ihr zuwinkte. Vor Aufregung pochte ihr Herz etwas schneller.

Sie stieg vom Fahrrad ab, und er kam auf sie zu.

»Wie schön, dass du gekommen bist, Marianne«, sagte er mit freudig funkelnden Augen.

»Guten Tag, Bernard. Ich freue mich auch sehr, dich zu sehen«, sagte sie fast atemlos.

Er nahm ihr das Fahrrad ab und schob es den kleinen Hang nach unten, wo er es im Gebüsch verbarg.

»Wollen wir etwas spazieren gehen?«, fragte er.

»Gern.«

Der Tag war ziemlich windig und kalt, und dunkle Wolken standen tief am Himmel. Doch das schlechte Wetter hatte den Vorteil, dass die meisten Menschen an einem solchen Sonntag lieber zu Hause blieben und niemand auf diesem abgelegenen Feldweg unterwegs war.

Marianne rieb die Hände aneinander, während sie den kleinen Bach entlangschlenderten.

»Ist dir kalt?«, fragte Bernard.

»Ach, es geht schon«, winkte sie ab. Ihr war das Wetter egal, Hauptsache, sie konnte ungestört mit Bernard zusammen sein.

»Wenn ich zaubern könnte, würde ich uns einen Sommertag zaubern«, sagte er mit einem Lächeln. »Warm genug, damit wir gemütlich bei einem Picknick auf einer Decke neben dem Bach sitzen könnten. Aber trotzdem nicht zu heiß, sodass es noch angenehm wäre und wir den Tag so richtig genießen könnten.«

Marianne lächelte bei seinen Worten ebenfalls.

»Eine schöne Vorstellung«, sagte sie und spürte, wie es in ihrem Bauch langsam zu kribbeln begann.

Langsam gingen sie nebeneinander her. Ihre Hände streiften einander im Gehen nur leicht, doch mit einem Mal verschränkte er seine Finger mit ihren, und es fühlte sich an wie das Natürlichste der Welt, während sie weiter den Weg entlangspazierten.

»Was würdest du für uns beide zaubern, wenn du zaubern könntest?«, fragte er neugierig.

Marianne dachte einen Augenblick nach.

»Ich würde uns einen Wintertag zaubern mit einer herrlich weißen Schneelandschaft«, sagte sie schließlich. »Und eine Schlittenfahrt, fest zugedeckt mit warmen Fellen und Decken. Wir hätten heißen Tee dabei und leckere Plätzchen und Schinkenbrote.«

Bernard warf ihr einen strahlenden Blick zu.

»Bisher mochte ich den Winter nie sonderlich gern. Aber jetzt wünsche ich mir tatsächlich, du könntest uns so einen Wintertag samt Pferdeschlitten zaubern«, meinte er begeistert. »Und beim Gedanken an Plätzchen und Schinkenbrote läuft mir das Wasser im Mund zusammen«, gab er zu.

»Leider kann ich nicht zaubern«, sagte sie und blieb dann stehen. »Aber …«, sie setzte ein spitzbübisches Lächeln auf und griff in ihren kleinen Beutel, den sie umgehängt hatte. »… aber ich habe etwas für uns dabei.« Sie holte ein Tuch heraus, in das sie eine Handvoll Weihnachtsplätzchen eingepackt hatte, die sie von ihrer Tante geschenkt bekommen und extra für das Treffen mit Bernard aufgehoben hatte.

»Du hast Weihnachtsgebäck dabei?«, fragte er mit großen Augen.

»Ja. Bitteschön. Du darfst dich gerne bedienen«, sagte sie vergnügt.

»Das lasse ich mir nicht zweimal sagen.«

Bernard griff nach einem in der Form eines Mondes ausgestochenen Plätzchen und schob es sich mit einem seligen Lächeln in den Mund.

Und auch Marianne kostete eines der Plätzchen.

»Hm … Himmlisch!«, schwärmte er, nachdem er es ganz bedächtig genossen hatte. »So etwas Feines habe ich das letzte Mal bei mir daheim im Elsass gegessen.«

Zum ersten Mal, seit sie ihn kannte, sah er ein wenig traurig aus. Und sie konnte ihn verstehen. Es musste schlimm sein, so weit weg von seiner Familie in der Fremde zu sein und nicht zu wissen, ob und wann er sie jemals wiedersehen würde.

»Nimm dir ruhig noch eines«, sagte sie.

Doch er winkt ab.

»Nein danke, Marianne. Ich möchte dir nichts wegessen«, lehnte er höflich ab, und der kurze Moment der Traurigkeit schien schon wieder vorbei zu sein. Zumindest ließ er sich nichts mehr anmerken.

»Das tust du nicht«, beteuerte sie. »Außerdem habe ich zu Hause noch welche«, schwindelte sie. Sie wollte ihm unbedingt eine Freude machen.

»Wenn du wirklich meinst.«

»Ich meine es wirklich«, bestätigte sie lächelnd, also griff er nach einem weiteren Plätzchen.

Als sie alle aufgegessen hatten, steckte Marianne das Tuch wieder in ihre Tasche, und sie spazierten weiter. Dabei plauderten sie, als ob sie sich schon ewig kennen würden. Bernard erzählte ihr von seinem Zuhause im Elsass und dem Weingut, auf dem er zusammen mit seinem Bruder Louis und zwei deutlich älteren Halbschwestern aus der ersten Ehe ihres Vaters aufgewachsen war.

»Ich möchte unbedingt Winzer werden wie mein Vater«, sagte er. »Es ist der schönste Beruf der Welt.«

Er schilderte alles in so herrlichen Farben, dass Marianne das Gefühl hatte, ihn zu begleiten, wie er durch die herbstlichen Weinberge schritt, die prallen sonnengereiften Reben abschnitt und sie in einen Korb auf seinem Rücken warf. Am liebsten hätte sie ihm stundenlang zugehört und sich in seine Welt geträumt. Doch die gemeinsame Zeit verrann wie im Flug, und leider musste sie sich langsam auf den Heimweg machen. Auch Bernard wurde auf dem Hof zurückerwartet. Er durfte sich keinen Ärger einhandeln. Also kehrten sie um und gingen zurück zum Platz am Bach, an dem Mariannes Fahrrad abgestellt war.

Nur noch wenige Meter trennten sie von der Stelle, als plötzlich die ersten dicken Schneeflocken vom Himmel fielen.

»Du kannst ja doch zaubern, Marianne«, rief Bernard amüsiert.

»Aber natürlich kann ich das«, gab sie fröhlich zurück.

Die Flocken schwebten wie kleine Daunenfedern auf sie nieder. Marianne hielt die Hand auf und fing eine der größeren Schneeflocken auf.

»So eine Schneeflocke ist wunderschön. Nur schade, dass man sie nur für einen Augenblick bewundern kann«, sagte sie, während weitere Schneeflocken rasch auf ihrem Handschuh schmolzen.

»Man kann sie aber auch naschen«, sagte Bernard und legte den Kopf in den Nacken. Er versuchte, eine Flocke mit dem offenen Mund zu fangen, was offenbar gar nicht so einfach war, wie er dachte.

Marianne lachte, als es ihm endlich gelang und er so tat, als würde er etwas sehr Leckeres verspeisen.

»Schmeckt es?«, fragte sie.

»Und wie!«, antwortete er. »Eis mit Wintergeschmack. Sehr zu empfehlen!«

Sie machte es ihm nach und fing ebenfalls eine Schneeflocke mit dem Mund auf, die kaum einen Augenaufschlag lang auf ihrer Zunge zu spüren war.

Plötzlich griff er wieder nach ihrer Hand und sah sie mit einem Blick an, der bis in ihre Seele vorzudringen schien. Sie bekam ganz weiche Knie und war froh, dass sie sich an ihm festhalten konnte.

»Marianne …«, flüsterte er und beugte sich dann zu ihr.

Seine Lippen waren so kalt wie ihre, doch während er sie sanft küsste, wärmten sie sich gegenseitig.

Es war ihr erster Kuss, und sie hätte sich in ihren kühnsten Träumen nicht ausdenken können, welche Empfindungen er in ihr auslöste. Die ganze Welt schien sich plötzlich um sie zu drehen.

Ohne den Kuss zu unterbrechen, legte er die Arme um sie und zog sie ganz fest an sich.

Marianne vergaß alles um sich herum, spürte keine Kälte mehr und auch nicht den Schnee, der inzwischen immer dichter vom Himmel fiel. Der Kuss schien unendlich lange anzudauern, doch als Bernard sich sanft von ihr löste, war er viel zu schnell vorbei.

Keiner der beiden fand die richtigen Worte, um auszudrücken, was sie fühlten.

»Sehen wir uns bald wieder, Marianne?«, fragte Bernard schließlich, und seine heiseren Worte klangen wie das Versprechen nach etwas, das zu entdecken sie sich so sehr wünschte.

»Ja!«, antwortete sie und wunderte sich, dass sie überhaupt einen Ton herausbrachte. Ihr Herz sprudelte fast über vor Glück, und sie konnte schon jetzt kaum den Gedanken ertragen, dass sie sich gleich trennen mussten.

»Nur wann? Und wo?«, fragte sie. Die Aussicht, sich wieder heimlich hier am Bach für eine kurze Begegnung zu treffen, bei der sie zudem Gefahr liefen, entdeckt zu werden, war nicht allzu verlockend, auch wenn sie den Winter mochte.

»Weißt du was?«, fragte Bernard nun mit einem Lächeln auf dem Gesicht und deutete zu dem Gebüsch neben dem Bach. »Wir können uns dort hinter den Büschen unter einem Stein Nachrichten hinterlassen, wann wir uns das nächste Mal sehen können.«

Sie stimmte dem Vorschlag zu.

»Das ist ja wie ein geheimes Postamt!«, sagte sie freudig.

»Stimmt … Schau bitte in zwei Tagen hier vorbei, bis dahin werde ich ein trockenes Plätzchen für uns gefunden haben, an dem wir uns treffen können«, versprach er.

»Ich weiß einen Platz«, sagte Marianne da und war plötzlich ganz aufgeregt. Gerade war ihr etwas eingefallen.

»Wo denn?«, fragte er erwartungsvoll.

»Nicht weit von unserem Haus entfernt wohnt der Großonkel meines Vaters. Er ist schon ziemlich alt und auch etwas schwerhörig. Zum Haus gehört eine alte Scheune mit einem Verschlag darüber, zu dem man nur mit einer Leiter kommt. Als Kinder haben wir da oben oft gespielt.«

Seine Augen funkelten bei ihren Worten.

»Das hört sich wirklich gut an, Marianne«, sagte er begeistert.

»Wenn wir leise sind, sind wir dort völlig ungestört«, erklärte sie.

»Wir werden ganz leise sein. Das ist genau der richtige Platz für uns!«, sagte Bernard.

Keiner von ihnen sprach aus, welche Konsequenzen es für sie beide haben würde, wenn man sie entdeckte. Dabei hatte Marianne mehr Angst um Bernard als um sich selbst.

Marianne beschrieb ihm den genauen Weg dorthin.

»Sobald ich wieder vom Hof wegkann, hinterlasse ich dir eine Nachricht. Entweder unter dem Stein oder auf einem anderen Weg.«

Sie versprachen einander, sich so bald wie möglich wiederzusehen.

»Komm her«, er zog sie sanft an sich, und sie küssten sich noch einmal zum Abschied, leidenschaftlicher als beim ersten zarten Kuss.

Marianne fiel es schwer, sich von Bernard zu lösen und nach Hause zu fahren. Aber sie war jetzt schon viel länger unterwegs, als sie ihrem Vater mit einem Spaziergang weismachen konnte. Sie würde sich wohl irgendeine Ausrede einfallen lassen müssen.

»Bis bald, Marianne«, rief Bernard ihr hinterher, als sie mit dem Fahrrad losfuhr.

»Bis bald, Bernard!«, rief sie zurück.

Es schneite immer noch, als sie schließlich zu Hause ankam. Mantel und Mütze waren vom Schnee völlig durchnässt, und Marianne bibberte vor Kälte, als sie das Fahrrad in den Flur stellte.

Leise schlich sie nach oben in die Wohnung und hörte leises Schnarchen, das aus dem Schlafzimmer ihres Vaters kam. Offenbar war sein Mittagsschläfchen heute ausgedehnter geworden, also würde er gar nicht erfahren, wie lange sie tatsächlich unterwegs gewesen war.

Sie lächelte erleichtert.

Rasch zog sie sich in ihrer Kammer um und ging in die Küche, um sich eine Tasse Tee aufzubrühen. Dabei kreisten ihre Gedanken einzig und allein um Bernard. In ihrem Bauch schienen Tausende Schmetterlinge zu tanzen, und bei der Erinnerung an ihre Küsse wurde ihr gleichzeitig heiß und kalt. Sie hatte sich Hals über Kopf in Bernard verliebt.

»Bernard«, flüsterte sie, einfach nur, um seinen Namen auszusprechen.

Was sollte das nur werden? Sie konnte sich doch unmöglich auf einen französischen Kriegsgefangenen einlassen. Alles sprach dagegen. Was würde nur ihr Vater dazu sagen? Besser, sie erwähnte das gar nicht. Doch egal, was die Zukunft bringen würde, Marianne wusste eines schon jetzt ganz sicher: Wenn sie mit Bernard zusammen war, dann fühlte sich alles richtig an. So, als ob sie schon immer auf ihn gewartet hätte, ohne es überhaupt zu wissen.

Plötzlich hatte sie einen Gedanken. Bald war Weihnachten, und sie wollte Bernard eine ganz besondere Freude machen. Er sollte wissen, wie ernst es ihr war und wie sehr er ihr Herz bereits erobert hatte.

Marianne stand auf und ging wieder in ihre Kammer. Dort hatte sie ganz hinten in der Wäschekommode ein Schächtelchen versteckt. Sie holte es heraus und öffnete den Deckel. Auf Watte lag eine silberne Kette mit einem Medaillon als Anhänger in der Form eines Herzens. Sie nahm es in die Hand und öffnete es. Der Schmuck stammte von ihren Großeltern. Opa Ludwig hatte es für seine Gattin angefertigt, die es ihrer Schwiegertochter vermacht hatte, der Frau ihres einzigen Sohnes, welche sie sehr geschätzt hatte. Mariannes Mutter hatte es bis zu ihrem überraschenden Tod im letzten Jahr getragen. Danach hatte Martin es Marianne gegeben.

»Sie würde ganz bestimmt wollen, dass du es trägst«, hatte er gesagt.

Im Inneren des Medaillons war auf der rechten Seite ein Bild mit dem Gesicht ihrer Mutter, auf der linken Seite ein Foto ihres Vaters.

Das Medaillon war das Kostbarste, was sie besaß. Und gerade weil es ihr so kostbar war, hatte sie damit etwas ganz Besonderes vor.

Kapitel 15

Das Wochenende über verbrachte Katja die meiste Zeit in der Werkstatt. Sie fertigte einen Verlobungsring an, der am Freitag von einem früheren Klassenkameraden in Auftrag gegeben worden war, und arbeitete immer wieder ein paar Stunden an dem Schmuckstück, in das sie das Herz setzen würde.

Da Julia bisher fast täglich gekocht hatte, revanchierte sich Katja am Sonntagmittag mit einem Hühnchen in Kokossoße mit Früchten und Reis mit gerösteten Mandelblättchen. Ein Rezept von Lotte und eines der wenigen Gerichte, die Katja wirklich gut gelangen. Zum Mittagessen wollten sie auch Maria abholen, doch die diensthabende Schwester hatte Katja abgeraten.

»Ihre Oma hat eine schlimme Nacht hinter sich. Es war wohl ein Albtraum, der sie geweckt und ihr Angst gemacht hat, und hinterher war sie ziemlich verwirrt. Wir haben ihr ein Beruhigungsmittel gegeben, jetzt schläft sie.«

»Kann ich sie später besuchen?«, hatte Katja gefragt.

»Natürlich dürfen Sie Ihre Oma besuchen. Aber rufen Sie bitte vorher an. Manchmal ist es besser, wenn an solchen Tagen niemand kommt.«

Nun saßen Katja, Julia und Ella am Tisch, der mit weihnachtlichem Geschirr gedeckt war, das Katja schon aus ihrer Kindheit kannte. Am Adventskranz brannten zwei Kerzen.

»Das schmeckt echt lecker«, sagte Ella und schob eine weitere Gabel mit Reis und Soße in den Mund.

»Ja, finde ich auch«, stimmte Julia ihr zu.

Seit dem Abend, an dem sie noch eine Weile gemeinsam ferngesehen hatten, war die Stimmung zwischen den beiden Frauen entspannter geworden. Dabei konnte Katja nicht einmal sagen, woran das lag. Vielleicht hatten sie sich einfach nur etwas mehr aneinander gewöhnt.

»Danke. Das ist nach einem Rezept meiner Freundin Lotte«, verriet sie.

»Hey! Es schneit!«, rief Ella und deutete zum Fenster.

Und tatsächlich fielen dicke Schneeflocken vom Himmel.

»Das schaut so schön aus!«, schwärmte die Kleine, die in ihrem kurzen Leben noch nicht allzu oft Schnee gesehen hatte. In den letzten Jahren waren hier in der Gegend die Tage, an denen es geschneit hatte, eher selten gewesen.

»Ja, du hast recht!«, pflichtete Katja ihr bei, für die Schnee nach den Jahren in Südamerika ebenfalls etwas Seltenes geworden war. »Total schön.«

»Für heute Abend haben sie in den Nachrichten sogar einen Schneesturm gemeldet«, sagte Julia. »Es kann sein, dass der Weihnachtsmarkt deswegen gar nicht stattfinden kann.«

»Das wäre aber schade«, meinte Katja, obwohl sie gleichzeitig so etwas wie Erleichterung verspürte. Denn damit würde dann auch die Verabredung mit Jonas ins Wasser fallen. Noch immer wusste sie nicht, was sie von den sonderbaren Gefühlen halten sollte, die sie ihm gegenüber so überraschend empfunden hatte. Und auch in den letzten beiden Tagen hatte sie sich dabei ertappt, dass sie öfter an ihn gedacht hatte, als sie das wollte.

»Na ja, vielleicht wird es ja gar nicht so schlimm«, meinte Julia. »Auf den Wetterbericht kann man sich ja auch nicht immer verlassen.«

»Eben.«

»Ella ist heute Nachmittag bei einer Schulfreundin zur Geburtstagsparty eingeladen. Ihre Mutter ist eine gute Freundin von mir, und ich werde sicher noch Kaffee bei ihr trinken.«

»Klar. Du musst dich doch nicht bei mir abmelden«, meinte Katja.

»Es geht darum, ob du hier bist, falls es noch mehr schneit, um den Gehweg vor dem Haus zu räumen«, sagte Julia.

»Ach so. Ja, klar. Darum kann ich mich kümmern«, versprach Katja. »Ich möchte nur später eventuell noch mal kurz bei Oma vorbeischauen, bevor ich auf den Weihnachtsmarkt gehe. Falls er überhaupt stattfindet.«

»Bis dahin sind wir sicher wieder zurück«, sagte Julia.

»Dann viel Spaß euch!«

Katja räumte die Küche auf und ging wieder in die Werkstatt. Draußen schneite es immer noch, und inzwischen blieb der Schnee bereits liegen.

Bevor sie sich wieder an die Arbeit machte, schaltete sie ihren Laptop ein und warf einen Blick auf die Homepage. Jonas hatte das Video bereits geschnitten und in die Seite eingepflegt. Alles sah jetzt richtig professionell und sehr ansprechend aus. Jetzt mussten nur noch genügend Leute auf ihr Geschäft aufmerksam werden.

Einige neue E-Mails waren eingegangen. Darunter die Anfrage einer Frau aus Nürnberg. Sie wollte die gleichen Ohrringe mit Tahitiperlen, wie Katja sie Lotte geschenkt hatte, und bat um einen Kostenvoranschlag.

Katja schickte ihr eine Mail und gab den knapp kalkulierten Preis für die handgefertigten Ohrringe durch.

»Viel zu teuer! So etwas kriege ich im Internet für einen Bruchteil dieses Preises nachgeworfen«, schrieb die Frau gleich darauf zurück.

Menschen wollen schöne Dinge haben, aber dafür so wenig wie möglich ausgeben. Katja sparte sich eine Antwort und löschte die Anfrage. Bei den sogenannten Schnäppchenangeboten im Internet handelte es sich bestimmt nicht um echte Tahitiperlen. Wenn die Frau sich lieber billigen Modeschmuck umhängen wollte, war sie bei der Goldschmiede Tanner an der falschen Adresse.

Katja seufzte. Vielleicht war das Vorhaben mit dem Online-Angebot für Sonderanfertigungen doch eine Schnapsidee gewesen.

»Als ob die Leute ausgerechnet auf mich und meine Kreationen warten würden«, murmelte sie und öffnete die nächste E-Mail, die sie wegen des ungewöhnlichen Absenders mit einer Endung für Frankreich für eine Spammail hielt. Sie wollte sie schon fast ungelesen in den Papierkorb befördern, doch der Betreff ließ sie zögern: *Anfrage für ein besonderes Schmuckstück,* hieß es da.

Neugierig klickte sie die Mail an und war überrascht, dass es sich offenbar um eine echte geschäftliche Korrespondenz in deutscher Sprache handelte.

Sehr geehrte Frau Tanner,

mein Name ist Nicolas Leclaire, und ich komme aus der Nähe von Colmar im Elsass. Durch einen Zufall bin ich im Internet auf die Homepage Ihrer Goldschmiede gestoßen und sehr angetan von den exquisiten Schmuckstücken. Ich möchte gerne eine Frau, die mir sehr am Herzen liegt, mit einem ganz besonderen Collier überraschen und bin daher auf der Suche nach einem geeigneten Geschäftspartner, der meine konkreten Vorstellungen umsetzen kann. Auf Ihrer Seite steht, dass Sie Ihre Kunden auch weltweit beliefern, deswegen würde ich mich sehr freuen, wenn Sie zeitnah mit mir in Kontakt treten würden.

Mit freundlichen Grüßen
Nicolas Leclaire

Katja spürte, wie ihr Herz schneller zu schlagen begann. Das hörte sich doch mal nach einer ernstzunehmenden Anfrage an, die sie zudem auch neugierig machte, weil sie irgendetwas Romantisches hatte, ohne dass sie genau benennen konnte, was es war.

Sie überlegte kurz und tippte dann eine Antwort:

Sehr geehrter Herr Leclaire,

herzlichen Dank für Ihre Anfrage. Gerne entwerfe ich im vorgegebenen Kostenrahmen eine unverbindliche Skizze des gewünschten Schmuckstückes mit Preisangabe. Sobald der Auftrag von Ihnen freigegeben wird und ich eine Anzahlung über die Hälfte der vereinbarten Summe erhalten habe, beginne ich damit, das Schmuckstück anzufertigen. Nach Fertigstellung erhalten Sie detaillierte Fotos, damit eventuelle Änderungswünsche nach Möglichkeit noch berücksichtigt werden können. Nach dem endgültigen Okay ist der restliche Betrag fällig. Sobald dieser bei uns eingegangen ist, wird das Schmuckstück versichert an Ihre Adresse versandt.

Für weitere Fragen stehe ich gerne zur Verfügung. Ich würde mich sehr freuen, Ihren Auftrag zu erhalten.

Mit freundlichen Grüßen nach Frankreich
Katja Tanner

Hoffentlich war das wirklich eine ernstgemeinte Anfrage, überlegte sie, nachdem sie die E-Mail abgeschickt hatte. Jedenfalls hörte es sich so an, als würde der Kunde dafür richtig Geld in die Hand nehmen wollen.

Das typische Geräusch von Schneeschaufeln, die über den Boden schabten, riss sie aus ihren Gedanken.

Draußen war das Schneetreiben inzwischen immer dichter geworden, und die ersten Nachbarn begannen, die Gehwege zu räumen.

Katja reparierte noch ein gerissenes Armband und zog

sich dann Jacke, Mütze und Handschuhe an. Als sie über den kleinen Innenhof in die Garage ging, um eine Schneeschaufel zu holen, weckte der besondere Duft von Schnee sofort Kindheitserinnerungen bei ihr, denen sie sich beim Schneeschippen hingab.

Innerhalb kürzester Zeit waren die Straßen und Gehwege völlig zugeschneit. Nach über drei Jahren in der Sonne war dies ein herrlicher Anblick für sie.

Katja schaufelte den Bürgersteig vor dem Haus frei, doch es würde nicht lange dauern, bis sie erneut ranmusste. Der Wind wurde immer stärker und trieb die kleinen Flocken dicht vor sich her.

Während sie wieder ins Haus ging, spürte sie, wie ihr Handy in der Jackentasche vibrierte. Sie zog den Handschuh ab und fischte es mit klammen Fingern heraus. Es war Jonas!

»Ja hallo?«, meldete sie sich.

»Hey, Katja. Gerade kam aus dem Rathaus die Meldung, dass der Weihnachtsmarkt wetterbedingt heute nicht stattfinden kann.«

»So was hab ich mir schon gedacht«, antwortete Katja, während sie aus den nassen Schuhen schlüpfte.

»Schade, ich hatte mich schon darauf gefreut, dich zu sehen. Das mit dem Schoko-Fruchtspieß holen wir aber bald nach, oder?«

»Ja klar … Übrigens, der Film auf der Homepage ist wirklich toll geworden.«

»Danke. Ich finde ihn auch sehr gelungen. Und denk daran, den Link auf deinen Social-Media-Kanälen zu teilen.«

»Mache ich.«

»Und jetzt wünsche ich dir und Julia, dass viele Aufträge reinkommen«, sagte er.

Katja war während ihres Gesprächs in die Küche gegangen und stellte Teewasser auf.

»Das wünsche ich mir auch. Und stell dir vor, heute kam bereits eine Anfrage von einem Interessenten aus Frankreich.«

»Aus Frankreich?«, fragte er verwundert.

»Ja … Ich war auch überrascht. Könnte ein richtig schöner Auftrag sein, wenn was draus werden sollte.«

»Ich drücke die Daumen.«

»Danke, Jonas … Also, bis bald.«

»Bis bald, Katja.«

Sie legte auf und brühte eine große Tasse Orangentee auf, den sie besonders gern mochte. Mit dem Tee und einer kleinen Schale Vanillekipferl ging sie wieder nach unten in die Werkstatt und versuchte, Lotte per Skype anzurufen. Doch sie konnte ihre Freundin nicht erreichen. Vermutlich lag sie gerade am Strand und genoss die Sonne.

Dafür war schon eine Antwort des französischen Interessenten eingegangen, die sie sofort las.

Sehr geehrte Frau Tanner,

vielen Dank, dass Sie sich so schnell gemeldet haben. Ich bin mir sicher, dass wir uns finanziell einigen werden. Doch damit Sie genau das Schmuckstück anfertigen können, welches die Trägerin am Ende zieren wird …

Katja hielt kurz inne und lächelte. Die Sprache des Mannes mutete ein wenig altmodisch an, was vermutlich der Übersetzung geschuldet war. Immerhin war er Franzose, und Deutsch schien nicht seine Muttersprache zu sein. Oder vielleicht handelte es sich bei Herrn Leclaire ja auch um einen etwas älteren Herrn?

Sie las weiter:

... halte ich es für unumgänglich, dass Sie ins Elsass reisen und ich Ihnen hier meine genauen Vorstellungen dazu nahelegen kann. Selbstverständlich komme ich für den Flug und die Übernachtung im Hotel auf.

Katja schüttelte ungläubig den Kopf. Dieser Nicolas Leclaire wollte, dass sie nach Frankreich kam?

Ich hoffe, dass es mit einem Termin noch vor den Feiertagen klappt. Lassen Sie mich bitte wissen, für welchen Tag ich den Flug für Sie buchen soll.

Mit freundlichen Grüßen
Nicolas Leclaire

Wie stellte dieser Typ sich das denn vor? Sie konnte doch nicht mitten im Weihnachtsgeschäft mal eben so für zwei Tage nach Frankreich fliegen.

Außerdem war dieser Mann ein Wildfremder. Was, wenn diese Geschichte einfach nur ausgedacht war? Ihr Bauchgefühl sagte ihr zwar, dass der Mann es wirklich ernst meinte, aber vielleicht war das auch nur ihrer Hoffnung zuzuschreiben, den Laden zu retten. Sie durfte auf keinen Fall leichtsinnig sein. Es gab einfach zu viele Spinner auf dieser Welt.

Sie las den Absender auf der E-Mail und gab die Adresse bei Google ein. Die Homepage eines Weingutes Beaulieu wurde vorgeschlagen, ein Familienbetrieb im Elsass. Sie klickte auf den Reiter, der das Team der Firma vorstellte, und fand tatsächlich einen Mann namens Nicolas Leclaire. Das Foto war zwar nur sehr klein, aber es war deutlich zu erkennen, dass es sich bei ihm um einen ziemlich gut aussehenden dunkelhaarigen Mann in den Dreißigern handelte.

»Na sieh mal an«, murmelte sie.

Offenbar hatte er sie nicht angelogen. Oder es war alles eine große Lüge, und er gab sich nur als dieser Nicolas Leclaire aus, um sie nach Frankreich zu locken? Aber wieso sollte dieser Mann das tun? Er kannte sie doch gar nicht. Zumindest ging sie davon aus.

»Jetzt reiß dich mal zusammen, Katja!«, schalt sie sich selbst. Offenbar hatte sie zu viele Krimis und Psychothriller gelesen.

Tatsache war, sie hatte ein Geschäft, in dem sie neuerdings auch online Schmuckstücke anbot, und das hier war einfach eine ganz normale Anfrage eines Interessenten. Da das Schmuckstück, um das es hier ging, offenbar im höherpreisigen Bereich liegen sollte, war es auch nicht wirklich verwunderlich, sich in einer Besprechung darüber auszutauschen. Auch Senhor Pehira war in Brasilien zu einigen seiner Kunden gefahren, wenn sie besondere Wünsche für die Sonderanfertigungen hatten. Ein völlig normaler Geschäftsvorgang.

Trotzdem konnte sie so kurzfristig nicht einfach für zwei

Tage von hier wegfahren. Sie würde ihm vorschlagen, gleich für das neue Jahr einen Termin zu vereinbaren. Bis dahin wollte sie sich sicherheitshalber auch noch diskret durch einen Anruf auf dem Weingut von seiner Identität überzeugen. Und so eilig würde die Angelegenheit schon nicht sein.

Sie schrieb eine Mail, in der sie zwei Termine Anfang Januar vorschlug.

Kaum hatte sie die Nachricht abgeschickt, klopfte es am Fenster der Werkstatt, das in den Hinterhof ging. Julia und Ella winkten herein.

Katja stand auf und öffnete das Fenster.

»Ihr seid schon zurück?«

Ella zuckte mit den Schultern. »Alle wollten wegen des Schneesturms rechtzeitig nach Hause«, sagte sie.

»Das ist ja schade«, meinte Katja.

»Wir räumen gleich noch mal den Gehweg, bevor es so richtig losgeht«, sagte Julia.

»Okay … soll ich euch inzwischen Tee oder Kakao machen?«, bot Katja an.

»Tee!«, sagte Julia.

»Kakao!«, rief Ella gleichzeitig.

»Na gut, ich mache beides.«

Während Katja nach oben in die Küche ging, rief sie vom Handy aus im Seniorenheim an. Maria ging es inzwischen besser, trotzdem empfahl die Pflegerin, den Besuch auf den nächsten Tag zu verschieben. Und angesichts des nahenden Sturms draußen war das Katja auch ganz recht.

Noch mehrmals an diesem Tag kontrollierte sie die Geschäftsmails auf dem Computer, doch Nicolas Leclaire hatte nicht mehr zurückgeschrieben.

Dafür gab es die Anfrage eines brasilianischen Interessenten, der durch die Flyer in Lottes Bar auf sie aufmerksam geworden war. Er war ein begeisterter Fußballfan und wollte einen goldenen Fußballanhänger anfertigen lassen. Er hatte ihr seine Skype-Daten geschickt und wartete auf ihren Anruf. Katja lächelte. Offenbar funktionierte ihre Idee tatsächlich.

Sie wählte sich bei Skype ein und hatte den Interessenten gleich auf dem Bildschirm. Das Gespräch dauerte keine fünf Minuten, dann waren alle Modalitäten geklärt. Katja würde mit der Anfertigung des Fußballanhängers beginnen, sobald die Anzahlung auf ihrem Konto war.

Der angekündigte Schneesturm setzte am späten Nachmittag ein und wütete mehrere Stunden. Ella und Katja standen vor dem Wohnzimmerfenster, das hinaus zur Straße ging, und beobachteten, wie die menschenleeren Straßen und Gehwege innerhalb kürzester Zeit völlig im Schnee zu versinken schienen. Zeitungen und Weihnachtsdekoration, die nicht rechtzeitig in Sicherheit gebracht worden waren, wirbelten durch die Luft.

»So was hab ich noch nie gesehen«, rief Ella beeindruckt. Und auch Katja konnte sich nicht erinnern, je einen solchen Schneesturm erlebt zu haben.

»Einmal kann ich mich an einen ähnlichen Schneesturm erinnern«, sagte Julia, die währenddessen am Bügelbrett stand und die Wäsche machte. »Am nächsten Tag hatten wir schulfrei.«

»Darf ich morgen daheimbleiben?«, fragte Ella erwartungsvoll.

»Es würde mich jedenfalls nicht wundern, wenn die

Schule morgen ausfällt«, sagte Katja, was ihrer Schwester einen Jubelschrei entlockte.

»Toll! Dann kann ich den ganzen Tag bei dir in der Werkstatt sein, Katja!«

»Erstmal langsam. Das wissen wir doch noch gar nicht sicher«, warf Julia ein. »Deswegen ist für dich jetzt auch höchste Zeit, schlafen zu gehen.«

»Jetzt schon?«, fragte Ella enttäuscht.

»Ach komm, Julia«, kam Katja ihrer kleinen Schwester zu Hilfe. »Das mit dem Schneesturm ist so spannend.«

»Trotzdem ist es jetzt schon spät«, erklärte Julia, nun schon ein wenig ungeduldiger.

»Sei doch keine Spielverderberin!«, ließ Katja nicht locker.

Ella verschränkte die Arme und gab ihrer großen Schwester mit einem Kopfnicken recht.

»Genau!«

»Ich denke nicht, dass du besser weißt als ich, was für Ella gut oder nicht gut ist, Katja«, sagte Julia bemüht freundlich und wandte sich dann an ihre Tochter. »Komm, mach dich fertig fürs Bett, Schätzchen. Du darfst dann noch eine Viertelstunde lesen, und dann komme ich und mache das Licht aus.«

Ella sah kurz zwischen den beiden Frauen hin und her. Sie war klug genug, um zu erkennen, dass dicke Luft herrschte.

»Na gut. Gute Nacht, Katja«, sagte sie schließlich und ging aus dem Zimmer.

Julia schob das Bügeleisen energisch über eine Kinderjeans.

»Ich mag es nicht, wenn du dich in meine Erziehung

einmischt, und schon gar nicht, wenn du mich vor meinem Kind als Spielverderberin bezeichnest«, sagte sie, ohne Katja anzuschauen.

»Hey, tut mir leid. Das habe ich doch nicht böse gemeint«, versuchte Katja einzulenken, obwohl sie über den Ton ihrer Stiefmutter langsam etwas ärgerlich wurde.

Julia legte die gebügelte Hose zusammen und griff nach einer Bluse, die sie über das Bügelbrett zog.

»Ich muss hier damit klarkommen, mein Kind allein großzuziehen. Und das auch noch mit der ganzen Arbeit und den Geldproblemen unter einen Hut kriegen. Du bist jetzt gerade mal ein paar Wochen hier und meinst schon, mich belehren zu können?« Ihr Ton war inzwischen schneidend.

Katja war völlig überrumpelt von Julias unverhältnismäßigen Ärger über sie.

»Keine Sorge!«, blaffte sie zurück. »Ich werde mich zukünftig völlig raushalten.«

»Das würde ich sehr begrüßen!«

Katja rauschte hinaus und ging nach unten in die Werkstatt. Klar, sie hätte sich vielleicht nicht einmischen sollen, aber Julia übertrieb völlig! Eigentlich hatte Katja es nur nett gemeint. Und jetzt so was! Sie sah aus dem Fenster, und der Schneesturm, der sie vorhin mehr fasziniert als beunruhigt hatte, kam ihr nun bedrohlich vor. Er sperrte sie unfreiwillig in dieses Haus, und in diesem Moment wäre sie am liebsten von hier verschwunden!

Sie setzte sich an den Rechner und versuchte erneut, Lotte auf Skype zu erreichen. Auch diesmal vergeblich. Sie schickte ihr eine Nachricht per Telegram.

Hallo Lotte! Geht es dir gut? Melde dich doch bald bei mir. Dicke Umarmung, Katja!

Katja war erleichtert, als Lotte schon ein paar Minuten später zurückschrieb:

Hey Blondie. Bei mir ist alles gut. Ich habe nur sehr viel um die Ohren. Ich rufe dich so bald wie möglich an. Pass auf dich auf. Lotte.

Schade, dass ihre Freundin keine Zeit hatte zu reden. Sie fehlte Katja in diesem Moment ganz besonders. Sie schrieb ihr noch kurz zurück, dass sie sich freute, bald mit ihr zu telefonieren. Dann überprüfte sie den Posteingang.

Ihr Herz machte einen kleinen Satz, als sie eine neue Nachricht von Nicolas Leclaire entdeckte:

Sehr geehrte Frau Tanner,

schade, dass Sie es nicht ermöglichen können, noch vor Weihnachten ins Elsass zu reisen. Anfang des kommenden Jahres bin ich leider für ein paar Wochen geschäftlich im Ausland, deswegen passt keiner der von Ihnen vorgeschlagenen Termine. Ich danke Ihnen trotzdem, und vielleicht ergibt sich ja zu einer anderen Gelegenheit eine Zusammenarbeit.

Herzliche Grüße und ein schönes Weihnachtsfest wünscht
Nicolas Leclaire

Enttäuscht schüttelte Katja den Kopf. Sie hätte nicht gedacht, dass sie durch den Vorschlag für eine Terminverschiebung prompt den möglichen Auftrag verlieren würde.

»Mist!«, murmelte sie. Dabei hätte sie sich wirklich darauf gefreut. Am liebsten würde sie doch noch vor Weihnachten ins Elsass fliegen, doch … Doch was? Was würde schon großartig passieren, wenn sie tatsächlich zwei Tage weg war? Momentan wäre sie ohnehin froh, Julia mal eine Weile nicht sehen zu müssen. Und wenn sie von Samstag auf Sonntag fliegen würde, dann würde das schon irgendwie gehen. Außerdem reizte es sie, diesen Nicolas kennenzulernen und diese Frau, für die das Schmuckstück sein sollte.

Ohne noch weiter nachzudenken, begann sie, eine neue Nachricht an Nicolas Leclaire zu schreiben.

Kapitel 16

Katja konnte es selbst kaum glauben, aber knapp eine Woche später saß sie im Flugzeug im Landeanflug auf den Flughafen von Straßburg.

Nachdem sie ihm geschrieben hatte, dass es ihr am Wochenende doch noch möglich wäre, vor Weihnachten ins Elsass zu reisen, hatte Nicolas Leclaire sie erfreut angerufen.

»Es ist einfacher, die Dinge persönlich zu besprechen, als immer hin und her zu schreiben«, hatte er in seinem charmanten Akzent gesagt und sie gebeten, ihn mit Nicolas anzusprechen. Und so waren sie schon nach wenigen Minuten per Du gewesen.

Julia und auch Jonas hatten versucht, ihr die Reise auszureden, als sie sie davon unterrichtet hatte.

»Findest du es nicht völlig leichtsinnig, da einfach hinzufahren?«, gab Jonas zu bedenken. »Du kennst diesen Mann doch gar nicht!«

»Ich habe alles nachgeprüft. Das Hotel ist auf meinen Namen reserviert, und sämtliche Reisekosten übernimmt er. Er ist ein potenzieller Kunde und möchte sich mit mir zusammensetzen, um den Auftrag zu besprechen. Es geht schließlich nicht um eine Perlenkette aus Plastik!«, hatte Katja erklärt. »Und überhaupt. Genau dafür haben wir die neue Homepage mit dem Angebot für Sonderanfertigungen doch erstellt.«

»Du hast ja recht«, hatte Jonas schließlich gesagt. »Aber pass bloß auf dich auf, ja?«

»Natürlich!«

»Und du meldest dich bitte zwischendurch, damit ich weiß, dass es dir gut geht!«

»Ich bin doch kein kleines Kind mehr!«, hatte sie protestiert, jedoch nur halb im Ernst. Irgendwie fand sie es süß, dass er sich um sie sorgte.

»Das weiß ich doch. Mir ist es einfach wichtig, dass alles okay ist.«

»Na gut … ich melde mich«, hatte sie versprochen.

Julia war zunächst stinksauer auf Katja gewesen.

»Du lässt mich einfach mitten im Weihnachtsgeschäft allein?«, hatte sie Katja angefahren.

»Es geht immerhin um einen lukrativen Auftrag«, hatte Katja ihr entgegnet. »Außerdem fliege ich erst am Samstagmittag und komme am Sonntagabend schon wieder zurück.«

»Trotzdem bist du zwei ganze Tage nicht da!«

»Ja und? Tu doch nicht so, als ob du nicht ohnehin froh wärst, wenn ich mal für eine Weile weg bin«, war Katja schließlich der Kragen geplatzt.

»Ach mach doch, was du willst!«

»Das tu ich sowieso!«

Danach hatten sie bis zum Samstag nur noch das Nötigste miteinander gesprochen. Nur vor den Kunden im Laden und vor Ella rissen sie sich zusammen.

Die meiste Zeit hatte Katja in der Werkstatt verbracht, um vor der Abreise noch den goldenen Fußball anzufertigen und alle anstehenden Änderungen und Reparaturen zu erledigen. Außerdem beendete sie noch die Arbeit an der Brosche für Maria, in deren Mitte nun das Morganit-Herz funkelte.

Als Katja mit dem Handgepäck den Ankunftsbereich im Flughafen verließ, kam Nicolas Leclaire schon mit einem Lächeln auf sie zu und begrüßte sie.

»Willkommen in Straßburg, Katja«, sagte er und schüttelte ihre Hand.

»Schön, dass du mich gleich erkannt hast«, sagte sie und war fast ein wenig eingeschüchtert, denn Nicolas sah in echt noch viel besser aus als auf dem Foto der Homepage und war dazu noch größer, als sie gedacht hatte. Sie reichte ihm gerade mal bis zu den Schultern.

»Aber natürlich«, sagte er. »Komm, gehen wir zu meinem Wagen.«

Auch in Frankreich hatte es in der vergangenen Woche geschneit, wenngleich nicht so heftig wie in Bayern. Dort wusste man inzwischen kaum mehr, wohin mit dem vielen Schnee.

Während der gut einstündigen Fahrt zum Weingut in der Nähe von Colmar betrachtete Katja ganz begeistert die bezaubernde Winterlandschaft.

»Ist es für dich in Ordnung, wenn wir zuerst zu mir fahren und ich dich später ins Hotel bringe?«, wollte Nicolas wissen.

»Natürlich«, sagte Katja. »Ich richte mich da ganz nach dir.«

»Schön.«

»Lerne ich heute eigentlich auch die Frau kennen, für die das Schmuckstück sein soll?«, fragte sie neugierig, wobei sie überlegte, wie Nicolas sie vorstellen würde. Als Goldschmiedin, die er extra aus Deutschland hatte anreisen lassen, um ein Collier für sie anzufertigen? Doch dann wäre das Schmuckstück natürlich keine Überraschung mehr für sie.

»Erst einmal setzen wir beide uns zusammen und unterhalten uns in Ruhe«, sagte Nicolas ausweichend.

»Okay.«

»Erzähl mir doch ein wenig von dir und deiner Familie«, forderte er sie auf. Diese Bitte verwunderte sie etwas, schließlich war sie beruflich hier.

»Ich möchte jetzt eigentlich nicht so gern über meine Familie sprechen«, winkte Katja deshalb ab.

»Familiäre Zwistigkeiten?«, fragte er. »Denk dir nichts dabei, meine Eltern sind auch geschieden. Meine Mutter sogar schon zweimal.« Er lachte kurz auf. »Das kommt in den besten Familien vor.«

»Mein Vater ist erst …«, sie stockte kurz, weil es ihr immer noch schwerfiel, es auszusprechen. »… er ist erst vor Kurzem gestorben.«

»Oh, das tut mir sehr leid«, sagte Nicolas betroffen. »Entschuldige, ich hätte nicht fragen sollen.«

»Nein … schon gut. Das konntest du ja nicht wissen«, antwortete sie.

Danach herrschte eine Weile lang Schweigen im Wagen.

»Ich habe auf eurer Homepage gesehen, dass euer Weingut in Familienbesitz ist«, sagte sie schließlich.

»Ja ... mein Urgroßonkel ist der Geschäftsführer.«

»Urgroßonkel?«

»Du wirst es vermutlich nicht glauben, aber er ist inzwischen 96 Jahre alt und denkt immer noch nicht daran, die Geschäftsleitung abzugeben.«

»Mit 96? Ach komm, jetzt veralberst du mich aber«, sagte Katja verblüfft.

»Nein. Wirklich nicht ...«

»Aber ich habe auf eurer Homepage kein Foto von ihm gesehen.«

»Stimmt. Ich habe versucht, ihn dazu zu überreden, aber in solchen Dingen ist er sehr altmodisch ...« Seine Stimme wurde nun tiefer. »Fotos gehören ins Familienalbum und nicht mit der ganzen Welt geteilt«, imitierte er seinen Urgroßonkel. »Bei unseren Weinen überzeugen wir mit Qualität und Geschmack, nicht mit unseren Gesichtern.«

Katja lachte.

»Eine sympathische Einstellung irgendwie«, musste sie zugeben.

»Nun ja, aber wie gesagt, altmodisch ... Du wirst dir davon selbst ein Bild machen können ... Später, wenn du ihn kennenlernst ... Es dauert übrigens nicht mehr lange, dann sind wir da.«

»Es ist wirklich wunderschön hier«, schwärmte sie, während sie von der Hauptstraße auf eine kleine Landstraße zwischen verschneiten Weinhängen abbogen. »Sind das eure Weinstöcke?«

»Ja ... die gehören schon zu uns«, erklärte Nicolas und

fuhr nur wenige Minuten später in den großen Innenhof des Anwesens. Er hielt an und schaltete den Motor aus.

»Dort drüben sind die Produktionsstätten mit einem kleinen Verkaufsraum, den wir alle zwei Wochen freitags für den Direktverkauf an Kunden geöffnet haben. Darunter liegt der Weinkeller!«, erklärte er und deutete auf einen größeren Anbau neben dem Haupthaus.

»Wow!«, sagte Katja nur.

»Komm …«

Sie stiegen aus dem Wagen.

»Herzlich willkommen«, sagte Nicolas kurz darauf und betrat mit ihr das Haus.

Katja war total beeindruckt. Die Familie schien äußerst wohlhabend zu sein.

»Es ist total schön hier«, sagte sie.

»Danke.«

Nicolas nahm ihr in der weitläufigen Diele, die auf eine dezente und sehr geschmackvolle Art eingerichtet war, den Mantel und ihren kleinen Reisekoffer ab.

»Hier entlang«, sagte er und führte sie in ein geräumiges Büro mit zwei großen Schreibtischen an den jeweils gegenüberliegenden Seiten. Durch riesige Fenster und Türen hatte man einen herrlichen Blick auf die angrenzende Terrasse und die verschneite hügelige Landschaft hinter dem Grundstück.

»Bitte setz dich doch. Magst du einen Tee oder einen Kaffee?«, fragte er höflich.

»Gerne einen Milchkaffee«, antwortete sie.

»Patricia, bringst du uns bitte zwei Tassen Milchkaffee, Wasser und ein wenig Gebäck?«

Erst jetzt bemerkte Katja eine Frau in den Vierzigern, die seitlich hinter ihr stand und bei der es sich vermutlich um eine Hausangestellte handelte.

»Guten Tag«, grüßte Katja höflich.

»Auch Ihnen einen guten Tag«, sagte sie freundlich. »Kann ich sonst noch was bringen?«

»Ich denke vorerst nicht«, antwortete Nicolas, und die Frau verließ sogleich das Büro.

»Patricia kommt aus Münster, und ich unterhalte mich mit ihr immer auf Deutsch, um in Übung zu bleiben«, erklärte er ungefragt.

»Du sprichst wirklich sehr gut Deutsch«, sagte sie.

»Danke!«

Bis Patricia ein paar Minuten später mit einem Tablett zurückkam, unterhielten sich Katja und Nicolas über das Weingut, das die Familie inzwischen in der fünften Generation bewirtschaftete.

»Das Schmuckgeschäft Tanner ist auch seit über hundert Jahren ein Familienbetrieb«, erklärte Katja, nicht ohne Stolz.

»Dann haben wir ja einiges gemeinsam«, sagte er lächelnd.

Katja nickte und nahm einen Schluck Kaffee. Er war stark und aromatisch.

»So, und nun sollten wir doch mal über das Collier sprechen, das ich anfertigen soll«, sagte sie schließlich. »Immerhin bin ich deswegen angereist.«

Das Lächeln in seinem Gesicht blieb, doch es veränderte sich, wirkte nun etwas gekünstelt.

»Tja. Wie soll ich es am besten sagen …?«, begann Nicolas zögerlich und fuhr sich etwas unschlüssig durch das dichte Haar.

Sie sah ihn erwartungsvoll an.

»Die Wahrheit ist, ich habe dich nicht deswegen hergebeten, Katja.«

Katja glaubte, sich verhört zu haben.

»Wie bitte?«, fragte sie verwirrt.

»Hab keine Sorge, ich erstatte dir wie besprochen sämtliche Ausgaben deiner Reise, und du wirst auch eine angemessene Aufwandsentschädigung erhalten, aber es gibt kein Collier, das du anfertigen sollst.«

Katja spürte, wie ein ungutes Gefühl ihr den Nacken hochkroch. Ihre Gedanken überschlugen sich. Hätte sie doch nur auf Jonas und Julia gehört! Sie kam sich so naiv vor! Er hatte sie unter einem falschen Vorwand hierhergelockt! Was hatte sie sich nur dabei gedacht, sich auf dieses Unterfangen einzulassen, ohne sich besser abzusichern?

Sie schob den Stuhl zurück und stand auf.

»Bitte ruf mir ein Taxi. Sofort«, verlangte sie und hoffte, dass er die Angst in ihrer Stimme nicht hörte.

Er stand ebenfalls auf.

»Nein, Katja. Warte bitte. Du musst dir keine Sorgen machen.«

»Mir keine Sorgen machen? Du nimmst Kontakt zu mir auf und lügst mich an, damit ich hierherkomme, und ich soll mir keine Sorgen machen?«

Ihre Angst schlug in Ärger um.

»Katja, es ist alles ganz anders, als du vermutlich denkst. Lass es mich bitte erklären.«

»Ich kann es nicht leiden, angelogen zu werden«, fuhr

sie ihn an und griff nach ihrer Handtasche. »Und wenn du mir kein Taxi anrufst, dann mache ich das eben selbst! Oder ich rufe besser gleich die Polizei!«

Erschrocken sah er sie an. Offenbar hatte er nicht mit einer derartigen Reaktion gerechnet.

»Aber nein! Das ist alles nicht nötig. Glaub mir bitte. Und so ganz gelogen habe ich ja nicht. Du bist tatsächlich wegen eines Schmuckstücks hier.«

Die Ernsthaftigkeit in seiner Stimme ließ sie zögern. Eigentlich war er ihr von der ersten Minute an sehr sympathisch gewesen, und irgendwie konnte – und vor allem wollte – sie es sich nicht vorstellen, dass er womöglich etwas Böses im Schilde führte. Hatte sie eben überreagiert? Vielleicht sollte sie doch besser auf seine Erklärung warten, bevor sie Hals über Kopf abreiste. Es musste doch einen triftigen Grund geben, weshalb er die Kosten auf sich genommen hatte, sie ins Elsass zu holen.

»Du musst dir bitte etwas anschauen, dann wirst du mich verstehen, Katja.«

Er griff nach seinem Handy, und Katja dachte schon, dass er ihr nun doch ein Taxi rufen würde, doch er tippte kurz darauf herum und reichte es ihr dann.

Sie warf einen Blick auf das Display. Dort war ein silbernes Medaillon in der Form eines Herzens zu sehen, das an einer ebenfalls silberfarbenen Kette hing. Das Schmuckstück schien schon älter zu sein, aber auf den ersten Blick doch nicht so besonders, dass er sie deswegen aus Deutschland einfliegen lassen musste.

»Was ist damit?«, fragte Katja und setzte sich wieder. Gegen ihren Willen war ihre Neugier geweckt.

»Vor ein paar Wochen haben wir eines der Zimmer, die früher von meinem längst verstorbenen Urgroßvater genutzt wurden, ausgeräumt, um es zu renovieren. Und dabei fand ich ganz hinten in der Schublade einer Kommode diese Kette mit dem Medaillon«, sagte er und nahm ebenfalls wieder Platz.

»Ja und?« Katja fragte sich, was daran so besonders sein sollte.

»Ich … ich habe es meinem Urgroßonkel gezeigt, um ihn zu fragen, was wir mit dem Medaillon machen sollen, und da …«, er zögerte.

»Was hat er denn gesagt?«, fragte Katja.

»Er wurde plötzlich ganz blass und hat mir die Kette aus der Hand genommen. Dann ist er ohne ein weiteres Wort gegangen. Einfach so.«

»Hm. Aber was hat das denn mit mir zu tun?«, fragte Katja irritiert.

»Diese Reaktion war sehr ungewöhnlich. Normalerweise ist er ein sehr offener und sehr positiver Mann. Und in seinem Alter auch geistig noch völlig auf der Höhe … Also habe ich mich gefragt, was es damit auf sich haben könnte.«

Er nahm wieder das Handy und wischte zu einem weiteren Foto, das er ihr jedoch nicht sofort zeigte.

»Glücklicherweise habe ich das Medaillon noch fotografiert, bevor er es mitgenommen hat. Auch die Innenseite. Das Schmuckstück hat ein graviertes Markenzeichen oder Logo, und so habe ich versucht, im Internet herauszufinden, welcher Hersteller das Medaillon angefertigt hat.«

Katja ahnte, was nun kommen würde.

»Das Zeichen ... sind es zwei ineinander verschlungene Buchstaben?«, fragte sie.

Er nickte.

»Ein L und ein T, für die Goldschmiede Ludwig Tanner. Sobald ich das herausgefunden hatte, war es einfach, auf eure Homepage zu stoßen.«

»Dann ist es tatsächlich ein Schmuckstück aus unserem Haus?«, sagte sie überrascht.

»Ja ... Doch das ist nicht alles.«

»Ach ja?«

»Das eigentlich Ungewöhnliche kommt nämlich erst«, sagte Nicolas.

Er gab ihr das Handy erneut. Das Medaillon war nun geöffnet.

Im rechten Herz war der gravierte Schriftzug *In Liebe* zu lesen, links war der Ausschnitt eines Fotos zu sehen. Katja riss die Augen auf. Die junge Frau sah fast genau so aus wie sie als Teenager! Und doch wusste sie, dass es kein Foto von ihr sein konnte.

»Das ist ja meine Uroma Marianne!«, rief sie total überrascht.

»Sie sieht dir wirklich unglaublich ähnlich«, sagte Nicolas. »Als ich auf eurer Homepage dein Bild sah, war ich völlig perplex.«

»Das kann ich verstehen«, sagte Katja und dachte an das Foto, das ihre Großmutter ihr vor Kurzem erst gezeigt hatte.

»Aber wie kommt dieses Medaillon mit dem Foto von Marianne denn zu euch?«, fragte Katja.

»Ich hatte gehofft, du wüsstet vielleicht etwas darüber«, meinte er.

Sie schüttelte den Kopf.

»Leider nein.«

»Schade … denn mein Urgroßonkel will mir dazu nichts sagen. Ich weiß nur, dass er im 2. Weltkrieg zusammen mit seinem Bruder eine Zeit lang als Kriegsgefangener in Niederbayern untergebracht war. In einem Dorf in der Nähe von Osterhofen.«

»Das ist ja wirklich interessant«, murmelte Katja, während sie wieder das Foto betrachtete. »Dann haben die beiden sich offenbar gekannt«, überlegte sie.

»Davon gehe ich aus … Sonst hätte er nicht so emotional darauf reagiert … Ich hoffe, du verstehst jetzt, warum ich wollte, dass du herkommst«, sagte Nicolas.

»Na ja. Du hättest mir die Fotos natürlich auch per Mail schicken und mir den Sachverhalt erklären können«, warf sie ein.

»Ja … Vielleicht«, gab er zu und zuckte lapidar mit den Schultern. »Aber ich wollte sichergehen, dass du kommst. Immerhin siehst du der Frau auf dem Foto total ähnlich, und das Schmuckstück stammt aus eurer Goldschmiede. Das muss doch etwas bedeuten. Deswegen wollte ich, dass ihr euch kennenlernt. Vielleicht erzählt er dann endlich etwas darüber, was es mit dem Medaillon auf sich hat … denkst du, dass deine Uroma und er vielleicht ein Verhältnis hatten?«, wagte Nicolas sich vor.

»Das kann ich mir nicht vorstellen«, sagte Katja. »Marianne hatte damals einen Verlobten, aber der starb im letzten Kriegsjahr.«

»Hm … Dann vermutlich wohl nicht. Das wäre jetzt für mich irgendwie eine logische Erklärung gewesen. Vor allem auch deswegen, weil er nie geheiratet hat. Ich dachte, diese Frau auf dem Bild könnte seine große Liebe gewesen sein.«

»Oder er kannte Mariannes damaligen Partner? Vielleicht hat ihn das Foto an irgendein unschönes Ereignis von damals erinnert?«

»Das kann auch sein. Ich hoffe, wir werden dieses Rätsel ergründen.«

Sie nickte. Ihr Ärger auf Nicolas hatte sich inzwischen verflüchtigt. Auch Katja war nun neugierig geworden, wollte diesen Urgroßonkel kennenlernen und hören, was er zu dem Medaillon zu sagen hatte.

»Ist er denn hier? Dein Urgroßonkel?«, fragte sie.

Nicolas schüttelte den Kopf.

»Er ist mit meinem Vater in den Wald gefahren, um einen Tannenbaum für Weihnachten zu fällen. Das machen die beiden schon, seit mein Vater ein kleiner Junge war. Er war für ihn immer so etwas wie ein Enkel, den er selbst nie hatte«, sagte er.

»Er geht auch jetzt, mit 96 Jahren in den Wald, um einen Baum zu fällen?«

Nicolas grinste.

»Wie gesagt, man sieht ihm das Alter nicht an … Ich denke aber, dass die beiden bald zurück sein werden.«

»Jetzt bin ich aber echt gespannt«, sagte Katja.

Nicolas wurde wieder ernst.

»Ich auch. Ich weiß nur nicht, wie er darauf reagieren wird, wenn er dir begegnet. Mach dich bitte auf alles gefasst«, bat Nicolas sie.

»Schon gut … Ich verstehe, dass das verwirrend sein kann, weil ich ihr so ähnlich sehe.«

In diesem Moment klingelte sein Handy.

»Entschuldige, da muss ich kurz rangehen«, sagte er, stand auf und ging aus dem Zimmer.

Katja erhob sich ebenfalls und stellte sich ans Fenster. In Gedanken war sie bei ihrer Großmutter Maria, die ihren Vater niemals kennengelernt hatte, da er im Krieg noch vor ihrer Geburt ums Leben gekommen war. Soweit Katja wusste, hatte Marianne auch nie viel über ihn gesprochen, offenbar, weil es sie zu sehr schmerzte, auch nur an ihn zu denken. Leider gab es kein Foto von ihm, und sie konnte sich auch nicht daran erinnern, dass sie seinen Namen jemals erfahren hatte, was ihr jetzt ein wenig seltsam vorkam. Maria war bei ihrer Mutter und ihrem Opa Martin aufgewachsen, der für sie immer wie ein Vater gewesen war. Die ersten Jahre nach dem Krieg hatte auch noch Mariannes Bruder Joseph mit ihnen im Haus gelebt. Anfang der 50er-Jahre war Joseph der Liebe wegen nach Dortmund gezogen, aber nur zwei Jahre später an einer Lungenerkrankung gestorben.

Wie war dieses Medaillon in den Besitz der Familie Leclaire gekommen?, fragte Katja sich erneut. *Hatte Marias Vater es in den Wirren des Krieges verloren? Oder war es ihm womöglich gestohlen worden?*

Katja rätselte noch, als Nicolas wieder zurückkam.

»Entschuldige bitte. Aber es gibt vor den Feiertagen noch viel Geschäftliches zu erledigen«, sagte er.

»Kein Problem … Ich kenne das.« Sie nahm wieder auf dem Stuhl Platz. »Auch ich sollte jetzt eigentlich daheim im Geschäft sein und arbeiten.«

Nicolas nickte mit einem leicht schuldbewussten Blick.

»Tut mir leid. Aber ich bin echt froh, dass du gekommen bist. Und ich hoffe, wir finden heraus, was es mit dem Medaillon auf sich hat.«

»Das hoffe ich auch«, antwortete Katja. »Dann hätte ich die Reise zumindest nicht umsonst gemacht.«

Sie zwinkerte ihm trotz ihrer Worte versöhnlich zu, und Nicolas lächelte.

Dann sah er auf die Uhr.

»Hast du eigentlich schon Hunger?«, fragte er.

»Noch nicht.«

»Ich könnte uns für heute Abend einen Tisch im Restaurant des Hotels reservieren. Oder ich kann uns hier etwas kochen.«

»Das überlasse ich dir«, sagte Katja. »Mir ist beides recht.«

»Super. Immerhin bin ich dir das schuldig, weil ich dir nicht ganz die Wahrheit gesagt habe und dich unter falschem Vorwand hergelockt habe«, sagte er ein wenig verlegen.

»Das stimmt allerdings.«

»Bist du mir noch böse deswegen?«

»Total«, antwortete sie mit einem bemüht strengen Blick, den sie jedoch nicht lange durchhielt. »Nein … bin ich tatsächlich nicht mehr, weil ich jetzt selbst wissen möchte, was es mit dem Medaillon auf sich hat.«

Er stieß einen lauten Seufzer aus, als wäre ihm eine große Last vom Herzen gefallen, und grinste sie dann breit an.

»Danke. Es beruhigt mich, dass nicht nur ich so neugierig bin. Und ich habe eben entschieden, wir essen hier«, sagte er. »Da haben wir es gemütlicher.«

»Okay … Weißt du, was seltsam ist?«, fragte sie.

»Du meinst noch seltsamer als die Sache mit dem Medaillon?«, fragte er trocken.

»Nun ja … Vielleicht nicht ganz so seltsam«, gab sie zu.

»Spann mich nicht auf die Folter.«

Sie sah ihn an und runzelte dabei die Stirn.

»Ich weiß nicht warum, aber ich habe das Gefühl, als ob ich dich schon viel länger kennen würde«, sagte sie.

»So so … Und weißt du, was auch seltsam ist?«, entgegnete er darauf.

»Nein. Was denn?«

»Mir geht es ganz genau so … Jedenfalls bin ich sehr froh, dass du da bist.«

»Ich auch … Sag mal, wann lerne ich denn eigentlich die Frau kennen, für die das Collier gedacht gewesen wäre, wenn du es ernst gemeint hättest?«

Er ließ sich ein paar Sekunden Zeit mit der Antwort.

»Seit Kurzem gibt es diese Frau nicht mehr«, gab er zu und seufzte.

»Oh … Das tut mir leid für dich, Nicolas«, sagte Katja. »Ich hab mich auch erst vor Kurzem getrennt.«

»Dann sind wir wohl Leidensgenossen«, sagte er. »Ich glaube, ich hänge mich auch deswegen so in die Sache mit dem Medaillon rein, um mich ein wenig von meinem Trennungsschmerz abzulenken. Lissy und ich waren fast acht Jahre zusammen.«

»Ganz schön lange. Ich kann gut verstehen, dass du da Ablenkung suchst – mir geht es irgendwie ähnlich. Trotzdem schade, ich hatte mich nämlich total darauf gefreut, so ein besonderes Schmuckstück anzufertigen«, sagte sie.

»Das ist nämlich genau das, womit ich mich am besten ablenken kann, wenn es mir nicht gut geht.«

»Tut mir leid, Katja. Ehrlich. Falls ich wirklich mal ein solches Geschenk brauche, verspreche ich hoch und heilig jetzt schon, dir den Auftrag zu geben.«

»Ich nehme dich beim Wort und …«

In diesem Moment waren von draußen Männerstimmen zu hören.

»Sie sind zurück«, sagte Nicolas und stand auf. Katja fiel auf, wie nervös er plötzlich wirkte.

»Bitte warte kurz hier«, sagte er und ging hinaus.

Auch Katja bemerkte, dass sie inzwischen sehr gespannt darauf war, den Mann kennenzulernen, der womöglich ihre Urgroßmutter Marianne gekannt hatte.

»Habt ihr einen schönen Baum gefunden?«, hörte sie Nicolas fragen. Da Katja in der Schule vier Jahre lang Französischunterricht gehabt hatte, konnte sie der Unterhaltung der Männer recht gut folgen.

»Ich glaube, dein Vater hat den hässlichsten Baum ausgewählt, den er finden konnte«, sagte eine tiefe und sehr wohltönende Stimme.

»Ach was. Mit dem ganzen Glitzerzeugs daran ist der bestimmt wunderschön«, hörte sie einen weiteren Mann, bei dem es sich vermutlich um Nicolas' Vater handelte. »Außerdem frage ich mich sowieso, wieso wir überhaupt immer noch einen Baum brauchen. Wir sind doch keine kleinen Kinder mehr.«

»Zu Weihnachten gehört ein Baum in dieses Haus!«, sagte die tiefe Stimme bestimmt.

»Eben. Ohne Baum ist das doch kein richtiges Weihnachten«, warf Nicolas ein.

»Mir kann es egal sein. Macht, was ihr wollt. Einen Tag nach Heiligabend bin ich ohnehin weg bis zum neuen Jahr.«

»Kommt ihr bitte mit ins Büro? Ich möchte euch gern einen Gast vorstellen«, sagte Nicolas.

Katja räusperte sich nervös.

Nicolas kam mit den Männern ins Büro. Einer davon war ein attraktiver Mann etwa Anfang fünfzig, bei dem es sich zweifellos um Nicolas' Vater handelte, da er ihm wie aus dem Gesicht geschnitten war. Beeindruckender war jedoch der Ältere der beiden. Leicht humpelnd und auf einen Stock gestützt kam er dennoch mit durchgedrücktem Rücken herein. Sein volles silbergraues Haar war nach hinten gekämmt, und Katja konnte sich nicht vorstellen, dass er tatsächlich schon 96 Jahre alt sein sollte.

»Darf ich vorstellen?«, sagte Nicolas inzwischen in deutscher Sprache. »Das ist Katja. Sie kommt aus einer kleinen Stadt in Bayern. Aus Osterhofen ... Katja, das sind mein Vater David und mein Urgroßonkel Bernard Beaulieu, der Chef des Hauses.«

»Freut mich sehr«, sagte David mit stärkerem Akzent als sein Sohn und kam lächelnd auf sie zu, um ihre Hand zu schütteln. »Ich wusste gar nicht, dass Nicolas heute Besuch hat.«

»Guten Tag. Das war alles ein wenig kurzfristig«, erklärte Katja höflich, doch ihr Blick schweifte sofort wieder zu dem alten Mann.

Bernard Beaulieu starrte sie aus faszinierend dunkelblauen Augen an, als ob er ein Gespenst vor sich hätte.

»Das … das kann doch nicht sein«, murmelte er auf Französisch.

»Onkel Bernard, geht es dir gut?«, fragte Nicolas ihn besorgt.

Nun schien auch David zu bemerken, dass hier etwas Ungewöhnliches vor sich ging.

»Was ist denn?«

Fragend sah er zwischen seinem Großonkel und Katja hin und her, die ihm jedoch nicht antworteten.

»Wer sind Sie?«, fragte Bernard nun ziemlich barsch. Offenbar hatte er bei ihrem überraschenden Anblick gar nicht mitbekommen, dass Nicolas sie bereits vorgestellt hatte.

»Mein Name ist Katja Tanner«, sagte sie deswegen noch mal.

»Tanner?« Bernards Stimme klang ungläubig.

»Ja … ich bin die Urenkelin von Marianne Tanner, die Sie womöglich kannten.«

Bernard schien ein wenig zu schwanken. Nicolas nahm ihn am Arm und führte ihn zu einem Sessel, in den er sich sinken ließ.

»Ähm, Leute? Kann mir mal jemand sagen, was hier los ist?«, wollte David wissen.

»So genau weiß ich das auch noch nicht, Vater«, antwortete Nicolas. »Aber vielleicht kann Onkel Bernard was dazu sagen.«

Katja ging zu Bernard. Seine Gesichtszüge hatten etwas eigenartig Vertrautes, obwohl sie ihm ganz sicher noch nie begegnet war.

»Nicolas hat mich gebeten hierherzukommen, nachdem

er das Foto in dem Medaillon gefunden hatte«, erklärte sie sachte, da sie bemerkte, wie angeschlagen der alte Mann inzwischen wirkte. Sie war zwar schrecklich neugierig, wollte ihm aber keine unnötige Aufregung bereiten.

»Ja … ich habe Marianne Tanner tatsächlich gekannt«, sagte Bernard plötzlich leise. »Ist sie … ich meine, lebt sie noch?«

Die Frage war ihm offensichtlich sehr schwergefallen. Katja schüttelte den Kopf.

»Nein. Sie starb ganz überraschend ein paar Wochen vor der Jahrtausendwende.«

Bernard schloss für einen kurzen Moment die Augen.

»Das tut mir sehr leid«, sagte er und rappelte sich dann aus dem Sessel hoch.

»Onkel Bernard, bleib doch besser noch sitzen«, sagte Nicolas.

»Ich möchte aber nicht hier sitzen bleiben, sondern mich jetzt hinlegen«, sagte der alte Mann schroff und humpelte auf seinen Stock gestützt aus dem Zimmer.

Kapitel 17

Heiliger Abend 1944

Am Nachmittag des Heiligen Abends besuchten Marianne und ihr Vater dessen Cousine Gisela im Pfarrhaus und brachten ihr ein Fläschchen Kirschlikör, das Martin für die Reparatur des Fahrrads einer Nachbarin bekommen hatte.

Gisela, die sich gerade von einer Erkältung erholt hatte, schenkte sogleich drei Gläschen davon ein, mit denen sie alle auf Weihnachten und ein hoffentlich baldiges Ende des Krieges anstießen.

»Und für dich hab ich was, mein Mädchen«, sagte Gisela, nachdem sie sich noch ein zweites Gläschen gegönnt hatten, und reichte Marianne ein Päckchen.

»Das ist für mich?«, fragte Marianne überrascht, und Gisela nickte. Sie packte es vorsichtig aus und hielt ein Exemplar von *Die ungleichen Schwestern* von Hedwig Courths-Mahler in der Hand.

»Vielen Dank, liebe Gisela«, sagte Marianne und umarmte Gisela herzlich.

»Papperlapapp«, winkte Gisela ab. »Dir habe ich zu danken, dass du hier so oft aushilfst. Du bist wirklich ein fleißiges Mädchen, Marianne.«

»Das tu ich doch gerne, das weißt du doch«, sagte Marianne verlegen.

»Natürlich weiß ich das. Aber nicht nur die Arbeit ist wichtig auf dieser Welt, sondern auch Träume und Fantasie, nicht wahr, Martin?«

»Wie recht du hast, liebe Cousine«, stimmte er ihr lächelnd zu.

»Und deswegen darf man sich ab und zu auch mal Zeit nehmen und in einer Geschichte versinken, mit der man all das Schwere um sich herum für eine Weile vergisst«, sagte Gisela und zwinkerte Marianne zu.

Marianne bedankte sich noch einmal herzlich bei Gisela und machte sich wenig später mit ihrem Vater auf den Weg in die Kirche. Da Martin wegen seiner Rückenschmerzen in der letzten Zeit am liebsten früh schlafen ging, würden sie ausnahmsweise nicht die Christmette am späten Abend besuchen, sondern den Kindergottesdienst am Nachmittag mit dem alljährlichen Krippenspiel.

Inzwischen war es Abend geworden. Der Christbaum war in diesem Jahr nur klein und stand auf einem Hocker neben der Kommode in der Ecke der Küche. Marianne hatte ihn liebevoll mit Weihnachtskugeln und Lametta geschmückt, die festlich im warmen Licht der Kerzen funkelten.

Auf dem Boden stand die handgeschnitzte Krippe von Martins Vater Ludwig. Ludwig hatte sie in dem Jahr angefertigt, als sein erstes und einziges Kind zur Welt gekommen war. Seither durfte bei Familie Tanner die Krippe mit den Figuren von Maria und Josef, dem kleinen Jesuskind, den Heiligen Drei Königen, dem Ochsen und dem Esel an keinem Weihnachten fehlen.

Geschenke lagen nur wenige unter dem Baum, was der feierlichen Stimmung jedoch keinen Abbruch tat.

Martin, Marianne und Magda, mit dem Baby auf dem Arm, standen vor dem Bäumchen und sangen das Lied »O du fröhliche«. Magda hatte eine erstaunlich schöne Stimme und gab das Lied mit Tränen in den Augen zum Besten, vermutlich versunken in Erinnerungen an vergangene Weihnachten in ihrer alten Heimat.

Wie in jedem Jahr las Martin die Weihnachtsgeschichte aus dem Evangelium des Lukas vor, und nachdem sie für einen baldigen Frieden gebetet und sich frohe Weihnachten gewünscht hatten, verteilten sie die Geschenke.

Magda bekam ein von Marianne gestricktes Jäckchen mit passender Mütze für die kleine Elisabeth.

Für ihren Vater hatte Marianne einen neuen Schuhlöffel, damit er sich leichter tat, in seine Schuhe zu schlüpfen, nachdem der andere auf unerklärliche Weise vor Kurzem verloren gegangen war.

»Das hier ist für dich, mein Mariannchen«, sagte Martin und reichte seiner Tochter ein kleines, in ein grünes Tuch eingeschlagenes Geschenk.

Marianne schlug das Tuch auseinander und holte eine kleine flache Metalldose heraus. Der Deckel war mit einem jungen Mädchen in einer Blumenwiese neben einem Bach bemalt. Oben war kunstvoll der Name *Marianne* eingraviert. Am Rand befand sich ein kleiner Hebel.

»Eine Spieluhr!«, rief Marianne begeistert, und Martin lächelte.

»Zieh sie mal auf«, sagte er, und Marianne drehte an der kleinen Kurbel.

Die Melodie von Franz Schuberts Lied »Die Forelle« ertönte.

»Wie zauberhaft! Vielen Dank, Vater«, sagte Marianne und umarmte ihn fest.

Plötzlich hörte sie ein glucksendes Lachen und drehte sich zu Magda und der kleinen Elisabeth um. Das Kind sah mit großen strahlenden Augen zur Spieluhr.

»Sie hat noch nie so gelacht!«, sagte Magda völlig überrascht.

»Ich glaube, das Lied gefällt ihr!«, sagte Martin.

Marianne zog die Spieluhr noch einmal auf, und als die Melodie erneut erklang, lachte das Kind wieder und fuchtelte aufgeregt mit den Ärmchen.

»Das magst du, hmm?«, sagte Marianne zum Kind und zog die Spieluhr ein drittes Mal auf.

»Es gibt nichts Schöneres als das von Herzen kommende Lachen eines Kindes«, sagte Martin, und zum ersten Mal, seit sie hier wohnte, trat auch auf Magdas Gesicht ein frohes Lächeln.

Es gab Sauerkraut, in das Marianne etwas gewürfelten Speck und Würste gegeben hatte, die sie von ihrer Tante bekommen hatten, und dazu gekochte Kartoffeln.

»Das ist ein richtiges Festessen«, schwärmte Magda. »Ich kann euch gar nicht genug dafür danken, dass ihr mich hier aufgenommen habt.«

»Das ist doch selbstverständlich«, sagte Martin.

»Schade nur, dass nicht all unsere Lieben mit uns am Tisch sitzen können«, fügte er hinzu und warf einen Blick zur Kommode, auf der Fotos von seiner verstorbenen Frau und von Joseph standen. Die vorher noch so fröhliche Stimmung war mit einem Schlag wie weggeblasen.

Daraufhin wurde während des Essens nicht viel gesprochen. Magda vermisste ihre verloren gegangene Tochter, und Martin machte sich immer mehr Sorgen um Joseph, von dem sie seit dem letzten Brief kein weiteres Lebenszeichen erhalten hatten. Das bedrückte natürlich auch Marianne, trotzdem war sie innerlich aufgeregt und voller Vorfreude.

Vor drei Tagen hatte sie unter dem Stein am Bach eine Nachricht von Bernard gefunden. Er schlug ihr vor, dass sie sich in der Nacht des Heiligen Abends in dem kleinen Verschlag über dem Stall von Mariannes Onkel treffen sollten.

Für Marianne war der Weg nicht weit. Doch Bernard würde zu Fuß im Dunkeln fast vier Kilometer zurücklegen müssen, um Marianne in dieser besonderen Nacht zu sehen. Es freute sie, dass er bereit war, das in Kauf zu nehmen.

Kurz nach Mitternacht lag Marianne angezogen im Bett und wartete darauf, dass es in der Wohnung ganz still wurde. Erst als sie sicher war, dass alle tief und fest schliefen, schlich sie sich ganz leise hinaus, voller Sorge, ihr Vater oder Magda könnten es doch mitbekommen. Aber alles blieb ruhig. Sie schlüpfte in Mantel und Stiefel und zog eine gestrickte Mütze auf. Unter der Treppe hatte sie noch vor der Bescherung ein Bündel versteckt, das sie jetzt an sich nahm, ehe sie damit das Haus verließ.

Ihr Herz pochte wild vor Angst, womöglich entdeckt zu werden. Sicherheitshalber hatte sie sich jedoch als Ausrede parat gelegt, dass sie zur Mitternachtsmette unterwegs sei und sich ein wenig verspätet habe. Doch das war zum Glück nicht notwendig. Niemand begegnete ihr auf der kurzen Strecke zum Haus des Großonkels.

Nur wenige Minuten später war sie bei der Scheune angekommen und tastete in der Dunkelheit nach der Leiter. Sprosse für Sprosse stieg sie vorsichtig nach oben und öffnete die kleine Tür zum Verschlag, die nur angelehnt war.

»Marianne?«, hörte sie ein Flüstern aus dem Dunkel des kleinen Raumes. Ihr Puls beschleunigt sich noch mehr! Diesmal jedoch nicht aus Angst, sondern vor Freude. Bernard! Er war schon hier.

»Ja«, flüsterte sie zurück. »Ich bin es.«

»Gott sei Dank! Schnell, komm zu mir.«

Das ließ sie sich nicht zweimal sagen. Vorsichtig tastend kletterte sie in den Verschlag und zog die Tür leise hinter sich zu. Ein paar Sekunden später hörte sie ein Zischen, und das schwache Licht eines Zündholzes erhellte den Raum. Sie sah, wie er damit eine Petroleumlampe anzündete.

»Willkommen in unserem kleinen Reich, Marianne«, sagte er feierlich.

Mariannes Herz machte einen Satz, als Bernard ihr zulächelte. Er kniete ganz hinten in einer Nische unter den Holzbalken auf einer Decke, die er über eine dicke Lage Stroh ausgebreitet hatte, und streckte die Hand nach ihr aus. Marianne griff danach und setzte sich neben ihn. Jacke und Mütze ließ sie an, denn es war kalt und zugig im Verschlag, selbst wenn sie in der kleinen Nische etwas besser geschützt waren. Auch Bernard trug seinen Mantel und über seinen Schultern hing eine Decke.

»Komm her«, flüsterte er und zog Marianne zu sich, damit er die Decke über sie beide legen konnte.

»Ich kann kaum fassen, dass wir hier sind«, sagte er leise und strich ihr zärtlich über die Wange.

»Ich auch nicht, Bernard … Wir dürfen uns nur nicht erwischen lassen.«

»Ich glaube nicht, dass uns hier jemand entdeckt«, flüsterte er. »Ist dir warm genug?«

»Ja«, sagte sie, weil sie vor Aufregung die Kälte kaum spürte und er sie mit seiner Umarmung wärmte. »Hast du Hunger, Bernard? Ich habe uns etwas mitgebracht.«

»Ausnahmsweise nicht«, antwortete er. »Die Bäuerin hat heute einen großen Topf Hühnersuppe gekocht, und wir durften uns so richtig satt essen. Danach gab es sogar noch einen Lebkuchen für meinen Bruder und mich.«

»Ich hoffe so sehr, dass mein Bruder auch etwas Gutes zu Essen bekommen hat und dass er wohlauf ist«, murmelte sie nachdenklich.

»Das wünsche ich mir auch für ihn«, sagte Bernard aufrichtig und zog sie noch fester an sich heran.

Marianne genoss die Geborgenheit in seinen Armen und spürte, wie glücklich sie in seiner Nähe war.

»Wenn ich zaubern könnte, würde ich uns jetzt ein warmes Kaminfeuer und Musik zaubern – und noch eine Flasche Rotwein dazu«, flüsterte Bernard in Anspielung auf ihr Gespräch vor ein paar Tagen am Bach.

Marianne lächelte.

»Und wenn ich zaubern könnte, dann würde ich …«, sie

hielt inne. »Ach, eigentlich habe ich alles, was ich mir wünsche«, sagte sie dann leise.

Bernards blaue Augen funkelten im schwachen Licht, als seine Lippen sich ganz langsam ihren näherten.

»Du hast recht. Eigentlich habe ich auch alles, was ich mir wünsche«, murmelte er, und dann küsste er sie. Zunächst ganz zart. Doch rasch wurde der Kuss immer leidenschaftlicher.

Ein brennendes Sehnen, das sie beinahe überwältigte, erfasste Marianne.

Ohne ein Wort zu sagen, schlüpften sie aus ihren Jacken und Kleidern. Unter der Decke spürten sie die Kälte nicht, während ihre Hände sich gegenseitig erkundeten und liebkosten.

»Du bist so wunderschön, Marianne«, flüsterte er ihr ins Ohr.

Und dann sagten die beiden eine ganze Weile lang nichts mehr.

Später, nachdem sie sich wieder angezogen hatten, lag sie unter der Decke eng an ihn gekuschelt. Marianne war so glücklich, sie hätte am liebsten die ganze Welt umarmt, auch wenn sie unter den gegebenen Umständen vermutlich ein schlechtes Gewissen haben müsste. Daran wollte sie jetzt nicht denken.

»Beim nächsten Mal tut es auch nicht mehr weh«, versprach er ihr leise. »Es wird immer nur noch schöner werden.«

»Es war gar nicht schlimm …«, flüsterte sie.

Der kurze Schmerz war nichts gegen das Gefühl der innigen Verbundenheit und Leidenschaft gewesen, das sie in seinen Armen empfunden hatte.

»Das freut mich, mein Liebes.«

»War … war es denn für dich auch schön?«, wollte sie wissen.

Er nickte.

»Noch schöner, als ich es mir hätte vorstellen können«, antwortete er mit rauer Stimme, die ihr eine Gänsehaut bescherte.

Kapitel 18

Katja lehnte mit einem Glas Weißwein an der Kochinsel und sah Nicolas dabei zu, wie er mit einem riesigen Messer Gemüse in Julienne, also in feine Streifen schnitt und es kurz in Olivenöl anbriet. Dann schob er das angebratene Gemüse ringförmig an den Pfannenrand und setzte zwei Stücke Lachs in die Mitte der Pfanne, die er ebenfalls kurz von beiden Seiten anbriet, bevor er die Pfanne in den vorgeheizten Ofen stellte.

»Es macht Spaß, dir beim Kochen zuzusehen«, sagte sie.

»Eine meiner Lieblingsbeschäftigungen«, sagte er. »Kochen entspannt mich.«

»Ich komme leider nicht so oft dazu und lasse mir gern was vorsetzen«, verriet sie ihm.

»Dann hoffe ich, dass ich dich mit meinen Kochkünsten nicht enttäusche.«

»Kann ich mir nicht vorstellen.«

Er wusch sich kurz die Hände und griff nach seinem Weinglas.

»Na, erst mal abwarten … *À ta santé.*«

»*À ta santé*«, wiederholte sie und nahm einen Schluck.

»Der Riesling ist köstlich«, schwärmte sie. »Du kannst

dich glücklich schätzen, dass du gewissermaßen an der Quelle sitzt.«

Er lächelte.

»Das ist das Beste an diesem Beruf«, sagte er und begann, den kleinen Tisch zu decken.

»Ich hoffe, es macht dir nichts aus, wenn wir hier in der Küche essen. Aber das Esszimmer ist nicht so gemütlich, wenn man nur zu zweit ist.«

»Mir gefällt es hier sehr gut«, sagte sie.

Routiniert zauberte er noch einen Feldsalat mit Croûtons und servierte zehn Minuten später das Essen.

»Hmmm … Es schmeckt großartig«, sagte sie nach dem ersten Bissen. Der butterige Lachs zerging buchstäblich auf der Zunge.

»Freut mich, wenn es dir mundet.«

»Sehr!«, sagte sie, erneut amüsiert über seine altmodische Wortwahl.

»Nur schade, dass wir immer noch nicht wissen, was es mit dem Medaillon auf sich hat«, sagte er.

»Vielleicht interpretieren wir da auch viel zu viel hinein«, gab sie zu bedenken.

»Meinst du? … Irgendwas ist da. Ich frage mich, warum er nicht darüber reden mag.«

Seitdem er Katja am Nachmittag getroffen hatte, war Bernard nicht mehr aus seinem Zimmer gekommen.

Ganz anders Nicolas' Vater. David hatte nach einer Erklärung verlangt. Nicolas hatte ihm kurz die Sache geschildert.

»Warum hast du nicht erst mit mir darüber gesprochen?«, hatte er seinen Sohn scharf gefragt und war dabei wieder ins Französische gewechselt.

»Wann denn? Du warst ja in den letzten Wochen ständig auf Geschäftsreisen …«

»Trotzdem!«

»Und was hättest du mir dazu sagen können?«

»Nichts. Aber offenbar beschäftigt dich das Ganze so sehr, dass du sogar eine wildfremde Frau aus Deutschland einfliegen lässt, bevor du überhaupt die Möglichkeit in Betracht ziehst, mit mir darüber zu reden. Musste das sein?«

»Ich habe nichts falsch gemacht, Vater. Vielleicht fährst du jetzt auch besser nach Hause«, hatte Nicolas ihn mit gesenkter Stimme aufgefordert und Katja einen entschuldigenden Blick zugeworfen. Offenbar war ihm das Verhalten seines Vaters peinlich.

»Wie du meinst!«, hatte der geantwortet und sich dann rasch verabschiedet.

»Vater ist hauptsächlich für den Außendienst zuständig und viel unterwegs«, hatte Nicolas ihr erklärt. »Er hat sein Büro in einer Etagenwohnung in Colmar. Da ist er vor elf Jahren nach der Scheidung hingezogen. Manchmal sehen wir uns tatsächlich wochenlang nicht.«

»Und du wohnst mit deinem Urgroßonkel hier auf dem Weingut?«, hatte Katja gefragt. Das war keine Konstellation, die man häufig antraf.

»Ja … und wir kommen ziemlich gut klar. Normalerweise. Ehrlich, so wie heute habe ich ihn noch nie erlebt. Ich mache mir fast ein wenig Sorgen.«

»Das tut mir leid … Vielleicht hätte ich nicht kommen sollen.«

»Ach, ich weiß auch nicht. Aber jetzt bist du schon mal hier, und vielleicht redet er ja morgen mit uns.«

Das war vor etwa zwei Stunden gewesen. Danach hatten sie noch einen kleinen Spaziergang durch die verschneiten Weinberge gemacht, bevor Nicolas die Haushälterin nach Hause geschickt hatte und sie in die Küche gegangen waren.

»Noch ein Glas Wein?«, fragte Nicolas.

»Gerne.«

Katja nahm gerade einen Schluck, da meldete ihr Handy eine Nachricht.

»Entschuldige«, sagte sie.

Katja griff nach dem Handy. Jonas hatte geschrieben.

Hallo Katja, du wolltest doch mal Bescheid geben, wie es dir geht? Ich hoffe, es läuft alles gut in Frankreich und du hast den dicken Auftrag an Land gezogen. Melde dich doch mal, wenn du magst. Liebe Grüße, Jonas

Sie hatte tatsächlich vergessen, sich bei ihm zu melden!

Aber sie würde ihm später schreiben, wenn sie im Hotel war.

»Jemand aus deiner Familie?«, fragte Nicolas.

»Nein … ein Freund. Leider habe ich nicht mehr sonderlich viel Familie«, rutschte es ihr heraus.

»Das bedeutet?«

»Dass ich bis auf meine Oma eigentlich niemanden mehr habe«, sagte sie.

»Das tut mir leid.«

Und schließlich erzählte sie ihm ihre ganze Geschichte. Der Wein hatte ihre Zunge gelockert, und zum ersten Mal seit Wochen hatte sie das Gefühl, mit jemanden zu reden, dem sie alles anvertrauen konnte. Zum einen, weil er sich wirklich dafür zu interessieren schien, und zum anderen, weil er nichts mit der Situation und den Leuten in ihrer Heimat zu tun hatte. Es war eine Erleichterung, sich alles von der Seele zu reden. Nur ihr immer noch nagendes schlechtes Gewissen und die Schuldgefühle, weil sie zu spät aus Brasilien zurückgekommen war, verschwieg sie ihm.

»Aber das Mädchen, diese Ella, ist doch deine Schwester, oder?«, hakte Nicolas nach.

»Halbschwester«, korrigierte sie ihn automatisch.

»Halbschwester. Na gut. Aber das ist doch trotzdem auch Familie.«

»Mein Vater, der das Bindeglied zwischen uns allen war, ist nicht mehr da. Ich habe zu dieser Familie nie wirklich dazugehört. Außerdem …«

»Außerdem was?«

»Ella gehört zu ihrer Mutter. Ich weiß ja gar nicht, ob Julia mit ihr nicht irgendwann woanders hinziehen möchte.«

»Hm… könnte es vielleicht sein, dass du Angst hast, jemanden ins Herz zu schließen, den du wieder verlieren könntest?«, fragte er direkt.

»Ich … nein. So ist das nicht«, sagte sie etwas verunsichert über seinen Gedankengang. »Julia … sie ist sehr eigen, was Ella betrifft. Deswegen halte ich mich da zurück. Obwohl die Kleine mir das manchmal gar nicht so einfach macht.«

»Okay. Verstehe«, sagte er nur.

»Genug von mir. Lass uns lieber über was anderes reden«, sagte sie und warf einen Blick auf die Uhr. Es war schon fast halb zehn.

»Bist du etwa schon müde?«, fragte er.

»Wenn ich ehrlich bin, ja«, sagte sie.

Der Tag war einigermaßen aufwühlend und anstrengend gewesen. Und der Wein war ihr ebenfalls etwas zu Kopf gestiegen. Sie sehnte sich tatsächlich nach einer Dusche und vor allem nach einem Bett.

»Ich rufe dir gleich ein Taxi … Soll ich noch mitkommen?«, fragte Nicolas.

»Nein, das musst du wirklich nicht«, lehnte sie ab. »Ich bin schon alt genug, um alleine Taxi zu fahren.«

Er lächelte.

»Na gut … Hast du Lust, morgen hier zu frühstücken?«, fragte er sie.

Katja überlegte kurz. Nachdem es überhaupt keinen Auftrag gab, den sie besprechen mussten, Bernard offenbar nichts erzählen wollte und sie und Nicolas ohne eine Erklärung von ihm nicht weiterkommen würden, was das Medaillon betraf, machte es eigentlich keinen Sinn. Aber ihr Flug würde erst am frühen Nachmittag gehen, und außerdem genoss sie Nicolas' Gesellschaft.

»Ja, gern«, nahm sie seine Einladung an.

»Und vielleicht kriegen wir gemeinsam ja doch noch was aus Onkel Bernard heraus.«

»Ja, vielleicht.«

Eine halbe Stunde später stieg sie vor dem Hotel aus dem Taxi. Nicolas hatte es schon vorher bezahlt, und so gab sie dem jungen Taxifahrer nur ein Trinkgeld. Der Stadtteil in Colmar – auch Klein-Venedig genannt – war gerade jetzt im Winter ein zauberhafter Ort mit imposanten Fachwerkhäusern.

Das Zimmer war nicht allzu groß, aber sehr gemütlich eingerichtet.

Leicht benommen vom Wein nahm sie eine heiße Dusche und schlüpfte dann ins Bett. Als sie den Wecker am Handy stellte, fiel ihr die Nachricht von Jonas wieder ein, und sie bekam ein schlechtes Gewissen, weil sie sich immer noch nicht bei ihm gemeldet hatte. Sie begann zu tippen.

Hallo Jonas, hier ist alles ein wenig verrückt. Eine lange Geschichte. Mehr dazu, wenn ich wieder zurück in Osterhofen bin. Der Wein ist jedenfalls ziemlich gut hier. Gute Nacht, Katja

Sie scrollte noch kurz durch ihren Instagram-Account, da rief Jonas an.

»Ja hallo?«

»Hi Katja. Nachdem ich gesehen habe, dass du noch wach bist, dachte ich mir, ich rufe einfach mal an, dann spare ich mir das Tippen«, sagte er. »Was ist das denn für eine verrückte Geschichte?«

»Du bist ja gar nicht neugierlich …«, sagte sie und verbesserte sich gleich, »neugierig.«

»Sprachprobleme?«, fragte er amüsiert.

»Nö. Gar nich.«

»Na dann.«

»Jedenfalls bist du neugierig.«

»Ach was! Als Journalist ist man das doch nie«, sagte er, und sie meinte, sein Grinsen durchs Telefon zu hören. »Also, was ist los im Elsass?«

»Ich glaube, es ist wirklisch besser, wenn ich das nach

meiner Rückkehr erzähle«, sagte sie und merkte, dass sie sich tatsächlich schon etwas schwertat, sich korrekt zu artikulieren. »Ich bin schon ziemlich kaputt heute.«

»Okay … Aber es geht dir schon gut, oder? Und das mit dem Auftrag klappt alles?«

Katja atmete einmal tief ein und aus. Er würde wohl nicht lockerlassen.

»Also, ja, es geht mir gut. Und nein, das mit dem Auftrag klappt leider nicht. Aber dafür gibt es ein altes Medaillon, das irgendwann mal in unserer Goldschmiede gemacht wurde und in dem das Foto meiner Uroma zu sehen ist«, erzählte sie nun doch. »Jetzt versuchen Nicolas und ich herauszufinden, was es damit auf sich hat. Aber wir kommen nicht voran, weil Bernard – das ist der Uronkel … nein, halt, der Urgroßonkel … Oder Urur? … Egal, also, weil der nichts erzählen will … Aber wir lassen nicht locker … So, das war jetzt fürs Erste die Kurzversion.«

Für ein paar Sekunden herrschte Stille.

»Das hört sich tatsächlich alles ein wenig verrückt an«, gab Jonas zu. »Aber solange es dir gut geht, ist es wohl in Ordnung«, sagte er, und sie meinte, ein wenig Besorgnis in seiner Stimme zu hören.

»Ist es, Jonas. Mach dir keine Gedanken.«

»Okay … dann lass ich dich jetzt mal besser schlafen. Und wenn du wieder zurück bist, erzählst du mir alles. Vielleicht hast du ja Lust, zu mir zu kommen, und ich koche uns was.«

»Oh ja. Gute Idee! Ich finde es super, wenn Männer für mich kochen.« Sie kicherte.

»Katja?«

»Ja?«

»Kann es sein, dass du heute etwas zu tief ins Glas geschaut hast?«

»Hey. Ich bin hier auf einem Weingut. Da geht das doch gar nicht anders«, erklärte sie grinsend.

»Verstehe ... Also, gute Nacht!«

»Nacht ... Ach Jonas?«

»Ja?«

»Soll ich dir eine Flasche Wein von hier mitbringen?«, fragte sie.

»Wenn es dir keine Umstände macht, gern. Den trinken wir dann beim Essen ...«

»Und wir üben das mit dem Schokospieß.«

»Auf jeden Fall! Und jetzt schlaf schön!«

»Du auch.«

»Gute Nacht!«

Als sie aufgelegt hatte, spürte sie ein Lächeln in ihrem Gesicht. Sie freute sich tatsächlich darauf, Jonas bald wiederzusehen und ihm die Sache mit dem Medaillon ausführlicher zu erzählen. Vielleicht hatten sie und Nicolas das Geheimnis bis dahin ja tatsächlich schon geknackt.

Sie schaltete das Handy auf Flugmodus, kuschelte sich gemütlich ins Bett und segelte bald darauf in einen tiefen Schlaf.

Am nächsten Morgen holte Nicolas sie vom Hotel ab. Sie war ausgeschlafen, und der Wein hatte bis auf leichte Kopfschmerzen keine Spuren hinterlassen. Ihr Gepäck nahm sie gleich mit, da sie vor dem Abflug nicht mehr ins Hotel zurückkommen würde.

»Wird Bernard auch zum Frühstück da sein?«, fragte sie während der Fahrt.

»Er trinkt seinen Morgenkaffee immer schon sehr früh … Aber er ist zu Hause. Und vielleicht kann ich ihn ja heute überreden, dass er sich zu uns setzt.«

Inzwischen waren sie am Weingut angekommen und nahmen in der Küche am reichlich gedeckten Tisch Platz. Bernard war leider nicht zu sehen.

»Ich habe heute Morgen noch mal über alles nachgedacht«, sagte Katja. »Und mich gefragt, für wen Mariannes Medaillon gedacht gewesen sein könnte. Vermutlich war es ein Geschenk für ihren damaligen Verlobten. Andererseits frage ich mich, ob ein Mann so ein Herz überhaupt tragen würde.«

»Hm …«

»Würdest du ein Herzmedaillon tragen wollen, Nicolas?«

»Vermutlich eher nicht«, gab er zu.

»Aber wem sonst sollte sie ein Herz mit ihrem Bild und den Worten *In Liebe* schenken?«

»Genau das ging mir heute Nacht auch durch den Kopf … So ein Schmuckstück könnte höchstens noch eine Mutter tragen. Aber dazu passt der Text wiederum nicht. Ich glaube, wir liegen schon richtig damit, dass sie es ihrem Verlobten geschenkt haben muss. Aber vielleicht hat der es ja irgendwo verloren? Oder deine Urgroßmutter, bevor sie es ihm überhaupt geben konnte, und Bernard hat es nur zufällig gefunden?«

»Das erklärt aber nicht, warum er so emotional darauf reagiert hat«, warf Katja ein.

»Ich habe es nicht zufällig gefunden …«, hörten sie plötzlich eine Stimme, die von der Tür kam.

Überrascht drehten sich beide um. Bernard kam auf sie zu und stützte sich mit seinem Stock ab. Er schien gefasster zu sein als am Tag davor.

»Sie hat es dir geschenkt?«, hakte Nicolas nach, doch Bernard antwortete nicht.

»Aber sie hatte doch einen Verlobten!«, warf Katja ein. Auch dazu sagte er nichts.

»Wieso warst du so überrascht, als du die Kette gesehen hast?«, ließ Nicolas nicht locker.

»Weil die Kette eigentlich ganz woanders hätte sein sollen und nicht hier in unserem Haus.«

Er musterte Katja eingehend.

»Sie sehen Marianne wirklich zum Verwechseln ähnlich«, sagte er. »Es ist fast, als stünde sie vor mir, nur ein paar Jahre älter, als sie damals war, als wir uns zum letzten Mal gesehen haben.«

»Was hat es damit auf sich, Onkel Bernard?«, fragte Nicolas.

Bernard sah ihn eine Weile lang schweigend an.

»Bitte«, sagte Katja. »Ich würde wirklich gerne wissen, was damals geschehen ist.«

Er fuhr durch sein Haar und schließlich nickte er.

»Na gut. Aber es ist keine schöne Geschichte. Zumindest das Ende nicht.« Bernard gab ihrem Drängen schließlich nach und setzte sich schwerfällig an den Tisch.

Katja schluckte. Plötzlich war ihr ein wenig mulmig zumute, und sie fragte sich, ob sie die Geschichte tatsächlich hören wollte.

»Möchtest du noch Kaffee oder Tee, bevor du loslegst?«, fragte Nicolas.

»Am liebsten wäre mir ein Cognac …«, sagte Bernard und rang sich ein schiefes Lächeln ab. »Aber Tee ist wohl vernünftiger.«

»Kann ich vielleicht auch einen Tee haben, Nicolas«, bat Katja.

»Natürlich.«

Ein paar Minuten später stellte Nicolas eine Kanne mit dampfend heißem Tee und drei Tassen auf den Tisch und schenkte ein. Dann sah er seinen Urgroßonkel erwartungsvoll an.

Bernard räusperte sich.

»Es fällt mir wirklich nicht leicht, diese Geschichte zu erzählen. Außer deinem Urgroßvater Louis – das war mein Bruder«, fügte er erklärend für Katja hinzu, »außer uns beiden wusste niemand etwas von dem, was damals geschehen war.«

Kapitel 19

Heiliger Abend 1944

Im sanften Licht der Petroleumlampe betrachtete Bernard Mariannes zauberhaftes Gesicht. Sie hatte ihm vorhin das schönste Geschenk überhaupt gemacht. Noch nie hatte er sich so zu einem Menschen hingezogen gefühlt wie zu ihr. Obwohl die Zeiten schrecklich waren, obwohl er ein Kriegsgefangener war, fühlte er sich glücklicher als je zuvor in seinem Leben. Und das lag nur an diesem wunderbaren Geschöpf in seinen Armen. Mit Marianne war die Welt bunt und voller Licht und Wärme, auch wenn es dunkel und kalt war und jeden Tag schreckliche Dinge geschahen.

»Frohe Weihnachten, meine liebe Marianne«, murmelte Bernard und drückte ihr einen Kuss auf die Schläfe.

Marianne setzte sich kurz hoch und griff nach dem Bün del, das neben ihr lag.

»Frohe Weihnachten, mein lieber Bernard«, sagte sie und reichte ihm ein hübsch verpacktes Schächtelchen.

»Was ist das?«, fragte er verwundert.

»Ein Geschenk für dich!«, flüsterte sie.

»Aber … du sollst mir doch nichts schenken«, sagte er. »Ich hab doch gar nichts für dich.«

»Du hast mir mehr geschenkt, als du dir vorstellen kannst«, entgegnete sie. »Und jetzt mach auf.«

Vorsichtig öffnete er das Päckchen.

»Marianne! Also wirklich. So etwas Kostbares … aber das geht doch nicht«, sagte er, als er die Kette mit dem silbernen Herz herauszog.

»Aber ich habe es doch schon getan«, entgegnete sie verschmitzt. »Oder gefällt es dir nicht?«

»Doch, es ist wunderschön … aber …«

»Bitte, Bernard, nimm mir die Freude nicht und öffne das Herz«, drängte sie.

Vorsichtig klappte er das Medaillon auf. In die linke Innenseite des Herzens war ein Foto von ihr eingeklebt. Auf der rechten Seite stand eingraviert *In Liebe*.

»So … so ein schönes Geschenk habe ich bisher noch nie bekommen«, sagte er überwältigt. »Ich danke dir so sehr, mein Liebes.«

»Schau doch mal die Rückseite an«, bat sie ihn.

Er drehte das Herz um.

»Das habe ich selbst gemacht«, erklärte sie und deutete auf die filigrane Schneeflocke, die sie kunstvoll in das Silber graviert hatte.

»Es soll dich immer an unseren ersten Kuss im Schnee erinnern«, flüsterte sie.

»Ach Marianne … das ist … es ist wirklich ganz besonders.«

»Ich weiß, ein Herz ist eigentlich kein Geschenk für einen Mann. Und du musst es auch nicht tragen, aber ich wollte dir das …«, begann sie, aber er unterbrach ihre Worte mit einem Kuss.

»Bitte hilf mir, es umzulegen«, bat er sie, als er sich von ihr gelöst hatte.

Er legte es sich um den Hals, und sie half ihm, den Verschluss im Nacken zu schließen.

»Danke, Marianne! … Ich kann dir zwar nicht versprechen, dass ich es als Kette um den Hals tragen werde, aber ich kann dir versprechen, dass ich es wie meinen Augapfel hüten werde.«

»Damit bin ich immer bei dir«, sagte sie leise.

»Das bist du ohnehin seit dem Tag, an dem ich dich dort am Bach zum ersten Mal gesehen habe«, sagte er. Er streichelte zärtlich durch ihr feines blondes Haar und zog sie wieder in seine Arme.

»Weißt du, endlich ergibt das alles für mich einen Sinn.«

»Was meinst du denn damit?«, fragte sie.

»Ich habe mich oft gefragt, wieso mein Bruder und ich in Gefangenschaft gerieten und wieso wir ausgerechnet hierher gebracht wurden … Aber vielleicht musste das so sein, damit wir beide uns begegnen konnten, Marianne.«

Gerührt sah sie ihn an.

»Du meinst, es war das Schicksal, das uns zusammengebracht hat?«, fragte sie.

»Entweder das, oder …«

»Oder?«

»Oder du hast mich hierher gezaubert. Das mit dem Schnee hat ja schließlich auch geklappt.«

Sie lachten beide, doch plötzlich drehte Marianne sich abrupt zur Tür.

»Psst«, sagte sie und legte einen Finger auf seine Lippen.

Fragend sah er sie an.

»Ich glaube, da draußen ist jemand«, flüsterte sie.

Rasch blies er die Lampe aus, und sie waren in völlige Dunkelheit getaucht.

Sie lauschten eine Weile lang, doch es war nichts zu hören.

»Vielleicht habe ich mich auch getäuscht«, murmelte sie schließlich. »Oder es war einfach nur irgendein Tier, das um die Scheune geschlichen ist.«

»Trotzdem sollten wir achtsam sein ... Komm her, mein Liebes.«

Er zog sie wieder in seine Arme und deckte sie sorgfältig zu.

»Marianne?«, fragte er leise.

»Ja?«

»Ich habe mich in dich verliebt.«

Er spürte, wie sie nach seiner Hand tastete und sie sanft drückte.

»Ich mich auch in dich, Bernhard.«

Das waren genau die Worte, die er sich erhofft hatte, obwohl ihr Geschenk – oder besser gesagt, ihre beiden Geschenke – ihm das bereits zu verstehen gegeben hatten.

»Ach mein Liebes ...«

Ihre Finger streichelten einander. Er wollte ihr etwas sagen und suchte nach den richtigen Worten.

»Sag mal, könntest du dir vielleicht vorstellen, dass – wenn der Krieg einmal vorbei ist – na ja, dass du dann mit mir ins Elsass kommst?«

Mit angehaltenem Atem wartete er darauf, dass sie ihm

antwortete. Da er ihr Gesicht nicht sah, konnte er ihre Reaktion nicht einschätzen.

»Es würde mir zwar sehr schwerfallen, meine Heimat zu verlassen«, gab sie schließlich offen zu, »aber wenn das die einzige Möglichkeit wäre, für immer mit dir zusammen zu sein, dann würde ich keine Sekunde zögern und mit dir gehen.«

Vor Erleichterung und Glück hätte er fast laut aufgelacht.

»Und ich verspreche dir, dass du das keine Sekunde lang bereuen würdest«, beteuerte er.

»Das würde ich ganz sicher nicht.«

Bernard küsste sie, dann rutschte er hoch.

»Ich mache noch mal Licht«, flüsterte er und zündete die Lampe erneut an. Dann griff er in die Tasche seiner Jacke.

»Es stimmt nicht, dass ich kein Geschenk für dich habe, Marianne. Aber ich wollte es dir erst jetzt geben, nachdem du mir diese Frage beantwortet hast. Es ist längst nicht so kostbar, wie das, was du mir geschenkt hast. Aber es kommt von Herzen.«

Er reichte ihr ein besonders schönes Band aus beigefarbenem Stoff.

»Es ist zwar kein Ring und keine Kette, aber ich will dir mit dem Band zeigen, wie sehr ich mich dir verbunden fühle, Marianne.«

Er nahm ihre linke Hand und band es um ihr Handgelenk. Dabei sah er, wie Tränen in ihren Augen schimmerten.

»Ich werde es immer bei mir tragen«, flüsterte sie.

Während sie wieder eng umschlungen nebeneinanderlagen, malten sie sich eine gemeinsame Zukunft in den schönsten Farben aus. Auch Bernard träumte wie sie von einer großen Familie mit mindestens vier Kindern.

»Am liebsten hätte ich zwei Jungen und zwei Mädchen«, sagte sie.

»Oder umgekehrt! Zwei Mädchen und zwei Jungen«, feixte er, und sie lachten leise.

»Bei mir zu Hause gibt es einen riesengroßen Garten, da könnten sie später einmal herumtollen!«, erzählte er. »Und im Winter Schneemänner bauen.«

»Und an Sonntagen machen wir Ausflüge mit dem Fahrrad … oder gehen in die Berge«, spann sie seine Träume weiter. »Und in den Ferien fahren wir hierher in meine Heimat und besuchen meinen Vater.«

»Das machen wir«, stimmte er ihr zu.

»Oder er kann uns und seine zukünftigen Enkelkinder in Frankreich besuchen kommen«, sagte sie.

Bei ihren Worten spürte er plötzlich ein unangenehmes Ziehen im Bauch.

»Denkst du denn, deine Eltern wären mit einer deutschen Ehefrau einverstanden?«, fragte sie plötzlich unsicher.

Eine Weile lang war er still und suchte nach den richtigen Worten.

»Ich weiß es nicht, Marianne«, sagte er schließlich. Er wollte ihr nichts vormachen, auch wenn beide sich eine andere Antwort gewünscht hätten.

»Und was würde dein Vater zu einem französischen Mann sagen?«, stellte er nun die Gegenfrage.

Marianne ließ sich ebenfalls Zeit mit einer Antwort.

»Auch wenn er vielleicht anfangs nicht glücklich darüber wäre, so hoffe und denke ich doch, dass mein Vater dich als Schwiegersohn akzeptieren würde. Immerhin hat er dich schon kennengelernt.«

Sie schwiegen eine Weile.

»Aber für den Fall, dass es uns beide Seiten zu schwer machen sollten«, sagte er schließlich nachdenklich, »könnten wir auch in einem anderen Land ganz neu anfangen.«

»In einem anderen Land? Wo denn?«, fragte sie.

»Ich weiß auch nicht. Zum Beispiel in Amerika. Dort habe ich sogar Verwandtschaft. Mein Cousin Robert ist vor ein paar Jahren dorthin ausgewandert.«

»Vielleicht ist das ja gar nicht nötig«, sagte Marianne. »Wenn unsere Eltern merken, was wir uns bedeuten, dann stellen sie sich hoffentlich nicht gegen eine Verbindung.«

»Das hoffe ich auch. Sehr sogar. Vielleicht machen wir uns wirklich nur unnötige Gedanken. Aber ...«

»Aber was?«

»Trotzdem ist es besser, wenn wir es ihnen vorerst nicht erzählen. Solange ich ein Kriegsgefangener bin, können wir ohnehin nicht offiziell zusammen sein. Lass uns das bitte geheim halten, bis ich wieder ein freier Mann bin.«

Marianne nickte.

»Das verstehe ich, Bernard. Auch wenn ich das mit uns beiden am liebsten in die ganze Welt hinausposaunen würde.«

»Das wäre mir auch am liebsten ... Aber das Wichtigste ist doch, dass wir beide wissen, dass wir zusammen sind.«

»Ja ... das ist das Wichtigste.«

Sie würden noch warten müssen. Doch am Ende würde

das Warten sich lohnen, und sie könnten zusammen sein und eine Familie gründen!

»Hast du immer noch keinen Hunger?«, fragte sie, vermutlich um das Thema zu wechseln.

»Ein bisschen schon«, gab er zu.

Sie griff nach ihrem Beutel und holte zwei in Pergamentpapier verpackte Butterbrote heraus.

»Ich glaube, das heute ist der schönste Heiligabend, den ich bisher erlebt habe«, sagte Marianne.

»Für mich auch. Und ich hoffe, dass wir uns sehr bald wiedersehen. Meinst du, wir können uns weiterhin hier treffen?«

»Ich denke schon«, antwortete sie. »Zumindest vorerst … Wie spät es wohl sein mag?«

»Ich weiß es nicht, Marianne … aber wir sollten uns besser auf den Weg machen.«

Er musste rechtzeitig für die Stallarbeit um fünf Uhr früh zurück sein. Seinem Gefühl nach war bis dahin nicht mehr allzu viel Zeit.

»Geh du zuerst, Marianne«, sagte er. »Ich packe hier noch alles zusammen, dann mache ich mich auch auf den Rückweg.«

»Pass bitte gut auf dich auf, Bernard«, flüsterte sie, nachdem sie sich ein letztes Mal geküsst hatten. »Und komm gut zurück auf den Hof.«

»Das mache ich. Und du, sei auch vorsichtig, *mon amour*«, flüsterte er. »Und noch einmal vielen Dank für dein Herz.«

Die Doppeldeutigkeit in seinen Worten hatte er bewusst gewählt.

»Es macht mich überglücklich, dass du es angenommen hast«, sagte sie.

»Ich werde immer darauf aufpassen«, versprach er. »Aber jetzt musst du gehen.«

Er löschte das Licht und öffnete die Tür des Verschlages. Vorsichtig stieg sie auf die Sprossen der Leiter.

»Bis bald«, hörte er sie noch flüstern, ehe sie in der Dunkelheit verschwand.

Eilig räumte er den Verschlag auf und machte sich dann ebenfalls auf den Heimweg. Die Nacht war bitterkalt, und er klappte fröstelnd den Kragen seiner Jacke hoch und steckte die Hände in die Taschen, während er durch den knirschenden Schnee stapfte.

Als er einen Blick zur Kirchturmuhr warf, erschrak er. Es war schon kurz vor vier Uhr früh. Wenn er sich nicht beeilte, würde er nicht rechtzeitig dort sein. Während er, so schnell er konnte, zurück zum Hof ging, kreisten seine Gedanken ständig um Marianne. Ihm war klar, dass die Situation nicht einfach war. Er war nicht naiv und hatte sich auch schon im Vorfeld über eine solche Beziehung Gedanken gemacht, eigentlich seit ihrer ersten Begegnung. Doch dieses Mädchen hatte ihn völlig verzaubert, und er war bereit, dieses Wagnis einzugehen. Darüber, wie er das jemals seinen Eltern beibringen sollte, wollte er jetzt besser nicht nachdenken. Doch erst einmal hieß es, die Gefangenschaft hier zu überstehen und danach ganz offiziell als freier Mann um ihre Hand zu bitten.

Ziemlich außer Atem näherte er sich dem Hof. Er hatte es gerade noch rechtzeitig geschafft. Das würde zwar bedeuten, dass in dieser Nacht nicht mehr an Schlaf zu denken war, aber das machte ihm nichts aus. Er war ohnehin viel zu aufgewühlt, um jetzt Ruhe zu finden. Leise schlich er sich in die Scheune, in der er und Louis auf einem Strohlager schliefen, um sich das Stallgewand anzuziehen, da packte ihn jemand am Kragen. Bernard erschrak fast zu Tode.

»Bist du völlig verrückt geworden!?«, zischte ihm sein Bruder wütend ins Ohr.

Bernard versuchte, sich aus seinem Griff zu befreien. Doch sein deutlich stärkerer Bruder schüttelte ihn erst grob und schubste ihn dann von sich weg. Glücklicherweise landete er auf einem Strohballen.

»Wo bist du gewesen?«, fuhr Louis ihn an.

Bernard rappelte sich mühsam hoch und hielt abwehrend die Hände vor sich.

»Das kann ich dir erklären ... aber beruhige dich erst mal!«, sagte er.

Louis entfachte das Licht in der Laterne, und Bernard sah, wie wütend sein Bruder war.

»Warst du bei ihr?«, fauchte er ihn an.

Bernard wusste, dass es keinen Zweck hatte, ihn zu belügen. Schon bevor er sich aus der Scheune geschlichen hatte, hatte er befürchtet, Louis könnte aufwachen und sein Verschwinden bemerken. Doch das Risiko war er eingegangen.

»Ja«, sagte er deswegen nur und bekam daraufhin von Louis eine saftige Ohrfeige.

»He!«, protestierte er und legte seine Hand an die brennende Wange.

»Mach das ja nie wieder!«, sagte Louis drohend. »Ich habe mir das Schlimmste ausgemalt.«

Bernard konnte zwar verstehen, dass sein Bruder sich Sorgen gemacht hatte, trotzdem fand er seine Reaktion übertrieben.

»Du bist nicht mein Vater!«, sagte er deswegen und duckte sich rasch weg, als Louis ein zweites Mal ausholte.

»Ich liebe Marianne, und das wirst auch du nicht ändern können.«

Überraschenderweise hielt sein Bruder nun inne.

»Du verdammter Narr!«, zischte er leise. »Sie ist eine Deutsche! Das wird nie gutgehen mit euch! Wieso begreifst du das denn nicht?«

»Woher willst du das wissen?«, konterte Bernard. »Nur weil du …«

»Was hast du da um den Hals? Ist das eine Kette?«, unterbrach Louis ihn barsch.

Instinktiv legte Bernhard seine Hand auf das Herz und trat einen Schritt zurück.

»Ich muss jetzt zu den Kühen«, sagte er und griff nach der Lampe.

»Das Thema ist damit noch nicht vorbei!«, hörte er seinen Bruder sagen.

Ohne sich umzuziehen, machte er sich eilig auf den Weg in den Stall.

Bedrückt begann Bernard die erste der zwei Kühe zu melken, die dem Hof geblieben waren. Er hoffte, dass sein Bruder ihn irgendwann verstehen und zur Vernunft kommen würde. Sein Hass auf die Deutschen wurde von Tag zu Tag schlimmer, auch wenn er versuchte, es sich vor anderen nicht anmerken zu lassen. Aber Bernard kannte ihn gut genug und machte sich Sorgen, dass er womöglich irgendwann eine Dummheit begehen könnte. Dabei erging es ihnen verhältnismäßig gut hier. Sie hatten wirklich Glück im Unglück gehabt, ausgerechnet auf diesem Hof zu landen.

Bernard hielt inne und löste die Kette von seinem Hals. Er steckte sie in seine Jackentasche und wollte später ein Versteck dafür suchen, damit Louis sie ihm nicht wegnehmen konnte.

Kapitel 20

»Du und Marianne, habt ihr euch danach nicht mehr gesehen?«, fragte Nicolas, nachdem Bernard seine Erzählung unterbrochen hatte.

Bernard nickte.

»Doch, aber … aber ich bin jetzt müde und möchte auch nicht mehr weiter darüber reden«, sagte er und griff nach seinem Stock. Er schien tatsächlich sehr erschöpft.

»Aber wir …«, begann Nicolas, doch Katja schüttelte den Kopf und griff nach seiner Hand.

»Ich glaube, das reicht fürs Erste«, sagte sie leise.

Es war nicht zu übersehen, wie sehr es den alten Mann berührte, diese Erinnerungen aus der Vergangenheit wieder aufleben zu lassen. Noch dazu in Anwesenheit dieser jungen Frau, die seiner großen Liebe wie aus dem Gesicht geschnitten war.

Bernard stand auf.

»Ich wünsche Ihnen eine gute Heimreise, Katja«, sagte er und schüttelte ihr die Hand.

»Danke, Monsieur Beaulieu«, sagte sie. »Ich hoffe, wir begegnen uns bald wieder.«

Er nickte ihr nur kurz zu, dann humpelte er aus dem Zimmer. Katja war schon beim Kennenlernen aufgefallen, dass er offenbar eine Verletzung hatte, aber es schien ihr unhöflich zu sein, danach zu fragen.

Katja warf einen Blick auf die Uhr. Es war schon kurz vor halb elf. Die Zeit war wie im Flug vergangen, während sie Bernards Geschichte gelauscht hatten.

»So spät schon! Ich muss zum Flughafen«, sagte sie. »Kannst du mir bitte ein Taxi rufen?«

»Ach was, ich bringe dich hin«, bot Nicolas an. »Dann können wir auch noch ein wenig plaudern.«

»Danke!«

Während sie in Richtung Straßburg fuhren, hingen beide ihren Gedanken nach.

»Also war Bernard tatsächlich Mariannes erste große Liebe«, resümierte Katja. »Aber was hat die beiden auseinandergebracht?«

»Die Wirren des Krieges? Ein anderer Mann? Oder vielleicht mein Urgroßvater? Offenbar war er ja sehr gegen diese Verbindung. Louis soll in jungen Jahren ein ziemlich aufbrausender Mann gewesen sein. Erst als er seine Miriam kennenlernte und kurz nach der Hochzeit Vater einer Tochter, meiner Großmutter Charlotte, wurde, hat er sich offenbar schlagartig verändert.«

»Denkst du, Bernard wird dir noch erzählen, was damals wirklich geschah?«

Nicolas warf einen Blick zu Katja und lächelte.

»Glaub mir, ich werde ihm keine Ruhe lassen, bis ich es herausgefunden habe.«

Katja grinste.

»Das kann ich mir bei dir gut vorstellen. Du hältst mich auf dem Laufenden.«

»Natürlich!«

Eine Weile fuhren sie wieder schweigend weiter.

»Katja?«

»Hm?«

»Wann kam deine Oma eigentlich zur Welt?«, fragte er nachdenklich.

»Am 13. September 1945«, antwortete Katja.

»Das sind ...«, begann er nachzurechnen.

»... etwa neun Monate nach dem Heiligen Abend«, sagte Katja wie aus der Pistole geschossen, die sich vorhin selbst diese Frage gestellt und die Monate im Kopf bereits überschlagen hatte.

»Dann ist deine Oma also Bernards Tochter.«

»Davon kann man wohl ausgehen«, sagte sie und begann langsam die ganze Tragweite dessen, was sie heute erfahren hatte, zu erfassen. »Falls Bernard uns die Wahrheit gesagt hat«, fügte sie hinzu.

»Ich denke nicht, dass er uns angelogen hat«, sagte Nicolas.

»Das Gefühl hatte ich auch nicht«, stimmte Katja ihm zu.

»Puh«, er fuhr sich durch die Haare. »Wenn mein Vater erfährt, was wir herausgefunden haben, wird er mir vermutlich den Kopf abreißen«, sagte Nicolas.

»Wieso das denn?«

Nicolas zögerte kurz mit einer Antwort, dann sagte er: »Weil er und ich bisher Bernards einzige Erben waren. Sollte Bernard jedoch selbst eine Tochter haben, dann sieht die Sache natürlich ganz anders aus.«

Katja sah ihn verdutzt an. Daran hatte sie noch überhaupt nicht gedacht.

»Ich kann mir nicht vorstellen, dass Maria euch das Erbe streitig machen würde«, sagte sie im Brustton der Überzeugung.

»Aber du kommst auch als Bernards Erbin infrage ...«, fuhr er fort und begann dann zu lachen.

»Du lachst? Würde dir das denn gar nichts ausmachen?«, fragte sie perplex.

»Ehrlich gesagt, ich weiß nicht, wie ich das alles jetzt finden soll, Katja«, gab er zu. »Finanziell wäre das sicher ein großer Verlust für meinen Vater und für mich. Aber arm würden wir deswegen trotzdem nicht werden ...«

Katja war sehr erstaunt, wie gelassen er auf diesen neuen Gedankengang reagierte.

Doch plötzlich wurde er sehr ernst.

»Onkel Bernard hatte nie eine eigene Familie. Warum, weiß keiner von uns. Ich glaube, er hatte irgendwann mal eine Affäre, aber die hat nicht lange gehalten. Weißt du, er hat sich nach dem frühen Unfalltod meiner Großeltern um meinen Vater gekümmert, der damals noch ein Teenager war, und hat ihn wie einen Sohn angenommen. Und auch für mich war er immer da und hat mir auch in der Zeit geholfen, als meine Eltern sich scheiden ließen ...«

Er sprach nicht weiter, aber Katja spürte, wie groß die Zuneigung war, die Nicolas mit Bernard verband.

»Meine Oma dachte immer, ihr Vater wäre im Krieg gestorben ...«, sagte sie leise. »Und Bernard hat offenbar nie gewusst, dass er eine Tochter hat ... Wie sollen wir das den beiden nur beibringen?«, fragte sie.

»Am besten so schonend wie möglich«, antwortete Nicolas. »Obwohl – schonend geht das vermutlich kaum.«

»Fürchte ich auch. Jedenfalls müssen wir das so schnell wie möglich tun, bevor es zu spät ist«, fügte Katja hinzu.

Sie musste wieder an ihren eigenen Vater denken und an die Zeit, die sie unwiederbringlich verloren hatte, weil sie nicht rechtzeitig nach Hause gekommen war. Dieser Stachel hatte sich tief in ihr Herz gebohrt, und sie bekam ihn immer wieder zu spüren. Genau deshalb musste sie dafür sorgen, dass Maria und Bernard eine Gelegenheit bekamen, sich kennenzulernen.

»Ja … So schnell wie möglich«, stimmte Nicolas ihr zu.

Inzwischen waren sie am Flughafen angekommen, doch sie hatten noch Zeit für einen Milchkaffee. Dabei überlegten sie, wie sie Vater und Tochter am besten zusammenbringen könnten.

»Meine Oma steigt leider in kein Flugzeug. Das mochte sie früher schon nicht, und ich weiß nicht, wie das jetzt mit ihrer Demenz wäre, auch wenn sie immer noch viele klare Momente hat«, sagte Katja. »Das Risiko kann ich nicht eingehen.«

»Für Bernard ist ein Flug nach München und die Weiterfahrt zu euch sicher auch viel zu anstrengend«, gab Nicolas zu bedenken.

»Die einzige Möglichkeit wäre vermutlich, dass ich Oma ins Auto packe und mit ihr zu euch fahre«, überlegte Katja. »Wie lange ist man da denn unterwegs?«

Nicolas googelte die Strecke auf dem Handy.

»Circa fünfeinhalb bis sechs Stunden«, meinte er dann.

»Hm. Das wäre zu machen. Ich müsste nur alles mit dem Seniorenheim besprechen.«

»Okay … du klärst das mit denen und mit deiner Oma, und ich plane inzwischen alles für euren Aufenthalt hier, ohne dass Onkel Bernard oder mein Vater etwas davon erfahren. Am besten überraschen wir sie alle zusammen, dann ist der Ärger meines Vaters vielleicht nicht ganz so groß«, fügte er noch hinzu. »Zumindest muss er sich dann zusammenreißen.«

»Denkst du wirklich, dass es ein so großes Problem für ihn sein wird?«

»Ehrlich gesagt – ich weiß es nicht. Aber das ist leider traurig genug.«

»Ist das denn überhaupt eine so gute Idee?«, fragte sie.

Nicolas zuckte mit den Schultern, sagte aber nichts.

»Ich hoffe, er wird es verstehen … Also, ich bin jedenfalls nicht darauf aus, euch irgendwas wegzunehmen, wenn es ihm darum geht.«

»Trotzdem wird auch das ein Thema werden, Katja. Aber das sind Dinge, die wir nicht im Vorfeld regeln müssen. Mir geht es vor allem darum, dass ein Vater mit seiner Tochter zusammengebracht wird, von der er nichts wusste.«

Katja sah ihn an und lächelte.

»Mir auch. Also lass uns die Tage telefonieren, damit wir besprechen, wann und wie wir das genau arrangieren wollen«, schlug Katja vor und stand dann auf. »So, und ich muss jetzt los …«

»Okay.«

Er stand ebenfalls auf und umarmte sie. Dabei kamen sich ihre Lippen so nah, dass sie für einen kurzen Moment dachte, er wollte sie küssen. Obwohl sie ihn unglaublich sympathisch und attraktiv fand, wäre ihr nie in den Sinn gekommen, ihn zu küssen. Da war kein Kribbeln, nur ein sehr vertrautes Gefühl, wie bei einem guten Freund. Der Augenblick war vorüber, und sie löste sich von ihm.

»Ich kann kaum glauben, dass ich erst gestern hier angekommen bin«, sagte sie, vielleicht ein wenig zu hastig, weil sie nicht wusste, wie er die Situation interpretierte. »Es kommt mir vor, als ob ich nicht nur zwei Tage hier gewesen wäre, sondern Wochen. Habt ihr im Elsass so was wie einen Zeitdehner? Oder hast du mir gestern was in den Wein gemischt?«

Als sie das sagte, fiel ihr ein, dass sie vergessen hatte, eine Flasche für Jonas zu besorgen. Sie musste vor dem Abflug unbedingt noch in den Duty-free-Shop.

»In unseren Wein würde ich nie was reinpanschen«, stellte er gespielt empört klar. »Aber es geht mir genau so, Katja … Auch mir kommt es vor, als ob wir uns schon ewig kennen würden. Vielleicht liegt das an unseren Genen, immerhin haben wir beide dieselben Ururgroßeltern«, sagte er amüsiert.

»Sind wir dann Cousins 2. oder 3. Grades?«, überlegte sie laut. »Reicht das überhaupt?«

»Keine Ahnung … aber auch das finden wir noch raus«, sagte er. »Gute Reise, Katja.«

»Komm gut nach Hause, Nicolas, und grüße Bernard und deinen Vater von mir. Bis bald!«

»Bis bald!«

Als er sie ein letztes Mal umarmte, hatte sie auch bei ihm das Gefühl, als wäre das rein freundschaftlich, was sie beruhigte.

Sie winkte ihm noch einmal zu, bevor sie zum Sicherheitscheck ging. Gerade als sie ihre Sachen in die Box gelegt hatte, die auf dem Rollband zum Scanner fuhr, begann ihr Handy zu klingeln. Eine ihr unbekannte Nummer, wie sich nach der Sicherheitskontrolle herausstellte. *Wer war das denn?*, fragte sie sich. Vielleicht Nicolas mit einer anderen Nummer? Als sie vor dem Boarding zurückrufen wollte, war belegt.

Sie versuchte es nach ihrer Landung in München erneut. Doch da sprang die Mailbox sofort an, und eine Ansage gab nur die Nummer und nicht den Namen der Person bekannt.

»Dann eben nicht«, murmelte Katja und ging hinaus zur Haltestelle, um auf den nächsten Bus zum Bahnhof in Freising zu warten.

Knapp zwei Stunden später stieg sie in Osterhofen aus dem Zug. Sie überlegte kurz, ob sie Julia anrufen und sie bitten sollte, sie abzuholen, doch da sie in den letzten Tagen ohnehin viel zu wenig Bewegung gehabt hatte, machte sie sich stattdessen zu Fuß auf den Heimweg. Es hatte seit gestern noch weiter geschneit, und der kleine Ort sah aus, als wäre er dick mit Puderzucker bestäubt. Katja konnte sich nicht daran erinnern, hier oft eine solche Winterlandschaft gesehen zu haben. Schon in ihrer Kindheit waren weiße Weihnachten eher eine Seltenheit gewesen.

Als sie schließlich zu Hause war und die Haustür aufsperrte, kam ihr Ella entgegengehüpft.

»Hallo Ella!«

»Katja!«, rief die Kleine aufgeregt. »Endlich bist du da. Komm schnell. Du hast Besuch.«

»Ist Jonas da?«, fragte Katja, während sie nach oben in die Wohnung gingen, und merkte, dass sie sich auf die Aussicht, ihn zu sehen, freute.

»Nein. Der nicht.«

»Wer denn dann? Oma?«

»Die auch nicht.«

Ella kicherte vergnügt.

Nun war Katja aber wirklich gespannt.

»Jetzt sag schon, wer ist denn der Besuch?«

»Na ich bin's! Überraschung!«

Fassungslos starrte Katja Lotte an, die braun gebrannt und mit weit geöffneten Armen und einem breiten Grinsen im Flur stand.

»Lotte! Wie … wie kommst du denn hierher?«, fragte Katja völlig verdattert.

»Wir haben Weihnachten die letzten acht Jahre immer zusammen gefeiert. Ich finde, mit einer solchen Tradition darf man auf keinen Fall brechen … Und jetzt lass dich endlich drücken, Blondie!«

Nie hatte sich Katja mehr gefreut, diesen Spitznamen aus dem Mund ihrer besten Freundin zu hören. Die beiden umarmten einander ganz fest.

»Wie schön, dass du da bist«, murmelte Katja und konnte immer noch kaum glauben, dass Lotte wirklich hier in Osterhofen war.

»Nicht wahr? Ich hoffe, die Überraschung ist mir gelungen«, sagte sie.

»Und wie! Warum hast du mir nicht gesagt, dass du kommst?«, wollte Katja wissen und schlüpfte aus ihrem Mantel und den Schuhen.

»Hallo? Dann wäre es doch keine Überraschung geworden.«

»Bist du deswegen die letzten Tage nicht mehr ans Telefon gegangen?«

»Ja … und ich habe jetzt auch eine neue Nummer. Ich habe heute sogar schon versucht, dich anzurufen, als ich am Bahnhof ankam. Aber du gingst nicht ans Telefon«, sagte Lotte.

»Ach das warst du?! Da war ich am Flughafen.«

»Macht ja nichts. Ich habe mir dann ein Taxi gerufen und mich zu eurem Geschäft bringen lassen. Deine Stiefmutter war so nett, mich inzwischen hier auf dich warten zu lassen.«

In diesem Moment entdeckte Katja Julia, die am Türstock zur Küche lehnte.

»Natürlich. Ich kann doch Katjas beste Freundin nicht draußen im Schnee stehen lassen«, sagte sie lächelnd.

»Wie eine Schneefrau ohne Karottennase«, giggelte Ella fröhlich, und alle lachten.

»Danke Julia«, sagte Katja, die über die fröhliche Stimmung in der Wohnung nicht verwundert war. Lotte schaffte es stets wie im Flug, die Menschen für sich einzunehmen.

Sie wandte sich wieder an Lotte. »Komm, lass uns ins Wohnzimmer gehen.«

»Später … Julia, Ella und ich sind nämlich gerade am Kochen«, erklärte Lotte und strich eine Strähne ihrer dichten roten Lockenmähne hinters Ohr.

»Ach wirklich?«, fragte Katja überrascht. »Was macht ihr denn?«

»Erdäpfelkäs!«, antwortete Ella.

»Genau.« Lotte nickte. »Das kenne ich nämlich nicht. Und die beiden wollen mir zeigen, wie das gemacht wird.«

»Okay … dann pack ich mal schnell meine Tasche aus, gehe kurz duschen, und dann komme ich zu euch.«

»Gute Idee …«

»Lotte?«, fragte Katja, bevor ihre Freundin in der Küche verschwand.

»Ja?«

»Wie lange wirst du denn bleiben?«, fragte sie.

Lotte zuckte mit den Schultern.

»Keine Ahnung. Mal schauen, wie es mir hier gefällt. Meine Zelte in Salvador de Bahia habe ich jedenfalls abgebrochen«, sagte sie.

»Was? Du hast deine Strandbar verkauft? So schnell?«, fragte Katja überrascht.

»Ja … Ich wollte doch sowieso weg. Eine wilde Geschichte, sag ich dir. Erzähl ich dir alles später in Ruhe. Ich muss jetzt da rein und unbedingt zuschauen, wie dieser Erdelfellkäse gemacht wird.«

»Erdäpfelkäse heißt das«, korrigierte Katja ihre Freundin amüsiert.

»Oder so …!« Lotte grinste und verschwand in der Küche.

Kapitel 21

Am Abend saßen sie alle zusammen um den adventlich gedeckten Esstisch bei Erdäpfelkäse, Bauernbrot, bayerischem Bier und Apfelsaftschorle für Ella.

»Dieses Weißbier schmeckt ja wirklich verdammt gut!«, schwärmte Lotte. »Prost!«

Sie nahm einen kräftigen Schluck und wischte sich dann den Schaum von der Oberlippe.

»Das kommt von einer kleinen Brauerei in der Nähe«, erklärte Julia.

»Gar nicht so übel, die Gegend hier«, meinte Lotte. »Und dieser leckere Erdel… Erdäpfelkäse wird auf jeden Fall auch öfter gemacht.«

»Das ist auch ein Lieblingsessen von mir«, erklärte Ella.

»Kann ich gut verstehen«, sagte Lotte. »Was magst du denn sonst gern?«

»Weihnachtsschnitzel«, antwortete die Kleine.

»Weihnachtsschnitzel?«, fragten Lotte und Katja gleichzeitig.

»Ja… Die macht Mama immer nur dann, wenn Weihnachten ist«, verriet Ella.

»Hab ich noch nie gehört«, sagte Lotte. »Was ist das denn? Kann ich da mal ein Rezept haben?«, fragte sie Julia.

»Das muss ich mir erst gut überlegen«, sagte Julia, allerdings mit einem Augenzwinkern. »Immerhin kommt das Rezept direkt vom Christkind.«

»Ach, Mama!« Ella verdrehte die Augen. »Das Christkind ist ein Baby. Das kann doch gar nicht kochen!«

»Stimmt«, sagte Julia. »Du hast mich durchschaut ...«

Ella und die Frauen lachten.

»Wenn du an einem der Feiertage hier bist, dann bist zu herzlich zum Weihnachtsschnitzel-Essen eingeladen«, sagte Julia.

»Na dazu kann ich doch wirklich nicht Nein sagen.«

Katja sah in die Runde und konnte es immer noch nicht fassen, dass Lotte tatsächlich hier war. Die Überraschung ihres Besuchs hatte die Sache mit Bernard und ihrer Großmutter vorübergehend in den Hintergrund gedrängt. Doch vor dem Essen hatte Nicolas ihr eine Nachricht geschickt und ihr vorgeschlagen, mit Maria am 23. Dezember ins Elsass zu kommen und über die Weihnachtsfeiertage zu bleiben. Das wäre bereits am kommenden Mittwoch, und so würden ihr gerade mal zwei Tage bleiben, um alles vorzubereiten. Andererseits war sie es selbst gewesen, die zur Eile gedrängt hatte, damit sie keine unnötige Zeit mehr verloren. Katja wusste gar nicht mehr, wo ihr der Kopf stand. Das waren zu viele Neuigkeiten auf einmal.

Sie hatte Nicolas bisher auch noch nicht zurückgeschrieben, weil sie erst noch darüber nachdenken musste, wie sie das alles bewerkstelligen sollten. Auch mit Julia, die sie damit ausgerechnet an den beiden umsatzstärksten Tagen im

Stich lassen würde. Dass Lotte gekommen war, um mit ihr Weihnachten zu verbringen, machte die Sache nicht einfacher. Doch Lotte würde das bestimmt verstehen. In diesem Fall ging ihre Oma vor. Sie wollte unbedingt, dass Maria das Weihnachtsfest mit ihrem Vater verbrachte. Womöglich das einzige Mal, dass die beiden das gemeinsam erleben durften.

»Habt ihr hier eigentlich ein Plätzchen für mich zum Schlafen, oder soll ich mir ein Hotelzimmer nehmen?«, fragte Lotte, während sie ein weiteres Brot mit Erdäpfelkäse beschmierte.

»Du schläfst natürlich bei mir im Zimmer«, sagte Katja.

»Das ist eigentlich mein Zimmer«, erklärte Ella. »Aber du darfst auch drin schlafen.«

»Super lieb von dir, Ella! … Ich hoffe, das ist auch für dich okay?« Fragend sah Lotte Julia an.

»Klar. Allerdings ist das Zimmer nicht sonderlich groß«, warf diese ein. »Aber wir haben eine aufblasbare Matratze, wenn dir das nichts ausmacht.«

»Das passt wunderbar! Danke.«

»Ich bin jetzt fertig mit Essen«, sagte Ella und räumte ihren Teller in die Spülmaschine.

»Dann mach dich schon mal fertig fürs Bett, mein Mäuschen, und du darfst noch ein wenig lesen. Ich komme später und mache das Licht aus«, sagte Julia.

»Okay, Mama.«

»Nacht, Ella«, sagten Katja und Lotte gleichzeitig.

»Tschüss! Bis morgen.« Ella winkte noch und verschwand dann aus der Essküche.

»Wow. Was für ein braves Kind!«, sagte Lotte beeindruckt.

»Ja. Aber zurzeit ist sie mir fast ein wenig zu brav«, sagte Julia.

Katja sah ihre Stiefmutter an, die plötzlich bedrückt wirkte.

»Wenn man als Kind so plötzlich einen Elternteil verliert, dann möchte man um jeden Preis, dass es dem anderen Elternteil gut geht, und man tut alles dafür«, sagte Katja leise, die sich selbst nur zu gut an die Zeit nach dem Tod ihrer Mutter erinnern konnte und daran, wie sehr sie danach auf ihren Vater fixiert war. »Es entsteht eine völlig neue Art von Bindung, die geprägt ist von der permanenten Angst, auch den anderen noch zu verlieren und dann womöglich ganz alleine dazustehen.«

»Du hast wohl recht«, sagte Julia leise und stand auf. »Ich gehe mal die Matratze und das Bettzeug holen.«

»Danke, Julia.«

»Deine Stiefmutter ist ganz anders, als ich sie mir vorgestellt hatte«, sagte Lotte leise, als Julia draußen war. »Die ist ja voll nett.«

Katja sah in Richtung Tür. Eben hatte sie in Julias Augen für einen Moment etwas entdeckt, das sie vorher noch nie gesehen hatte. War das eine Art von Verständnis oder gar Zuneigung gewesen? Sie zuckte nachdenklich mit den Schultern.

»So wie heute ist sie sonst aber nicht.«

»Hm … Schwer vorzustellen. Nach deinen Erzählungen dachte ich, ich hätte es mit einer Xanthippe zu tun. Aber wir haben uns richtig gut unterhalten, bevor du kamst. Sicher ist es ganz schrecklich für sie, den Ehemann so früh zu verlieren.«

Katja wusste nicht, was sie darauf antworten sollte. Natürlich hatte Julia auch ihre guten Seiten, und gerade trauerte sie um ihren Mann. Aber sie hatte Katja von Anfang an nicht leiden können, wollte, dass Katja ging, damit sie Karl ganz für sich allein haben konnte. Katja hatte sich nie angenommen gefühlt. Außerdem nahm sie es Julia immer noch nicht ganz ab, dass sie nicht bemerkt hatte, wie schlecht es ihrem Vater ging. Doch in der momentanen Lage, die sich keine der beiden freiwillig ausgesucht hatte, versuchten sie eben, irgendwie miteinander klarzukommen, was ihnen mal mehr, mal weniger gut gelang.

»Erzähl mir lieber, wie es kam, dass du so schnell aus Brasilien weg bist«, forderte Katja Lotte auf, um das Thema zu wechseln.

»Na gut ... Du weißt ja, dass ich schon vor deiner Abreise über einen Tapetenwechsel nachgedacht habe«, begann sie. »Aber als du so plötzlich weg warst, hielt mich wirklich gar nichts mehr in Salvador. Ich habe im Lokal einen Zettel ausgehängt, dass ich einen Nachfolger für die Strandbar suche, und hatte mich schon drauf eingestellt, dass es sicher einige Monate dauern würde, ehe sich ein echter Interessent meldet. Aber stell dir vor, schon zwei Tage später kam ein junges Paar, zwei Jungs aus England, die nach genau so einer Strandbar gesucht haben. Und dann ging alles total schnell ... Keine Ahnung, wie die beiden das hingekriegt haben, aber wir mussten nur eine Woche auf einen Termin beim Notar warten. Sonst dauert das immer ewig. Tja – und hier bin ich nun. Frei und neugierig darauf, wo es mich als Nächstes hinverschlägt ... Aber erst einmal kann ich hoffentlich eine Weile hierbleiben.«

Katja griff nach Lottes Hand.

»Natürlich kannst du das, Lotte. Das weißt du doch. Es gibt da nur etwas, worüber wir reden müssen.«

»Was denn?«

»Ich war doch die letzten beiden Tage im Elsass. Und du glaubst nicht, was dort passiert ist.«

»Du hast einen Mann kennengelernt?«

»Nein … ja, also nein. Darum geht es nicht. Ich habe den Vater meiner Oma gefunden. Stell dir vor, er ist 96 und lebt noch. Die beiden wissen nichts voneinander, deswegen will ich schon am Mittwoch mit Oma ins Elsass fahren und werde an Weihnachten leider nicht hier sein können.«

»Du fährst mit Maria wohin?«

Katja und Lotte drehten sich zur Tür. Julia stand mit frischer Bettwäsche im Arm da und sah Katja ungläubig an.

Mist! So hätte Julia das nicht erfahren sollen, schoss es Katja durch den Kopf.

Auch Lotte schien irritiert über die knappe Zusammenfassung, der sie offenbar nicht so ganz folgen konnte.

In diesem Moment klingelte es auch noch an der Haustür. Julia zögerte einen Moment, dann drehte sie sich um und ging nach unten.

»Wie, du bist Weihnachten gar nicht da? Kannst du mir bitte noch mal genauer erklären, wie du das eben gemeint hast?«, fragte Lotte.

Katja nickte.

»Aber vielleicht warten wir besser, bis Julia da ist. Dann geht es in einem Rutsch«, sagte sie, und plötzlich war ihr ein wenig mulmig zumute, ohne dass sie sich selbst erklären konnte, warum.

»Ich hol mir noch ein Bier. Magst du auch eines?«, fragte sie Lotte.

»Klar. Immer her damit. Aber diesmal ein Helles bitte.«

»Okay.«

Während Katja die beiden Flaschen öffnete, hörte man von draußen Stimmen, und gleich darauf erschien Jonas in der Tür.

»Hallo Katja«, sagte er und betrat die Wohnküche.

»Hallo Jonas. Darf ich dir meine Freundin Lotte vorstellen?«

Die beiden schüttelten sich zur Begrüßung die Hand.

»Ah, die Lotte aus Brasilien!«, sagte Jonas. »Freut mich, dich kennenzulernen.«

»Hi Jonas. Freut mich auch. Du musst der Cousin von Julia sein, oder? Katja hat mir schon von dir erzählt.«

»Ach ja? Was denn?« Jonas sah sie lächelnd an.

»Lotte ist überraschend wieder zurück nach Deutschland zurückgekommen«, erklärte Katja, ohne auf seine Frage einzugehen. »Magst du auch ein Bier?«

»Gern.«

»Und ich möchte jetzt wissen, was das bedeuten soll, dass du mit Maria nach Frankreich fahren möchtest«, sagte Julia und setzte sich an den Tisch.

»Mit Maria nach Frankreich? Hat sich diese seltsame Sache mit dem Medaillon denn inzwischen aufgeklärt?«, fragte Jonas neugierig.

»Welchem Medaillon?« Julia war offensichtlich überrascht, dass auch Jonas schon mehr zu wissen schien als sie.

»Das würde mich jetzt auch interessieren«, sagte Lotte und schaute Katja ebenfalls erwartungsvoll an.

»Na gut. Es ist echt eine sehr schräge Geschichte«, sagte Katja und nahm vorsorglich noch mal einen Schluck Bier.

»Wie sich herausstellte, hat Nicolas Leclaire mich nicht nach Frankreich gebeten, um ein Schmuckstück anzufertigen, sondern weil er mich unbedingt kennenlernen wollte.«

»Ach ... Sieh einer an!« Lotte grinste.

»Nicht das, was du schon wieder denkst«, winkte Katja sofort ab. »Er hat beim Renovieren ein Schmuckstück gefunden. Ein silbernes Herz mit unserem Firmenlogo. Dadurch ist er auf unsere Homepage gestoßen. Doch das wirklich Überraschende war das Foto im Medaillon. Es ist ein Foto von meiner Urgroßmutter Marianne.«

»Wie romantisch!«, bemerkte Lotte, doch Julia wirkte noch immer sehr skeptisch.

»Wieso hat er dich dann unter einem falschen Vorwand kommen lassen?«, fragte sie.

»Er wollte einfach sichergehen, dass ich auf jeden Fall komme. Bezahlt hat er auch alles, es ist also finanziell kein wirklicher Verlust für uns.«

»Aber das hätte er ...«

»Bitte lass doch jetzt Katja einfach mal erzählen«, unterbrach Jonas Julia, was Katja dankbar zur Kenntnis nahm.

»Tu ich doch ... Also, wie kam dieses Medaillon nach Frankreich?«, ließ Julia nicht locker.

»Genau das wollte Nicolas eben mit meiner Hilfe herausfinden. Und es ist uns auch gelungen. Zumindest kennen wir jetzt einen Teil der Geschichte.«

»Da bin ich ja echt neugierig«, sagte Lotte, und die anderen beiden nickten zustimmend.

Katja begann zu erzählen, was sie von Bernard erfahren hatten.

Lotte, Julia und Jonas hörten ihr gespannt zu und schüttelten immer wieder ungläubig den Kopf.

»Wir wissen noch nicht, warum die beiden sich am Ende dann doch getrennt haben. Bernard wollte uns das nicht mehr erzählen. Aber man kann eigentlich sicher davon ausgehen, dass Maria die Tochter von Bernard sein muss«, beendete Katja schließlich die Geschichte.

»Das ist ja mal aufregend«, sagte Lotte und griff nach einer weiteren Scheibe Brot.

»Ja, das ist wirklich eine ungewöhnliche Story«, bemerkte Jonas beeindruckt.

»Unglaublich!«, murmelte Julia. »Und deswegen willst du mit Maria nach Frankreich.« Es war keine Frage.

»Ja … Nicolas und ich möchten unbedingt, dass die beiden sich endlich kennenlernen. Bernard ist 96, und auch wenn er noch erstaunlich fit ist, kann sich das schlagartig ändern. Und Oma … du weißt ja selbst, dass ihre Aussetzer immer öfter kommen und man nicht weiß, wie lange sie überhaupt noch klare Gedanken fassen kann. Deswegen dürfen wir keine Zeit verlieren, damit sie endlich ihren Vater kennenlernt und vielleicht sogar erfährt, was damals wirklich passiert ist. Denn ganz offensichtlich ist ihr Vater nicht vor ihrer Geburt gestorben, wie Marianne es ihr immer erzählt hatte.«

Julia sagte darauf nichts.

»Kannst du mir vielleicht dein Auto leihen, Julia?«, bat Katja.

Statt einer Antwort sagte Julia: »Hmm. Dann müssen wir den Laden eben schon am 23. schließen. Da verlieren wir zwar die Einnahmen von zwei Tagen, und das ist echt bitter, aber es geht wohl nicht anders.«

Katja sah sie leicht irritiert an.

»Wieso schließen? Ja, sicher, es wird viel los sein, aber du schaffst das sicher auch allein«, sagte sie.

»Auf keinen Fall!« Julia schüttelte den Kopf. »Ella und ich kommen auch mit!«, sagte sie entschlossen.

»Mit? Nach Frankreich? Aber was wollt ihr denn da?«, fragte Katja verdutzt.

»Ich weiß, wie gern du stets verdrängst, dass Ella deine Schwester ist, aber ...«

»Tu ich doch gar nicht«, unterbrach Katja sie, die sich gerade noch verkneifen konnte, das Wort »Schwester« in »Halbschwester« zu korrigieren.

»Oh doch! Aber das ist ein anderes Thema. Wenn das alles wirklich stimmt, was du vorhin erzählt hast, dann ist meine Tochter genau so die Urenkelin von diesem Bernard, wie du es bist. Und sie hat genau so das Recht, ihn kennenzulernen. Außerdem ist er der Großvater meines verstorbenen Mannes, und auch ich möchte diesen Mann gern kennenlernen.«

Julias Stimme zitterte bei den letzten Worten, doch ihr Blick blieb entschlossen.

Katja schluckte. Von dieser Seite hatte sie das Ganze noch gar nicht betrachtet. Aber auch wenn es den beiden natürlich zustand, Bernards Bekanntschaft zu machen, so musste das doch nicht ausgerechnet bei diesem ersten Besuch sein, dachte sie.

»Ihr könnt doch das nächste Mal mitfahren und ihn dann kennenlernen«, schlug sie deswegen vor.

Doch Julia blieb stur.

»Wer weiß, wie viele Gelegenheiten es noch geben wird. Der Mann ist 96, wie du gerade selbst gesagt hast. So alt wird kaum jemand! Wer weiß, wie lange er noch lebt. Wir kommen jedenfalls mit!«

»Ich finde, das ist eine gute Idee, wenn ihr da gemeinsam hinfahrt«, sagte Lotte und lächelte plötzlich. »Ich könnte ja auch mitkommen! In Frankreich war ich noch nie, und so könnten wir alle gemeinsam Weihnachten feiern. Das wäre wirklich mal was Besonderes.«

»Aber das geht doch nicht …«, begann Katja, die sich völlig überrumpelt fühlte, doch Jonas unterbrach sie.

»Mit deinem kleinen Wagen könnt ihr unmöglich alle ins Elsass fahren, Julia. Vor allem nicht bei diesem Wetter«, gab er zu bedenken.

»Danke Jonas«, sagte Katja, die froh über seine Unterstützung war. Wenigstens einer schien hier vernünftig zu sein.

»Ein Kollege in der Redaktion hat einen VW-Bus, den er mir bestimmt leiht. Darin haben wir alle genügend Platz«, fuhr er fort.

»Was heißt das: *Wir alle?*«, fragte Katja, die jedoch schon ahnte, dass nun auch noch Jonas mit von der Partie sein wollte.

»Julia und ich hatten ausgemacht, dass ich den Heiligen Abend mit euch verbringe. Ob hier oder in Frankreich ist doch egal.«

»Genau«, stimmte Lotte ihm zu.

»Hör mal, Katja. Das mit deiner Oma und diesem Bernard ist eine großartige Geschichte. Eine bayrisch-elsässische Liebe, auf tragische Weise unerfüllt, doch mit einem besonderen Happy End nach 75 Jahren. Daraus muss ich was machen! Wenn ihr nichts dagegen habt, dann würde ich über diese Story schreiben und sie der Zeitung anbieten.«

»Du bist Journalist?«, fragte Lotte.

»Ja.«

»Dann musst du unbedingt was darüber schreiben«, ermutigte ihn Lotte.

»Finde ich auch!«

»Hey Leute, so war das aber ganz und gar nicht gedacht«, warf Katja ein. »Ich kann euch doch nicht einfach alle mitnehmen! Wie stellt ihr euch das denn vor?«

»Wieso nicht? Sicher gibt es da ein nettes kleines Hotel für uns«, warf Lotte ein. »Oder liegt das Weingut irgendwo mitten in der Pampa?«

»Natürlich gibt es in Colmar auch Hotels, aber darum geht es doch gar nicht ...«

»Oder besser eine günstige Ferienwohnung«, schlug Jonas vor.

»Aber ...«, begann Katja erneut, doch Julia unterbrach sie.

»Also, Ella und ich kommen auf jeden Fall mit«, beharrte Julia. »Egal, was du sagst.«

»Und wir haben Weihnachten die letzten Jahre immer zusammen gefeiert, da will ich jetzt, wo ich schon hier bin, auch nicht allein sein«, erklärte Lotte.

»Tja ... dann braucht ihr auf jeden Fall ein vernünftiges großes Auto. Und ich fahre euch gern«, erklärte Jonas, und seine Augen blitzten vergnügt.

Katja schnaubte resigniert. Die drei würden nicht lockerlassen.

»Na gut. Ich werde das mit Nicolas besprechen. Aber ihr kommt nur dann mit, wenn er nichts dagegen hat. Nur dann! Verstanden?«, stellte sie klar.

»Was sollte er dagegen haben?«, fragte Julia. »Wenn es ihm so wichtig war, die Geschichte um das Foto im Medaillon aufzuklären, dass er dich deswegen sogar hat einfliegen lassen, dann will er sicher auch die restliche Familie kennenlernen.«

»Und die beste Freundin der Urenkelin bestimmt auch«, feixte Lotte.

»Und den Cousin der Mutter der Urenkelin, der sich noch dazu als Chauffeur zur Verfügung stellt«, gab auch noch Jonas seinen Senf dazu.

Katja musste nun wider Willen lachen.

»Ihr seid echt schräg drauf, ihr alle«, sagte sie und schüttelte den Kopf. »Aber na gut.« Sie nahm ihr Handy und wählte eine Kurzwahlnummer.

»Ja hallo Nicolas … Katja hier … Ja, das mit dem 23. klappt. Allerdings gibt es da noch etwas, das ich mit dir besprechen muss …«

Kapitel 22

Katja konnte es kaum glauben. Doch drei Tage später saßen sie tatsächlich alle im geliehenen VW-Bus mit Jonas am Steuer und waren auf dem Weg ins Elsass.

Nachdem Katja Nicolas die Sachlage am Telefon geschildert hatte, war es am anderen Ende der Leitung für ein paar Sekunden still gewesen.

»Nicolas? Bist du noch da?«

»Ja … Ja, ich bin noch da. Okay … Damit habe ich zwar nicht gerechnet, aber wieso nicht? Ihr könnt gern alle kommen. Im Gästehaus ist Platz genug, ihr braucht nicht ins Hotel zu gehen«, hatte er schließlich gesagt.

»Wirklich?«

»Wirklich!«

»Was denkst du, wird dein Vater dazu sagen?«

»Keine Ahnung. Begeistert wird er ganz sicher nicht sein, was jedoch nicht an der Anzahl der Leute liegt, sondern am Anlass, sobald er weiß, worum es geht.«

Nicolas hatte kurz aufgelacht. »Aber er kommt sowieso nur am Heiligen Abend und fliegt tags darauf gleich in den Urlaub. Also müssen wir nur den einen Tag mit ihm überstehen.«

Katja wunderte sich darüber, wie entspannt Nicolas mit ungewöhnlichen Situationen umgehen konnte. Das Leben wäre sicherlich viel einfacher, wenn mehr Menschen so wären wie er.

»Danke, Nicolas. Das ist echt toll.«

»Schon gut … An Weihnachten ist schließlich alles möglich, heißt es doch so schön, nicht wahr?«

»Ja. An Weihnachten ist alles möglich.«

Die nächste Hürde war das Gespräch mit der Leiterin des Seniorenheims gewesen, die einige Bedenken hatte, ob diese Reise für Maria nicht zu anstrengend werden könnte.

»Körperlich ist das sicher kein Problem, Ihre Großmutter ist total fit«, hatte sie gesagt.

»Also ist es kein Problem?«

»Nun ja, emotional könnte es womöglich schwierig werden … Auf der anderen Seite – wenn es die einzige Möglichkeit ist, dass Frau Tanner ihren Vater noch kennenlernt, dann würde ich das Risiko vermutlich auch eingehen. Allerdings sollten Sie darauf achten, dass sie ihre Medikamente pünktlich einnimmt und zwischendrin genügend Ruhephasen hat.«

»Das werden wir!«

Julia und Katja hatten beschlossen, Maria nur zu sagen, dass sie die Feiertage in diesem Jahr in Frankreich bei Freunden verbringen würden, ohne ihr den wahren Grund dafür zu nennen.

»Was? Ihr könnt doch nicht einfach den Laden zuschließen! Mitten im Weihnachtsgeschäft. Der Tag vor Heiligabend ist doch einer der umsatzstärksten Tage überhaupt im ganzen Jahr«, hatte Maria protestiert.

Tatsächlich kamen an diesem Tag und an Heiligabend selbst hauptsächlich Männer, die für ihre Frauen oder Freundinnen auf den letzten Drücker noch ein Geschenk brauchten und meist zu den unkompliziertesten Kunden des ganzen Jahres gehörten.

»Das stimmt«, hatte Julia ruhig zu ihr gesagt. »Aber in diesem Jahr ist die Familie eben wichtiger. Wir wollen gemeinsam etwas unternehmen. Das wird uns allen guttun, Maria.«

Daraufhin hatte Maria eine Weile nachdenklich geschwiegen.

»Na gut. Verreisen wir nach Frankreich«, hatte sie schließlich zugestimmt und scherzend hinzugefügt: »Ich habe nichts dagegen, wieder mal ein paar Tage mit Menschen ohne Falten und Gehhilfen zu verbringen.«

»Und was sind das jetzt für Leute, die wir besuchen werden?«, fragte Maria nun schon zum dritten Mal, seitdem sie vor zwei Stunden aufgebrochen waren.

»Freunde von mir. Die kennst du nicht«, erklärte Katja geduldig. »Sie haben ein hübsches Weingut im Elsass und genug Platz für uns alle.«

»Meine Geschenke für euch habt ihr aber schon alle eingepackt?«, hakte Maria nach.

»Ja, Maria«, rief Jonas nach hinten. »Wir haben alles dabei.«

Der Wagen war sehr komfortabel und bot genügend Platz, auch für das Gepäck, und das war gut so, denn für die wenigen Tage, die sie unterwegs waren, hatten alle ziemlich viel eingepackt. Während sie auf der Autobahn in Richtung Stuttgart fuhren, lief im Radio Weihnachtsmusik.

Julia saß vorne neben Jonas auf dem Beifahrersitz.

Katja und Maria saßen auf der hinteren Bank, gegenüber von Lotte und Ella, die entgegen der Fahrrichtung saßen.

»Das ist sooo cool«, sagte Ella, die einen Mordsspaß zu haben schien. »Spielen wir *Ich packe meinen Koffer und nehme mit?*«, bettelte sie.

»Freilich!«, sagte Maria. »Das ist ein gutes Gehirntraining für mich … Aber seid bitte nicht ganz so streng bei mir, wenn mir was nicht einfällt. Alzheimer lässt grüßen.«

Sätze wie diese taten Katja weh. Maria wusste um ihre Krankheit und konnte sie nicht aufhalten. Zeit mit ihr zu verbringen, solange sie immer noch ihre klaren Phasen hatte, war unglaublich kostbar.

»Keine Sorge, Omi. Ich kann dir ja helfen«, bot Ella ihr an.

»Danke mein Schätzchen. Das ist wirklich lieb von dir«, sagte Maria.

»Macht euch auf was gefasst«, sagte Lotte. »Ich bin eine Meisterin in diesem Spiel. Ihr werdet keine Chance gegen mich haben.«

»Das wollen wir erst mal sehen. Wer fängt an?«, fragte Jonas.

Katja sah nach vorne und traf im Rückspiegel auf Jonas' Blick. Er lächelte. Und ohne Vorwarnung war da wieder dieses Prickeln im Bauch, das sie eigentlich gar nicht haben wollte. Rasch sah sie weg.

»Die Älteste natürlich«, rief währenddessen Maria.

»Also, ich packe meinen Koffer und nehme mit: ein extra starkes Klebeband ...«

Kurz vor Stuttgart begann es heftig zu schneien, und im ohnehin immer dichter werdenden Verkehr kamen sie nur noch langsam voran. Schließlich machten sie auf einem Rastplatz Halt. Während alle anderen zur Toilette gingen, zog Katja sich die Kapuze ihrer Jacke über den Kopf und vertrat sich neben dem Wagen ein wenig die Beine.

Jonas kam als Erster zurück.

»Alles gut bei dir?«, fragte er.

»Ja ... klar«, antwortete sie.

Er schenkte sich aus einer Thermoskanne einen Becher Kaffee ein.

»Magst du auch einen?«

»Nein danke.«

»Denk bloß nicht, dass das Essen bei mir ausfällt, nur weil wir über Weihnachten wegfahren«, sagte er mit einem Lächeln.

»Tu ich nicht.«

Er nahm einen Schluck Kaffee.

»Sag mal Katja, warum gehst du mir eigentlich in den letzten Tagen ständig aus dem Weg?«, fragte er.

»Ich? Das mache ich doch gar nicht!«

»Doch. Eigentlich schon seit dem Weihnachtsmarkt in Osterhofen.«

»Ach, das bildest du dir nur ein«, sagte sie rasch. Sie würde ihm sicher nicht auf die Nase binden, dass er sie tatsächlich leicht durcheinanderbrachte und sie ihm deswegen aus dem Weg ging.

»Okay … wenn du meinst. Dann bilde ich mir das wohl nur ein«, sagte er mit einem Schulterzucken.

»Genau … Ich glaube, ich geh lieber auch noch schnell aufs Klo, bevor wir weiterfahren«, sagte Katja rasch und ging zum Rasthof.

Sie waren nach der Pause noch keine halbe Stunde unterwegs, als auf schneeglatter Fahrbahn ein Stück vor ihnen ein Lastwagen beim Überholen ins Rutschen kam und sich auf der Fahrbahn quer stellte. Dabei schob er einen Lieferwagen halb in den Grünstreifen zwischen den Fahrbahnen. Ein Kleinwagen, der auf der Überholspur war, konnte nicht mehr rechtzeitig ausweichen und fuhr in den Lieferwagen.

Bis auf Lotte und Ella, die mit dem Rücken zur Fahrtrichtung saßen, schrien alle erschrocken auf. Jonas brachte den Bus zwar noch rechtzeitig zum Stehen, ehe er auf den Vordermann auffuhr, allerdings schlingerte der Wagen dabei gefährlich hin und her.

Als sie schließlich standen, atmeten alle erleichtert auf, froh darüber, dass ihnen nichts passiert war. Innerhalb kürzester Zeit bildete sich jedoch ein riesiger Stau, und es ging gar nichts mehr voran.

»Na toll«, sagte Lotte. »So ein Stau hat uns jetzt gerade noch gefehlt.«

Die beiden Fahrer des Lieferwagens und Lastwagens waren nicht verletzt, sehr wohl aber die Beifahrerin des Kleinwagens, die von Ersthelfern versorgt wurde. Nur der Lastwagen war noch fahrtüchtig, die beiden anderen Fahrzeuge mussten abgeschleppt werden.

Katja sah auf die Uhr. Es war kurz nach halb drei Uhr nachmittags. Normalerweise hätten sie nur noch etwa zwei Stunden zu fahren. Doch so wie es jetzt aussah, würden sie sicherlich noch länger hier festsitzen. Zudem schneite es immer noch mehr.

»Ich rufe Nicolas an und sage ihm Bescheid, dass es später werden wird«, sagte Katja.

Kurz vor vier Uhr waren sie immer noch keinen Millimeter weitergekommen. Jonas und Julia hatten sich zu den anderen nach hinten gesetzt. Inzwischen trugen alle Jacken, Schals und Mützen.

»Ob wir heute überhaupt noch ankommen?«, fragte Lotte.

»Ewig kann das ja nicht mehr dauern«, meinte Jonas. »Und zu essen haben wir genügend dabei.«

»Die Plätzchen sind aber als Gastgeschenk gedacht«, rief Julia ihnen in Erinnerung. Sie hatte eine große Blechdose voller selbst gemachter Vanillekipferl, Haselnussstangen und Linzer Plätzchen dabei.

»Na ja ... aber bevor wir verhungern«, sagte Lotte mit gespielt besorgter Miene, »müssen die Plätzchen dran glauben.«

»Wie lange dauert es denn noch?«, wollte Ella wissen.

»Keine Ahnung«, sagte Katja.

»Wo fahren wir denn überhaupt hin?«, fragte Maria und sah sich irritiert um.

»Ins Elsass«, antwortete Julia ruhig.

»Ach ja? Warum das denn?«

Julia und Katja warfen sich Blicke zu.

»Wir machen dort für ein paar Tage Urlaub, Oma«, sagte Katja, und Maria nickte.

»Ach ja, stimmt«, meinte sie dann mit einem verlegenen Lächeln, doch Katja war sich nicht sicher, ob sie es tatsächlich noch wusste.

»Leute, ich glaube, es geht wieder weiter«, verkündete Jonas da.

»Endlich!«, sagte Ella, der inzwischen langweilig geworden war.

Jonas und Julia stiegen wieder vorne ein. Doch es ging nur langsam voran.

Kurz nach Baden-Baden machten sie erneut Rast und besorgten Sandwiches, Getränke und Süßigkeiten.

Auf dem letzten Teil der Strecke waren Ella und Maria eingeschlafen. Es war schon fast Mitternacht, als sie endlich ziemlich erschöpft auf dem Weingut eintrafen.

»Das ist ja toll hier«, sagte Lotte, und auch die anderen machten große Augen, nachdem sie ausgestiegen waren. Vor dem Haus hießen stimmungsvolle Laternen mit dicken Stumpenkerzen zwischen den kleinen dekorierten Tannenbäumen die Gäste willkommen.

»So groß habe ich mir das nicht vorgestellt«, meinte Julia beeindruckt.

»Endlich seid ihr da«, begrüßte Nicolas sie, der schon vor dem Haus gewartet hatte. »Willkommen auf unserem Weingut.«

Er umarmte Katja.

»Tut mir echt leid, dass es so spät geworden ist«, sagte sie.

»Da könnt ihr ja nichts dafür … Hauptsache, ihr seid jetzt da.«

»Nicolas, das sind meine Oma Maria, meine Stiefmutter Julia, meine Freundin Lotte, meine kleine Schwester Ella – und das hier ist Jonas«, stellte sie ihm alle vor.

»Hallo«, begrüßte Nicolas jeden Einzelnen mit einem Handschlag. Besonders herzlich jedoch Maria.

»Freut mich sehr, Frau Tanner, dass wir uns kennenlernen«, sagte er.

»Ich mich auch«, sagte sie.

Maria lächelte freundlich, doch Katja sah ihr an, dass sie nicht so recht wusste, was sie von diesem Mann halten sollte. Es war höchste Zeit, dass ihre Großmutter ins Bett kam und sich ausruhte.

Während sie die Sachen aus dem Auto holten, schwärmte Lotte leise.

»Wow – du hast gar nicht gesagt, was für ein gut aussehender Mann das ist!«

»Tja, nicht wahr?«

Katja zwinkerte ihrer Freundin zu.

Dabei fing sie einen Blick von Jonas ein, der zwischen ihr und Nicolas hin und her schaute.

»Ich habe das Gästehaus für euch vorbereitet«, erklärte Nicolas, der nichts davon bemerkt hatte. Er führte sie um das Haus herum zu einem Anbau mit eigenem Eingang, der Katja bei ihrem ersten Besuch gar nicht aufgefallen war.

»Habt ihr noch Hunger?«, fragte Nicolas, als sie im Flur ihre Jacken ablegten und aus den Schuhen schlüpften.

Sie schüttelten den Kopf.

»Ich glaube, wir sind alle nur noch müde und wollen ins Bett«, erklärte Julia, die eine gähnende Ella an der Hand hielt.

»Natürlich«, sagte Nicolas und zeigte ihnen die Zimmer, das Bad und die Toilette.

»Fühlt euch bitte wie zu Hause. Handtücher sind genügend im Bad, und in den Zimmern stehen Getränke bereit.«

»Auch Wein?«, fragte Lotte und lächelte Nicolas zu.

»Leider nicht. Aber im Kühlschrank in der Küche kannst du dich jederzeit gern bedienen«, sagte er.

»Darauf komme ich vielleicht zurück«, meinte Lotte.

Maria war mit Julia und Ella in einem großen Schlafzimmer mit Extrabett untergebracht, Lotte und Katja teilten sich eine ausziehbare Schlafcouch im Wintergarten, und Jonas bekam eine kleine Kammer, in der ein Klappbett aufgestellt worden war.

»Es ist ein wenig provisorisch, aber ich hoffe, das passt für euch?«, fragte Nicolas.

»Alles super«, sagte Katja. »Vielen Dank ... Hat Bernard inzwischen noch mehr erzählt?«, fragte sie etwas leiser.

Nicolas schüttelte den Kopf.

»Nein. Er war die letzten Tage sehr in sich gekehrt und nicht sonderlich gesprächig. Eigentlich wollte ich ihm euch alle heute Abend vorstellen. Aber er ist inzwischen schon schlafen gegangen.«

»Weiß er denn, dass wir gekommen sind?«

»Nein. Ich wusste nicht, wie ich ihm das hätte erklären sollen, ohne schon zu viel zu verraten. Ich habe ihm nur gesagt, dass du kommst und ein paar Tage bleiben wirst. Beim Rest wollte ich improvisieren.«

»Okay ...«

»Am besten machen wir das morgen beim Frühstück

drüben im Haupthaus. Ich hole euch so gegen neun Uhr ab. Passt das für euch?«

»Aber natürlich.«

»Ich bin echt schon ein wenig aufgeregt und frage mich, wie Bernard das alles aufnehmen wird«, sagte er.

»So geht es mir auch mit meiner Oma. Denkst du, es ist richtig, was wir da tun?«, fragte sie.

»Ich hoffe es sehr, Katja. Nein. Ich hoffe es nicht nur. Eigentlich bin ich mir sicher, dass wir das Richtige tun. Wir müssen nur mit ein wenig Fingerspitzengefühl vorgehen.«

»Ja ... Aber egal, wie wir es anstellen, es wird beide sehr aufwühlen.«

»Hoffentlich im besten Sinne.«

Sie lächelte ihm zu.

»Das wünsche ich mir auch ... Aber vielleicht sollten wir mit den beiden allein sein, wenn wir es ihnen sagen, denkst du nicht?«

»Hmm. Vielleicht ... Dann ist das womöglich keine so gute Idee mit dem großen gemeinsamen Frühstück«, mutmaßte er.

»Und wenn wir es vor dem Frühstück machen? Dann sehen wir ja, wie die beiden es aufnehmen.«

»Ja, das ist vermutlich besser.«

»Dann gute Nacht, Katja, und bis morgen früh.«

»Bis morgen, Nicolas.«

Nachdem sie sich die Zähne geputzt hatten und in ihre Nachthemden geschlüpft waren, lagen Lotte und Katja zugedeckt nebeneinander auf dem Schlafsofa.

»Läuft da wirklich nichts zwischen dir und diesem Franzosen?«, fragte Lotte in der Dunkelheit.

»Nein. Gar nichts«, beteuerte Katja. »Außerdem kenne ich ihn gerade mal seit einer Woche.«

»Na und? Wenn einem jemand gefällt, dann merkt man das doch sofort.«

»Ach ja, ist das so?«

»Bei mir schon… Hat er denn eine Freundin oder Frau?«

»Nein.«

»Denkst du, ihm könnte eine etwas üppigere Rothaarige gefallen?«, fragte Lotte, und Katja meinte, ein klein wenig Unsicherheit in ihrer Stimme zu hören, was so gar nicht zu ihrer Freundin passte.

Sie schmunzelte. Es war vom ersten Moment an nicht zu übersehen gewesen, dass Lotte Gefallen an Nicolas fand.

»Das kann ich dir nicht sagen, liebe Lotte, aber ich bin mir sicher, dass du das rausfinden wirst.«

»Das werde ich… Übrigens – Jonas wird sicher auch ganz froh sein, dass zwischen dir und Nicolas nichts läuft.«

»Wieso sollte er darüber froh sein?«, fragte Katja, obwohl sie ahnte, worauf Lotte hinauswollte.

»Denk einfach mal darüber nach, ich bin mir sicher, du findest heraus, was ich damit meine«, sagte Lotte, und dann drehte sie ihr den Rücken zu.

»Gute Nacht, Blondie.«

Kapitel 23

Es war stockdunkel, als Katja aus dem Schlaf hochschreckte, und es dauerte ein paar Sekunden, bis sie realisierte, wo sie war. Offenbar hatte sie schlecht geträumt, auch wenn sie sich nicht an den Traum erinnern konnte. Sie griff nach dem Handy, das auf einem kleinen Tisch neben dem Sofa lag. Halb zwei Uhr früh. Sie legte das Handy weg, schloss die Augen und versuchte, wieder einzuschlafen. Aber sie war hellwach. Im Gegensatz zu Lotte, die neben ihr fröhlich vor sich hin schnarchte.

Nachdem sie sich noch ein paarmal hin und her gewälzt hatte, stand Katja auf und ging zur Toilette. Als sie herauskam, sah sie durch den Türschlitz, dass in der Küche Licht brannte. Neugierig, wer außer ihr noch wach war, öffnete sie die Tür. Die Küche war nur etwa ein Drittel so groß wie die Küche im Haupthaus, aber sehr gemütlich mit hellen Holzmöbeln eingerichtet, darunter ein Ecktisch, an dem mindestens acht Leute Platz fanden.

Jonas stand am Herd und schlug gerade ein zweites Ei in eine große Pfanne.

Als er Katja bemerkte, zuckte er verlegen mit den Schultern.

»Ich hatte plötzlich so Hunger«, erklärte er. »Kannst du auch nicht schlafen?«

»Leider nicht mehr … Gibt es noch mehr Eier?«, fragte sie, als ihr beim Anblick der brutzelnden Spiegeleier das Wasser im Mund zusammenlief.

»Klar … Magst du eins oder zwei?«

»Zwei bitte.«

Jonas ging zum Kühlschrank und holte zwei weitere Eier, die er aufschlug und ebenfalls ins heiße Fett in der Pfanne gleiten ließ.

»Kannst du bitte mal nachsehen, ob du irgendwo Brot findest?«, bat er.

Sie öffnete verschiedene Schränke.

»Nichts da … Nur eine Packung mit Crackern.«

»Dann essen wir die dazu.«

Sie deckte den Tisch, und Jonas verteilte die Eier auf zwei Teller.

»Hast du Lust auf ein Glas Wein?«, fragte er.

Sie überlegte noch, ob das eine gute Idee war, da hatte Jonas bereits eine Flasche Riesling aus dem Kühlschrank geholt.

»Ja, eines. Vielleicht kann ich dann doch wieder einschlafen.«

Er öffnete die Flasche und schenkte ein.

»Prost, Katja!«

»Prost, Jonas!«

Sie stießen an und nahmen einen Schluck.

»Hmm … Der ist aber echt toll«, sagte Jonas und las das Etikett. »Schon super, wenn man seine eigenen Weine vorrätig hat.«

»Find ich auch … Um diese Zeit habe ich schon ewig nichts mehr gegessen«, sagte Katja und schob sich eine Gabel mit Spiegelei in den Mund.

»Ich normalerweise auch nicht«, sagte Jonas. »Aber es hat echt seinen Reiz, so mitten in der Nacht.«

»Stimmt! Als ich noch mit Lotte in der WG wohnte, kam es öfter vor, dass wir nach einer Party oder einem Konzert zu Hause noch ewig in der Küche saßen, uns etwas zu essen machten und bei Bier oder Wein quatschten, bis die Sonne aufging.«

»Mit deinem Freund war das nicht so?«, fragte er.

Sie schüttelte den Kopf.

»Luca ging nicht so gern auf Partys«, sagte sie. »Mit seinem Medizinstudium und dem praktischen Jahr in der Klinik war er ziemlich eingespannt und hatte nicht viel Zeit für so was.«

»Warum habt ihr euch eigentlich getrennt?«, fragte er. »Also, falls dir die Frage nicht zu persönlich ist«, fügte er hinzu.

»Schon gut … Luca war am Anfang echt toll. Ich dachte wirklich, er könnte der Mann sein, mit dem ich mein ganzes Leben verbringen möchte. Und solange wir nicht zusammenwohnten, fiel mir gar nicht auf, wie sehr er mich manipulierte und an mir klammerte. Erst als ich zu ihm in die Wohnung zog und er mich ständig kontrollierte, merkte ich, wie sehr er mich einschränkte und dass ich auf einmal ein Leben führte, das ich so niemals gewollt hatte.«

»Das ist definitiv keine gute Basis für eine funktionierende Beziehung«, bemerkte Jonas.

Sie nickte zustimmend.

»Mit meiner letzten festen Freundin war es genau das Gegenteil, was auf Dauer allerdings auch nicht funktioniert«, sagte er.

»Ach ja? Was hat sie denn gemacht?« Nun war auch Katja neugierig und musste sich eingestehen, wie wenig sie eigentlich von ihm wusste.

»Anfangs haben wir es genossen, viel Zeit miteinander zu verbringen, und uns schließlich eine gemeinsame Wohnung in Passau genommen. Doch nach etwa einem halben Jahr wurde es ihr offenbar schon total langweilig mit mir. Es war ihr völlig egal, was ich machte. Ständig war sie mit ihren Freundinnen unterwegs, und oft sahen wir uns tagelang überhaupt nicht. Freiheiten in einer Beziehung sind wirklich wichtig, aber wenn dein Partner für ein paar Tage mit Freunden nach London verreist und es nicht für nötig hält, dir das zu sagen, dann wird das sogar dem Geduldigsten zu viel. Das Erstaunliche war, dass sie gar nicht verstehen konnte, wieso ich mich schließlich von ihr trennen wollte.«

Katja schüttelte lächelnd den Kopf.

»Ganz schön schwer, dass genau die Menschen zusammenfinden, die auch wirklich zusammenpassen«, sagte Katja.

»Allerdings.«

Er ließ das Besteck sinken und sah sie an.

»Es ist schön, mal ein wenig Zeit mit dir allein zu verbringen. In den nächsten Tagen werden wir kaum noch mal eine solche Gelegenheit bekommen, denke ich.«

Da war es wieder, dieses Prickeln, wenn sie in seine Augen sah.

»Außer, wir landen wieder schlaflos und hungrig hier in der Küche«, fügte er hinzu, als sie nichts sagte.

In Katja stritten zwei völlig unterschiedliche Gefühle. Einerseits war da diese Anziehung, die sie inzwischen nicht mehr leugnen konnte. Andererseits fühlte sie sich noch nicht bereit, sich auch nur auf die Möglichkeit einer neuen Partnerschaft einzulassen.

»Ich bin so gespannt, wie die erste Begegnung zwischen meiner Oma und ihrem Vater verlaufen wird«, sagte sie rasch, um das Thema zu wechseln.

»Das bin ich auch … Und ich habe während der Fahrt heute nachgedacht. Natürlich wäre es toll, über diese besondere Begegnung einen Bericht für die Zeitung zu schreiben. Aber vielleicht sollte so etwas doch besser privat bleiben und nur die Familie betreffen.«

Katja nahm einen Schluck Wein.

»Hm … Das können wir ja immer noch überlegen. Nicolas und ich haben vorhin besprochen, dass wir zuerst mit den beiden alleine reden werden, damit es ihnen nicht zu viel wird. Mir ist vor allem wichtig, dass beide diese Neuigkeit gut überstehen.«

»Das ist es mir auch … Soll ich nachschenken?« Er griff nach der Weinflasche.

»Nein danke … ich glaube, ich versuche doch noch mal, ein wenig zu schlafen.«

»Gute Idee, ich gehe besser auch wieder ins Bett.«

Sie räumten noch gemeinsam die Küche auf.

»Gute Nacht, Katja«, sagte er, als sie fertig waren, und sie hörte an seinem Tonfall, dass er wohl noch etwas sagen wollte.

»Gute Nacht, Jonas.«

Er griff nach dem Lichtschalter neben der Tür, doch bevor er ihn umlegte, senkte er die Hand.

»Katja?«

»Ja?« Sie wusste nicht, ob sie hören wollte, was gleich kommen würde.

»Ich möchte nichts falsch machen, aber ich bin ein wenig irritiert, was dich betrifft. Manchmal sehe ich in deinen Blicken etwas, das vielleicht über eine normale Freundschaft hinausgehen könnte. Dann wieder bist du plötzlich sehr distanziert, und ich weiß nicht so recht, wie ich das deuten soll.«

Sie schluckte.

»Jonas, bitte, ich ...«

Doch er unterbrach sie.

»Du brauchst dazu jetzt nichts zu sagen, Katja. Ich merke, wie sehr du momentan emotional gefordert bist, und weiß, dass du keine leichte Zeit hinter dir hast. Ich möchte dir nicht noch zusätzlich Stress machen. Ganz im Gegenteil. Aber ich finde, dass Offenheit der beste Weg für uns beide ist. Deswegen möchte ich dir etwas sagen, das du einfach nur zur Kenntnis nehmen sollst. Okay?«

»Okay!«

»Ich mag dich, und ich merke, dass sich zwischen uns mehr entwickeln könnte, wenn das auf Gegenseitigkeit beruht und du ähnlich fühlst. Aber ich möchte dich nicht drängen. Du sollst nur wissen, dass ich dich gern näher kennenlernen möchte, weil du mich total neugierig machst, Katja. Ich würde gerne herausfinden, ob wir mehr Gemeinsamkeiten haben und vielleicht sogar zusammenpassen. Aber ich kann warten, wenn du noch nicht so weit bist.«

Sie spürte, wie ihre Wangen heiß wurden und ihr Puls sich beschleunigte.

»Wenn du jetzt aber sagst, dass du ohnehin kein Interesse an mir hast und ich einiges nur falsch interpretiert habe, dann ist das für mich natürlich auch okay, und ich verliere nie wieder ein Wort darüber.«

Katja stand ihm gegenüber und wusste eigentlich schon, was sie ihm antworten wollte. Doch es fiel ihr schwer, die richtigen Worte zu finden.

»Hab ich das nur falsch interpretiert, Katja?«, fragte er ein wenig leiser.

»Du möchtest Offenheit, hast du gesagt«, begann sie. »Okay … Ich denke, du hast einiges vermutlich nicht falsch interpretiert, Jonas. Was mich selbst sehr überrascht, weil ich gar nicht nach so etwas gesucht habe. Trotzdem kann ich dir im Moment überhaupt nichts versprechen. Ich habe das Gefühl, dass ich mir und meinen Gefühlen gerade selbst nicht trauen kann. Deswegen wäre es auch nicht fair von mir, wenn ich dir falsche Hoffnungen mache.«

Sie sah, wie ein leises Lächeln seine Lippen umspielte.

»Verstehe … Aber was ist es denn, das dich so unsicher macht, Katja?«, fragte er.

»Genau das weiß ich doch eben nicht, Jonas«, sagte sie.

»Aber du sagst nicht, dass ich aufgeben soll?«

Katja biss sich auf die Unterlippe. Er machte es ihr wirklich nicht einfach.

»Wenn ich doch aber nichts versprechen kann!«

»Denkst du, ein Kuss würde dir vielleicht weiterhelfen, um herauszufinden, ob du es vielleicht in Erwägung ziehen könntest?«

»Wie bitte? Ein Kuss?«

Sie sah ihn überrascht an und musste schlucken.

Er nickte.

Nein, wollte sie sagen.

»Vielleicht«, rutschte ihr jedoch heraus, und sie verstand selbst nicht, wie es dazu gekommen war.

Plötzlich fühlte sich die Luft um sie herum so aufgeladen an, als würde sie gleich anfangen zu knistern.

Mit einem Lächeln, das ihre Knie weich werden ließ, beugte er sich zu ihr. Kurz bevor ihre Lippen sich berührten, flüsterte er: »Ist es für dich okay, wenn ich dich jetzt küsse?«

Sie spürte die Wärme seines Atems auf ihren Lippen und bekam eine Gänsehaut.

»Nur damit ich herausfinde, ob ich es in Erwägung ziehen kann«, murmelte sie, fast atemlos.

»Genau …«

Und dann küsste er sie. Zärtlich, vorsichtig. Ein paar Sekunden lang. Und dann löste er sich wieder von ihr und sah sie mit einem Blick an, den sie nicht deuten konnte.

»Und?«, fragte er.

»Ich fürchte …«

»Was?«

»Das war zu kurz, um eine Entscheidung treffen zu können«, sagte sie.

»Dem lässt sich leicht Abhilfe schaffen«, versprach er und küsste sie erneut. Forscher, leidenschaftlicher und viel länger als beim ersten Mal.

Katja vergaß für einen Moment alles um sich herum. Ihre Bedenken, ihre Sorgen. Sie ließ sich einfach für diesen Augenblick völlig in diesen unglaublichen Kuss fallen.

Als er sich erneut von ihr löste und sie fragend ansah, klopfte ihr Herz wie wild.

»Und?«

»Es … es könnte durchaus sein, dass ich es in Erwägung ziehe«, sagte sie und wunderte sich, dass ihre Stimme gehorchte.

Er runzelte die Stirn.

»Es könnte durchaus sein? Mehr nicht …?« Er zog eine Augenbraue nach oben.

»Na ja … ich glaube, ich ziehe es in Erwägung.«

»Du glaubst es nur?«

Er wollte einfach nicht aufgeben. Und sie war froh darüber.

»Tja … Dann bleibt mir wohl nichts anderes übrig«, sagte er und zog sie wieder an sich. »Aller guten Dinge sind drei.«

Jonas steckte seine ganze Überzeugungskraft in diesen dritten Kuss. Danach sah er sie erwartungsvoll an.

»Also na gut. Ich ziehe es in Erwägung«, sagte sie mit wackeligen Beinen.

Für ein paar Sekunden herrschte Stille.

»Ich denke, das ist eine gute Entscheidung«, meinte er dann und lächelte breit. »Dann lasse ich mich jetzt einfach überraschen, was daraus wird.«

Sie nickte.

»Gute Nacht, Katja.«

»Gute Nacht, Jonas«, sagte sie und beeilte sich, in den Wintergarten zu kommen.

Leise und vorsichtig schlüpfte sie ins Bett, um Lotte nicht zu wecken. Ihr Herz klopfte wie wild, als sie an Jonas' Küsse dachte. Offenbar war ihr Körper bereits weiter, als ihr Kopf es war. Trotzdem sagte ihr eine innere Stimme, dass sie eben einen Fehler gemacht hatte.

Doch was genau war es nur, das sie so vorsichtig sein ließ? Lag es daran, dass er Julias Cousin war und sie mit ihrer Stiefmutter nicht gut klarkam? Oder hatte sie einfach ihre letzte Beziehung noch nicht ganz verarbeitet? Wobei sie, wenn sie ehrlich war, innerlich schon längst mit Luca abgeschlossen hatte, ehe sie sich getrennt hatten. Also konnte er nicht der Grund sein, der zwischen ihr und Jonas stand.

Doch warum machte sie sich überhaupt so einen Kopf? Jonas hatte ihr versprochen, sie nicht zu drängen. Sie konnte jetzt einfach abwarten, wie sich alles entwickeln würde. Das war doch nur fair, oder?

Katja schloss die Augen und versuchte, endlich einzuschlafen. Doch sie sah ständig sein Gesicht vor sich und spürte seine Lippen auf ihrem Mund.

Wäre es denn so schlimm, wenn sie sich einfach auf ihn einlassen würde? Er war ein echt feiner Kerl, klug und aufgeschlossen, sah noch dazu gut aus, und sie war gerne mit ihm zusammen.

Doch irgendetwas hielt sie davon ab. Warnte sie sogar vor einer möglichen Beziehung.

Sollte sie auf dieses Gefühl vertrauen?

Ihre Gedanken drehten sich ständig im Kreis. Inzwischen war es schon fast halb vier Uhr früh, und sie hatte kaum geschlafen.

Plötzlich hörte sie in Gedanken die Stimme ihrer Oma:

»Unsere Familie ist verhext. Immer stirbt ein Elternteil, bevor die Kinder volljährig sind.«

Abrupt setzte sich Katja im Bett hoch. War es das, was sie davon abhielt, sich auf Jonas einzulassen? Die unbewusste Angst, dass einer von beiden ebenfalls so früh sterben könnte, falls sie sich auf eine feste Beziehung oder gar auf eine Familie einließen? Die nächste Frage war: Könnte sie sich denn überhaupt vorstellen, mit Jonas so einen Schritt zu gehen? Die Antwort darauf war ein für sie selbst überraschend klares *Ja!* Jonas war definitiv ein Mann, mit dem sie sich eine gemeinsame Zukunft vorstellen könnte. Denn wie sie sich eingestehen musste, hatte sie sich bereits längst in ihn verliebt.

»Hey, Katja … was ist denn los?«, fragte Lotte heiser und drehte sich auf Katjas Seite. »Wieso schläfst du denn nicht?«

»Entschuldige Lotte, ich wollte dich nicht wecken … Es ist alles gut.«

»Aber wenn du mit mir reden möchtest …«, murmelte sie, bevor sie auch schon wieder eingeschlafen war.

Katja lächelte. Es war schön, dass ihre beste Freundin hier war, auch wenn sie bei einem Schnarchwettbewerb sicherlich ganz oben auf dem Siegertreppchen stehen würde.

Mit der neuen Erkenntnis, die Katja soeben gewonnen hatte, fühlte sie sich einerseits erleichtert. Andererseits war diese Sorge, dass ihre Familie tatsächlich »verhext« sein könnte, immer noch da, egal wie unsinnig sie sein mochte.

»Also, was ist jetzt?«, fragte Lotte, die offenbar doch nicht eingeschlafen war und sich verschlafen im Bett hochsetzte.

»Ach nichts …«

Lotte knipste das Licht an. Ihre roten Haare waren völlig zerzaust und standen wie eine Löwenmähne von ihrem Kopf ab.

»Hey … jetzt hast du mich schon mal geweckt. Sag endlich, was los ist, und dann können wir hoffentlich beide wieder einschlafen.«

»Das kann ich dir nicht sagen, weil du mich sonst für verrückt hältst.«

»Das tu ich doch sowieso«, sagte sie und grinste. »Also, was ist los.«

In wenigen Sätzen erzählte Katja ihr von dem Gespräch mit Jonas und den Küssen in der Küche.

»Wusste ich es doch!«, sagte Lotte und drückte Katja fest an sich.

»Aber … Aber da gibt es so eine Sache in unserer Familie … meine Oma meint, es ist so was wie ein Fluch.«

»Fluch? Jetzt komm!« Lotte schüttelte ungläubig den Kopf. »So was gibt es ganz sicher nicht!«

»Das weiß ich doch. Eigentlich. Ich finde es ja selber doof, das überhaupt zu sagen, aber …« Katja erzählte Lotte von dieser Besonderheit in ihrer Familie.

»Wenn man auf die letzten vier Generationen zurückschaut, dann starb ausnahmslos immer ein Elternteil, als die Kinder noch klein waren. Teilweise waren sie noch nicht mal auf der Welt!«

»Moment!«, unterbrach Lotte sie. »Du hast da nämlich was übersehen!«

»Was meinst du?«, fragte Katja irritiert.

»Solange ihr dachtet, dass Marias Vater tatsächlich schon

vor ihrer Geburt starb, war diese Aufzählung vielleicht zutreffend. Auch wenn es natürlich trotzdem kein Fluch, sondern einfach sehr tragische Todesfälle waren ... Aber Bernard lebt ja noch.«

Katja sah sie verdutzt an!

»Natürlich! ... Und Marianne hatte immerhin auch ein Alter von knapp 75 erreicht«, sagte Katja aufgeregt. »Da war Maria schon mindestens Mitte 50!«

»Siehst du!«

»Es gibt keinen Fluch«, murmelte Katja und hätte fast aufgelacht.

»Natürlich nicht.«

»Aber leider kann trotzdem immer etwas Schlimmes passieren«, gab sie dennoch zu bedenken.

»So was weiß man vorher nie! Aber dieses Risiko hat doch jeder, Süße! Also kannst du dich jetzt völlig entspannt auf Jonas einlassen und mit ihm so viele Kinder kriegen, wie ihr wollt. Falls ihr das wollt!«, sagte Lotte und knipste das Licht aus. »So, und jetzt wird geschlafen! Gute Nacht!«

Katja verkniff sich ein Lachen. Lotte war in ihrer Direktheit manchmal wirklich eine Wohltat!

»Gute Nacht, Lotte! Vielen Dank!«

»Schon gut ... Dafür bin ich ja da!«

Katja drückte Lotte ganz fest, bevor diese sich zur Seite drehte und schon bald wieder eingeschlafen war.

Katja lag im Bett und lächelte in die Dunkelheit. Was für eine emotionale Achterbahnfahrt! Und das schon seit Wochen. Sie war beruhigt. Natürlich mussten sie und Jonas erst herausfinden, ob sie tatsächlich zusammenpassten, doch zumindest könnte sie sich auf dieses Abenteuer einlassen, ohne von der zugegebenermaßen völlig verrückten Sorge aufgefressen zu werden. Und Lotte hatte recht. Leider konnte man niemals ausschließen, dass etwas passierte. Sie würde es jetzt einfach auf sich zukommen lassen!

Erneut schloss sie die Augen und legte ihre Hände flach auf dem Bauch. Sie versuchte, ganz bewusst langsam ein- und wieder auszuatmen und ihre Gedanken völlig darauf zu konzentrieren. Und tatsächlich wurde ihr Körper immer schwerer, und schließlich segelte sie sanft hinüber in den Schlaf.

Kapitel 24

Obwohl die Nacht für Katja ziemlich kurz gewesen war, stand sie bereits um sieben Uhr früh munter unter der Dusche, während die anderen noch schliefen. Heute war Heiligabend. Der Tag, den sie als Kind am allermeisten geliebt hatte. Und auch in der Zeit in Brasilien hatten Lotte und sie diesen Tag immer zu etwas Besonderem gemacht.

Katja machte sich rasch eine Tasse Kaffee, die sie im Stehen trank, während sie durchs Fenster beobachtete, wie es draußen über den Weinbergen langsam hell wurde. Dann schlüpfte sie in Stiefel, Handschuhe und Jacke, setzte die Mütze auf und ging aus dem Haus. Klirrende Kälte verschlug ihr für einen Moment fast den Atem, doch der besondere Duft nach Winter und Schnee zauberte ihr ein Lächeln ins Gesicht. Sie wollte diesen besonderen Tag, an dem ihre Oma den totgeglaubten Vater kennenlernen würde, mit einem Spaziergang beginnen.

Sie marschierte zunächst die kleine Straße entlang und bog dann in einen Weg neben den Weinbergen ein. Bei jedem Schritt knirschte der Schnee unter ihren Sohlen. Als die Wolken am Himmel plötzlich in spektakulären Rottönen leuchteten, blieb sie stehen und nahm dieses Bild ganz bewusst in sich auf. Sie wünschte sich sehr, dass es ein gutes Omen für alles war, was heute noch vor ihnen lag.

Sie dachte wieder an Jonas und den Kuss – an die Küsse – vom Abend zuvor und wagte es, diesen herrlichen Morgen vielleicht sogar als Beginn eines neuen Abenteuers zu betrachten, auf das sie sich mit Jonas einlassen wollte.

Plötzlich hörte sie jemanden hinter sich und drehte sich um. Es war Bernard, der auf seinen Stock gestützt langsam in ihre Richtung spazierte.

»Guten Morgen, Monsieur Beaulieu«, grüßte sie ihn.

»Guten Morgen, Katja«, sagte er. »Du bist gestern leider erst so spät angekommen, dass ich dich nicht mehr begrüßen konnte.«

»Ja … Auf der Autobahn gab es einen langen Stau«, erklärte sie.

»Dafür bist du aber schon früh auf.«

»Ich konnte nicht mehr schlafen.«

»Um diese Zeit ist es hier sowieso am schönsten.«

»Das Morgenrot ist herrlich.«

»Ja … Und wenn man zu lang schläft, verpasst man es leider … Gehen wir gemeinsam ein Stück?«, fragte er.

»Sehr gern, Monsieur Beaulieu.«

»Sag doch bitte einfach Bernard zu mir«, sagte er und lächelte sie mit seinen unglaublich blauen Augen freundlich an. Augen, die Maria ohne Zweifel von ihrem Vater geerbt hatte. Das hätte ihr gleich bei ihrer ersten Begegnung auffallen müssen.

»Gern … Bernard.«

»Ich gehe jeden Tag spazieren, mindestens eine Stunde, egal, wie das Wetter ist, damit ich weiterhin fit bleibe und mein Bein hier nicht aus der Übung kommt«, sagte er und klopfte mit behandschuhten Fingern auf seinen linken Oberschenkel.

Sie konnte nicht umhin, ihn dafür zu bewundern. Trotz seines hohen Alters strahlte er eine erstaunliche Energie aus. Heute wirkte er auch viel entspannter als beim letzten Mal.

»Haben Sie sich …«, sie korrigiert sich sofort, »hast du dich am Bein verletzt?«

»Ja …«, antwortete er nur, ohne näher darauf einzugehen.

»Das tut mir leid.«

Plötzlich blieb er stehen. Katja blieb ebenfalls stehen.

»Warum bist du zurückgekommen, Katja?«, fragte er und sah sie dabei durchdringend an.

Katja fühlte sich überrumpelt. Sie und Nicolas wollten gemeinsam mit ihm reden, und sie wusste nicht, wie sie seiner Frage jetzt ausweichen sollte.

»Nicolas verhält sich seit deinem letzten Besuch ziemlich seltsam«, fuhr er fort, nachdem sie nichts sagte. »Entweder es bahnt sich etwas zwischen euch beiden an oder aber …«

Er sprach nicht weiter, doch Katja hatte das Gefühl, als ahnte er bereits, dass ihr erneutes Kommen etwas mit Marianne zu tun haben musste.

Sie beschloss, offen zu sein.

»Zwischen Nicolas und mir läuft nichts. Es geht um etwas anderes, Bernard, aber darüber wollten Nicolas und ich gemeinsam mit dir sprechen.«

»Es geht um Marianne«, sagte er, und es war keine Frage.

»Ja …«

»Ich schätze und liebe meinen Urgroßneffen sehr, aber ich würde gerne jetzt gleich von dir hören, was ihr mir zu sagen habt«, bat er freundlich, aber bestimmt.

Trotz seines entschiedenen Auftretens bemerkte Katja eine berührende Verletzlichkeit in seinem Blick. Und auch ein wenig Angst, weil er nicht wusste, was er gleich erfahren würde.

»Na gut …«, sagte sie. Vielleicht war tatsächlich genau jetzt der Moment gekommen.

Katja suchte nach den richtigen Worten. Wie sollte sie es ihm schonend beibringen? Am besten war es wohl, nicht lange um den heißen Brei herumzureden.

»Marianne bekam eine Tochter, die in dem Glauben aufgewachsen ist, dass ihr Vater, von dem ihre Mutter nie Genaueres erzählte, während der letzten Kriegsmonate gefallen war.«

An seinem Blick erkannte Katja, dass ihm sofort klar war, was sie ihm damit sagen wollte.

»Sie … sie bekam in dieser Zeit ein Kind?«, fragte er leise.

»Ja … Im September 1945. Ihr Name ist Maria. Sie ist meine Großmutter«, sagte Katja ruhig. »Und nach dem, was du uns letztes Mal über dich und Marianne erzählt hast, kann sie nur deine Tochter sein.«

»Ich habe eine … Tochter?«

Er schwankte leicht, und Katja griff nach seinem Arm und hielt ihn fest.

»Vielleicht gehen wir besser wieder zurück zum Haus«, schlug Katja vor, die plötzlich Sorge hatte, dass ihm diese Neuigkeit doch zu viel war.

»Es geht schon wieder«, sagte er. »Sag mir nur, lebt sie noch?«

Katja lächelte.

»Ja«, antwortete sie. »Maria lebt noch. Und du wirst sie heute noch kennenlernen.«

»Sie ist hier?«

Seine Augen blitzten auf.

»Ja … Sie ist hier.«

»Und sie weiß von mir?«, fragte er, und sie hörte an seiner Stimme, wie nervös er plötzlich war.

»Nein … Sie weiß noch nichts. Oma denkt immer noch, dass ihr Vater im Krieg gefallen ist.«

»Das ist meine Schuld«, sagte er leise und schloss für einen Moment die Augen.

Sie spürte ein Vibrieren in ihrer Jackentasche und fischte das Handy heraus. Es war Nicolas. Sie ging ran.

»Guten Morgen, Nicolas.«

»Wo bist du denn, Katja? Ich war eben im Gästehaus, aber da war nur Jonas schon wach und konnte mir nicht sagen, wo du bist.«

»Ich bin mit Bernard spazieren«, erklärte sie. »Und es hat sich so ergeben, dass ich ihm jetzt schon von Maria erzählt habe. Wir sind auf dem Rückweg. Bis gleich.«

Bevor Nicolas noch etwas sagen konnte, hatte sie aufgelegt.

»Bernard, ich weiß nicht, was damals zwischen dir und Marianne geschehen ist und warum Marianne allen sagte, dass du tot bist. Ich vermute, dass es dafür einen triftigen Grund gab. Aber Maria ging es bei ihrer Mutter und ihrem Großvater immer gut.«

Sie wollte unbedingt, dass Bernard das wusste.

»Danke …«, sagte er hörbar erleichtert, und doch sah sie ihm an, wie bedrückt er trotz der Nachricht war, eine Tochter zu haben. »Hatte Marianne noch weitere Kinder?«

»Nein … Nur Maria. Sie hat auch nie geheiratet.«

»Ich auch nicht …«

»Das hat Nicolas mir erzählt.«

»Kennt Maria meinen Namen?«, fragte er.

»Nein …«

Sie drehten um und gingen langsam zurück in Richtung Haus. Dabei bemerkte sie, dass sein Humpeln stärker geworden war.

»Was hast du ihr denn gesagt? Was denkt sie, warum du mit ihr hier bist?«, wollte er wissen.

»Sie denkt, wir machen hier bei Freunden von mir Urlaub … Übrigens ist nicht nur meine Oma dabei.«

Sie erzählte ihm, wer sonst noch mitgekommen war.

»Wir wollten dieses Weihnachten unbedingt alle zusammen feiern«, erklärte sie. »Aber vor allem war uns wichtig, dass du und deine Tochter euch endlich kennenlernt, nach so langer Zeit.«

»Ein Kind sollte nicht ohne seinen Vater aufwachsen«, sagte er leise.

»Manchmal geht es eben nicht anders. Mein Vater hat seinen Vater auch niemals kennengelernt.«

»Warum ist dein Vater nicht mitgekommen?«, fragte Bernard.

Katja schluckte.

»Er starb vor ein paar Wochen ganz plötzlich«, sagte sie dann und blieb stehen. »Es war … Es war sein Herz.«

»Das tut mir so leid ... Also hast du erst vor Kurzem deinen Vater verloren und Maria ihren Sohn ...«

Sie nickte. Erst während sie sich unterhielten, wurde ihr klar, dass Bernard mehr als nur seine Vaterschaft zu verkraften hatte, er musste auch mit dem Tod seines einzigen Enkelsohnes zurechtkommen. Das hatten Nicolas und sie vorher nicht bedacht.

»Wie hieß er denn, dein Vater?«, fragte er.

»Karl«, antwortete Katja leise. »Willst du ihn sehen?«

Er nickte.

Katja holte ihr Handy heraus und zeigte Bernard ein Foto von Karl.

Er betrachte es eine Weile lang schweigend. Dann sagte er leise: »Er erinnert mich ein wenig an meinen Vater.«

»Echt?«, fragte Katja.

»Ja. Vor allem um die Augenpartie ... und sein Lächeln ... Ach, ich hätte meinen Enkelsohn gerne kennengelernt«, sagte er traurig und gab ihr das Handy zurück.

Zu spät, konnte sie nur denken. Genau wie sie zu spät zu ihrem Vater gekommen war, war es auch für Bernard zu spät. Doch im Gegensatz zu ihm, der nie von seinem Enkel erfahren hatte, hätte sie es besser wissen können.

»Er hat mir nicht gesagt, dass er krank war, und deswegen bin ich zu spät gekommen«, schluchzte sie und wischte sich die Tränen aus dem Gesicht. »Ich verstehe einfach nicht, warum er mir nichts davon gesagt hat ... Und er fehlt mir so sehr.«

Bernard holte ein Päckchen Papiertaschentücher aus seiner Jackentasche und reichte sie Katja.

»Danke ...«

Sie putzte sich die Nase.

»Ach Mädchen, ich weiß nicht, wie ich dich trösten kann. Ich denke, es gibt vieles, was ich noch nicht verstehe und worüber wir reden müssen. Doch eines weiß ich jetzt schon …« Plötzlich begann er melancholisch zu lächeln. »Ich bin überglücklich, dass ich meine Urenkelin gefunden habe. Und was für eine«, sagte er, und plötzlich lachten und weinten beide gleichzeitig.

»Und ich bin so froh, dass ich dich gefunden habe«, murmelte sie.

Er legte ein wenig unbeholfen seinen freien Arm um ihre Schulter und drückte sie an sich. Und in dieser Umarmung lag so viel Zuneigung, dass es Katja plötzlich leichter ums Herz wurde.

»Schon gut, Mädchen … Alles wird gut!«, sagte er beruhigend.

»Ja …«, sagte sie leise.

Eigentlich hatte sie ihn trösten wollen, doch nun tröstete er sie.

Das Morgenrot hatte sich längst aufgelöst und einem strahlend blauen Himmel mit wenigen Wolken Platz gemacht. Der Schnee glitzerte, als lägen unzählige Brillanten in der Sonne. Es war ein ganz besonderer Tag, den sie nie vergessen würde.

»Komm, lassen wir Nicolas nicht länger warten«, sagte Bernard schließlich, und sie marschierten weiter.

»Es ist an der Zeit, dass ich dir und Nicolas die ganze Geschichte von damals erzähle. Zumindest meinen Teil«, sagte er. »Und danach möchte ich endlich meine Tochter kennenlernen.«

Katja nickte.

»Es gibt noch etwas, das du wissen musst, bevor du sie siehst, Bernard«, sagte Katja, und es tat ihr leid, dass er nun noch eine weitere bittere Pille schlucken musste.

»Was denn?«

»Oma ist an Alzheimer erkrankt.«

»Wie schlimm ist es?«, fragte er sichtlich betroffen.

»Noch hat sie mehr lichte Momente, und an manchen Tagen merkt man ihr kaum etwas an. Dann wieder vergisst sie plötzlich die einfachsten Dinge oder weiß zwischendrin nicht mehr, wer wir sind.«

»Sie wohnt bei euch?«, fragte er.

»Nein. Sie hat sich selbst dazu entschieden, in einem Seniorenheim zu leben. Wir besuchen sie, holen sie oft zu uns nach Hause, und es geht ihr dort auch ganz gut ... Die Nachricht vom Tod meines Vaters hat sich leider sehr negativ auf ihren Zustand ausgewirkt. Aber momentan ist sie wieder etwas stabiler. Du darfst dich bitte nicht wundern, wenn sie manchmal etwas verwirrt wirkt. Dafür ist sie umso schlagfertiger, wenn es ihr gut geht.«

»Es wird höchste Zeit, dass ich sie endlich kennenlerne«, sagte Bernard.

»Ja ... das ist es!«

Inzwischen waren sie am Haus angekommen. Nicolas öffnete ihnen die Haustür.

»Der Rest deiner Familie frühstückt momentan in der Küche im Gästehaus«, erklärte er Katja. »Besser, wir drei reden erst mal allein, bevor wir Maria dazuholen, oder?« Fragend sah er seinen Urgroßonkel an.

Bernard nickte.

»Junge, du hast ja einiges aufgewirbelt, nachdem du das Medaillon gefunden hast«, sagte er.

»Das hatte ich nicht vor. Aber als ich das Schmuckstück fand, spürte ich gleich, dass es mehr damit auf sich haben muss«, sagte Nicolas. »Ein Glück, dass ich Katja gefunden habe, die mir geholfen hat.«

»Danke, dass du so hartnäckig warst«, sagte Bernard, »sonst hätte ich wohl nie erfahren, dass Marianne ...«, er schluckte kurz, »... dass sie ein Kind von mir bekommen hat.«

Sie gingen in die Küche, wo schon ein Frühstück auf sie wartete, und setzten sich an den weihnachtlich gedeckten Tisch.

Obwohl Bernard inzwischen einiges erfahren hatte, was nicht einfach zu verdauen war, machte er doch einen sehr gefassten Eindruck.

Er nahm einen Schluck Kaffee. Dann sah er zuerst Nicolas und dann Katja an.

»Das, was ich gleich erzählen werde, ist nicht schön. Und nach dem, was ich inzwischen erfahren habe, bedauere ich umso mehr, was damals passiert ist. Aber ich konnte nicht ...«, er stockte.

Katja und Nicolas ließen ihm Zeit und warteten gespannt darauf, was er zu erzählen hatte.

»Es fällt mir wirklich sehr schwer«, sagte Bernard schließlich, und Katja bemerkte, dass seine Hände inzwischen ein wenig zitterten.

Katja griff nach seiner Hand und drückte sie.

»Du schaffst das, Urgroßvater!«

Bernard sah sie an und lächelte.

»Können wir das *Ur* vielleicht weglassen?«, fragte er.

»Natürlich, Großvater«, sagte Katja. »Oder ist dir *Opa* lieber?«

»Großvater bitte. Das finde ich schöner«, sagte er.

Und dann begann er, seine Geschichte zu erzählen.

Kapitel 25

Anfang 1945

Bis nach dem Jahreswechsel hatte Bernard keine Gelegenheit mehr, Marianne eine Nachricht zukommen zu lassen, geschweige denn, sich mit ihr zu treffen. Sein Bruder beobachtet ihn mit Argusaugen und hatte ihm eine Tracht Prügel angedroht, sollte er ihn noch einmal mit Marianne erwischen.

»Du bist noch viel zu jung, außerdem würden unsere Eltern es niemals gutheißen, wenn du ihnen eine Deutsche nach Hause bringst!«

»Das weißt du doch gar nicht!«, hatte Bernard entgegnet, woraufhin Louis nur noch aufbrausender geworden war.

Einerseits wollte Bernard sich von ihm nicht verbieten lassen, Marianne zu sehen. Andererseits hatte er Angst, dass Louis womöglich etwas tun würde, das Marianne schaden könnte. Bedrückt verrichtete er seine Arbeit auf dem Hof und versuchte, sich so unauffällig wie möglich zu verhalten. Doch vergessen konnte er Marianne nicht. Im Gegenteil, es verging keine Stunde, in der er nicht an sie dachte. Wenn er allein war, holte er das Medaillon aus dem Versteck und betrachtete Mariannes bezauberndes Gesicht. In blühenden Tagträumen sah er sich mit ihr Hand in Hand auf einer Wiese liegen oder stellte sich vor, wie er mit ihr durch die Weingärten in seiner Heimat spazierte. Er konnte nicht sagen, warum dem so war, aber er spürte, dass Marianne die richtige Frau für ihn war, mit der er sich eine Zukunft vorstellen konnte. Und er würde sich dieses Glück von seinem Bruder nicht zerstören lassen. Wäre nur dieser Irrsinn von Krieg endlich zu Ende, dann würde sich alles von selbst finden, da war er sich ganz sicher.

In den letzten Tagen hatte es in der Gegend immer öfter Fliegeralarm gegeben. Jedes Mal, wenn die Sirenen aufheulten, suchten er und sein Bruder mit der Bauernfamilie Schutz in einem Erdbunker hinter der Scheune. Dort saßen sie ängstlich zusammen, bis es Entwarnung gab.

Vor allem für Louis war es eine Qual, sich vor den eigenen Verbündeten in Sicherheit bringen zu müssen, weil sie hier als Gefangene gehalten wurden. Immer öfter sprach er davon, zu flüchten und sich nach Hause durchzuschlagen.

»Das ist viel zu gefährlich«, versuchte Bernard ihm dieses Unterfangen auszureden.

»Es nicht zu versuchen ist feige!«, fuhr Louis seinen jüngeren Bruder an. »Sobald es eine Gelegenheit gibt, verschwinden wir von hier.«

Bernard erkannte, dass es besser war, Louis nicht zu widersprechen, ihn nicht unnötig zu reizen. Am besten war es, wenn er ihm tagsüber tunlichst aus dem Weg ging. Es reichte ihm schon, wenn er die Abende und Nächte mit ihm in der Scheune verbringen musste.

Gleichzeitig suchte Bernard fieberhaft nach einer Möglichkeit, wie er Marianne endlich wiedersehen konnte.

Als die Bäuerin Bernard Anfang des neuen Jahres nach Osterhofen schickte, um in der Apotheke ein Medikament zu holen, war das endlich eine Gelegenheit, Marianne vielleicht zu sehen, ohne dass sein Bruder etwas dagegen tun konnte.

Auf dem Weg in die Stadt kam er an ihrem Treffpunkt am Bach vorbei. Rasch sah er sich um, und als er niemanden entdeckte, ging er die Böschung nach unten. Unter dem Stein fand er eine Nachricht von ihr: *Ich vermisse dich sehr! Wann können wir uns wiedersehen? M.*

Sein Herz klopfte schneller vor Freude; sie sehnte sich ebenso nach ihm, wie er sich nach ihr sehnte.

Fieberhaft überlegte er, welchen Vorwand er nutzen konnte, um bei ihr im Laden aufzutauchen. Noch fiel ihm nichts Vernünftiges ein, und so konnte er nur versuchen zu improvisieren.

Nachdem er das Medikament für die Bäuerin in der Apotheke abgeholt hatte, spazierte er zunächst über den Stadtplatz in der Nähe des Ladens, in der Hoffnung, ihr vielleicht ganz zufällig zu begegnen. Als sich diese Hoffnung nicht erfüllte, nahm er seinen ganzen Mut zusammen und machte sich auf den Weg zum Geschäft. Vielleicht hatte er Glück, und Marianne war allein im Laden, dann benötigte er gar keinen Vorwand. Und falls ihr Vater doch anwesend sein sollte, würde er einfach ganz unverbindlich fragen, wie viel es kostete, einen Ring anzufertigen zu lassen.

Doch er hätte sich gar keine Gedanken machen müssen, denn an der Tür hing ein Schild mit der Aufschrift: *Geschlossen!*

»*Merde!*«, murmelte er. Sein Wunsch, sie zu sehen, würde sich heute wohl nicht erfüllen. Es wäre auch zu schön gewesen.

Enttäuscht drehte er sich um, um sich auf den Rückweg zum Hof zu machen, da entdeckte er Marianne, wie sie neben ihrem Vater auf das Geschäft zuging. Sein Herz machte einen kleinen Satz. Sie war noch viel schöner, als er sie in Erinnerung hatte.

Vor Aufregung wurden seine Knie ganz weich. Doch gleichzeitig war ihm bewusst, dass er sie in Anwesenheit ihres Vaters auf keinen Fall ansprechen konnte. Er fing ihren Blick auf. Überrascht und freudig strahlten ihre Augen einen kurzen Moment auf. Dann wandte sie sich ihrem Vater zu, der Bernard glücklicherweise nicht zu bemerken schien.

»Ich möchte noch zum Friedhof ans Grab von Mutter gehen«, hörte er sie sagen. »Willst du mitkommen, Vater?«

»Ich glaube, das wird mir jetzt zu viel, Marianne. Und ich muss noch die Uhr des Bürgermeisters reparieren. Vielleicht gehst du heute besser ohne mich.«

Bernard lächelte. Im Gegensatz zu ihm war ihr sofort eine Möglichkeit eingefallen, wie sie Bernard ganz elegant einen Treffpunkt vorschlagen konnte, ohne dass jemand es mitbekam. Er bewunderte ihren Einfallsreichtum.

Unauffällig machte er sich über einen Umweg zum Friedhof auf. Er wusste nicht, wo sich das Grab ihrer Mutter befand, also schlenderte er langsam an den Ruhestätten vorbei, während er sich umsah. Endlich entdeckte er sie. Sie stand an einem Familiengrab in der Nähe des Eingangs und schien versunken in ein Gebet zu sein. Glücklicherweise waren nur wenige Menschen unterwegs, hauptsächlich alte Frauen, die ihm allerdings neugierige Blicke zuwarfen und sich vermutlich fragten, was dieser fremde junge Mann auf dem Friedhof zu suchen hatte. Er konnte also nicht einfach zu Marianne hingehen und sie ansprechen. Sie mussten aufpassen, durften keine Aufmerksamkeit erregen. Langsam schlenderte er in ihre Richtung. Sie hörte offenbar seine Schritte im Kies und drehte sich um. Nur für eine Sekunde sah sie ihn an, bevor sie das Kreuzzeichen schlug und den Friedhof verließ.

Er wartete noch kurz, dann folgte er ihr unauffällig. Sie spazierte durch die Grünanlage neben dem Friedhof bis hinter die kleine Marienkapelle. Er sah sich noch mal um, dann ging auch er dorthin. Marianne stand an der Mauer.

»Endlich!«, flüsterte sie.

»Marianne … ich bin so froh, dich zu sehen.« Er zog sie an sich, und sie küssten sich innig.

Als sie sich voneinander lösten, sah sie ihn strahlend an.

»Ich hab es gespürt, dass ich dich heute sehen werde«, verriet sie ihm.

»Leider konnte ich die letzten Tage nicht weg vom Hof«, erklärte er, ohne ihr jedoch zu verraten, dass dies vor allem an seinem Bruder lag, der so vehement gegen ihre Verbindung war. »Aber ich habe die ganze Zeit an dich gedacht, Marianne.«

»Und ich an dich.«

»Geht es dir gut?«

»Ja … Stell dir vor, wir haben endlich wieder einen Brief

von meinem Bruder bekommen«, sagte sie glücklich. »Er war einige Wochen sehr krank, hatte sogar eine Lungenentzündung, aber jetzt ist er wieder auf dem Weg der Besserung.«

Bernard freute sich für sie. Er wusste, wie sehr auch seine Familie stets darauf wartete, ein Lebenszeichen von den Söhnen zu bekommen, und schrieb so oft wie möglich nach Hause.

»Das sind sehr gute Nachrichten«, sagte er und drückte sie wieder an sich.

»Ja ... Vielleicht ist es ja besser, wenn er weiterhin in Gefangenschaft bleibt, solange der Krieg noch andauert. Dann kommt er wenigstens nicht bei einem Gefecht ums Leben«, sagte sie.

Bernard nickte. Dennoch vermutete er, dass es den meisten Männern in den russischen Gefangenenlagern längst nicht so gut ging, wie ihm und seinem Bruder hier, auch wenn sie zur Zwangsarbeit eingesetzt waren. Die Bäuerin, für die sie arbeiten mussten, war zwar streng und duldete keine Regelverstöße, aber sie gewährte den Brüdern doch ab und zu auch Freiheiten, die andere nicht genossen.

»Ich hoffe sehr für uns alle, dass es bald vorbei ist und er gesund zu euch zurückkommt.«

Sie griff nach seiner Hand.

»Dann brauchen wir unsere Liebe auch nicht mehr zu verheimlichen«, sagte sie hoffnungsvoll.

Statt einer Antwort küsste er sie wieder.

Natürlich wünschte er sich genau dasselbe, trotzdem konnte er die Augen vor dem, was dann vermutlich auf sie zukam, nicht verschließen.

»Können wir uns bald wieder über der Scheune treffen?«, fragte Marianne, und er bemerkte, wie ihre Wangen sich leicht röteten, was ihn zum Lächeln brachte.

»Nichts wünsche ich mir mehr, Marianne. Ich weiß nur nicht, wie ich mich unbemerkt vom Hof schleichen kann. Aber ich versuche, bald einen Weg zu finden!«, versprach er, ohne zu wissen, wie er dieses Versprechen halten sollte.

Tatsächlich sollten nach ihrer kurzen Begegnung noch fast drei Wochen vergehen, bis sie sich wiedersahen.

Louis lag mit einer fiebrigen Erkältung flach, und die Bäuerin hatte ihn für ein paar Tage in einer Kammer im Haus untergebracht, in der es wärmer war als in ihrer provisorischen Unterkunft in der Scheune.

So war es Bernard möglich, sich in der Nacht hinauszuschleichen, ohne dabei von Louis oder jemand anderem bemerkt zu werden.

An den zwei aufeinanderfolgenden Tagen konnten Marianne und er ein paar gemeinsame Stunden in ihrem kleinen Versteck genießen. Endlich waren sie allein und ungestört.

Nachdem sie miteinander geschlafen hatten, lagen sie fest zugedeckt und eng aneinandergekuschelt unter mehreren Decken.

»Ich glaube, das neue Jahr meint es gut mit uns«, sagte Marianne. »Stell dir vor: Es kam noch mal eine Nachricht von Joseph. Mein Bruder schlägt sich wacker im Lager durch, indem er für die Russen Uhren repariert.«

»Was für eine wundervolle Nachricht«, sagte Bernard.

»Nicht wahr? … Ach, Bernard, das alles macht mir Hoffnung, dass er das übersteht und irgendwann wieder gesund heimkommen wird!«

Marianne streichelte über sein Gesicht.

»Und ich bin mir ganz sicher, dass es für uns beide auch gut ausgehen wird«, sagte sie.

»Das bin ich auch«, sagte Bernard und küsste sie.

Die restlichen Stunden verbrachten sie damit, Pläne für eine gemeinsame Zukunft zu schmieden. Inzwischen spielte auch Marianne häufig den Gedanken durch, wie es wohl wäre, in Frankreich oder in einem anderen Land zu leben, sollten sich ihnen zu viele Hindernisse in den Weg stellen.

»Und irgendwann, wenn wir beide ganz, ganz alt geworden sind«, sagte sie, »dann sitzen wir gemeinsam zufrieden auf einer Bank und sehen unseren Enkeln und Urenkeln beim Spielen zu.«

»Und auch dann wirst du noch immer meine große Liebe sein, Marianne«, sagte er leise.

»Und du meine, Bernard.«

In den frühen Morgenstunden, als es draußen noch dunkel war, verabschiedeten sie sich voneinander. Bernard fiel es ganz besonders schwer, sie gehen zu lassen. Seinem Bruder ging es inzwischen besser, und vermutlich würde er schon bald zum Schlafen zurück in die Scheune kommen.

»Es kann sein, dass es eine Weile dauern wird, bis wir uns das nächste Mal hier treffen können«, sagte er.

»Es ist schrecklich für mich, nicht zu wissen, wann wir uns wiedersehen«, gestand sie.

»Für mich auch. Aber wir finden schon einen Weg …«

»Ich weiß.«

»Ich werde dir an unserem geheimen Postamt eine Nachricht hinterlassen, wann es bei mir wieder möglich ist«, versprach er und zog sie an sich.

»Lass mich bitte nicht zu lange darauf warten«, entgegnete sie.

»Ich versuche mein Bestes!«

»Das weiß ich doch!«, sagte sie und lächelte so bezaubernd, dass er sich fragte, wie er auch nur einen Tag ohne sie aushalten sollte.

»Pass gut auf dich auf, Marianne«, sagte Bernard leise, nachdem sie sich ein letztes Mal zum Abschied geküsst hatten.

»Das werde ich. Und du auch auf dich!«

»Mache ich! … Bis bald, *mon cœur*!«

Nachdem Louis wieder gesund war und er seinen Bruder wieder genauer im Auge behalten konnte, war es für Bernard tatsächlich nicht mehr möglich, sich in der Nacht hinauszuschleichen. Zudem wurde die Lage im Land immer kritischer. Obwohl die meisten das Kriegsende herbeisehnten, gab es doch noch immer Menschen, die ihre Hoffnung weiterhin in den Führer setzten und daran festhielten, dass die Deutschen siegen würden und man deswegen durchhalten müsse. Inzwischen waren sogar die erst vierzehnjährigen Jungen eingezogen worden, die mehr oder weniger als Kanonenfutter für die immer näher rückenden Alliierten geopfert wurden.

Bernard nutzte die erstbeste Gelegenheit, um Marianne eine Nachricht zukommen zu lassen: sie solle durchhalten, er würde immer an sie denken. Als er den Stein anhob, entdeckte er zu seiner Freude eine Nachricht von ihr. *Mein liebster B., ich vermisse dich so unendlich. Hoffentlich findest du bald eine Möglichkeit, damit wir uns sehen können, denn es gibt etwas, das ich dir unbedingt erzählen muss. In ewiger Liebe und Treue, deine M*

Obwohl es kaum vorstellbar war, dass jemand ihr geheimes Postamt ausfindig machte, vermieden sie es, ihre Namen auf den Nachrichten zu hinterlassen.

Bernard las ihre Zeilen ein weiteres Mal und schloss für einen Moment die Augen. Er sehnte sich so sehr nach ihr, dass es ihn schon fast körperlich schmerzte. Vielleicht sollte er einfach alle Vorsicht über den Haufen werfen und sie besuchen? Doch er wusste nicht, was das für Konsequenzen nach sich ziehen würde. Er wollte auf keinen Fall riskieren, dass Marianne womöglich Probleme bekam.

Trübsinnig machte er sich auf den Rückweg zum Hof und war froh, dass niemand seine kurze Abwesenheit bemerkt hatte.

Ein paar Tage später – es war inzwischen Ende Februar – kam die Bäuerin am Abend in die Scheune.

Louis las gerade, während Bernard einen Brief an die Familie schrieb.

»Louis, Bernard! Ich brauche eure Hilfe.«

Die Männer schraken hoch.

»Was ist passiert?«, fragte Bernard, der die Frau noch nie so aufgeregt erlebt hatte.

»Das Haus, in dem meine Schwester gewohnt hat, ist vor zwei Tagen abgebrannt. Sie hat sich und die beiden Kinder sowie ein paar Habseligkeiten retten können und kam zunächst bei den Nachbarn unter. Aber die haben selbst kaum Platz, da können sie nicht bleiben. Wir nehmen sie bei uns auf. Bitte spannt gleich morgen früh den Ochsen an und fahrt nach Plattling, um sie abzuholen.«

»Natürlich«, sagte Bernard sofort, während Louis keinen Ton sagte und nur nickte.

»Für den Fall, dass sie euch unterwegs kontrollieren sollten, gebe ich euch ein Schreiben mit, in dem steht, dass ich euch geschickt habe.«

Ein solches Schreiben hatte keine Gültigkeit, das war allen klar, im Zweifelsfall konnte es aber vielleicht dennoch helfen.

»Ich danke euch sehr«, sagte die Bäuerin.

»Wir machen das gern«, entgegnete Bernard.

»Und bitte seid vorsichtig!«, mahnte sie die beiden. »Damit euch nichts passiert!«

Bevor sie am nächsten Morgen noch in der Dunkelheit aufbrachen, holte Bernard das Medaillon aus dem Versteck. Er betrachtete Mariannes Gesicht eine Weile und steckte es dann in die Innentasche seiner Jacke.

Louis hatte bereits den Ochsen vor den Wagen gespannt und wartete auf Bernard.

»Komm jetzt«, forderte er seinen Bruder auf.

Bernard stieg zu ihm auf den Wagen, dann fuhren sie los. Eine Weile lang sagte keiner der beiden ein Wort.

Langsam brach der Tag an, während sie die kleinen Wege an Dörfern entlang in Richtung Plattling fuhren.

Es herrschten Minusgrade, und die Wolken am Himmel verhießen noch mehr Schnee.

Bernard klappte den Kragen seiner Jacke hoch. Ihn fröstelte, doch Louis schien das Wetter nicht weiter zu stören. An einer Kreuzung lenkte er den Ochsen nach links.

»Ich glaube, das ist die falsche Richtung«, sagte Bernard. »Wir müssen weiter geradeaus ... Louis, hörst du? Nach Plattling geht es da lang.«

»Wir fahren nicht nach Plattling«, sagte Louis.

»Was? Wo willst du denn sonst hin?«

»Es wird Zeit, dass wir uns nach Hause durchschlagen.«

»Nach Hause, mit dem Ochsenkarren?« Bernard hätte fast aufgelacht. War Louis jetzt verrückt geworden?

»Wir tauschen ihn unterwegs ein. Gegen Lebensmittel und was wir sonst noch brauchen.«

»Das ist doch viel zu gefährlich!«, rief Bernard, dem mit einem Mal das Lachen vergangen war. Sein Bruder meinte es offenbar völlig ernst.

»Gefährlich ist es, noch weiter hier zu bleiben! Ich habe nur auf eine Gelegenheit wie diese gewartet. Wir müssen es ausnutzen, dass die Bäuerin uns mit dem Ochsenkarren losgeschickt hat.«

»Halt an!«

»Das werde ich ganz bestimmt nicht tun.«

»Aber das ist ja noch nicht einmal die richtige Richtung, in die du fährst!«

»Wir werden nur auf den kleinen Straßen fahren. Das mag vielleicht ein Umweg sein, ist aber sicherer für uns.«

Im Gegensatz zu den vergangenen Monaten war Louis erstaunlich ruhig.

»Das geht nie und nimmer gut! Kehr um, noch ist nichts passiert«, forderte Bernard ihn auf, doch Louis antwortete ihm nicht.

Fieberhaft überlegte Bernard, was er tun sollte. Die Chancen, dass sie sich unbeschadet über fünfhundert Kilometer bis nach Hause durchschlagen würden, waren gleich null. Doch Louis machte nicht den Eindruck, als würde er sich von seinem Plan abbringen lassen.

Bis jetzt hatte Bernard immer versucht, das Verhalten seines Bruders zu verstehen und zu entschuldigen, auch wenn er oft nicht dessen Meinung war. Doch jetzt ging er eindeutig zu weit.

Bernard wollte nicht weg von hier. Nicht jetzt. Und schon gar nicht ohne Marianne.

Entschlossen richtete er sich auf und sprang vom Wagen.

»Bernard!«

Louis versuchte, den Ochsen zum Stehen zu bringen, was ihm nicht sofort gelang.

»Ich komme nicht mit«, rief Bernard ihm zu. »Diesmal nicht!« Er würde nicht wieder auf Louis hören wie im vergangenen Frühjahr. Bernard und sein Bruder wären von den Besatzern im Elsass eingezogen worden, um für die von Louis so verhassten Deutschen in der Wehrmacht zu kämpfen. Louis hatte ihn überredet, sich in einen nicht besetzten Teil Frankreichs zu Verwandten durchzuschlagen und dort das Ende des Krieges abzuwarten. Dabei waren sie aufgegriffen worden und in Gefangenschaft geraten.

Obwohl es ihm fast das Herz zerriss, war wohl jetzt der Zeitpunkt gekommen, zu dem sich ihre Wege trennten. Wie er der Bäuerin den Verlust des Wagens und Louis' Verschwinden erklären sollte, wusste er in diesem Moment allerdings nicht.

Louis sprang vom Wagen und eilte mit großen Schritten auf ihn zu.

»Du wirst nicht hierbleiben«, schrie er wütend.

Er packte Bernard an der Schulter und hielt ihn fest.

»Louis, bitte sei doch vernünftig! Lass uns hierbleiben, bis der Krieg vorbei ist. Das kann doch ohnehin nicht mehr lange dauern. Und dann gehen wir gemeinsam zurück!«

»Dann ist es vielleicht zu spät!«

»Zu spät? Zu spät für was?« Bernard verstand überhaupt nicht, was mit Louis los war.

Er sah, wie Louis' Kiefer mahlte.

»Louis? Was ist mit dir los?«

»Vor ein paar Wochen kam ein Brief unseres Vaters ...«, sagte Louis schließlich.

»Ja. Mir hat er auch geschrieben. Aber ...«

»Mutter geht es nicht gut«, platzte es plötzlich aus Louis heraus. »Vater hat mich gebeten, es dir nicht zu sagen, weil er weiß, wie sehr du an Mutter hängst ... Die Ärzte haben gesagt, dass ihr nicht mehr viel Zeit bleibt.«

Schockiert sah Bernard ihn an. Seine Mutter war todkrank? Das hätte sein Vater doch auch ihm sagen müssen!

»Verstehst du es jetzt?! Wir müssen nach Hause.«

Bernard sah den Schmerz in den Augen seines Bruders, während er selbst erst noch verarbeiten musste, was er gerade gehört hatte.

»Louis«, sagte er trotzdem vorsichtig. »Wir wären wochenlang unterwegs, falls wir es überhaupt bis nach Hause schaffen.«

»Na und?«

»Mutter würde niemals wollen, dass wir uns in eine solche Gefahr begeben. Und Vater auch nicht ... Es ist schrecklich, dass Mutter so krank ist, aber bitte, Louis, komm zur Besinnung! Wir dürfen das nicht tun.«

Plötzlich strömten Tränen über die Wangen seines Bruders. Noch nie hatte Bernard ihn bisher weinen sehen. Er schluckte.

»Louis …«

In diesem Moment hörten sie in der Ferne Sirenen aufheulen und erschraken. Rasch sahen sie sich um, doch hier gab es weit und breit nichts, wo sie sich hätten in Sicherheit bringen können.

»Da vorne ist ein kleiner Wald«, rief Louis.

»Das ist viel zu weit weg«, widersprach Bernard.

»Wir haben keine andere Wahl.«

Eilig stiegen sie auf den Wagen, und Louis lenkte den Ochsen in die Richtung, aus der sie gekommen waren. Sie waren noch nicht weit, da kamen die typischen Geräusche der Tiefflieger immer näher.

»Jagdbomber!«, rief Bernard, dem vor Angst ganz schlecht geworden war.

»Wir müssen unter den Wagen«, rief Louis und brachte den Ochsen erneut zum Stehen. Sie sprangen vom Wagen. Sowie das Rattern der Maschinengewehrsalven ertönte, spritzte auch schon die Erde neben ihnen auf.

Während Louis bereits unter dem Wagen Schutz gefunden hatte, spürte Bernard plötzlich einen heißen Schmerz in seinem Bein und in der Hüfte. Er knallte mit dem Kopf gegen den Wagen. Dann wurde alles um ihn herum dunkel.

Bernard bekam nicht mit, wie sein Bruder ihn wieder in den Wagen zerrte, gleich nachdem die Flieger verschwunden waren. Auch nicht, wie er fieberhaft versuchte, die Blutung zu stoppen, indem er das Bein oberhalb der Schusswunde mit seinem zerrissenen Hemd abband und die anderen Wunden verband. Oder wie er den Ochsen ohne Gnade antrieb, bis er am Rand einer kleinen Ortschaft ankam, wo er am ersten Haus klopfte.

»Ich brauche Hilfe und einen Arzt!«, rief er verzweifelt. Die beiden Frauen, die öffneten, halfen ihm, Bernard vom Wagen zu holen und die Wunden notdürftig im Haus zu versorgen. Eines der Kinder wurde losgeschickt, um den Arzt zu verständigen.

Erst jetzt bemerkte Louis, dass er selbst eine Verletzung am Oberarm hatte, doch es war zum Glück nur ein Streifschuss, der rasch versorgt war.

Bernard wachte auf, als der Arzt die Wunden untersuchte. Die Schmerzen waren unerträglich.

»Es hat ihn schlimm erwischt«, sagte der Mediziner.

Bernard stöhnte laut auf. Was war mit ihm passiert?

»Geben Sie ihm doch etwas«, hörte er seinen Bruder sagen.

Kurz darauf spürte er einen Einstich am Arm, und er schlief wieder ein.

Er bekam nicht mit, wie sie ihn in das nächstgelegene Lazarett fuhren. Tagelang dämmerte er zwischen Wachen und Schlafen, gequält von schrecklichen Schmerzen und hohem Fieber.

»Wir müssen ihm das Bein abnehmen«, sagte der Chirurg zu Louis. »Sonst wird er die kommende Nacht nicht überleben!«

Doch das war noch nicht alles. Eine weitere Kugel hatte ihm an der Hüfte ein Stück Fleisch herausgerissen. Auch diese Wunde hatte sich entzündet.

»Tun Sie alles, was Sie tun müssen«, sagte Louis und wich nicht mehr von der Seite seines Bruders.

Bernard schlug die Augen auf. Noch immer mit Schmerzen, doch zum ersten Mal schien er klar zu sein.

»Bernard!«

Er drehte den Kopf zu seinem Bruder, der ihn besorgt mit einem traurigen Lächeln ansah.

»Louis … Was ist passiert?«

Seine Stimme klang heiser, und sein Hals war trocken und fühlte sich an wie Schmirgelpapier.

Louis gab ihm etwas zu trinken, dann erzählte er ihm, was passiert war.

Als Bernard realisierte, dass er sein rechtes Bein unterhalb des Knies verloren hatte, rannen ihm Tränen übers Gesicht.

»Aber du hast überlebt. Das ist die Hauptsache, mein Bruder.«

Bernard schloss die Augen. Glücklicherweise war er immer noch so geschwächt, dass er bald wieder einschlief.

Obwohl er sich körperlich von Tag zu Tag erholte, wurde sein Gemütszustand immer düsterer.

Er war noch keine zwanzig Jahre alt und schon ein Krüppel! All die Pläne, die er für sein Leben, vor allem aber für ein Leben zusammen mit Marianne gemacht hatte, hatten sich in Luft aufgelöst.

»Louis?«

»Ja?«

»Wo ist meine Jacke?«

»Sie ist im Schrank.«

»In der Innentasche ist das Medaillon. Bitte bring es mir.«

Bernard sah, wie sein Bruder schon Einwände vorbringen wollte. Er griff nach seiner Hand.

»Bitte …«

Ohne ein Wort stand Louis auf und brachte ihm die Kette mit dem silbernen Herzen.

»Lass mich bitte eine Weile allein«, bat er seinen Bruder.

Als Louis hinausgegangen war, öffnete er das Medaillon mit zitternden Fingern. Tränen schossen in seine Augen, als er Mariannes Foto ansah. Sie war so wunderschön. Er liebte sie so sehr. Und gerade weil er sie so sehr liebte, konnte er ihr nicht zumuten, dass sie mit einem Mann zusammen sein sollte, der buchstäblich nicht mehr mit beiden Beinen im Leben stand.

»Ein Leben ohne mich wird besser für dich sein«, flüsterte er heiser.

Als Louis wieder zurückkam, drückte er ihm die Kette in die Hand.

»Du musst etwas für mich tun, Louis. Bitte gib das Medaillon Marianne zurück. Und sag ihr, dass ich bei einem Fliegerangriff ums Leben kam.«

Louis sah ihn schweigend an, bis er schließlich nickte.

»Ich glaube, das ist das Beste für alle«, sagte er schließlich.

»Aber sag ihr bitte auch, dass du weißt, dass ich sie sehr geliebt habe.«

Kapitel 26

Katja wischte sich verstohlen Tränen aus den Augen. Die Geschichte von Bernard berührte sie zutiefst. Jetzt war ihr auch klar, was es mit seinem Humpeln auf sich hatte. Er hatte eine Prothese.

Auch Nicolas kämpfte etwas mit seiner Fassung. Was waren das nur für schreckliche Zeiten gewesen?

»Offenbar hat Louis ihr das Medaillon damals nicht gegeben«, sagte Bernard leise, »obwohl er es mir versprochen hatte. Wir haben danach nie wieder darüber gesprochen.«

»Deswegen hat Marianne geglaubt, du wärst im Krieg gefallen. Obwohl das nicht erklärt, warum sie so ein Geheimnis daraus gemacht hat.«

»Damals war es sicher nicht einfach, wenn man als ledige Frau das Kind eines Kriegsgefangenen zur Welt gebracht hat«, meinte Bernard.

»Das kann sein … Vielleicht wollte sie dadurch ihre Tochter schützen«, spekulierte Nicolas.

»Wir werden wohl nie erfahren, was genau damals wirklich geschah«, sagte Bernard.

»Hast du denn nie wissen wollen, was aus Marianne geworden ist? Nie recherchiert, ob sie noch lebt?«, fragte Katja.

Bernard schüttelte den Kopf.

»So wie ich Marianne kennengelernt habe, hätte sie mich wegen meiner Verletzung nie zurückgestoßen. Aber damals dachte ich wirklich, dass ich ihr auf keinen Fall zumuten könnte, mit einem Mann zusammen zu sein, mit dem die vielen Dinge, die wir uns ausgemalt hatten, nicht möglich gewesen wären. Ich habe versucht, sie zu vergessen, was mir jedoch nicht gelang. Es gab eine Zeit, vielleicht vier oder fünf Jahre später, da bereute ich es sehr, dass wir sie angelogen hatten. Ich war sogar versucht, nach Bayern zu fahren, um ihr die Wahrheit zu sagen. Letztlich hatte ich jedoch nicht den Mut dazu. Meine Lüge war zu groß gewesen. Irgendwann habe ich mir dann eingeredet, dass sie sicherlich einen neuen Mann kennengelernt hatte, mit dem sie inzwischen glücklich war. Das machte es mir ein wenig einfacher.«

»Würdest du das heute noch mal so machen?«, fragte Katja behutsam.

Er zuckte ratlos mit den Schultern.

»Ich weiß es nicht. Ganz sicher hätte ich anders gehandelt, hätte ich von der Schwangerschaft gewusst. Im Nachhinein betrachtet, war es ein großer Fehler. Aber die schweren Verletzungen und die Amputation haben mich damals auch sehr depressiv gemacht. Ich dachte wirklich, dass mein Leben vorbei war. So etwas wie eine therapeutische Aufarbeitung, die mir womöglich geholfen hätte, gab es damals nicht.«

Eine Weile lang schwiegen sie. Dann griff Bernard nach seinem Stock und stand auf.

»Es wird Zeit, dass ich meine Tochter kennenlerne.«

»Ich hole sie«, sagte Katja, die plötzlich sehr aufgeregt war. Hoffentlich würde Maria die Nachricht gut verkraften.

»Sollen wir ins Wohnzimmer gehen?«, fragte Nicolas. »Die erste Begegnung unter dem Weihnachtsbaum wäre doch was Besonderes.«

Katja musste sich plötzlich ein Grinsen verkneifen. So wie es aussah, war Maria in der Nacht des Heiligabends entstanden.

Doch Bernard schüttelte den Kopf.

»Nein. Den Christbaum gibt es für alle erst am Abend zu sehen, wenn Bescherung ist«, sagte er. »Maria ist im Gästehaus?«

»Ja.«

»Dann lasst uns dahin gehen.«

»Aber da sind auch die anderen«, warf Nicolas ein. »Möchtest du sie nicht erst alleine kennenlernen?«

Bernard wandte sich an Katja.

»Vielleicht ist es für sie einfacher, wenn sie es in einer ganz normalen Situation erfährt? Im Kreis der Menschen, die sie kennt?«, meinte er.

Katja war überrascht, wie sehr er versuchte, sich in seine Tochter hineinzuversetzen.

»Versuchen wir es«, sagte sie.

»Da bist du ja endlich!«, rief Lotte, als Katja die Küche betrat. Dort saßen Jonas, Julia, Ella, Maria und Lotte zusammen am Tisch und spielten Stadt, Land, Fluss.

Katja fing einen Blick von Jonas auf und lächelte ihm zu.

»Spielst du auch mit, Katja?«, fragte Ella.

»Vielleicht später«, sagte sie. »Ich möchte euch gerne jemanden vorstellen.«

Nun kamen Nicolas und Bernard in die Küche.

Für eine Sekunde schienen alle den Atem anzuhalten.

»Nicolas kennt ihr ja schon. Und das hier«, sie drehte sich kurz zu Bernard, »das ist Bernard Beaulieu, Nicolas' Urgroßonkel und der Chef des Weingutes.«

Nacheinander standen alle auf und begrüßten den alten Herrn mit einem Handschlag.

»Und du musst Ella sein«, sagte Bernard und streichelte dem Mädchen lächelnd über den Haarschopf.

»Bin ich.«

Als Letzte reichte ihm Maria beherzt die Hand und sagte mit einem fröhlichen Augenzwinkern: »Hallo Bernard, ich bin Maria, und meine Güte, bin ich froh, dass ich jetzt nicht mehr die Älteste hier bin.«

Alle sahen sie eine Sekunde perplex an, bevor sie zu lachen anfingen. Maria ging es heute offenbar ausgesprochen gut, was die Sache hoffentlich leichter machen würde. Katja beobachtete Bernard, dem ebenfalls ein Lächeln über die Lippen huschte.

»Tja«, sagte er. »Von euch wird mich sicher keiner mehr einholen können.«

Katja wusste nicht, wie es nun weitergehen würde. Sollte sie Bernard als Marias Vater vorstellen, oder würde Bernard das selbst machen?

»Vielen Dank jedenfalls, dass wir die Weihnachtstage hier verbringen dürfen. Katja und Julia haben mich damit ja sehr überrascht. Aber ich finde, es war eine gute Idee«, sagte Maria.

»Finde ich auch«, gab Lotte ihr recht.

»Soll ich vielleicht noch ein paar Stühle holen?«, fragte Nicolas.

»Ach, ich kann gern auch stehen«, sagte Jonas und stellte sich neben Katja.

»Ich glaube, es ist besser, wenn ich auch stehen bleibe«, sagte Bernard.

Katja wurde immer nervöser, und in einem spontanen Impuls griff sie nach Jonas' Hand. Der warf ihr einen überraschten Blick zu, lächelte dann und drückte ihre Hand.

»Das wird schon alles«, flüsterte er ihr ins Ohr.

Sie nickte und räusperte sich.

»Oma«, begann Katja. »Es gibt da etwas, das Bernard dir sagen möchte.«

»Ach ja?« Maria sah ihn neugierig an.

Bernard räusperte sich ebenfalls.

»Tja … ich glaube, es gibt da irgendwie kein richtig oder falsch und schon gar keine Anleitung, wie man in diesem Fall vorgeht«, begann er. »Aber sollen wir diesen Moment nicht vielleicht mit einer Kamera festhalten?«, fragte er an Nicolas gewandt.

Erstaunlich, dass ausgerechnet der Älteste daran dachte.

»Das kann ich gerne machen«, bot Jonas an und holte sein Handy heraus.

»Danke!«, sagte Bernard.

»Was wird das denn hier nun eigentlich?«, fragte Maria, die sich inzwischen zweifellos wunderte, was Bernard denn so Besonderes zu sagen hatte.

Alle sahen die beiden gespannt an.

»Ich muss wohl ein klein wenig ausholen«, sagte Bernard. »Ein Jahr vor Kriegsende waren mein Bruder und ich als Kriegsgefangene in einem kleinen Dorf in der Nähe von Osterhofen untergebracht. Durch Zufall lernte ich eine junge Frau kennen, die sofort mein Herz eroberte. Diese Frau hieß Marianne und war deine Mutter.«

»Meine Mutter?«, fragt Maria und sah ihn verdutzt an.

»Ja … Es war jedoch alles nicht so einfach für uns. Niemand durfte wissen, dass wir zusammen waren. Das hätte zu viele Probleme gegeben … Und dann … dann wurde ich bei einem Fliegerangriff sehr schwer verletzt und, na ja, jedenfalls sah es so aus, als ob ich womöglich nicht überleben würde … Wie genau alles passierte, erzähle ich dir später noch ausführlicher, aber jedenfalls dachte Marianne, dass ich umgekommen bin.«

Das Lächeln aus Marias Gesicht war nun vollends erloschen. Sie sah Bernard an und versuchte offenbar zu verstehen, was er ihr damit sagen wollte.

»Umgekommen? So wie mein Vater?«, fragte sie leise.

»Ich bin dein Vater, Maria«, sagte er leise. »Und ich wusste nie, dass ich eine Tochter habe.«

»Du bist Omis Papa?«, fragte Ella und sah ihn mit großen Augen an.

»Ja, Ella. Und ich bin auch dein Urgroßvater!«

»Cool!«

Maria hatte noch nichts gesagt. Sie starrte Bernard immer noch an.

»Ich weiß, wir überfahren dich jetzt sehr mit dieser Neuigkeit«, sagte Katja behutsam.

»Allerdings!«, kam es trocken von Maria. »Sind wir deswegen hierhergekommen?«

»Ja«, sagte Julia. »Damit ihr euch endlich kennenlernt.«

»Na, die Überraschung ist euch gelungen«, sagte Maria und begann über das ganze Gesicht zu strahlen.

Alle waren von einer tränenreichen ersten Begegnung ausgegangen, doch Maria verblüffte sie alle.

Sie ging zu ihrem Vater, und die beiden umarmten sich fest.

»Ich kann es gar nicht glauben«, sagte Maria. »Ich weiß gar nicht, was ich sagen soll.«

»Ich konnte es auch kaum glauben«, sagte Bernard, »aber ich bin so unendlich glücklich, dass ich dich gefunden habe, mein Kind.«

Und nun flossen bei Maria doch noch die Tränen.

Bis auf Ella kämpften auch alle anderen bei diesem rührenden Anblick um Fassung.

»Was ist denn hier los?«, wurde die emotionale Familienidylle plötzlich von einer männlichen Stimme unterbrochen.

Sie drehten sich zur Tür um. Dort stand David und wusste offenbar nicht so recht, was er von dem Ganzen halten sollte.

Katja warf rasch einen Blick zu Nicolas, dem deutlich anzusehen war, wie sehr er hoffte, das Erscheinen seines Vaters würde ohne großartige Auseinandersetzung vonstattengehen.

Bernard löste sich kurz von Maria und griff dann nach ihrer Hand.

»David, darf ich dir meine Tochter Maria vorstellen?«

»Deine was?«, fragte David ungläubig.

»Meine Tochter«, wiederholte Bernard ruhig. »Katja,

meine Urenkelin kennst du ja bereits. Und das sind noch ...«

»Ich glaub's einfach nicht!«, unterbrach David ihn wütend und wandte sich dann an Nicolas.

»Das also hat uns das Medaillon letztlich eingebrockt?«, fuhr er ihn an. »Wer sagt denn, dass das auch wirklich stimmt, dass die Leute hier nicht nur Hochstapler sind, die es auf unser Erbe abgesehen haben?«

»Vater!«, rief Nicolas. »Hör dir doch erst alles an, was ...«

»Ich brauche mir nichts anzuhören. Auch wenn diese Leute tatsächlich mit uns verwandt sein sollten, so haben sie hier trotzdem nichts zu suchen!«

»David! Sei sofort still!«, dröhnte Bernards Stimme streng. »Das hier ist immer noch mein Haus, und du hast dich zu benehmen.«

»Und du lässt dich einfach so von denen einlullen?«, fuhr David beharrlich fort.

Während die Männer stritten, bemerkte Katja besorgt, wie sich der Gesichtsausdruck ihrer Großmutter veränderte. Rasch ging sie zu ihr und legte einen Arm um sie.

»Was ist denn los?«, fragte sie verwirrt. »Wo sind wir denn hier?«

Als Bernard mitbekam, wie sehr Davids Vorwürfe Maria durcheinanderbrachten, sah er David mit eisigem Blick an.

»Ich dulde es nicht, wie du dich hier aufführst. Du wirst auf der Stelle das Haus verlassen und bist erst dann wieder willkommen, wenn du bereit bist, dich zu entschuldigen.«

Er sprach leise, jedoch so klar und unmissverständlich, dass Katja eine Gänsehaut bekam.

David schien innerlich zu kochen, doch er entgegnete nichts mehr, sondern machte kehrt und verließ wütend das Gästehaus.

Ein paar Sekunden lang herrschte betretenes Schweigen. Dann wandte sich Julia an Maria.

»Sollen wir vielleicht einen kleinen Spaziergang machen, Maria?«, fragte sie ganz locker. »Wir könnten mit Ella ein wenig die Gegend erkunden.«

»Ja … das wäre schön«, antwortete Maria.

Katja sah Bernard an, wie überfordert er im Moment war. Sie griff nach seiner Hand.

»Es wird ihr guttun, wenn sie ein wenig an die frische Luft kommt. Das war wohl jetzt doch alles ein wenig viel. Und vielleicht solltest du dich auch ein wenig ausruhen, Bernard?«

Er nickte.

»Und ich werde mal schauen, ob ich Vater noch erwische, und mit ihm reden!«, sagte Nicolas und ging hinaus.

»Puh!«, sagte Lotte, als ein paar Minuten später nur noch sie, Jonas und Katja in der Küche waren. »Dieser David hat jetzt alles ein wenig kaputt gemacht, würde ich sagen.«

»Nicolas hatte das schon befürchtet«, sagte Katja. »Sein Vater hat wohl Angst um seinen Anteil am Erbe.«

»Soll er auch!«, sagte Lotte. »Jemandem, der sich so verhält und nicht erkennt, was für ein besonderer Tag das ist, wenn man erfährt, dass man Familie hat, von der man nie wusste, dem geschieht das ganz recht.«

»Der wird sich schon einkriegen«, sagte Jonas.

»Ich hoffe es«, meinte Katja.

»Wie ist das denn heute noch weiter geplant?«, fragte Lotte.

Katja zuckte mit den Schultern.

»Keine Ahnung.«

Nicolas kam wieder zurück.

»Ich möchte mich für das Verhalten meines Vaters entschuldigen«, sagte er zerknirscht. »Leider ließ er sich nicht beruhigen und ist zu sich nach Hause gefahren.«

»Vielleicht ganz gut so, dann kann er wieder runterkommen«, sagte Lotte.

»Es tut mir leid, dass ihr ausgerechnet heute an Weihnachten so einen Streit habt«, murmelte Katja bedrückt.

»Ja, mir auch. Aber auch wenn meinem Vater die Sache nicht passt, muss er sich doch nicht so schrecklich benehmen. Ich hoffe, er sieht das ein, und ich hoffe, er wird trotz allem heute Abend hier sein. Es liegt einzig an ihm … Und ganz ehrlich. Heute sind mir Bernard und Maria viel wichtiger als er. Wenn er das nicht verstehen will, dann kann ich ihm auch nicht helfen.«

»Genau das habe ich auch vorhin gesagt«, meinte Lotte.

»Hat Bernard sich hingelegt?«, fragte Katja.

»Ja, er ruht sich ein wenig aus. Ich finde, er hat sich ganz wacker geschlagen.«

»Allerdings«, stimmte Katja ihm zu.

»Ich geh dann mal in die Küche und mache mich an die Vorbereitungen fürs Abendessen. Falls ihr was braucht, sagt bitte Bescheid.«

»Du kochst heute für uns alle das Abendessen?«, fragte Katja, die davon ausgegangen war, dass die Haushälterin sich darum kümmern würde.

»Klar. Patricia hat heute natürlich frei, damit sie mit ihrer Familie feiern kann.«

»Kann ich mitkommen und helfen?«, fragte Lotte.

Nicolas schien kurz zu überlegen.

»Lotte kann echt toll kochen«, warf Katja ein.

»Aber nur, wenn es dazu einen leckeren Wein gibt.«

»Daran scheitert es bei uns sicher nicht«, meinte Nicolas amüsiert. »Über ein wenig Hilfe und Gesellschaft beim Kochen würde ich mich freuen.«

»Soll ich auch was machen?«, bot Jonas an.

»Nein!«, sagte Lotte schnell. »Ihr wisst doch, zu viele Köche verderben den Brei!«

»Okay ... Trotzdem. Wenn ihr noch Hilfe braucht, dann meldet euch!«, sagte er.

»Danke, Jonas. Das werden wir«, sagte Nicolas und verließ mit Lotte das Gästehaus.

Nun waren Jonas und Katja allein.

»Was für ein aufregender Tag«, sagte Katja.

»Sehr ... Katja, wegen gestern noch mal ...«, begann er, doch sie unterbrach ihn.

»Du meinst unseren Kuss?«, fragte sie.

»Ja ... das natürlich auch. Ich hoffe, du fühlst dich von mir nicht bedrängt.«

»Das tu ich nicht, Jonas. Seit gestern ist mir sehr viel klar geworden.«

»Ach ja, was denn?«

»Wenn man sich zu einem Menschen hingezogen fühlt und das auf Gegenseitigkeit beruht, dann sollte man das Wagnis eingehen, ohne auf die Ängste zu hören, die einen davon abhalten möchten.«

»Hat das etwas mit der Geschichte von Bernard und Marianne zu tun?«, fragte er.

»Ja … auch. Ich erzähle sie dir übrigens gern, wenn du sie hören magst.«

»Nö, das interessiert mich kein bisschen«, sagte er mit ernster Miene.

Katja lachte. »Klar, welcher Journalist ist schon an einer tollen Geschichte interessiert?«, feixte sie.

»Eben«, nun grinste auch er. »Aber bevor du mir von Bernard und Marianne erzählst, will ich natürlich wissen, was deine Erkenntnis jetzt für uns bedeutet?«

»Dass es auf die Liebe keine Garantie gibt. Aber dass es garantiert keine Liebe gibt, wenn man es nicht wenigstens versucht.«

»Was für eine kluge Erkenntnis.«

Er legte einen Arm um sie und zog sie an sich.

»Du meinst also, wir sollten ausprobieren, ob wir zwei das mit der Liebe hinkriegen könnten?«, fragte er.

»Ja … so in etwa habe ich mir das vorgestellt«, sagte Katja. »Wir können es ja langsam angehen«, schlug sie vor.

»Das halte ich für keine schlechte Idee«, sagte er. »Langsam … mal mit einem Kuss – diesmal bei Tageslicht?«

»Hmmm«, stimmte sie ihm zu, und dann küssten sie sich.

Als sie sich wieder voneinander lösten, fragte Jonas: »Langsam genug.«

»Ja … das passt perfekt!«

In diesem Moment sah sie durch das Fenster von Weitem Julia, Maria und Ella einen kleinen Weg entlangspazieren. Maria hatte sich bei Julia eingehängt, und man konnte sehen, wie lebhaft sich die beiden Frauen unterhielten. Sie war Julia dankbar, dass sie sich um Maria kümmerte.

»Ich frage mich, was gewesen wäre, wenn Bernard und Marianne damals zusammengekommen wären«, überlegte sie. »Vielleicht wäre ich dann gar nicht in Deutschland, sondern hier im Elsass aufgewachsen.«

»Vermutlich hätten wir beide uns dann nicht kennengelernt«, bemerkte Jonas.

»Ganz sicher nicht. Denn mein Vater wäre auch nie meiner Mutter begegnet, was bedeutet, dass es mich gar nicht gäbe. Und Ella natürlich auch nicht«, sagte sie nachdenklich.

»Wenn man das Ganze weiterdenkt, dann hätte es auch deinen Vater gar nicht gegeben. Immerhin hat Maria seinen Vater auch in Osterhofen kennengelernt.«

»Vielleicht hätten Bernard und Marianne ja noch fünf weitere Kinder bekommen, von denen eines die erste französische Präsidentin geworden wäre.«

»Alles wäre möglich gewesen«, stimmte Jonas ihr zu.

»Wie eine einzige Entscheidung so viel verändern kann«, murmelte Katja.

»Also ist letztlich alles nur Zufall?«, überlegte Jonas.

Katja fuhr sich durch die Haare.

»Tja ... das ist mal wieder die große Frage«, sagte sie. »Vielleicht sollten wir einfach nur dankbar sein, für das, was ist, und uns bemühen, so wenig Schaden wie möglich auf dieser Welt anzurichten«, resümierte Jonas.

»Ja ... du hast recht ... und trotzdem hätte ich es Marianne und Bernard gegönnt, dass ihre Liebe ein glückliches Ende gefunden hätte«, sagte Katja.

»Die beiden haben doch eine Liebe erlebt – ihre Liebe, aus der Maria entstanden ist.«

»Das war aber nur eine ganz kurze Liebe. Ich meinte eine Liebe, die sie viele Jahre zusammen erleben durften.«

»Wie du gestern schon sagtest, es ist nicht so einfach, dass die richtigen Menschen zusammenkommen.«

Katja nickte.

»Umso mehr sollten wir beide es zumindest miteinander versuchen«, sagte Jonas.

»Du haben wir doch schon längst geklärt«, meinte sie.

»Ich wollte es nur noch mal gesagt haben.«

Und dann küssten sie sich wieder.

Kapitel 27

Ende März 1945

Das letzte Mal, dass Marianne ein Lebenszeichen von Bernard unter dem Stein gefunden hatte, lag schon über einen Monat zurück. Seither hatte sie nichts mehr von ihm gehört. Inzwischen machte sie sich große Sorgen, dass ihm etwas passiert sein könnte. Vielleicht war er krank geworden oder hatte sich verletzt und meldete sich deswegen nicht bei ihr? Überall waren gerade viele Menschen mit schweren Erkältungen ans Bett gefesselt. Und zudem war die Lage im Land inzwischen völlig unübersichtlich geworden. Ständig gab es Fliegeralarm, oft mussten sie mehrmals am Tag in den Bunkern Schutz suchen.

Jedenfalls hielt sie die Ungewissheit nicht länger aus. Sie beschloss, noch eine neue Nachricht beim Stein zu hinterlegen, und wenn Bernard sich innerhalb einer Woche trotzdem nicht melden sollte, dann wollte sie zum Bauernhof fahren, wo Bernard und Louis untergebracht waren, auch wenn sie das am liebsten vermeiden wollte, um ihn und sich nicht in Schwierigkeiten zu bringen. Doch es gab etwas, das sie ihm unbedingt erzählen musste. Sie war schwanger. Zuerst hatte sie es nicht glauben wollen, doch dann waren die Anzeichen nicht mehr zu leugnen gewesen. Ein klein wenig Angst hatte sie im ersten Moment schon gehabt. Doch inzwischen freute sie sich auf das Kind, das in ihr heranwuchs. Es war ein Kind, das aus ihrer großen Liebe entstanden war, und auch wenn die Zeiten alles andere als einfach waren, so war sie sich in einem ganz sicher: Bernard würde sich ebenfalls auf dieses Kind freuen!

Zwei Tage waren erst vergangen, seitdem sie die Nachricht für ihn hinterlegt hatte, die sich für sie wie Wochen anfühlten. Marianne versuchte, sich mit Arbeit abzulenken, doch auch während sie am Herd stand und eine dünne Suppe aus dem restlichen Gemüse in ihrer Vorratskammer kochte, kreisten ihre Gedanken nur um Bernard.

Martin kam in die Küche und hielt einen Brief in der Hand.

»Weißt du, wo Magda ist?«, fragte er.

Marianne nickte.

»Sie ist mit der Kleinen vorhin ein wenig an die frische Luft gegangen.«

Ihr Vater wirkte aufgeregt.

»Hoffentlich kommt sie bald«, sagte er.

»Eigentlich müsste sie schon längst wieder zurück sein. Was ist denn los, Vater?«

»Hier ist ein Brief für Magda. Er kommt aus Salzburg«, sagte er.

»Sicher von ihrer Verwandtschaft«, meinte Marianne.

Er schüttelte den Kopf.

»Als Absender steht der Name ihrer Tochter auf dem Kuvert«, erklärte Martin freudig.

Erstaunt riss Marianne die Augen auf.

»Er ist von Brigitte?«

»Ja!«

»Was ist mit Brigitte?«

Marianne und Martin drehten sich gleichzeitig zur Tür. Dort stand Magda, mit der kleinen Elisabeth auf dem Arm.

»Was ist mit meiner Tochter?«, fragte sie noch mal, und ihre Stimme überschlug sich fast.

»Hier ist ein Brief von ihr, Magda!«, erklärte Martin.

»Ein Brief?« Sie sah ihn ungläubig an.

»Ja!« Martin nickte lächelnd.

»Gib mir Elisabeth«, sagte Marianne und nahm ihr das Mädchen ab.

Magda war so aufgewühlt, dass sie sich setzen musste. Martin und Marianne sahen ihr gespannt dabei zu, wie sie mit zitternden Fingern den Brief öffnete und zu lesen begann. Ihr Gesicht war inzwischen vor Aufregung gerötet, und immer wieder schüttelte sie ungläubig den Kopf.

»Sie lebt«, sagte Magda schließlich. »Meine Brigitte lebt!«

Nun lachte und weinte sie gleichzeitig. Und auch Marianne und Martin strahlten übers ganze Gesicht. Was für eine wunderbare Neuigkeit! Alle fielen sich in die Arme.

»Was schreibt sie denn?«, fragte Marianne schließlich neugierig, und Magda reichte ihr den Brief, den sie rasch überflog.

Als sie sich beim Bombenangriff am Schlesischen Bahnhof in Berlin aus den Augen verloren, hatte Brigitte tagelang vergeblich versucht, ihre Mutter und ihre Tochter zu finden. Schließlich war sie zu dem Schluss gekommen, dass die beiden nicht überlebt hatten. Eine grausame Vorstellung, die ihr allen Lebensmut nahm. Verzweifelt und einsam hatte sie im Keller eines durch die Bombenangriffe weitgehend zerstörten Hauses Unterschlupf gefunden. Nur Hunger und Durst hatten sie ab und zu nach draußen getrieben, und so hatte sie ihre letzten Habseligkeiten für Lebensmittel eingetauscht. Als marodierende Soldaten ihren Unterschlupf entdeckten, hatte sie gerade noch die Flucht ergreifen können. So sehr sie unter dem Verlust ihrer Liebsten litt, ihr Überlebenswille war doch stärker gewesen und hatte sie angetrieben, sich zu ihrer Verwandtschaft nach Salzburg durchzuschlagen. Als sie Wochen später dort angekommen war und erfahren hatte, dass ihre Mutter und ihre Tochter den Bombenangriff ebenfalls überlebt hatten, hatte sie ihr Glück kaum fassen können. Nun wartete sie sehnsüchtig darauf, dass Magda und Elisabeth nach Salzburg kamen und sie einander endlich wieder in die Arme schließen konnten.

»Passt bitte gut auf euch auf«, mahnte Martin, als sie sich am nächsten Tag voneinander verabschiedeten. Nun hielt Magda, deren Zwischenhalt in Bayern ohnehin schon deutlich länger als ursprünglich geplant war, nichts mehr davon ab, sich auf den Weg nach Salzburg zu machen. Die Nachricht ihrer Tochter hatte sie richtiggehend aufblühen lassen, und sie wirkte jünger und stärker, als Marianne sie je zuvor gesehen hatte.

»Ihr habt uns hier bei euch aufgenommen, als wären wir eure Familie. Ich danke euch von Herzen für alles, was ihr für uns getan habt«, sagte Magda mit Tränen in den Augen.

»Du weißt, dass wir das gern gemacht haben, Magda. Und schreib uns, wenn ihr angekommen seid«, sagte Martin.

»Natürlich«, versprach Magda.

Marianne reichte ihr ein kleines Bündel mit Lebensmittel.

»Hier … für unterwegs.«

»Aber das kann ich doch gar nicht annehmen.«

»Doch, das kannst du!«, sagte Marianne fest und schluckte die aufsteigenden Tränen hinunter. Magda und vor allem die kleine Elisabeth waren ihr ans Herz gewachsen, sie würde die beiden sehr vermissen.

Die unerwartete Abreise von Magda und Elisabeth hatte Marianne ein wenig von den Sorgen um Bernard abgelenkt. Doch jetzt, als sie weg waren, kamen sie umso mehr zurück. Aber dann – endlich –, sechs Tage nachdem sie Bernard geschrieben hatte, fand sie in ihrem geheimen Postamt eine Nachricht von ihm. Ihr Herz klopfte wie wild, und ihre Knie wurden vor Erleichterung ganz weich. Auf den Zettel waren, vermutlich in Eile, nur ein Datum und eine Uhrzeit für ein Treffen hier an dieser Stelle gekritzelt. Das war zwar nicht ganz das, was sie sich gewünscht hatte, doch Hauptsache war, dass sie sich überhaupt wiedersahen.

Am genannten Tag fuhr sie mit dem Fahrrad zur vereinbarten Stelle. Das Wetter war ungewöhnlich mild, und ein verheißungsvoller Duft nach Frühling lag in der Luft. Marianne war schrecklich aufgeregt, weil sie ihm nun endlich von ihrer Schwangerschaft erzählen konnte. Sie stieg ab und schob ihr Fahrrad die Böschung nach unten zum Bach. Von Bernard war noch nichts zu sehen. Doch sie war auch ein wenig zu früh gekommen, um ihn ja nicht zu verpassen.

In Gedanken versunken sah sie eine Weile den Vögeln zu, als sie hinter sich Schritte hörte. Endlich war er da. Sie drehte sich um, doch das Lächeln verschwand sofort von ihrem Gesicht.

Nicht Bernard, sondern Louis kam auf sie zu. Die Miene so düster wie bei ihrer ersten Begegnung. Erschrocken trat sie einen Schritt zurück.

»Wo ist Bernard?«, fragte sie.

Louis sah sie prüfend an.

Instinktiv zog sie ihren Mantel, den sie vorhin geöffnet hatte, über dem Leib zusammen. Auch wenn man noch nichts erkennen konnte, war ihr sein Blick doch fast unheimlich.

»Bernard kommt nicht mehr«, sagte er dann mit seinem starken Akzent.

Sie spürte, wie ihre Kehle eng wurde.

»Natürlich tut er das. Er hat mir eine Nachricht geschickt«, sagte sie.

»Ich habe sie geschrieben«, sagte er.

»Wo ist Bernard?«, fragte sie nun eindringlicher. Sie wusste, dass Louis sie nicht mochte, trotzdem wollte sie ihm gegenüber nicht klein beigeben. Er konnte Bernard und sie nicht trennen. Dafür war ihre Liebe viel zu groß!

»Mein Bruder ist bei die Angriff von eine Tiefflieger gestorben«, sagte er.

Marianne hörte zwar die Worte, aber ihr Sinn drang nicht in ihr Gehirn vor.

»Wo ist Bernard?«, fragte sie noch ein drittes Mal, diesmal lauter.

»Bernard ist tot! Verstehst du? Tot!«

Plötzlich hatte sie das Gefühl, als legte sich ein eisernes Band um ihre Brust. Sie versuchte zu atmen, doch es war, als ob keine Luft mehr in ihre Lunge strömte.

Bernard konnte nicht tot sein! Das war unmöglich!

Sie starrte Louis an und ging auf ihn zu.

»Du lügst!«, presste sie schließlich hervor.

»Denkst du wirklich, ich würde bei diese Sache lügen?«, fuhr er sie an, und seine dunklen Augen funkelten zornig.

Doch sie hatte keine Angst mehr vor ihm. Das Schlimmste war passiert. Bernard war tot! Sie spürte ein Ziehen in ihrem Bauch und legte schützend beide Hände auf ihren Leib. Bernards Kind – ihm durfte nichts passieren!

Louis starrte auf ihren Bauch. Und sie bemerkte den Moment, als er die Erkenntnis hatte, dass sie schwanger war. Für ein paar Sekunden sah er sie schweigend an.

»Meine Eltern hätten dich nie anerkannt. Dich nicht und auch nicht das Kind.«

Damit drehte er sich um und ging davon.

Mit brennenden Augen starrte Marianne ihm hinterher. Ihre Welt war soeben zusammengebrochen. Bernard war tot. Nie wieder würde sie das Funkeln seiner blauen Augen sehen. Sein Lachen hören. Seine Hände spüren. Der Schmerz, der sie überrollte, war so überwältigend, dass sie sich kaum bewegen konnte. Erst als sie die Sirenen hörte, wurde sie aus der Erstarrung gerissen. Bernard war bei einem Fliegerangriff umgekommen, hatte sein Bruder gesagt. Doch sein Kind hatte die Chance zu leben. Sie musste es in Sicherheit bringen. Wie schon einmal zuvor kauerte sie sich an den Stamm der Weide, in der Hoffnung, dass man sie dort nicht sehen würde. Während die Flugzeuge über sie hinwegdonnerten, strömten heiße Tränen über ihr Gesicht.

Wie sie nach Hause gekommen war, wusste sie hinterher nicht mehr. Doch plötzlich stand sie im Flur ihrer Wohnung. Ihr Vater kam aus der Küche und sah sie erschrocken an.

»Mariannchen, was ist denn los? Ist dir etwas passiert?«, fragte er besorgt.

»Er … er ist tot, Papa«, sagte sie leise.

»Wer ist tot, Marianne? Wer?«

»Bernard …«

»Du meinst diesen jungen Franzosen?«

Sie nickte nur.

Martin legte einen Arm um seine Tochter und führte sie ins Wohnzimmer, das nach dem Auszug von Magda und Elisabeth nun wieder ihnen gehörte.

»Mein Liebes. Das tut mir leid. Sehr leid«, sagte er mitfühlend.

»Nun wird Bernard nie erfahren, dass er ein Kind bekommt«, schluchzte sie, und wieder liefen Tränen über ihre Wangen.

Karl sah sie fassungslos an.

»Ein Kind?«, fragte er ungläubig.

»Ja … Ich bin schwanger. Wir haben uns so geliebt, Vater«, sagte sie heiser. Ihre Kehle schmerzte inzwischen so sehr, dass jedes Wort und jedes Schlucken eine Qual waren.

Marianne ließ sich auf das Kanapee sinken, und ihr Vater setzt sich neben sie.

»Hör zu, Marianne, und sieh mich an«, sagte Karl eindringlich. »Ich glaube dir, dass du ihn geliebt hast. Und dieser Verlust ist ganz schrecklich für dich! Aber um deinet- und um des Kindes willen darfst du niemandem sagen, wer der Vater ist.«

»Aber Vater, er war ...«

Er unterbrach sie.

»Marianne. Bitte!« Seine Stimme klang fast flehend. »Auch wenn du es jetzt nicht verstehen kannst, bitte glaub mir, dass es für dich und für das Kind so am besten sein wird. Niemand weiß, was in der nächsten Zeit passiert. Aber wenn die Leute erfahren, dass dein Kind von einem Kriegsgefangenen ist, werden sie über dich reden.«

»Das ist mir egal!«, rief sie gequält.

»So empfindest du in diesem Moment, weil du vor Trauer nicht klar denken kannst. Und das verstehe ich auch«, sagte er behutsam. »Aber überleg doch mal. Niemand hat etwas davon, wenn du die Wahrheit sagst. Du musst vor allem an dein Kind denken, das für all das nichts kann. Vielleicht bin ich zu pessimistisch, aber trotzdem wird man ihm von Anfang an einen Stempel aufdrücken. Und das hat dieser kleine Mensch nicht verdient. Und du auch nicht.«

»Vater ...«

Auch wenn sie wusste, dass er vermutlich recht hatte, verstärkten seine Worte den Schmerz nur noch mehr.

»Wir überlegen uns eine Geschichte, die du den Leuten erzählen kannst. Und ich werde für dich da sein und dir und dem Kind helfen. Du brauchst keine Angst zu haben, Marianne. Wir werden das alles schaffen. Und deinem Kind wird es immer gut gehen. Das verspreche ich dir.«

Dem Kind sollte es gut gehen. Das war für Marianne das Einzige, das noch von Bedeutung für sie war, also befolgte sie den Rat ihres Vaters. Doch in ihrem Herzen war Bernard immer bei ihr. Sie dachte an ihre erste Begegnung am Bach, den Kuss im Schnee, an ihr Aufeinandertreffen im Geschäft ihres Vaters, als er die Uhr brachte. An den Heiligen Abend in ihrem kleinen Versteck. Vor allem aber war er ihr durch das Kind, das sie in sich trug, gegenwärtig.

Nur wenige Wochen nach der Nachricht von Bernards Tod war der Krieg zu Ende und Deutschland besiegt. Amerikaner kamen in die Stadt, und einige quartierten sich für eine Weile im Haus der Tanners ein. Da man Mariannes Schwangerschaft inzwischen schon deutlich erkennen konnte, durften sie und ihr Vater im Haus bleiben und sich eine Schlafstatt in der Werkstatt einrichten.

Am 13. September brachte Marianne um 2 Uhr morgens ein gesundes Mädchen zur Welt, dem sie den Namen Maria Bernadette gab.

»Dein Vater wäre überglücklich, wenn er dich jetzt sehen könnte. Das weiß ich ganz bestimmt«, flüsterte sie dem Mädchen leise ins Ohr, während sie die Kleine sanft in den Armen wiegte.

»Ich hätte mir für dich nichts mehr auf der Welt gewünscht, als dass dein Vater dich in die Arme nimmt und auf dich aufpasst, meine kleine Maria«, murmelte Marianne, und Tränen liefen über ihre Wangen. Tränen der Trauer, aber auch Tränen des Glücks.

»Das gibt es doch nicht«, hörte sie Gisela sagen, die ihr während der letzten Stunden zur Seite gestanden hatte. »Eben habe ich durchs Fenster eine Sternschnuppe am Himmel gesehen.«

Kapitel 28

Inzwischen war es Nachmittag geworden. Katja hatte Jonas die Geschichte von Bernard erzählt, und sie hatten noch eine Weile lang darüber gegrübelt, wie Marianne damals alles allein durchgestanden hatte. Sicher war das keine einfache Zeit für sie gewesen.

Katja war glücklich über ihre Entscheidung, sich auf Jonas einzulassen. Sie genoss seine Nähe, und irgendwie hatte sie das Gefühl, dass ihnen der Gesprächsstoff niemals ausgehen würde.

Maria, Julia und Ella waren längst vom Spaziergang zurück.

»Maria geht es jetzt wieder besser«, sagte Julia. »Die Aufregung vorhin war nur etwas zu viel für sie.«

»Weiß sie das mit ihrem Vater noch?«, fragte Jonas.

»Ja … ich habe es ihr noch mal in Ruhe erklärt. Irgendwie nimmt sie es trotz allem sehr gut auf. Jetzt schläft sie ein wenig.«

»Sehr gut!«, sagte Katja. »Dann ist sie hoffentlich ausgeruht für heute Abend.«

»Was ist denn für heute noch geplant. Wisst ihr schon was?«, fragte Julia.

»Nicolas hat gesagt, dass wir uns um 18 Uhr um den Weihnachtsbaum versammeln und dass anschließend gegessen wird. Er und Lotte sind in der Küche am Vorbereiten.«

»Ich gehe rüber und stelle schon mal meine Geschenke ab. Und helfe den beiden beim Kochen. Ella ist im Schlafzimmer bei Maria und hört sich ›Der kleine Lord‹ als Hörbuch an. Falls sie fragt, sagt ihr ihr bitte, wo ich bin?«

»Ja klar«, versprach Jonas.

Julia stand schon an der Tür, da drehte sie sich noch mal zu ihnen um.

»Läuft da was zwischen euch beiden?«

Katja und Jonas sahen sie verdutzt über ihre direkte Frage an.

»Sagen wir mal so«, sagte er mit dem Anflug eines Grinsens. »Es ist was im Anlaufen.«

Julia nickte nur und ging dann hinaus.

Katja seufzte.

»Sicher passt ihr das gar nicht!«, sagte sie.

»Wie kommst du denn darauf?«, fragte Jonas.

»Weil deine Cousine mich nicht sonderlich gut leiden kann«, erklärte Katja. »Aber darüber möchte ich jetzt ganz sicher nicht sprechen«, wiegelte sie gleich jeglichen möglichen Einwand von Jonas ab. »Ich gehe mal duschen.«

»Okay … und ich geh raus und schaue mir die Gegend ein wenig an«, sagte Jonas.

»Bis später.«

»Bis dann.«

Während das Wasser wohltuend über ihren Kopf prasselte, dachte Katja wieder an Nicolas und an seinen Vater. Dass es mit David nun solche Probleme gab, tat ihr leid. Vor allem, weil Nicolas sich so sehr darum bemüht hatte, dem Geheimnis des Medaillons auf die Spur zu kommen und die Familie zusammenzuführen.

Nachdem sie sich abgetrocknet und die Haare geföhnt hatte, recherchierte sie über die Homepage des Weingutes die Nummer seines Büros, das er, wie sie wusste, in seiner Wohnung in Colmar hatte. Ohne lange darüber nachzudenken, rief sie ihn an. Doch nach viermaligem Klingeln sprang schon die Mailbox an. Sie legte auf und überlegte kurz. Dann drückte sie auf Wahlwiederholung.

»Hallo David«, sprach sie auf die Mailbox. »Hier ist Katja. Ich hoffe, du hörst diese Nachricht noch vor heute Abend ab. Die letzten Tage ist sehr viel passiert, mit dem wir alle nicht gerechnet haben. Und ich kann schon nachvollziehen, dass du vorhin etwas überrumpelt warst. Aber ich glaube nicht, dass dich das Glück der Familie kaltlässt. Ich kenne inzwischen die Geschichte von Bernard und meiner Großmutter, und Bernard hat es sich wirklich verdient, dass er und seine Tochter zusammengefunden haben, bevor es dafür endgültig zu spät ist. Nicolas hat viel dafür getan, dass dies möglich ist. Deshalb möchte ich dich bitten, ihm das nicht vorzuwerfen … weißt du, ich dachte immer, ich hätte kaum mehr Familie, doch jetzt …«, sie brach für einen Moment ab und schluckte. Das würde jetzt zu weit führen. »Komm bitte einfach heute Abend, ja?«

Dann legte sie auf.

Inzwischen wurde es langsam dunkel draußen. Jonas saß am Küchentisch und tippte in seinen Laptop.

»Ist das die Geschichte von Bernard und Maria?«, fragte Katja.

»Ja … aber ich werde sie nicht aus der Hand geben, bevor ihr das für gut befindet und ich euer Okay dafür habe.«

»Danke …«, sagte Katja.

Lotte und Julia kamen zurück, um ebenfalls zu duschen und sich für den Abend umzuziehen.

»Geh du zuerst«, sagte Lotte zu Julia.

»Was habt ihr denn gekocht?«, fragte Jonas.

»Das ist eine Überraschung«, antwortete Lotte und schenkte sich ein Glas Wasser ein. Sie hatte ein vielsagendes Grinsen im Gesicht.

»Ihr hattet wohl viel Spaß?«, fragte Katja.

»Ja. Allerdings.«

»Auf jeden Fall hoffe ich, dass es viel ist«, meinte Jonas. »Ich bin schon fast am Verhungern.«

»Keine Sorge, Jonas. Bevor du heute ins Bett gehst, wirst du denken, du platzt gleich«, prophezeite Lotte.

»Habt ihr Ella gesehen?«

Julia stand in der Tür.

»Nein!«

Sie schüttelten den Kopf.

»Maria ist vorhin erst aufgewacht, da war sie allein im Schlafzimmer, hat sie gesagt.«

»Ella kann doch nicht weg sein«, sagte Jonas ruhig. »Das wäre uns doch aufgefallen.«

»Hmmm … oder auch nicht«, warf Katja ein. »Ich war mal eine Weile im Bad und du spazieren.«

»Aber das war ja schon vor über zwei Stunden!«, sagte Jonas.

»Was? Vor zwei Stunden? Warum habt ihr nicht aufgepasst?«

»Weil wir dachten, dass sie im Schlafzimmer ist«, antwortete Jonas.

»Wir müssen sie finden!«, sagte Julia, und Katja hörte plötzlich die Panik in ihrer Stimme.

»Ganz ruhig. Sie muss ja hier irgendwo sein«, sagte Lotte.

Doch von Ella fehlte jede Spur. Sie suchten jeden Winkel im Gästehaus ab und später auch im Haupthaus.

Inzwischen waren alle an der Suche beteiligt. Sogar Bernard half mit. Katja machte sich große Vorwürfe.

»Ich hätte auf sie aufpassen sollen!«, sagte sie zu Jonas.

»Was hättest du denn tun sollen? Alle fünf Minuten im Schlafzimmer nach ihr sehen?«, fragte er. »Ella ist normalerweise ein sehr zuverlässiges Kind. Bestimmt gibt es eine Erklärung dafür, und sie taucht bald wieder auf.«

Doch auch Maria haderte mit sich.

»Wenn ich nicht geschlafen hätte, hätte sie nicht einfach verschwinden können. Diese verdammte Krankheit«, rief sie wütend. »Nicht mehr zu wissen, wann man klar ist und wann nicht – wozu bin ich denn noch gut?« Ihre Stimme klang verzweifelt.

Alle sahen sie betroffen an. Bernard ging zu ihr und legte einen Arm um sie.

»Mach dir keine Vorwürfe, Maria. Du kannst nichts dafür! Wir werden Ella finden. Ganz bestimmt. Sie kann ja nicht weit sein … Und wir alle werden auch für dich da sein, mein Kind«, sagte er. »Auch ich, solange ich das kann. Wir lassen dich das nicht alleine durchstehen. Hab keine Angst.«

Katja schossen bei seinen Worten Tränen in die Augen. Hier stand ein 96-jähriger Mann, der seiner 75-jährigen Tochter versprach, auf sie aufzupassen. Auch die anderen schluckten.

Bevor sie losheulen konnte, eilte sie hinaus. Sie würde draußen weiter nach Ella suchen.

Sie sah sich um. Wo konnte sie nur sein? Ihr Blick fiel auf das Gebäude hinter dem Haus, in dem der Wein produziert wurde, wie Nicolas ihr beim ersten Besuch erzählt hatte. Darunter befand sich auch der Weinkeller. Obwohl sie sich eigentlich nicht vorstellen konnte, dass Ella dorthin gegangen war, zog es Katja in das Gebäude. Eine kleine Seitentür war tatsächlich nicht abgeschlossen. Mit der Taschenlampe des Handys suchte sie nach dem Schalter und schaltete das Licht ein. Sie befand sich in einer Art Vorraum zur Produktionsanlage, der bis auf ein paar Holzkisten, die in der Ecke standen, leer war.

»Ella!«

Das Mädchen saß auf einer der Kisten und schaute erschrocken zu Katja. Ihr Gesicht war tränennass und ganz rot.

»Was machst du denn hier so allein, Ella?«, fragte Katja sanft und ging auf sie zu.

»Ich mag nicht Weihnachten feiern«, sagte Ella fast ein wenig trotzig.

Katja setzte sich neben sie. Sie konnte spüren, wie unglücklich das Kind war, und ahnte auch, warum.

»Aber ich dachte, du magst Weihnachten?«

»Ohne Papa ist Weihnachten überhaupt nicht schön«, fuhr Ella fort und begann wieder zu weinen.

Katja legte einen Arm um sie und zog sie an sich.

»Das weiß ich doch, mein Schätzchen«, sagte sie leise. »Er fehlt mir auch so sehr!«

»Sogar Oma hat jetzt einen Papa«, sagte Ella. »Aber wir nicht mehr!«

Katja suchte nach den richtigen Worten, um ihre Schwester zu trösten.

»Als damals meine Mama starb, da war ich fast so alt wie du«, begann sie schließlich. »Und ich dachte, das Weihnachtsfest würde ganz schrecklich werden ohne sie. Am liebsten wäre ich an dem Tag weggelaufen so wie du heute. Doch mein Papa, also auch deiner, der hat das Weihnachtsfest zusammen mit Omi trotzdem zu etwas Besonderem gemacht. Wir haben ein Foto von meiner Mama neben den Weihnachtsbaum gestellt und gemeinsam ihr Lieblingsweihnachtslied gesungen: ›O du fröhliche‹!«

»Das ist auch Papas Lieblingsweihnachtslied gewesen«, sagte Ella und klang etwas überrascht.

»Ich weiß.« Katja lächelte bei dieser Erinnerung. »Und obwohl ich es damals nicht für möglich gehalten hätte, war dieses Weihnachtsfest zwar ein wenig traurig, aber trotzdem auch schön. Weil ich noch Papa hatte und Omi und weil ich wusste, dass meine Mama unbedingt gewollte hätte, dass es mir gut geht.«

Ella griff nach ihrer Hand. Die Finger waren eiskalt.

»Weißt du, ich glaube, auch unser Papa würde unbedingt wollen, dass wir gemeinsam mit allen Weihnachten feiern und dass es uns gut geht. Denkst du nicht?«

Nach einigem Zögern nickte Ella.

»Und in unseren Gedanken wird er immer bei uns sein. Das kann ich dir versprechen!«, sagte Katja.

»Ich bin so froh, dass du da bist, Katja«, sagte dic Kleine.

»Das bin ich auch, Ella. Ich finde es richtig cool, eine kleine Schwester wie dich zu haben. Und weißt du was? Ich verrate dir schon jetzt eines deiner Weihnachtsgeschenke«, sagte sie verschwörerisch.

»Dabei denkt Mama immer noch, dass ich glaube, dass das Christkind die Geschenke bringt. Hey, ich bin schon neun!«, sagte Ella.

»Hmm … trotzdem hat sie ein bisschen recht, Ella«, sagte Katja. »Das Christkind besorgt die Geschenke zwar nicht selbst, das wäre wirklich zu viel verlangt für all die Leute auf der Welt, aber …« Sie machte eine spannungsgeladene Pause, und Ella sah sie erwartungsvoll an. »Aber es flüstert uns auf besondere Weise ins Herz, was wir den anderen schenken können, damit sie sich freuen.«

Ella runzelte nachdenklich die Stirn, dann nickte sie langsam.

»Das könnte vielleicht stimmen«, sagte sie.

»Nicht nur vielleicht«, sagte Katja.

»Und welches Weihnachtsgeschenk bekomme ich dann von dir?«, wollte Ella nun wissen.

»Also, weil du dich ja so sehr für Sterne und Galaxien interessierst, habe ich mir gedacht, dass es ganz besonders schön wäre, wenn wir beide in den Ferien nach München ins Deutsche Museum fahren und dort ins Planetarium gehen. Kennst du das?«

»Klar! Da möchte ich schon lange hin«, rief sie begeistert.

»Super! Das habe ich mir schon gedacht. Hast du Lust, Ella?«

»Ja! Nur du und ich?«

»Wenn deine Mama nichts dagegen hat, nur du und ich.«

»Cool! Danke!«

Ella legte ihre Arme um Katjas Hals und drückte sich fest an ihre Schwester.

In diesem Moment hörte Katja ein leises Geräusch. Sie blickte zur Tür. Dort stand Julia. Die Erleichterung war ihr ins Gesicht geschrieben. Sie kam auf die beiden zu.

»Mama!«

Ella stand auf. Julia nahm sie in den Arm und drückte sie fest an sich.

»Danke«, sagte sie leise zu Katja.

Katja nickte.

»Wir sollten zu den anderen gehen«, sagte sie. »Die warten sicher schon alle auf uns.«

»Bleiben wir noch einen Moment«, sagte Julia. »Ich möchte Ella noch etwas zeigen, und ich wäre froh, wenn du dabei wärst, Katja.«

Katja sah ihre Stiefmutter überrascht an.

»Klar.«

Julia setzte sich zwischen Katja und Ella auf die Kiste und zog Ella auf ihren Schoß. Dann hielt sie das Handy so, dass alle drei auf das Display schauen konnten.

»Ella, dein Papa hat eine Nachricht für dich hinterlassen, und ich glaube, vielleicht ist jetzt genau der richtige Moment, sie dir zu zeigen.«

»Eine Nachricht von Papa?«

Katja ahnte, was nun kommen würde.

»Ja … hör gut zu!«

Julia drückte auf »Play«, und das Video wurde abgespielt. Es war die letzte Nachricht von Karl, die sie jedoch so geschnitten hatte, dass sie für Ella geeignet war:

»Ella, mein kleiner süßer Schatz, ich hab dich ganz fest lieb. Egal, wo ich jetzt auch bin. Pass immer gut auf dich auf, ja? Manchmal gibt es sehr schlimme Stunden im Leben, aber es gibt trotzdem auch die schönen Stunden. Und davon wird es ganz bestimmt noch ganz viele für dich geben. Ich wünsche dir eine großartige Zukunft, mein Schätzchen! … Und jetzt noch ganz speziell was für euch beide, Katja und Ella …« Er zwinkerte schelmisch in die Kamera, und gleich darauf war das Lied »Hakuna Matata« aus dem Film *Der König der Löwen* zu hören.

Und nach den ersten Tönen sangen die drei mit.

Sie hörten die Nachricht noch dreimal an, dann gingen sie gemeinsam ins Gästehaus, um sich umzuziehen.

Alle waren erleichtert, dass Ella wieder aufgetaucht war.

»So, und jetzt können wir endlich Weihnachten feiern«, sagte Lotte.

Als alle sich schließlich umgezogen hatten und sich auf den Weg zur Bescherung machten, hielt Julia Katja am Arm fest.

»Katja?«

»Ja?«

»Warte kurz bitte.« Und zu den anderen sagte sie. »Geht ihr schon mal vor, wir kommen gleich nach.«

Katja sah sie fragend an.

»Es tut mir leid, dass es mir damals nicht gelang, eine gute Beziehung zu dir aufzubauen«, sagte Julia zu ihrer Überraschung. »Ja, ich war froh, als du ausgezogen bist, damit ich mehr Zeit mit deinem Vater verbringen konnte. Ich war sehr verliebt in ihn und hatte immer das Gefühl, dass du gegen unsere Beziehung warst.«

»Ich habe doch gar nicht …« Katja wollte etwas sagen, doch Julia unterbrach sie.

»Bitte lass es mich zu Ende sagen, Katja. Ich war damals vermutlich einfach noch zu jung, nur wenig älter als du jetzt, um zu erkennen, dass eure Beziehung durch den frühen Tod deiner Mutter so besonders eng war. Erst jetzt kann ich es verstehen. Ich habe viele Fehler gemacht. Das tut mir wirklich leid.«

»Schon gut«, sagte Katja. »Deine Fehler waren längst nicht so schlimm wie meine. Ich hätte rechtzeitig zurückkommen und euch von Anfang an öfter besuchen müssen. Vater hat mir nicht einmal anvertraut, dass er so schwer krank war, weil er vermutlich Angst davor hatte, dass ich womöglich trotzdem nicht zurückkommen würde. Was bin ich nur für eine Tochter gewesen?«

Ihr Stachel! Nie schmerzte er so sehr wie in diesem Moment, als sie es vor ihrer Stiefmutter aussprach.

»Hör mir zu, Katja«, sagte Julia nun eindringlich und griff nach ihrer Hand. »Auch mir hat er es nicht gesagt, und ich hab mir in den letzten Wochen den Kopf darüber zerbrochen, warum er das nicht getan hat. Ich war deswegen sogar wütend auf ihn. Doch dann erinnerte ich mich wieder daran, was er im Krankenhaus zu dir sagte, als du vom Flughafen angerufen hattest.«

»Ich habe ihn damals nicht verstehen können, weil es um mich herum so laut war«, warf Katja ein. »Was hat er denn gesagt?«

»Dein Vater sagte: Komm gut heim, mein Schatz. Ich freue mich, wenn ich dich bald sehe.«

Katja schluckte. Dieser Tag würde vermutlich als der Tag der meisten Tränen in die Familiengeschichte der Tanners eingehen.

»Und jetzt weiß ich, warum er uns nichts von seiner Krankheit erzählt hat«, fuhr Julia fort.

Katja sah sie fragend an.

»Er dachte nie, dass er sterben würde. Trotz der schlimmen Diagnose war er immer davon ausgegangen, dass er das alles überstehen und gesund werden würde. Deswegen wollte er uns vorher keine Angst machen.«

Bei Julias Worten spürte Katja, wie der Schmerz ein wenig nachließ. Und tief in ihrem Herzen wusste sie plötzlich, dass Julia damit recht hatte.

»Bis zum letzten Moment hatte er die Hoffnung, dass alles gut werden würde«, murmelte sie.

Julia nickte.

»Danke Julia«, sagte Katja. »Und mir tut es auch leid, was ich in Bezug auf uns beide falsch gemacht habe.«

»Schon gut!«

Die beiden Frauen sahen sich an, und dann umarmten sie sich.

Kapitel 29

Als Julia und Katja ins Haus kamen, warteten alle bis auf Bernard in der Diele vor der Tür zum Wohnzimmer. Eine feierliche Stimmung lag in der Luft, erfüllt vom Duft der vielen Kerzen, die überall ihr warmes Licht verbreiteten. Plötzlich hörten sie das Klingeln einer Glocke, und Bernard kam aus dem Wohnzimmer.

»Frohe Weihnachten euch allen«, sagte er. »Kommt rein.«

Als sie das Wohnzimmer betraten, rissen alle die Augen vor Überraschung weit auf. Der Raum war überall mit grünen Zweigen dekoriert. Vor der Glastür zur Terrasse stand ein deckenhoher Christbaum, behängt mit rotem und goldenem Weihnachtsschmuck, in dem das Licht der Kerzen funkelte. Unter dem Baum lagen zahlreiche Geschenke und eine große Weihnachtskrippe, die jedoch leer war.

»Ella, kommst du mal zu mir«, forderte Bernard das Kind auf.

»Der Baum ist so schön«, sagte sie ehrfürchtig.

Alle nickten zustimmend.

Bernard reichte ihr eine kleine Kiste, in der auf Seidenpapier die Figuren für die Krippe lagen.

»Ella, in diesem Jahr ist es deine Aufgabe, die Figuren in die Krippe zu stellen«, sagte er.

Ellas Augen strahlten, als sie eine Figur nach der anderen aus der Kiste nahm und sie aufstellte. Als Letztes legte sie das Jesuskind in die Krippe.

Katja bemerkte, wie Nicolas immer wieder einen Blick zur Tür warf. Offenbar konnte er nicht glauben, dass David nicht gekommen war.

»Das hast du sehr schön gemacht«, sagte Bernard, als Ella fertig war. »Jetzt sind wir bereit und können anfangen. Ich möchte euch allen sagen, wie glücklich ich bin, dass wir in diesem Jahr so überraschend Familienzuwachs bekommen haben.«

Sie lächelten bei seinen Worten. Er ging zu Maria und stellte sich neben sie.

»Mit 96 Jahren zum ersten Mal Vater zu werden, das hätte ich mir nicht vorstellen können. Liebe Maria, dass ich dieses Weihnachtsfest heute mit dir feiern kann, ist das schönste Geschenk, das ich je bekommen habe. Dafür möchte ich dir, lieber Nicolas, und dir, liebe Katja, von Herzen danken. Ihr habt es möglich gemacht, dass wir uns nach all den Jahren gefunden haben, obwohl wir einander gar nicht gesucht hatten.«

In diesem Moment bemerkte Katja eine Bewegung aus den Augenwinkeln. Erfreut sah sie, wie David das Wohnzimmer betrat. Auch Bernard hatte ihn entdeckt. Er hörte auf mit seiner Ansprache und schien auf etwas zu warten.

»Mein Benehmen von vorhin tut mir leid«, sagte David kurz und knapp. »Frohe Weihnachten euch allen.«

Ihm war anzusehen, dass er immer noch nicht glücklich

über die Situation war, aber immerhin hatte er eingelenkt, um das Fest mit seiner Familie zu feiern.

»Können wir ›O du fröhliche‹ hören?«, fragte Ella und warf Katja einen kurzen Blick zu.

»Das wäre schön«, stimmte Maria ihrer Enkelin zu, bevor Katja etwas sagte. »Das war das Lieblingslied meiner Mutter.«

»Natürlich«, sagte Bernard. »Nicolas, kümmerst du dich um die Musik?«

»Klar ...« Er ging zu einer Musikanlage, zu der ein Plattenspieler gehörte, und legte eine Schallplatte auf.

»Moment!«, sagte Katja. Sie holte ein iPad aus ihrer Tasche und stellte es mit dem Foto ihres Vaters neben den Weihnachtsbaum. Dann sah sie zu Ella und zwinkerte ihr liebevoll zu.

Als die Platte lief, sangen sie das Weihnachtslied mit. Katja spürte, wie Jonas nach ihrer Hand griff und sie leicht drückte.

Als das Lied zu Ende war, holte Bernard ein Päckchen aus seiner Jackentasche und reichte es Maria.

»Normalerweise machen wir bei uns am Heiligen Abend die Geschenke erst nach dem Essen auf. Doch dieses eine möchte ich dir jetzt schon geben, meine Tochter.«

Maria schien ein wenig um Fassung zu ringen, trotzdem versuchte sie, eine fröhliche Miene aufzusetzen. Sie öffnete das Päckchen und holte das silberne Medaillon heraus.

»Deine Mutter hat mir am Heiligabend vor genau 76 Jahren ihr Herz geschenkt. Ich möchte, dass du das bekommst, Maria.«

Mit zitternden Fingern öffnet Maria das silberne Herz.

Auf der einen Seite fand sie das alte Foto ihrer Mutter. Auf der anderen Seite ein Bild ihres Vaters, das offensichtlich aus der letzten Zeit stammte.

»Es ist wunderschön«, sagte sie. »Danke … Vater.«

Als sie das Medaillon schloss und umdrehte, rief sie überrascht aus: »Eine Schneeflocke! Katja, schau mal. Sie sieht aus wie die auf der Brosche, die Mutter mir damals geschenkt hat.«

Katja kam zu ihr und staunte. Doch nicht nur wegen der filigranen Gravur. Die Schneeflocke, in die sie den herzförmig geschliffenen Morganit gesetzt hatte, sah genau so aus wie die Gravur ihrer Urgroßmutter.

»Marianne hat Schneeflocken sehr geliebt«, erklärte Bernard mit einem besonderen Lächeln.

Eigentlich hatte Katja vorgehabt, das Schmuckstück ihrer Großmutter zu schenken, als Ersatz für die verlorene Brosche ihrer Mutter. Doch Maria war über das silberne Herz so glücklich, das für sie eine ganz besondere Bedeutung hatte, dass es jetzt zu viel gewesen wäre.

Katja würde die Brosche, die man auch als Anhänger verwenden konnte, und die passende Kette dazu jemand anderem schenken. Jemandem, der es ihr anfangs nicht leicht gemacht hatte, ihr Herz zu öffnen, der es jedoch verdient hatte.

»Julia.«

Ihre Stiefmutter drehte sich zu ihr um.

»Ja!«

Sie hielt ihr das Päckchen entgegen.

»Das ist für dich!«

Eine halbe Stunde später saßen alle um den großen Tisch im Esszimmer. Nicolas, Lotte und Julia hatten ein wahres Festessen gezaubert – eine gelungene Kombination aus Bayerischer und Elsässer Tradition, begleitet von den besten Weinen und dem Crémant des Hauses. Canapés, gebratene Ente mit Klößen, Julias Weihnachtsschnitzel, verschiedene Käsesorten und natürlich als Nachspeise Bûche de Noël und Julias selbst gebackene Plätzchen.

Katja sah in die Runde. Obwohl sie sich kaum einen Tag kannten, könnte ein Unbeteiligter meinen, dass diese Familie schon immer zusammengehörte. Und eigentlich war es ja auch so. Bernard legte seiner Tochter noch ein zweites Stück Weihnachtskuchen auf den Teller, und David war in ein Gespräch mit Julia vertieft. Ihre Stiefmutter griff gedankenverloren an das funkelnde Morganit-Herz, das sie an einer Kette um den Hals trug.

Lotte lachte über einen Scherz von Ella und nickte gleichzeitig Nicolas zu, der ihr nachschenkte.

»Frohe Weihnachten«, sagte Jonas leise.

»Frohe Weihnachten«, sagte Katja und lehnte sich glücklich an seine Schulter.

Ende

EPILOG

Ein Jahr später – zwei Tage vor dem Heiligen Abend!

Der Laden ist zu!«, rief Julia über den Flur in die Goldschmiedewerkstatt. »Und die Kasse ist auch schon abgerechnet! War ein sehr guter Tag heute!«

»Super! Bin gleich fertig hier«, rief Katja zurück, blieb jedoch weiterhin über ihre Arbeit gebeugt. Konzentriert gravierte sie mit dem kleinen Stichel das Logo der Goldschmiede Tanner in die Innenseite des goldenen Verlobungsrings, neben das Datum des bevorstehenden Heiligen Abends. Als sie fertig war, betrachtete sie zufrieden die feurig funkelnden Facetten des Brillanten, der in einer zeitlosen Zargenfassung besonders beeindruckend zur Geltung kam.

»Du bist echt wunderschön«, murmelte sie und steckte den Ring in ein kleines ledernes Etui, das sie zuschnappen ließ. Sie überlegte, ob sie das Schmuckstück über Nacht in den Tresor sperren oder es besser gleich in ihrer Handtasche verstauen sollte, damit sie den Ring morgen auf keinen Fall vergaß.

In diesem Moment ging im Hof die automatische Lampe an, und sie sah durch das Fenster jemanden auf den Hintereingang zugehen. Nur wenig später stand Jonas in der Tür zur Werkstatt und zog seine Mütze vom Kopf.

»Hey, du bist ja schon da!«, rief sie erfreut.

»Klar … Mann, das ist vielleicht eisig heute«, sagte er und kam auf sie zu.

»Wie wär's mit einer Tasse Tee?«, schlug sie vor.

»Ich würde auch zu einem Becher Glühwein nicht Nein sagen«, entgegnete er und grinste.

»Das lässt sich machen.«

Sie griff nach seiner Hand.

»Du bist wirklich eiskalt«, stellte sie fest, was sie allerdings nicht davon abhielt, ihn ausgiebig zu küssen.

»Gleich ist mir so heiß, dass ich womöglich gar keinen Glühwein mehr zum Aufwärmen brauche«, murmelte er an ihren Lippen und zog sie noch fester an sich.

»Katja! Kommst du mal? Nicolas ist auf Skype und braucht dich!«, hörten sie Ella rufen und lösten sich voneinander.

Ein paar Minuten später saß Katja vor dem iPad am Schreibtisch in Ellas Zimmer, das ihre kleine Schwester seit dem Sommer wieder in Beschlag genommen hatte. Katja war zu Jonas gezogen, der nur wenige hundert Meter vom Laden entfernt wohnte. Inzwischen hatten sie herausgefunden, dass das von Jonas renovierte Haus ausgerechnet jenes war, in welchem Marianne und Bernard sich damals heimlich im Schuppen getroffen und ihren ersten und einzigen Heiligen Abend miteinander verbracht hatten.

»Du hast ihr doch nichts gesagt?«, flüsterte Nicolas Katja auf dem Bildschirm zu und sah sich rasch um, als ob er Angst hätte, dass jemand ihn belauschen könnte.

»Aber nein!«, versicherte Katja. »Niemand außer mir weiß davon.«

»Denkst du, sie wird …«, er sprach nicht weiter.

»Das hoffe ich doch sehr«, sagte sie, zuckte dann jedoch mit den Schultern. »Aber wissen kann man es natürlich nie.«

»Katja, das ist nicht die Antwort, die ich hören wollte«, brummte er.

Katja konnte sich ein Lachen nicht verkneifen. Es machte ihr Spaß, ihn ein wenig zappeln zu lassen.

»Du bist ja richtig nervös, Nicolas!«

»Kein Wunder. Ich habe noch nie eine Frau gefragt, ob sie mich heiraten möchte«, gestand er. »Und das auch noch unterm Weihnachtsbaum.«

»Ich verspreche dir, wenn Lotte den Ring sieht, wird sie so überwältigt sein, da kann sie gar nicht mehr Nein sagen«, feixte sie vergnügt. Da sie wusste, wie sehr ihre beste Freundin in Nicolas verliebt war, bestand für sie keinerlei Zweifel daran, dass sie den Antrag annehmen würde. Das würde sie sogar dann, wenn er ihr nur einen Plastikring aus einer Überraschungstüte für Kinder anstecken würde.

»Okay … Du kennst sie schon so lange, ich verlass mich auf dich«, sagte Nicolas schließlich. »Vergiss bloß nicht, den Ring mitzubringen.«

»Was denkst du denn von mir?«, fragte sie ein wenig empört. »Natürlich vergesse ich ihn nicht!«

»Entschuldige, so war das nicht gemeint, ich möchte nur, dass nichts schiefgeht.«

»Schon gut. Ich versteh dich ja. Aber bitte entspann dich ein wenig, alles wird gut!«

»Danke! Wann fahrt ihr denn morgen los?«

»Gleich am Mittag, wenn Ella von der Schule heimkommt«, antwortete sie. »Falls viel Verkehr ist, könnte es allerdings spät werden, bis wir bei euch eintreffen.«

»Macht nichts. Das Gästehaus ist vorbereitet.«

»Danke dir! ... Wie geht's denn Oma und Uropa?«

»Maria freut sich schon sehr, dass ihr bald kommt«, antwortete Nicolas. »Auch wenn sie es zwischendrin leider vergisst. Aber keine Sorge, Bernard erinnert sie immer wieder daran.«

Katja lächelte etwas wehmütig. Sie vermisste ihre Oma. Doch gleichzeitig war sie glücklich, dass Maria bei ihrem Vater im Elsass gut aufgehoben war. Bernard hatte es nicht zugelassen, dass sie wieder ins Seniorenheim zurückging, und sein Versprechen gehalten, sich um Maria zu kümmern, solange es ihm möglich war. Und offenbar hielt diese Aufgabe ihn fit. Er war rüstig wie eh und je. Natürlich wurde er auch von Nicolas und Lotte unterstützt, die vor Kurzem zu Nicolas gezogen war und auf dem Weingut mitarbeitete. Und sogar David hatte sich inzwischen mit den neuen Familienmitgliedern abgefunden.

»Nicolas, ich muss jetzt dann aufhören ...«, begann Katja, die noch ihre Sachen für die Reise packen musste.

»Moment noch«, hielt Nicolas sie jedoch zurück. »Deine Oma hat mich gebeten, dir auszurichten, dass du bitte wieder vom Metzger ihre Lieblings-Würste und geräucherten Schinken mitbringen sollst. Und noch einen großen Laib Bauernbrot vom Bäcker.«

»Darum kümmere ich mich!«, sagte Julia hinter Katja, die gerade das Zimmer betreten hatte. »Und ich bringe auch die Zutaten für die Weihnachtsschnitzel mit.«

»Danke Julia! Darauf freue ich mich schon ganz besonders«, sagte Nicolas, dann verabschiedeten sie sich.

»Der Glühwein ist fertig«, sagte Julia zu Katja. »Komm, solange er noch heiß ist.«

»Gern.«

Katja folgte ihrer Stiefmutter in die Wohnküche. Dort am Tisch saßen Jonas und Ella, die ihm einen Kartentrick zeigte. Julia goss für die Erwachsenen Glühwein in Keramikbecher, und für Ella gab es Früchtetee mit viel Honig.

»Auf unsere Fahrt morgen!«, sagte Julia, und sie stießen mit ihren Bechern an.

»Auf unsere Fahrt!«, stimmten sie mit ein.

Während Katja vorsichtig an dem heißen Getränk nippte, warf sie einen Blick auf das Foto an der Wand. Ein Porträtbild ihres Vaters, auf dem er glücklich in die Kamera lächelte. Katja war sich absolut sicher, dass er sich darüber freute, wie sehr die Familie jetzt zusammenhielt. Wo auch immer er in diesem Moment sein mochte.

Am nächsten Tag fuhren sie im vollbepackten Wagen auf die Autobahn. Im Radio lief Musik, und alle freuten sich auf ein gemeinsames Weihnachtsfest mit ihren Lieben im Elsass.

»Spielen wir *Ich packe meinen Koffer und nehme mit*?«, fragte Ella.

»Gern!«, stimmte ihre Mutter zu.

»Ich fange an«, sagte Katja. »Also, ich packe meinen Koffer und nehme mit – oh nein!«, schrie sie plötzlich auf.

»Was ist denn?«, fragte Jonas erschrocken.

»Wir müssen noch mal umkehren!«, sagte Katja.

»Warum das denn?«, wollte Julia wissen.

»Ich habe den Verlobungsring vergessen!«, rief sie und schlug sich gleich darauf auf den Mund. Das hätte sie doch nicht sagen dürfen!

»Den Verlobungsring?«, fragten alle gleichzeitig.

»Bitte vergesst das ganz schnell wieder«, sagte sie eindringlich.

»Das kannst du ganz schnell vergessen«, entgegnete Julia mit einem neugierigen Grinsen.

»Aber ich habe es fest versprochen, niemandem was zu verraten.«

»Tja, Pech gehabt«, sagte Ella.

Am liebsten hätte Katja sich selbst geohrfeigt. Sie hatte den Ring gestern sicherheitshalber doch noch in den Tresor gesperrt. Und dort lag er nun!

»Ich fahre bei der nächsten Ausfahrt ab, und wir holen den Ring«, sagte Jonas. »Aber glaub ja nicht, dass du jetzt so einfach davonkommst. Wir haben eine lange Fahrt vor uns und genügend Zeit, es dir aus der Nase zu kitzeln.«

Katja seufzte. Ihr war klar, dass sie ihr keine Ruhe lassen würden.

»Na gut … Aber ihr müsst mir versprechen, morgen so zu tun, als ob ihr nichts wüsstet. Also …«, begann sie, und alle hörten ihr gespannt zu.

DANKSAGUNG

Die Geschichte um »Das Weihnachtsherz« spielt zu einem großen Teil in meiner niederbayerischen Heimatstadt Osterhofen. Hier wurde ich geboren, hier ging ich zur Schule, und hier verbrachte ich die meiste Zeit meines Lebens. In dieser herrlichen Umgebung im Donautal mit Blick auf die sanften Hügel des Bayerischen Waldes fühle ich mich unglaublich wohl und habe die nötige Ruhe, um meine Romane und Drehbücher zu schreiben. Deswegen ist es mir ein ganz besonderes Anliegen, all den Menschen zu danken, die zu meinem Leben hier gehören und es – teils schon seit ich auf der Welt bin – jeder auf seine besondere Weise bereichern. Das ist vor allem natürlich meine wunderbare Familie, die ich über alles liebe. Doch es gibt auch viele liebe Verwandte, Bekannte und Nachbarn und die besten Freunde, die man sich nur wünschen kann. Freunde, die ich teils schon seit dem Kindergarten, der Schule oder aus meiner Jugendzeit kenne.

Bedanken möchte ich mich auch wieder ganz herzlich bei meinem großartigen Verlag mit all seinen tollen Mitarbeitern, der es mir ermöglicht, meine Geschichten zu erzählen. Danke an dieser Stelle vor allem meiner Lektorin

Anna-Lisa Hollerbach und meiner Redakteurin Alexandra Baisch für die wunderbare Zusammenarbeit. Und lieber Johannes Wiebel, ich bin mal wieder verzaubert vom schönen Cover.

Danke auch an den Weltbild Verlag, der meine Geschichte in einer exklusiven Ausgabe vorab herausbringt.

Tja, und was wäre ich ohne meine Agentinnen Franka Zastrow und Christina Gattys, die mir auf so großartige Weise zur Seite stehen.

Christian Lex, mein lieber Kollege, du bist immer mit Rat und Tat für mich da! Merci für deine Unterstützung und unsere Freundschaft!

Als ich meinen im letzten Jahr erschienenen Roman »Das Weihnachtslied« fertig geschrieben hatte, planten mein Sohn Elias und ich, die Musik für das Weihnachtslied »A Special Christmas Time« zu komponieren, um das sich die Geschichte dreht. Zu diesem Zeitpunkt wusste ich noch nicht, dass es uns tatsächlich gelingen würde, und zwar mit der Hilfe von Tobias Saller, der bei der Komposition und dem Arrangement mitwirkte und auch beim Einspielen mit dabei war. Ihm und der wunderbaren Magdalena Bräu, die zusammen mit Elias das Lied gesungen hat, möchte ich an dieser Stelle ganz herzlich danke sagen. Zusammen mit euch an diesem Projekt zu arbeiten hat unglaublich viel Spaß gemacht.

Wer das Lied gerne hören möchte, findet einen Link zum fertigen Song mit dem Titel: »A Special Christmas Time« auf meiner Homepage unter www.angelika-schwarzhuber.de

Zuletzt, aber nicht minder herzlich gilt ein ganz dickes Dankeschön all meinen Leserinnen und Lesern.

Die Geschichte »Das Weihnachtsherz« ist frei erfunden. Ähnlichkeiten mit real existierenden Personen oder Geschehnissen sind unbeabsichtigt und rein zufällig.

Rezepte

Julias Weihnachtsschnitzel

Rezept für vier Personen

Zutaten:

1 großes Schweinefilet –
oder 8 Scheiben Schweinelende
(Wahlweise kann man auch Putenschnitzel
oder Hühnerbrust verwenden.)
Salz und Pfeffer
2 Eier
1 EL Milch
1 Prise Zimt
1 TL Preiselbeeren
ca. 200 g Mehl
ca. 200 g Semmelbrösel
ca. 100 g gemahlene Haselnüsse
Pflanzenfett zum Ausbacken
Als Beigabe:
½ Glas Preiselbeeren
½ TL Zimt

Zubereitung:

Das Schweinefilet waschen, sorgfältig von der silbrigen Haut befreien, in Scheiben schneiden, ein wenig andrücken und mit Salz und Pfeffer würzen. (Schweinelende vor dem Würzen leicht klopfen.)

Zum Panieren zwei Eier mit 1 Esslöffel Milch, 1 Prise Zimt und 1 Teelöffel Preiselbeeren verquirlen.

Semmelbrösel und fein gemahlene Haselnüsse vermischen.

Das mit Salz und Pfeffer gewürzte Fleisch zuerst im Mehl wenden, dann in der Eimischung und zuletzt mit der Semmelbrösel-Haselnussmischung panieren.

Das Fett erhitzen und die Schnitzel – am besten schwimmend – von beiden Seiten goldbraun darin backen. Auf einem Küchenkrepp kurz abtropfen lassen. Im 50 Grad warmen Ofen bis zum Servieren warm stellen.

Währenddessen ein halbes Glas Preiselbeeren mit ½ Teelöffel Zimt kurz erwärmen und mit den Weihnachtsschnitzel servieren.

Dazu passen wunderbar Kartoffelgratin, Pommes oder Kartoffelsalat sowie auch diverse Gemüsesorten und gemischte Salate. Die Schnitzel schmecken auch kalt sehr lecker!

Mariannes Kartoffelmaultaschen

Herzhafte Variante

Rezept für 4 Personen

Zutaten:

gut 1 Kilo mehlige Kartoffeln
ca. 150 – 180 g Mehl
Salz und Pfeffer
1 Eigelb
etwas Butter
½ kleiner Weißkrautkopf
1 Zwiebel
1 Prise gemahlener Kümmel
2 EL Öl oder Butter
1 Becher Schmand oder Sauerrahm

Zubereitung:

Die Kartoffeln mit Schale in Salzwasser kochen. Mehrere Stunden gut abkühlen lassen. Die Kartoffeln schälen und durch eine feine Presse in eine Schüssel drücken. Oder mit dem feinen Aufsatz eines Gemüsehobels reiben.

Geriebene Kartoffeln mit ca. 1 Teelöffel Salz, 1 Eigelb und

dem Mehl zu einem geschmeidigen Teig verkneten. Kurz ruhen lassen.

Währenddessen ½ kleinen Weißkrautkopf und 1 Zwiebel in ganz feine Scheiben schneiden und in etwas Öl oder Butter anbraten, bis alles eine hellbraune Farbe bekommt. Mit Salz, Pfeffer und gemahlenem Kümmel abschmecken und etwas abkühlen lassen.

Vom Kartoffelteig Stücke abstechen und auf einer leicht bemehlten Fläche zu jeweils etwa handgroßen Fladen auswalzen. Diese mit Schmand oder Sauerrahm bestreichen und darauf etwas von der Kraut-Zwiebelmischung geben. Vorsichtig aufrollen und sie mit kleinem Abstand nebeneinander in eine gebutterte Bratraine oder auf ein Blech setzen.

Im vorgeheizten Backofen bei 190 – 200 Grad ca. 45 bis 50 Minuten backen, bis sie schön goldbraun geworden sind. Dazu passt gut ein gemischter Salat.

Ich habe auch eine süße Variante der Kartoffelmaultaschen ausprobiert, für die man denselben Kartoffelteig vorbereitet. Dazu habe ich 5 Äpfel geschält, sie in feine Scheiben geschnitten und in ein wenig Butter mit Zucker, Zimt und Zitronensaft kurz angedünstet. Nach dem Abkühlen habe ich die Äpfel auf die ausgewalzten und mit Schmand bestrichenen Teigfladen gegeben und die Rollen ebenfalls im Ofen gebacken. Von der süßen Variante war ich persönlich jedoch nicht ganz so sehr begeistert. Da bevorzuge ich einen klassischen Rahm-Apfelstrudel. Aber die Geschmäcker sind natürlich ganz verschieden. Grundsätzlich gilt aber wie immer: Man kann die Rezepte gern nach Geschmack und Vorliebe variieren und damit experimentieren.

Julias Erdäpfelkäse

Zutaten:

1 kg Kartoffeln
200 g Sahneschmelzkäse
1 Becher saure Sahne
1 Becher süße Sahne
1 Bund frischer Schnittlauch
Salz
Pfeffer
1 knapper TL gemahlener Kümmel

Zubereitung:

Die Kartoffeln mit der Schale im Salzwasser kochen, noch heiß schälen und durch eine Kartoffelpresse drücken. Sofort mit den Zutaten vermischen. Dabei kann die Menge von saurer und süßer Sahne je nach gewünschter Festigkeit noch variiert werden.

Erdäpfelkäse schmeckt vor allem auf Bauernbrot und Baguette sehr lecker. Bei uns gibt es ihn auch oft als Beilage zum Grillen.

Nicolas' Bûche de Noël
Eine weihnachtliche Biskuitrolle

Zutaten:

Biskuitteig:

5 Eier
1 Prise Salz
140 g Zucker
1 Päckchen Vanillezucker
100 g Mehl
50 g Speisestärke
1 gestrichener TL Backpulver

Schokoladencreme:

400 ml Sahne
200 g Zartbitterschokolade
100 g Vollmilchschokolade
Abrieb von ca. ½ Blutorange (ungespritzt)
2 gehäufte TL löslicher Espresso oder Kaffee
1 TL Zimt
zum Bestreuen etwas Puderzucker

Apfel-Blutorangen-Kompott:

4 Äpfel
1 EL Butter
2 EL Zucker (nach Geschmack brauner Zucker)
1 Päckchen Vanillezucker
1/2 TL Zimt
Saft einer Blutorange
2 EL Rum (nach Geschmack)

Zubereitung:

Schokocreme:
Sahne in einem großen Topf erhitzen, die Schokolade drin schmelzen und dann die restlichen Zutaten einrühren. Einige Stunden kalt stellen.

Apfel-Blutorangen-Kompott:
Äpfel schälen und in kleine Stücke schneiden. Butter erhitzen, die Äpfel und sonstigen Zutaten dazugeben und alles langsam einköcheln lassen, bis die Flüssigkeit verdampft ist. Pürieren und kalt stellen.

Biskuitteig:
Eier trennen. Eiweiß in einer Schüssel mit einer Prise Salz aufschlagen, danach weiter rühren und langsam Zucker und Vanillezucker dazugeben sowie nach und nach die Eigelbe, Mehl, Speisestärke und Backpulver durch ein Sieb auf den Teig geben und vorsichtig unterheben. Teig auf ein mit Backpapier ausgelegtes Backblech streichen und bei ca.

175 Grad (Ober-/Unterhitze) ca. 15 – 18 Minuten im vorgeheizten Ofen backen, bis der Teig eine schöne goldbraune Farbe hat. Noch heiß auf ein Backpapier stürzen und abkühlen lassen.

Wenn der Teig ausgekühlt ist, die gekühlte Schokoladenmasse mit dem Mixer zu einer fluffigen Masse aufschlagen.

Danach vorsichtig das Backpapier vom Teig abziehen und zuerst das Apfelkompott aufstreichen und dann ca. die Hälfte der Schokoladenmasse. Den Teig vorsichtig aufrollen. Restliche Schokoladenmasse auf die Biskuitrolle streichen, mit einer Gabel Rillen ziehen (damit es ausschaut wie ein Baumstamm) und ein wenig Puderzucker darüber streuen (damit es aussieht wie Schnee).

Nicolas' Bûche de Noël ist eine abgewandelte Variante des klassischen traditionellen französischen Weihnachtskuchens. Man kann den Kuchen auch nur mit der Schokoladenmasse anrichten. Oder nach Geschmack eine andere Füllung nehmen.

Ich habe beide Varianten ausprobiert, und mir haben beide sehr gut geschmeckt.

Der eigenen Fantasie und Kreativität sind beim Kochen und Backen keine Grenzen gesetzt. Gutes Gelingen!

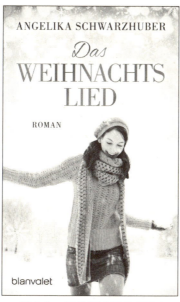